수업,

너를 만나 행복해

수업, 너를 만나 행복해

초판 1쇄 인쇄일   2016년 2월 11일
초판 1쇄 발행일   2016년 2월 15일

지은이   김 영 호
펴낸이   손 형 국
펴낸곳   (주)북랩
편집인   선일영   편집   김향인, 서대종, 권유선, 김성신
디자인   이현수, 신혜림, 윤미리내, 임혜수   제작   박기성, 황동현, 구성우
마케팅   김회란, 박진관, 김아름
출판등록   2004. 12. 1(제2012-000051호)
주소   서울시 금천구 가산디지털 1로 168, 우림라이온스밸리 B동 B113, 114호
홈페이지   www.book.co.kr
전화번호   (02)2026-5777   팩스   (02)2026-5747

ISBN   979-11-5585-926-1 03810 (종이책)   979-11-5585-927-8 05810 (전자책)

이 도서의 국립중앙도서관 출판예정도서목록(CIP)은 서지정보유통지원시스템 홈페이지(http://seoji.nl.go.kr)와
국가자료공동목록시스템(http://www.nl.go.kr/kolisnet)에서 이용하실 수 있습니다.
(CIP제어번호 : CIP2016003431)

성공한 사람들은 예외없이 기개가 남다르다고 합니다.
어려움에도 꺾이지 않았던 당신의 의기를 책에 담아보지 않으시렵니까?
책으로 펴내고 싶은 원고를 메일(book@book.co.kr)로 보내주세요.
성공출판의 파트너 북랩이 함께하겠습니다.

김영호의 수업 이야기 2

수업,
너를 만나 행복해

김영호 지음

북랩 book Lab

여는 글

'수업, 너를 만나 행복해'가 세상 나들이를 합니다.

졸저 '수업? 너를 기다리는 동안'을 발간한 지 2년만입니다.

2년 전에 졸저를 발간하고, 과분한 칭찬과 격려를 받았습니다. 그분들이 마지막에 하시는 말씀이, 다음 책은 언제 나오느냐는 것이었습니다. 졸저에 있는 것으로 답변을 대신하곤 했습니다.

제목은 '수업? 너를 기다리는 동안'입니다. 수업 다음에 물음표(?)를 넣었습니다. 아직 수업에 대해서 잘 알지 못하고 어렵다는 자기 고백이기도 합니다. 시리즈로 수업과 관련되는 책을 발간한다면 수업 다음에 쉼표(,), 마침표(.), 느낌표(!)를 넣을 예정입니다. 배움이 부족하면 계속 물음표(?)를 달 수도 있을 것입니다. 가능하면 교직 생활을 마무리하기 전에 느낌표(!)가 들어가는 책을 발간하는 작은 소망을 가지고 있습니다. 수업 다음에 나오는 제목은 조금씩 바꿀 생각입니다.[1]

이번에는 수업 다음에 쉼표(,)를 넣었습니다. 2년 전의 졸저 여는 글에서 밝힌 그대로입니다. 수업 다음의 제목은 연속성을 고려해서 너를 만나 행복해로 했습니다. 처음 제목이 '수업? 너를 기다리는 동안'

---

1) 김영호(2014). 수업? 너를 기다리는 동안. 서울: 북랩. p.4.

입니다. 그 기다림의 세월을 보내고 만났습니다. 만나니 행복했습니다. 그래서 '수업, 너를 만나 행복해'가 되었습니다.

또, 이런 질문도 자주 받습니다. 수업에 관한 책만 쓰지 말고, 다른 분야의 이야기도 책으로 낼 생각이 없느냐는 것이었습니다. 교직에 있는 동안에는 수업에 관계되는 책만 내는 것도 힘이 드는 일입니다. 설사 여력이 있다고 해도 교직 생활 중에 다른 분야의 책을 내는 것은 도리가 아니다라는 말씀을 드렸습니다. 처음에 약속한 대로 수업과 관련된 책 4권을 발간하는 것이 무엇보다 우선입니다.

그리고 퇴직 이후에는 수업과 관련 없는 이야기를 쓰겠다는 약속을 드렸습니다. 만약, 쓴다면 부모님을 포함한 가족 이야기나 김천 지역의 이야기를 쓰겠다는 계획도 말씀을 드렸습니다.

'수업, 너를 만나 행복해'는 저 혼자 쓴 것이 아닙니다. 저보다 앞서 수업에 대한 고민과 열정으로 좋은 책을 내신 분들의 생각을 많이 가져왔습니다. 또, 저와 함께 수업 나눔을 한 많은 분들이 직접 쓴 글과 생각이 담겨 있습니다. 저는 이런 분들의 글과 생각을 엮고, 제 짧은 식견을 조금 더했습니다. 그 분들께 감사와 존경의 마음을 담아 드립니다.

이 책은 모두 다섯 이야기로 되어 있습니다. 각각의 이야기를 따로 읽어도 별 무리가 없습니다. 그리고 필자가 수업 나눔 한 것, 수업 나눔 뒤의 생각을 주고받은 것, 직접 수업을 받은 경험, 수업을 한 경험 등이 뒤섞여 있습니다.

첫 번째 이야기는 '수업이 행복한 교실'입니다. 제가 수업 나눔(강의) 한 것을 위주로 적었습니다. 아이들이나 선생님들이나 교실이 행복하면 좋겠습니다. 교실이 행복하자면 수업이 행복해야 합니다. 수업철학과 관련된 내용, 수업 방법에 관한 내용, 저의 직간접적인 경험 등이 섞여 있습니다. 항목별로 분류를 하지는 않았습니다. 각각의 내용을 별도로 읽으셔도 됩니다.

두 번째 이야기는 '사람과 따뜻한 만남'입니다. 첫 번째 이야기인 수업이 행복한 교실과 이어지는 내용입니다. 수업 나눔을 한 분들과 생각을 주고받은 것입니다. 한 고등학생과 직업 인터뷰를 한 내용도 있습니다. 교육실습을 한 교생 선생님과 주고받은 내용도 실었습니다. 교대부초 아이들과 학부모들과 상호작용한 내용도 가감 없이 실었습니다.

세 번째 이야기는 '수업을 바꾸는 생각'입니다. 수업의 곁길이고 샛길 같지만, 더 행복한 수업을 하기 위한 길입니다. 제가 즐겨 찾는 청암사의 이야기입니다. 교육전문직으로 근무하면서 업무와 관련한 내용을 노래평으로 쓴 것도 넣었습니다. 아이들과 수학여행과 야영을 다녀와서 쓴 글도 실었습니다. 마음이 평안하고 여유가 있어야 더 좋은 수업, 행복한 수업을 하실 수 있습니다.

네 번째 이야기는 '행복수업 하는 학교'입니다. 대구태현초등학교의 행복수업 이야기입니다. 교감으로 일 년 동안 근무하면서 태현교육가족과 공유한 것입니다. 총 40회 중에 10회의 내용입니다. 졸저 '수업?

너를 기다리는 동안'에 실은 내용과는 중복을 피했습니다. 태현초는 올해부터 2년 동안 교실수업개선 시범학교로 지정되어 더 행복한 수업을 할 것으로 기대됩니다.

다섯 번째 이야기는 '절차탁마 하는 학교'입니다. 대구교육대학교대구부설초등학교의 수업 이야기입니다. 우리 학교의 비전은 '대한민국에서 수업을 가장 잘 하는 학교'입니다. 또한, 수업철학은 '수업에서 행복을 만나다'입니다. 교원 개개인의 수업철학도 있습니다. 지금도 수업을 아주 잘 하고 있지만, 더 잘 하자는 의지의 표현입니다. 교원 모두가 비전과 수업철학을 이루기 위해 절차탁마하는 과정을 담았습니다.

이 책에는 경어체와 평어체가 혼용되어 있습니다. 가능하면 경어체로 말 하듯이 적었습니다. 세 번째 이야기, 네 번째 이야기, 다섯 번째 이야기는 원문을 그대로 옮겼습니다.

끝으로, 이 책이 나오기까지 도움을 주신 많은 분들께 감사를 드립니다.

언제나 든든한 지원군인 가족들입니다. 경북 김천시 율곡초등학교 교사로 근무하는 아내 이영숙, 이런저런 많은 세상 경험을 하고 다시 대학 4학년에 재입학, 졸업, 취업한 아들 김광섭, 사대 영어과를 졸업하고 새로운 도전으로 패션 디자인과에 학사 편입해서 공부하고 취업한 딸 김유정, 모두 좋은 일만 있기를 기원합니다. 돌아가신 부모님(故 김달수, 임외분)께서 계셨으면 참 좋아하셨을 것입니다. 부모님들이 세상 착하고 열심히 사신 것 조금 배워서 이렇게 되었습니다. 주말이면 시골집에 모여서 가족애를 나누는 누님들(김임숙, 김남순, 김홍숙)과 동생 김영규에게도 고마움을 전합니다.

제 수업 나눔에 적극 동참해 주신 모든 분들께 감사를 드립니다. 사진이나 글을 싣도록 허락해 주신 분들께도 감사를 드립니다. 지금까지 제게 좋은 가르침을 주신 선생님들께 머리 숙여 감사를 드립니다. 저와 함께 수업한 많은 제자들에게도 고마움을 전합니다.

'행복수업 하는 학교'를 함께 한 대구태현초등학교 교육가족 모두에게 감사를 드립니다. '절차탁마 하는 학교'를 함께 하고 있는 대구교육대학교대구부설초등학교 교육가족에게도 고마움을 전합니다.

아울러 지금까지 소중한 인연을 함께 한 분들과 이 책으로 만나서 소중한 인연을 이어갈 분들께도 감사를 드립니다.

모두가 수업에서 행복을 만나시길 기원 드립니다.

2016년 2월
김영순

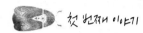

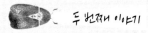 두 번째 이야기

사람과 따뜻한 만남 / 130

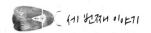

세 번째 이야기

수업을 바꾸는 생각 / 217

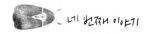

네 번째 이야기

행복수업 하는 학교 / 293

첫 번째
이야기

수업이 행복한 교실

수업에서 무엇을 만나면 좋겠습니까?
아이들을 만나고, 그 아이들과 함께 행복을 만나보시지요.

용기와 두려움을 한 이불을 덮고 잔대요.
교황님 같은 맞춤식 사랑이 필요해요.
협력학습은 대구광역시교육청의 수업철학이지요.
선생님을 응원합니다.

수업에서 행복을 찾아가는 길, 동행입니다.

수업이 행복한 교실 이야기입니다. 수업을 하면서 여러 가지를 만납니다. 제일의 대상은 바로 아이들입니다. 아이들을 만나는 것 자체가 행복입니다. 수업이라는 매개체로 선생님과 아이들이 만납니다. 선생님과 아이들의 만남은 그저 스쳐지나가는 인연이 아닙니다. 그 만남은 필연이고 운명입니다.

2년 전에 졸저 '수업? 너를 기다리는 동안'을 출판한 뒤에 많은 분들께 격려와 칭찬을 받았습니다. 책의 내용이나 수준에 비해 과분한 관심과 격려였습니다. 수업에 대한 생각을 나누는 기회도 많아졌습니다.

선배님들은 주로 이런 말씀을 주셨습니다. 언제 그렇게 썼냐? 수업에 관심이 많은 줄은 알았지만, 그렇게 준비를 하는 줄은 몰랐다. 다음 책은 언제 내느냐, 앞으로도 계속 책을 펴내라, 돈 되는 책도 출판해라 등의 내용이었습니다.

동기님들이나 후배님들은 이런 덕담을 주셨습니다. 자네가 내 동기라는 게 자랑스럽네. 선배님, 언제까지나 존경하는 선배님으로 남아 주세요. 후배들에게 모범을 보이시고, 글을 쓸 용기를 주셔서 고맙습니다.

졸저를 낸 후에 수업에 대한 생각을 나눌 기회도 많아졌습니다. 그 대상은 주로 초등학교 선생님들입니다. 간혹, 초중고 교장, 교감 선생님을 만나기도 했습니다. 교육실습생, 임용고사에 합격한 예비교사도 있었습니다. 학교단위의 수업 나눔, 교육지원청이나 교육연수원의 수업 나눔입니다. 강의의 80% 정도는 대구 지역입니다. 그 외에도 경북, 대전, 전남 지역의 선생님들과도 수업에 대한 생각을 공유할 수 있는 시간이었습니다. 짧게는 한 시간에서 많게는 여섯 시간까지 다양했습니다.

수업에 대한 생각을 나누면서 언제부턴가 녹음을 하기 시작했습니다. 제 목소리가 궁금하기도 했고, 강의 내용이나 반응도 궁금했습니다. 강의를 마치고 나서 피드백 자료로 활용하는 데도 유용했습니다.

수업이 행복한 교실 이야기는 주로 강의한 내용을 중심으로 구성했습니다. 강의 시간에 한 이야기에 미처 하지 못한 이야기도 덧붙였습니다. 강의 시간에 언급하지 못했지만, 평소 수업에 대해 생각하고 있던 것을 추가하기도 했습니다. 제가 경험한 수업 이야기도 넣었습니다.

내용의 꼭지는 다양합니다. 수업철학에 관계되는 것도 있고, 직접적인 수업 방법에 관한 내용도 있습니다. 이런 것들이 순서 없이 뒤섞여 있습니다. 항목별로 분류하지는 않았습니다. 하나의 꼭지씩 별도로 읽어서도 됩니다. 내용에 나오는 학반이나 선생님들께는 별도로 허락을 받았습니다. 지면을 빌어 감사를 드립니다.

이 글을 읽으시면서 조금이라도 공감하는 것이 있으면 좋겠습니다. 그 작은 공감이 바로 행복이라고 생각합니다. 수업에서 행복을 만나는 것은 그리 힘이 드는 일도 멀리 있는 것도 아닙니다. 수업이 행복한 교실을 만나보시지요.

용기와 두려움은
한 이불을 덮고 잔대요

먼저[1] 본인의 이름을 쓰시겠습니다. 도화지의 어느 부분이라도 좋습니다. 자신이 쓰고 싶은 곳에 쓰시면 됩니다. 이름은 한글 또는 영어, 한자도 좋습니다. 세 가지로 쓰셔도 됩니다.

예, 잘 하셨습니다. 저마다의 이름을 쓰셨습니다. 어떤 분은 도화지 모서리에 쓰셨습니다. 또, 어떤 분은 도화지의 중간에 쓰셨습니다. 하루에 본인 이름 쓰실 일이 몇 번이나 있으신지요. 학교에 계시는 선생님들이니 비교적 이름을 쓸 기회가 많으리라 생각합니다.

그러면 이번에는 자기 이름을 중심으로 영역을 표시해 보시겠습니다. 모양이나 크기는 자유입니다. 혼자서 하실 수도 있고 짝끼리 영역을 정하셔도 됩니다. 처음 정하신 그대로 두시면 됩니다. 혼자 하셨다고 수정하실 필요는 없습니다. 잘 하셨습니다.

이렇게 영역 표시를 하고 나니 어떤 생각이 드시는지요? 혹 어릴 때 하던 놀이가 생각나지 않는가요? 예, 그렇습니다. 땅따먹기놀이 생각이 나시지요. 어떤 분들은 아주 크게 자기 영역을 표시했습니다. 어떤 분들은 겸손하게 아주 자그마하게 표시를 했습니다. 어떤 분들은 두 분이 힘을 모아서 사랑이라는 뜻의 하트 모양을 만들기도 했습니다.

---

1) 사전에 4명으로 모둠을 만든다. 4명으로 모둠을 구성하기 어려우면 2명이 짝을 만든다. 도화지나 A4 용지 및 필기도구를 준비한다.

하트 모양을 만드신 두 분은 지금 사랑하는 마음이 충만하시거나, 앞으로 사랑하는 마음을 가득 담으실 것이라고 생각합니다.

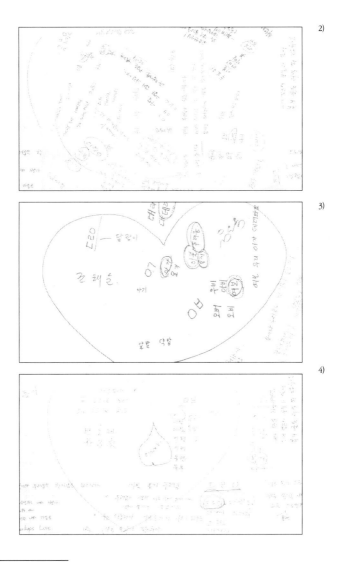

---

2) 2015.4.7.(화), 대구송일초등학교 김영은, 김미경, 최선희, 조소진 선생님.

3) 2015.11.18.(수), 대구범물초등학교 조태순 교감 선생님과 유은옥 선생님.

4) 2015.11.18.(수), 대구범물초등학교 박소래, 이정희 선생님.

그러면 제가 제시하는 초성으로 시작하는 두 글자 낱말을 만들어 보시겠습니다. 도화지 아무 곳이나 이응(ㅇ)과 기역(ㄱ)을 쓰시겠습니다. 그리고 두 글자짜리 낱말을 만들어 보시기 바랍니다. 국어사전이나 휴대폰에서 낱말을 찾으셔도 됩니다. 처음에도 말씀드렸듯이 이응과 기역으로 시작하는 두 글자 낱말입니다.

ㅇ ㄱ[5]

잘 하셨습니다. 힘드신가요? 재미있으시다는 분이 있습니다. 그러면 이번에는 짝이나 모둠끼리 만든 낱말 중에서 가장 마음에 드는 것을 하나 정해서 동그라미를 하겠습니다. 정하실 때는 반드시 협의를 해서 낱말 하나를 정하시기 바랍니다.

자, 그러면 이번에는 이응(ㅇ)과 비읍(ㅂ) 초성으로 시작하는 두 글자짜리 낱말을 만들어 보겠습니다. 이전과 같이 도화지 아무 곳이나 이응과 비읍을 쓰시겠습니다. 그리고 두 글자짜리 낱말을 만들어 보시기 바랍니다. 휴대폰이나 국어사전에서 낱말을 찾으셔도 됩니다.

ㅇ ㅂ

잘 하셨습니다. 그러면 이번에는 이응과 비읍으로 만든 낱말 중에서 가장 마음에 드는 것을 하나 정해서 동그라미를 하겠습니다. 정하

---

5) 칠판에 제시하거나 파워포인트로 제시한다. 미리 국어사전을 1권씩 준비한다. 1명씩 낱말을 만들거나, 2명이나 4명이 협의해서 만들어도 된다.

실 때는 반드시 협의를 해서 정하시기 바랍니다.

자, 이번에는 조금 어려운 것 하겠습니다. 디귿(ㄷ)과 리을(ㄹ)과 이응(ㅇ)으로 시작하는 세 글자짜리 낱말을 만들어 보시겠습니다. 방법은 앞에서 한 것과 같이 하시면 됩니다.

ㄷ ㄹ ㅇ

다 하셨지요. 그러면 세 글자짜리 낱말 중에서 가장 마음에 드는 낱말을 정해서 동그라미를 하시겠습니다. 역시 협의를 하셔서 정하시면 좋겠습니다.

세 가지 낱말을 다 정하셨지요. 그러면 이번에는 정한 낱말 세 가지를 큰 소리로 읽어보시겠습니다. 모두 좋은 낱말을 정하셨습니다. 그러면 이번에는 짝이나 모둠끼리 세 가지 낱말을 가지고 한 문장을 만들어 보시겠습니다. 각각 한 번씩만 사용하시겠습니다. 낱말의 순서는 문장에 따라 다를 수 있습니다.

> 여보 우리 아기 데려와요
> 아기를 키우느라 힘든 우리 여보에게 달리아를 선물해 주었다.
> 여보, 당신과 우리 아가는 내 삶의 동력원이라오.
> 아비와 아기가 얼굴이 달라요.[6]

좋은 문장을 만드셨습니다. 주로 아기와 남편에 대한 문장입니다.

---

6) 2015.11.18.(수), 대구범물초등학교 수요자 맞춤형 연수.

즉, 가족과 관계되는 문장입니다. 아이들에게 하면 아이들이 좋아하거나 관심 있는 것을 알 수도 있습니다. 이렇게 몇 개의 낱말로 우리 학생들이 국어를 사랑하는 마음을 가지게 하고, 행복한 수업 시간이 되도록 할 수도 있습니다. 국어사전을 활용한다면 시나브로 국어사전을 가까이 하는 습관도 기를 수 있습니다. 대구광역시교육청의 수업철학인 협력학습에서 말하는 학생 간의 상호작용하기에도 아주 좋습니다. 함께 좋은 문장을 만들어 주셔서 고맙습니다.

그러면 제가 원하는 낱말을 보여 드리겠습니다.

용기

이불

두려움[7]

용기, 이불, 두려움입니다. 세 가지 낱말을 각각 한 번씩만 사용해서 한 문장을 만드시겠습니다. 앞에서 하신 것과 마찬가지로 짝(모둠)끼리 의논하셔서 만드시면 됩니다. 낱말의 순서는 바뀌어도 좋습니다.

> 두려움이 몰려올 땐 이불 속에서 연습해서 용기를 기르자.
>
> 용기를 얻기 위해서 두려움이라는 이불을 걷어 내자.
>
> 이불을 걷고 두려움을 떨쳐 용기를 내보자.
>
> 이불 속에 숨지 말고 용기 내어 두려움과 맞서라.
>
> 용기와 두려움은 이불의 겉과 속이다.

---

7) 칠판에 제시하거나 파워포인트로 제시한다.

출근의 두려움을 이겨내고 이불을 갤 용기를 가져.

두려움이 생겨 이불속에 들어가니 다시 용기가 생겼어요.

아가야 두려움을 떨쳐내고 용기 내어 이불 밖으로 나오렴.[8]

용기는 두려움의 이불 속에 있다.

두려움을 잊기 위해서는 이불 속에 숨지 말고 용기를 내어 밖으로 나오렴.

두려움의 이불을 박차고 나와 용기를 가져라.

두려움의 이불을 벗어던지고 용기를 가지자.[9]

선생님(학부모님)들께서 이불, 용기, 두려움이라는 세 가지 낱말을 가지고 좋은 문장을 만들어 주셨습니다. 모두가 의미 있는 문장입니다. 이런 방법으로 아이들의 수업에 적용할 수도 있습니다. 명언이나 격언을 완성된 문장으로 익히게 하는 것도 좋습니다. 좀 더 교육적인 면을 고려한다면, 아이들이 스스로 만들어 가는 명언이나 격언이면 더 좋겠다는 생각입니다.

이렇게 이불, 용기, 두려움의 세 낱말을 이용해서 문장을 만들어 보시니 재미있으시지요. 여러분들이 만든 문장 내용이 참 좋습니다. 제가 여러분들에게 드리는 문장은 다음과 같습니다.

---

8) 2015.11.18.(수), 대구범물초등학교 수요자 맞춤형 연수.
9) 2015.12.19.(수) 대구교육대학교대구부설초등학교 위클래스 2기 학부모상담사 수료과정.

용기와 두려움은 한 이불을 덮고 잔다.

같이 소리 내어 읽어 보시겠습니다. 용기와 두려움은 한 이불을 덮고 잔다. 참 멋진 문장 아닙니까? 눈 감으시고 그 뜻을 생각해 보시지요. 어떤 생각이 드십니까?

그러면 용기와 두려움은 한 이불을 덮고 잔다는 말을 풀이해 보겠습니다. 자, 모두들 왼손을 보시지요. 손바닥이 용기라고 하겠습니다. 그러면 손등은 무엇이겠습니까? 두려움이겠지요. 예, 그렇습니다. 용기와 두려움은 멀리 떨어져 있지 않습니다. 아주 가까이에 있습니다.

선생님 반 아이들 중에 학교 오는 것에 두려움을 가진 아이가 있다면 어떻게 하시겠습니까? 먼저, 공부, 공부하시기 전에 학교 오는 것에 대한 두려움을 떨치고 용기를 가지도록 도와 주셔야 하겠지요. 선생님 학교에 수업, 특히 공개 수업에 대한 두려움이 있는 선생님이 있다면 어떻게 하셔야 합니까? 그 선생님이 공개 수업에 대한 두려움을 떨치고 용기를 가지고 수업을 할 수 있도록 도와주셔야 합니다. 그러면 누가 도와주어야 할까요? 그것은 동학년의 동료 선생님이 될 수도 있고, 선배 선생님이 될 수도 있습니다. 교장이나 교감 선생님도 당연히 하셔야 할 일이겠지요.

그러면 용기와 두려움을 잘 나타내고 있는 역사적인 사실을 같이 알아보시겠습니다. 모두 휴대전화 가지고 계시지요. 다음의 두 숫자가 무엇을 의미하는지 검색해 보시기 바랍니다. 참고로 작은 숫자보다는 큰 숫자를 검색하면 쉽게 찾을 수 있습니다.

12

17,613,682[10]

쉽게 찾으셨지요. 누구나 한 번 쯤은 보셨을 겁니다. 영화 명량과 관계되는 숫자입니다. 12는 이순신 장군의 유명한 말입니다. 백의종군 하다가 다시 통제사의 자리에 올라서 상소문에 적은 "신에게는 아직 열두 척의 배가 남아 있사옵니다."입니다.

17,613,682는 영화 명량의 유료 관객 수입니다. 우리나라 영화 사상 최고의 기록입니다. 영화 국제시장도 이 기록을 넘지 못했습니다. 제 생각으로는 당분간 깨기 힘든 기록일 것이라고 생각합니다. 영화 평론 가들도 같은 생각입니다.

그러면 명량해전이 용기와 두려움과는 어떤 관계가 있을까요? 잘 아 시다시피 명량해전은 역사적인 사실입니다. 1597년 음력으로 9월 16 일에 벌어진 조선과 왜국의 해전입니다. 역사적인 논란이 많지만, 실 제 전투에서는 우리 조선의 수군 13척과 왜선 133척이 맞붙었다고 합 니다.

그전에 숫자 12에 대한 생각부터 정리해 보겠습니다. 이순신 장군 이 "신에게는 아직 12척의 배가 남아 있사옵니다."라는 장계를 올릴 때 용기만 있었겠습니까? 분명 두려움도 많았을 것입니다. 하지만 이 순신 장군은 두려움을 철저한 준비로 극복했습니다. 무릇, 장군이나 리더는 부하들에게 두려움을 보이는 순간 그 자격을 상실한다고 생각 합니다.

---

10) 칠판에 제시하거나 파워포인트로 제시한다.

이순신 장군은 죽기를 각오하고 싸우니 두려울 것이 없었습니다. 하지만 부하들은 생각이 달랐습니다. 이순신 장군이 탄 대장선이 고군분투를 하고 있는 동안에도, 나머지 조선 수군의 배는 멀찌감치 떨어져 있었습니다. 부하들의 눈에는 싸움이 되지 않는 전투인 것입니다. 영화 명량의 이순신 장군 대사 중에 이런 게 있습니다.

만일 그 두려움을 용기로 바꿀 수만 있다면 그 용기는 백배 천배 큰 용기로 배가 되어 나타날 것이다.[11]

그렇습니다. 용기와 두려움은 한 이불을 덮고 자는 사이입니다. 내 마음에도 용기와 두려움이 함께 존재합니다. 명량해전을 대승으로 이끈 이순신 장군과 그 부하들의 생각은 어떠했을까요? 역사에 만약이란 없지만, 그 당시 조선 수군들의 마음 변화를 이렇게 유추해 봅니다.

ㅇ 진다. (두려움)
ㅇ 오늘 전쟁은 지는 싸움이다. 어차피 질 싸움이면 적당한 때를 봐서 도망가야지. (용기〈 두려움)
ㅇ 이순이 장군이 탄 대장선이 대단하네. 왜군들이 맥을 추지 못하네. 이길 수도 있겠는데. 그래도 알 수 없으니 도망갈 준비도 해야지. (용기 ≒ 두려움)
ㅇ 이기자. 이순신 장군님을 도와 이 싸움을 이기자. 우리가 이긴다. (용기 〉두려움)

---

11) http://cafe.daum.net/malbbal79/QPWV/47?q=%B8%ED%B7%AE%20%B8%ED%B4%EB%BB%E7&re=1.

○ 이겼다. (용기)

다음은 숫자 17,613,682의 의미를 생각해 보겠습니다. 실로 엄청난 숫자입니다. 우리나라 인구가 5천 100만 정도이니, 국민 3명 가운데 1명은 영화 명량을 본 것이겠지요. 천만 명이면 흔히 말하는 대박 영화입니다. 그 대박의 요건은 무엇일까요?

길종철 교수가 지난 2일 서울 압구정 씨지브이에서 열린 '천만 영화 스토리텔링의 비밀'이란 강좌에서 '천만 서사'의 5가지 요건을 짚었다.

○ 단독 주인공. 천만 영화에선 주동자가 중요하다. 〈명량〉은 조선의 존망을 목전에 둔 이순신(최민식)의 내적 갈등과 두려움을 들여다볼 수 있는 장치를 영화 곳곳에 깔았다.
○ 정서적 유대감. 할리우드 블록버스터 영화들을 '하이 콘셉트' 영화라고 부른다.
○ 다층적 갈등일제 강점기를 배경으로 한 영화 〈암살〉의 전선은 여럿이다.
○ 중심 아이디어. 〈암살〉의 중심 아이디어는 영감(오달수)의 "우리 잊으면 안 돼"라는 대사였다.
○ 익숙한 이야기. 〈국제시장〉의 부성애, 〈명량〉의 충성심, 〈변호인〉의 정의감 등 12)

---

12) 한겨레 인터넷 신문 2015.12.13. http://www.hani.co.kr/arti/culture/movie/721686. html.

공감이 가는 내용입니다. 저는 영화 명량의 흥행을 이런 관점에서 생각해 보았습니다. 저는 사람들의 마음 속에 자리 잡고 있는 두려움을 극복하자는 생각이 사람들을 불러 모았다고 봅니다. 바로 용기를 가져야겠다는 생각이겠지요. 누구나 마음 어딘가에 두려움이 있습니다. 공부 걱정, 취직 걱정, 집 마련 걱정, 건강 걱정 등 조금이라도 걱정 없는 사람 어디 있겠습니까? 지금 우리 주변에 작은 두려움이라도 없는 사람 어디 있겠습니까?

선생님들의 가슴가슴에 용기 가득하시길 기원합니다. 그 용기가 아이들 가슴과 가슴에 전해지길 소망합니다. 시나브로 우리 아이들도 두려움 대신에 용기 넘치는 행복한 생활이 될 것입니다.

하지만 누구나 약간의 두려움은 가지고 있는 게 좋은 것이라는 생각도 합니다. 약간의 두려움 때문에 좀 더 준비하고, 생각하고, 고민하고, 배려하는 삶을 살 수도 있기 때문입니다. 그런 과정과 과정이 행복이라는 생각도 합니다.

교황님 같은 맞춤식 사랑이 필요해요

—

노래 한 곡 감상하시겠습니다. 여러분들의 귀에 익숙한 곡일 것입니다. 무슨 노래인지 다 아시겠지요. 예, 그렇습니다. Perhaps Love[13]라는 곡입니다. 세계 3대 테너 중 한 사람인 플래시도 도밍고와 자연을 노래하는 가수 존 덴버가 1981년에 함께 발표한 노래입니다.

우리나라의 유명한 DJ인 김기덕이 선정한 한국인이 좋아하는 팝송 베스트 100곡[14] 가운데 72위에 오른 곡이기도 합니다. 그러면 1위와 2위는 어떤 노래이겠습니까? 예, 잘 맞추셨습니다. 1위는 Abba의 Dancing Queen입니다. 비요른 울바에우스, 베니 앤더슨, 아니 프리드 링스타드, 아그네사 팰트스코그로 스웨덴 출신 3명, 노르웨이 1명 구성되어 있습니다. 2위는 팝 역사상 가장 큰 영향력을 끼치고

---

13) 빅3 중 한 사람인 플라시도 도밍고의 중후한 보컬과 깨끗하고 소박한 무공해 목소리의 주인공인 존 덴버의 보컬이 멋진 조화를 이룬 곡이다. 팝 가수와 클래식 가수가 공동으로 발표해 가장 성공한 크로스오버 작품. 이 곡의 성공으로 80년대 이후 크로스오버 붐을 일으키는 데 결정적인 역할을 했다. 각자의 장르에서 최고의 아티스트라는 칭송을 받았던 두 사람, 거장다운 모습을 이 곡에서 유감없이 발휘했다. 서로에게 부족한 부분을 채워줬으며 또한 서로에 대한 존경이 이 노래에 담겨 있다. 이 노래로 인해 클래식과 팝, 이 양대 음악에 대한 편견이 해소될 수 있었으며, 현재와 같은 크로스오버 시대를 앞당길 수 있었다. 김기덕(2002년 12월 30일 1판 1쇄, 2015년 11월 1일 1판 17쇄). 한국인이 가장 좋아하는 팝송베스트 100. 파주: 삼호EAM. p.121.

14) 기간: 2001년 12월 1일~2002년 6월 30일, 조사 방법: MBC 라디오 인터넷 사이트를 통한 네티즌 투표, 총 투표자수: 186,673명, 투표에 의해 추천된 곡: 총1,920곡, 추관: MBC-FM 골든 디스크.

있는 영국의 록그룹 Beatles의 Yesterday입니다. 우리나라의 각종 조사에서 1위를 가장 많이 차지한 곡입니다. Beatles의 Let IT Be는 4위에 올랐습니다.

그러면 이 조사에서 72위에 오른 Perhaps Love를 감상하시겠습니다. 플래시도 도밍고와 존 덴버가 부른 곡입니다.

Perhaps Love[15]

perhaps love is like a resting place	아마도 사랑은 폭풍으로부터
A shelter from the storm	안식을 주는 쉼터와 같습니다
It exists to give you comfort	사랑은 당신께 평안을 주고
It is there to keep you warm	따스하게 감싸주려고 존재하는 겁니다
And in those times of trouble	그리고 당신이 가장 외로워하는
When you are most alone	그런 고난의 시간에 사랑의 기억이
The memory of love will bring you home	당신을 편안하게 해 줄 겁니다
Perhaps love is like a window	아마도 사랑은 창문과 같고
Perhaps an open door	어쩌면 활짝 열린 문과 같습니다
It invites you to come closer	당신께 좀 더 가까이 오라 하고
It wants to show you more	더 많은 걸 보여주려고 합니다.
And even if you lose yourself	당신이 길을 잃고 어떻게
And don`t know what to do	해야 할지 모를 지라도
The memory of love	사랑에 대한 기억이
will see you through	당신의 길을 찾도록 해 줄 겁니다

---

15) 김기덕(2002년 12월 30일 1판 1쇄, 2015년 11월 1일 1팡 17쇄). 한국인이 가장 좋아하는 팝송베스트 100. 파주: 상호EAM. p.121.

Oh, love to some is like a cloud	어떤 이에게 사랑은 구름과 같고
To some as strong as steel	어떤 이에게는 강철처럼 강하기도 하죠
For some a way of living	어떻게 보면 사랑은 삶의 방식이고
For some a way to feel	어떻게 보면 사랑은 느낌입니다
And some say love is holding on	사랑은 꿋꿋이 버티는 것이라고 하고
And some say letting go	보내주는 것이야말로 사랑이라고도 하죠
And some say love is everything	어떤 이는 사랑이 전부라고 하고
And some say they don`t know	뭔지 모르겠다고 하는 사람도 있습니다
Perhaps love is like the ocean	어쩌면 사랑은 갈등과 아픔으로
Full of conflict, full of pain	가득 찬 바다와 같을지 모릅니다
Like a fire when it`s cold outside	추운 날씨엔 불과 같고
Or thunder when it rains	비가 내릴 땐 천둥 같은 게 사랑일 겁니다
If i should live forever	내가 영원히 살게 되어
And all my dreams come true	꿈이 이루어진다면
My memories of love will be of you	내 사랑의 추억은 당신일 겁니다
And some say love is holding on	사랑은 꿋꿋이 버티는 것이라고 하고
And some say letting go	보내주는 것이야말로 사랑이라고도 하죠
And some say love is everything	어떤 이는 사랑이 전부라고 하고
And some say they don`t know	뭔지 모르겠다고 말하는 사람도 있습니다
Perhaps love is like the ocean	어쩌면 사랑은 갈등과 아픔으로
Full of conflict, full of pain	가득 찬 바다와 같을지 모릅니다
Like a fire when it`s cold outside	추운 날씨엔 불과 같고
Or thunder when it rains	비가 내릴 땐 천둥 같은 게 사랑일 겁니다
If i should live forever	내가 영원히 살게 되어
And all my dreams come true	꿈이 이루어진다면
My memories of love will be of you	내 사랑의 추억은 당신일 겁니다

잘 들으셨지요. 참 좋은 노래입니다. 사랑이라는 말은 언제 들어도 기분이 좋습니다. 여러분들도 그러시리라 생각됩니다.

방금 들은 노래를 생각하시면서 사진 한 장 보시겠습니다. 여러분들에게 익숙한 분입니다. 사진 속의 인물은 누구인가요? 예, 그렇습니다. 프란치스코 교황님입니다. 교황님은 2014년 8월 14일부터 8월 18일까지 우리나라를 다녀가셨습니다. 대통령을 비롯해서 흔히 말하는 높으신 분들 많이 만나셨습니다. 그에 못지않게 어렵고 힘든 분들도 많이 만나고 가셨습니다.

이 사진은 2014년 8월 16일 충청북도 음성군 꽃동네를 방문한 사진입니다. 여러분들도 잘 알고 계시는 장소이지요. 아마 이곳을 방문해 보신 분들도 있을 것으로 생각합니다. 사진 잘 보시지요. 교황님이 무엇을 하고 계신가요? 교황님의 손가락을 어린아이에게 빨리고 있습니다. 누가 시켜서 한 것일까요. 아닙니다.

그러면 사진 한 장 더 보시겠습니다. 바로 방금 전 사진의 앞의 장면입니다. 교황님이 아이 앞에 섰을 때, 그 아이는 자기의 손가락을 빨고 있었습니다. 아이는 교황님이 누구인지도 모릅니다. 오로지 손가락을 빠는 그 순간이 행복할 뿐입니다. 교황님이 잠시 당황했습니다. 잠시 고민을 하신 교황님은 아이의 손목을 잡고 살며시 당겼습니다. 아이의 입에서 손가락이 빠져나온 것입니다. 아이의 손가락을 빼고 그냥 두면 어떻게 되겠습니까? 당연히 아이가 울겠지요. 교황님은 아이의 손가락을 빼는 대신에 자신의 손가락을 아이의 입에 넣었습니다.

교황님의 손가락은 맞춤형 사랑의 전형입니다. 그 아이에게는 손가락이 필요했습니다. 내일 출근해서서 이렇게 해 보시겠습니까? "자, 전부 손가락 하나를 입에 넣으세요. 빼세요." 하고는 선생님의 손가락을 아이들 입에 넣으시겠습니까? 그렇게 하지 않으셔도 됩니다. 바로 교황님의 생각, 마음만 닮으시고 실천하시면 됩니다.

선생님의 반 아이들 중에서 선생님의 사랑을 필요로 하는 학생들이 많습니다. 어떤 아이는 선생님의 엄지손가락이 필요합니다. 어떤 아이는 새끼손가락이 필요합니다. 어떤 아이는 오른손 전체가 필요합니다. 선생님의 두 팔로 보듬어야 할 아이도 있습니다. 선생님들이 교황님 같은 사랑으로 충만하시기를 소망해 봅니다.

16)

17)

16) 충청북도 음성군 꽃동네 홈페이지(https://www.kkot.or.kr:5001).
17) 아시아경제2015.8.17.(http://news.naver.com/main/read.nhn?mode=LSD&mid=sec&sid1=103&oid=277&aid=0003312285).

그러면 교황님의 사진과 관련이 있는 제 일기 하나를 소개해 드리겠습니다. 2015학년도 여름방학 중의 일기입니다.

사랑은

2015.08.24.(월)

2015.08.24. 오후, 2004년 교대부초 교사 시절 교대 강의에서 만났던(교육B반 국어과 2, 3학점 강의) 김원아 선생님이 부초에 오셨다. 현재 대구이곡초등학교에 근무하신다. 최근 다음과 같은 상을 수상하셨다. 창비 〈제20회 좋은 어린이책 원고 공모 수상자〉 창작 부문(저학년) 대상 김원아 『나는 3학년 2반 7번 애벌레』 한참 이야기를 나누었다. 이런저런 이야기 중에 대부분이 수업이야기였다.

5시가 넘어서 내일 강의[18] 마무리를 위해 충청북도 음성군 꽃동네 홈페이지를 방문했다. 사진에 나오는 아이들의 사진도 찾았다. 정확한 출처를 알게 되었다.

입양기관(1997.11.4 허가), 아동양육시설(2011.5.30 허가)
천사의 집 아가들과의 만남 (https://www.kkot.or.kr:5001/)
교황님: 입양은 잘 되고 있나요
수녀님: 예, 현재까지 800여명의 아이들이 입양되었습니다.
교황님: (놀라시며 고개를 끄덕끄덕)

---

18) 대구광역시교육연수원 생애주기별 직무연수 중 성장기 3기.

저녁 8시경 학교를 나섰다. 태풍이 예보된 여름밤은 간간히 비를 뿌린다. 라디오를 틀었다. 시디는 넣을 곳도 없고, 카세트 테이프를 넣는 곳도 고장인 난 지 오래이다. 출퇴근 길에 주로 듣는 103.9 교통 방송이다. 오늘의 시청자 참여는 아이큐에 관한 것이다. 한 여자 애청자를 전화로 연결했다. 근무지가 꽃동네이고, 지금 맡고 있는 일이 아이들이라고 한다. 두어 시간 전에 꽃동네 홈페이지를 방문해서 확인한 곳에서 일하시는 분이다. 우연인가? 인연인가? 입양이 잘 되지 않아서 최근에 양육시설(고아원)도 겸하고 있다고 한다. 지금은 6살 아이들 15명의 엄마라고 했다. 사회자가 파이팅이라고 격려해 주었다. 그 여자 사회복지사의 신청곡은 현숙의 '사랑은'이었다.

그리고 교황님과 관련 있는 것 한 가지 더 공유하겠습니다. 교황님이 우리나라를 방문하시는 동안 많은 말씀도 하셨습니다. 그 말씀을 분석해서 많이 사용한 낱말이 무엇인지 통계를 낸 자료가 있습니다. 가장 많이 사용한 낱말이 무엇이겠습니까? 예, 잘 알고 계시네요. 바로 '사랑'입니다. 사랑은 모두 166번을 말씀하셨다고 합니다. 다음은 '한국'이 120번, '마음'과 '사랑'이 각각 101번이었습니다.

사랑이라는 말, 참 좋습니다. 하는 사람이나 듣는 사람이나 기분이 좋습니다. 개인적으로는 돌아가신 부모님들께 사랑합니다라는 말씀을 많이 드리지 못한 게 후회가 됩니다. 대신 아내와 아들, 딸에게 사랑합니다라는 말을 많이 하자라는 생각은 하지만, 그것도 잘 되지가 않습니다. 입 안에 맴돌기는 하는데 소리를 내는 게 참 어렵습니다. 정작 마음은 그렇지 않은데 말입니다.

선생님, 반 아이들에게도 사랑합니다라는 말씀 자주하세요. 그리고 다른 반과 비교하는 것보다는, 반 아이들 칭찬 많이 해주세요. 칭찬은 고래도 춤추게 한다고 합니다. 사랑합니다라는 말을 듣고 자라는 아이들은 시나브로 사랑합니다라는 말을 하게 됩니다. 사랑이라는 말은 특별한 말이 아닙니다. 누구나 어디서나 할 수 있는 말입니다.

우리 학교에 사랑합니다라는 말을 달고 사는 선생님이 있습니다. 지금 4학년 1반 담임이신 이상우 선생님이십니다. 공유 수업이나 평소에 아이들을 부를 때는 늘 사랑합니다를 붙입니다. 주로 이름의 앞에 붙이지만, 뒤에 붙이는 경우도 있습니다.

하루는 4학년 연구실에서 이상우 선생님과 이야기를 나누었습니다. 그 전부터 궁금하던 사랑합니다를 사용하게 된 이유를 물어보았습니다. 대답은 의외로 간단했습니다. 교내 수업을 참관하다가 보니, 아이들 이름 앞에 존중합니다라는 말씀을 하는 선생님이 있었다고 합니다. 6학년의 이종표 선생님입니다. 그래서 이상우 선생님은 어떤 말을 붙일까 생각하다가 사랑합니다라는 말을 붙이게 되었다고 합니다. 오후 수업을 마치고 커피 한 잔 하는 짧은 시간이었습니다. 그리고 그날 저녁에 카톡으로 장문의 사랑합니다를 받았습니다.

난 왜 사랑을 말하게 되었을까? 남들보다 우수하고 앞선 교사가 되기 위해 경쟁적으로 살아오던 어느 날, 사랑이라는 말은 추상적으로 입에 발린 소리이고 나에게 의미가 없다는 것을 느꼈다. 교사로서 참 못났다는 생각이 들었다. 교사는 진심 어린 마음이 중요하다. 난 반쪽짜리 교사다. 그래서 더 사랑을 주기 위해 열심히 노력한다. 이제는 지식과 기능이 뛰어난 교사보다 열정어린 가슴 따뜻한 교사가 더 필요한 세상이다. 지식과 감성이 필요한 하이터치 시대 협력에 필요한 소통과 배려는 사랑에서부터 출발하지 않을까? 아이들을 가르치는 교사에게 진심 어린 사랑의 마음이 없다면 아이들에게 무엇을 가르치리오. 교사가 아닌 선생님으로서의 나를 돌아보자. 사랑은 가슴으로 느끼는 것이다. 이별 포옹[19]이라는 엄마, 아빠의 사랑이 담긴 기적의 기사를 혹시 알고 있는가. 어릴 적에 부모님에게 안겨 느꼈던 심장의 따뜻함을 지금도 기억하는가? 아이들은 사랑을 알고 있는 것이 아니라 가슴으로 느끼고 있다. 사랑이란 말은 중요하지 않다. 나는 요즘 아이들의 사랑을 받고 있다. 그래서 점점 더 행복해짐을 느끼고 더욱더 사랑을 베풀고 싶다. 교사라는 직업을 가지고 선생님이 된 후 가장 행복한 시절이다. 앞으로도 이런 시절이 계속 되기를 간절히 기원하고 노력할 것이다. 작년부터 시작한 사랑 외침은 지금 50여명의 아이들로부터 메아리처럼 나에게 돌아오고 있다. 앞으로 수백 명, 수천 명으로부터 사랑의 메아리를 듣게 된다면 나는 세상에서 가장 행복한 사람이 될 것이다.[20]

---

19) '이별 포옹'으로 호흡이 멈춘 아기를 살린 호주 부부의 사연이 알려지면서 화제를 낳고 있다. http://www.dailian.co.kr/news/view/493988.

20) 2015년 3월 18일 수요일, 18:12.

맹자 엄마와 한석봉 엄마가
만났어요

영호의 엄마는 까막눈이었습니다. 게다가 어릴 때 다친 한쪽 눈은 잘 보이시지도 않았습니다. 초등학교도 졸업하지 못한 무학이었습니다. 외가는 서당을 운영했다고 들었습니다. 영호가 어릴 때 외갓집의 곳간은 늘 무언가로 가득 찼었다는 기억입니다. 그런 환경에서도 어머니는 한글을 깨우치지 못하셨습니다. 일 년에 몇 번 확인하는 영호의 성적표도 읽지 못하셨습니다. 그저 이번에는 몇 등 했다고 하면 잘 했다고 칭찬해 주시는 게 전부였습니다.

영호 엄마는 맹자 엄마도 한석봉 엄마도 아니었습니다. 그저 영호의 엄마였습니다. 공부 해라는 말씀을 안 하셨습니다. 아버지도 그랬습니다. 대신초등학교나 아포중학교를 다닐 때는 적당히 공부하면 남에게 뒤지지 않는 성적을 올릴 수 있었습니다. 전형적인 시골학교의 모습이었기에 가능한 일이었습니다. 김천고등학교를 다닐 때는 상황이 180도로 달라졌습니다.

영호의 엄마는 공부를 하라는 말씀 대신에 당신이 열심히 일했습니다. 지금 생각해도 어떻게 그렇게 일을 하실 수가 있을까 하는 생각이 들 정도입니다. 어려서는 그리 넉넉한 살림살이가 아니었습니다. 부모님의 헌신과 누님들의 노력이 더해져 고등학교나 대학교를 다닐 때는 어려운 살림에서 벗어날 수 있었습니다.

군이 영호의 엄마를 맹자 엄마와 한석봉 엄마에게 비한다면 중간쯤 될 것입니다. 공부해라는 말씀을 안 하셨지만, 공부에 필요한 돈은 부족하지 않게 마련해 주셨습니다. 어쩌면 당신이 열심히 일하는 모습을 보고, 영호가 공부를 그렇게 하기를 바랐을 것입니다. 그러나 내색은 않으셨습니다.

우리나라의 교육열은 세계에서도 손꼽힌다고 합니다. 그 교육열의 중심에 어머니, 엄마가 있습니다. 영호의 엄마도 그랬습니다. 역사적으로도 율곡의 엄마인 신사임당, 한석봉 엄마 등이 있습니다. 또, 중국의 맹자 엄마는 맹자의 공부를 위해서 여기저기 이사를 다닌 맹모삼천으로 유명합니다.

여기서는 맹자 엄마와 한석봉 엄마 이야기를 해 보겠습니다. 앞에서 말했듯이 맹자 엄마는 맹모삼천지교로 유명합니다. 한석봉 엄마는 아들에게는 글씨를 쓰게 하고, 자신은 떡을 써는 일화로 맹자 엄마 못지않게 유명합니다.

맹자 엄마와 한석봉 엄마

나는 맹자 엄마보다 한석봉 엄마가 훨씬 낫다고 생각합니다. 한석봉 엄마는 아들이 공부하고 돌아왔을 때, 불을 끄고 떡을 썰 테니까 아들은 글씨를 쓰라고 합니다. 그리고 다 끝난 다음에 불을 켜서 확인하니까 엄마는 가지런하게 썰었는데, 한석봉은 글씨가 크고 작고 비뚤어지게 썼습니다. 그래서 한석봉이 자신의 부족함을 깨닫고 열심히 공부했다는 고사입니다. 사실은 나도 글씨를 쓰는 사람으로서 이 게임이 공정한 게임은 아니라고 생각합니다. 떡이야 깜깜한 데서도 만져 보고 썰 수 있지만, 글씨는 만져 보면서 쓸 수는 없

습니다. 그러나 중요한 것은 환경만 바꿔 주는 것이 아니라 엄마 자신이 무엇

인가를 직접 실천하는 모습을 보여준다는 점입니다. 공부 환경도 중요하지만

엄마의 삶의 자세가 더 큰 영향을 주는 것이지요.[21]

대신초등학교 2학년 때 담임 선생님은 고영희 선생님이셨습니다. 한석봉 엄마형에 가까운 선생님이셨습니다. 방과 후에 주산을 가르쳐 주셨습니다. 2학년 때 아래가 5알짜리 주산을 배워서 공인 6급을 따기도 했습니다. 고영희 선생님은 무슨 일이나 아이들과 함께 하셨습니다. 국민교육헌장은 1968년 12월 5일에 제정이 되었습니다. 제가 초등학교 1학년 때의 일입니다. 그 다음 해부터 모든 초등학교 교실의 전면에는 국민교육헌장이 붙어 있었습니다.

글씨를 잘 쓰시는 선생님들은 직접 붓글씨 솜씨를 뽐낸 작품을 걸었습니다. 고영희 선생님도 글씨를 참 잘 쓰셨습니다. 고영희 선생님은 당신이 직접 국민교육헌장을 쓰시는 대신에 아이들 한 명 한 명에게 반 줄이나 한 줄을 쓰게 하셨습니다. 우리 반 교실에는 모든 아이들이 조금씩 쓴 국민교육헌장이 걸렸습니다. 내용이나 글씨의 수준을 떠나서 우리들 가슴 속의 국민교육헌장이 되었습니다.

6학년 담임이셨던 김명진 선생님은 맹자 엄마 같은 선생님이셨습니다. 선생님께서는 세세하게 가르치거나 요구하기 보다는 아이들이 알아서 하도록 환경을 만들어 주셨습니다. 굉장히 엄하시면서도 가슴 따뜻한 선생님이셨습니다. 체육시간이면 남자 아이들과 축구나 핸드볼을 함께 하시는 한석봉 엄마 같은 선생님이시기도 했습니다. 국어

---

21) 신영복(2015). 담론. 파주: 돌베개. p.106.

시간에 한 쪽 정도의 분량을 틀리지 않고 읽게 하시는 문제를 내셨습니다. 여러명이 아이들이 도전했지만, 아무도 성공하지 못했습니다. 결국 선생님께서 시범을 보이는 것으로 문제가 해결되었습니다. 아이들을 가르치면서 가끔씩 6학년 때의 기억을 되살려 똑같이 해보기도 했습니다. 시나브로 국어사랑 하는 마음을 가슴에 담아 주신 선생님이셨습니다.

김천고등학교 2, 3학년 담임은 국어를 가르치신 전장억 선생님이셨습니다. 고등학교 2학년 때 표절(剽竊)이라는 말을 처음 가르쳐 준 선생님입니다. 한학에 조예가 매우 깊으셨습니다. 또한, 기억력이 탁월하셔서 고전작품을 막힘없이 술술 외우시기도 했습니다. 선생님의 영향으로 성산별곡과 독립선언서를 어느 정도 외우기도 했습니다. 좋은 것을 낭송하고 암송하는 게 중요하다는 것을 시나브로 깨우치게 해 주신 선생님이셨습니다. 김천중고등학교 동창회보인 송설회보에 실린 글을 보니 최근까지도 기억력이 생생하시다고 합니다.

선생님들은 맹자 엄마와 한석봉 엄마 중 어떤 형이신가요? 맹자 엄마에 가까우신 분도 있으시지요. 한석봉 엄마에 가까운 분들도 있을 것입니다. 아니면 맹자 엄마와 한석봉 엄마를 융합한 형의 선생님이 있으시지요. 저는 굳이 맹자 엄마형의 선생님이 좋다, 한석봉 엄마형이 좋다라고 구분하고 싶지는 않습니다. 우리 선생님들은 두 가지 형을 다 가지고 있으면 좋겠습니다. 어떨 때는 맹자 엄마 같은 선생님, 또 다른 상황에서는 한석봉 엄마 같은 형의 선생님이면 좋겠습니다. 저학년 선생님이라면 맹자 엄마보다는 한석봉 엄마형의 역할을 더 많이 하셔야겠지요. 고학년이라면 맹자 엄마형의 역할이 더 많을 것입니다.

맹자 엄마나 한석봉 엄마나 기본적으로 자식을 무한 사랑으로 키우시는 분들입니다. 영호의 엄마도 그러셨습니다. 여러 선생님들의 엄마도 그러셨겠지요. 우리 선생님들도 맹자 엄마나 한석봉 엄마 같이 무한 사랑으로 아이들과 사제동행 하시리라 믿습니다.

척 보면 수업 분위기를
알아요

———

제가 다녔던 대신초등학교는 2015년 2월 말에 폐교가 되었습니다. 2015년 8월에 대신초등학교를 방문할 기회가 있었습니다. 학생들이 떠난 운동장은 망초대가 키 재기를 하고, 텅 빈 교실은 누군가의 발길을 기다리고 있었습니다. 지금 건물은 2학년, 4, 5, 6학년 교실이 그대로 남아있습니다. 1학년과 3학년 때의 교실은 흔적을 찾을 수 없습니다. 초등학교 시절 교실 분위기를 소개해 드리겠습니다.

1학년 교실 분위기는 가끔 공포 그 자체였습니다. 교장 선생님으로 정년퇴직을 하신 여자 선생님이셨습니다. 1학년 담임을 하실 때는 20대 후반이나 30대 초반이었던 것으로 기억합니다. 공부 시간에 무엇을 배웠는지는 기억이 나질 않습니다. 숙제를 하지 않거나 공부 시간에 떠드는 아이들의 체벌 장면이 아직도 선명합니다. 교탁 앞에서 바지와 속옷을 내리고 칠판에 손을 짚게 합니다. 선생님은 1미터짜리 대나무자로 엉덩이(볼기짝)를 힘껏 내리치셨습니다. 우리 동네에서 같이 입학한 한 친구는 그 일을 몇 번 당하고서는 학교를 나오지 않았습니다. 대신 다음해에 다시 1학년에 입학을 했습니다. 지금은 서울에서 유능한 형사로 근무 중입니다.

2학년 때 고영희 선생님의 교실은 1학년 때와는 정반대였습니다. 맹자 엄마와 한석봉 엄마에서 소개를 드린 선생님입니다. 나무람 보다는 칭찬과 격려가 있었습니다. 체벌 대신에 웃음과 사랑이 넘치는 교실이었습니다. 자그마한 키에 단아한 모습이 아직도 눈에 선합니다. 국민교육헌장을 반의 모든 아이들이 쓰게 하신 것만 봐도 아이들을 얼마나 존중하고 사랑했는지 알 수 있습니다. 교실은 늘 화기애애했었습니다.

수업분석은 질적 분석과 양적 분석이 있습니다. 여기서는 분석에 대한 이야기보다는 수업 분위기에 대한 이야기를 드리겠습니다. 수업 분위기 분석은 양적인 분석에 한정해서 말씀드립니다.

양적인 수업 분석 중에서 수업 분위기 분석[22]은 어떤지 살펴보겠습니다. 분위기의 사전적인 의미는 '그 자리나 장면에서 느껴지는 기분', '주위를 둘러싸고 있는 상황이나 환경', '어떤 사람이나 사물이 지니는 독특한 느낌'등의 뜻입니다. 이런 사전적인 의미에 수업 또는 학습이라는 말을 넣으면 무난할 것 같습니다.

수업(학습) 분위기 분석[23]

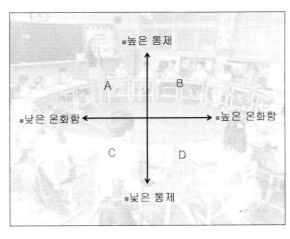

22) 박태호(2012). 초등 국어 수업 관찰과 분석. 서울: 정인출판사 PP126~129. 및 이상수, 강정찬, 이유나, 오영범(2013). 수업컨설팅. 서울: 학지사. pp.163~171. 재구성.
23) 배경 사진은 2014학년도 대구태현초등학교 3학년 2반 심경회 선생님 수업장면임.

학급 분위기를 나타내는 교사의 행동

높은 온화함

1. 학생 행동을 칭찬하거나 상을 줌
2. 수업 중 학생의 생각을 이용함
3. 학생 표현에 대해 교사가 응답함
4. 학생 반응에 교사가 긍정적 몸짓으로 반응함
5. 학생이 정답을 찾도록 교사가 실마리를 제공함
6. 오답을 한 경우에도 격려함
7. 학생 표현에 긍정적으로 반응하거나 느낌을 수용함

낮은 온화함

8. 교사가 주로 비판하고, 책망하며, 꾸짖음
9. 교사가 학생의 말을 중도에 가로채거나 끊음
10. 개별 학생이 잘못하면 전체 학생에게 주의를 주고 훈계함
11. 학생이 말하고자 하는 욕구를 무시함
12. 교사가 눈살을 찌푸리거나 노려봄
13. 학생에게 명령을 내림
14. 적당한 근거를 제시하지 않고, 틀렸다고 함

높은 통제

15. 오직 하나의 답만을 정답으로 인정함
16. 교사 주도의 수업을 함
17. 학생은 교사가 원하는 답을 말함
18. 학생이 추측하여 답을 하기보다는 정답을 알기를 기대함
19. 해당 단원을 공부해야만 답할 수 있는 내용만을 질문함
20. 학생 작품을 규정된 기준에 의해서만 평가함
21. 주제와 밀접하게 관련된 답이나 추측만을 인정함

낮은 통제

22. 학생 자신의 문제나 질문만을 학습과정에 포함시킴
23. 학생 스스로 교과를 선정하고 분석함
24. 학생이 자신의 흥미와 관심에 따라 독자적으로 공부함
25. 교사가 유용한 정보를 광범위하게 제공함
26. 학생의 관심을 중심으로 수업함
27. 시험 내용이나 학습 방법을 생각하며 공부하게 함
28. 학생의 적극적 수업 참여를 권장함

표지 시스템의 수치를 7점 척도로 변환한 점수표

높은점수 ~ 낮은점수	7	6	5	4	3	2	1	0	-1	-2	-3	-4	-5	-6	-7
변환점수 좌표축 표시점수	7.0	6.5	6.0	5.5	5.5	5.0	4.5	4.0	3.5	3.0	2.5	2.5	2.0	1.5	1.0

해석: 언어적 기술

평균 점수	온화함 영역	통제 영역
1	온화함이 전무	통제 전무
2	아주 적의 양의 온화함	아주 적은 양의 통제
3	적은 양의 온화함	적의 양의 통제
4	중립	중립
5	꽤 많은 양의 온화	꽤 많은 양의 통제
6	상당히 많은 양의 온화함	상당히 많은 양의 통제
7	높은 수준의 온화함	높은 수준의 통제

이상은 각주 22)에 소개한 책의 내용을 재구성 한 것입니다. 더 자세한 내용을 알고 싶으시면 각주 22)의 책을 참고하시면 됩니다.

선생님의 반 수업 분위기는 주로 어디에 해당할까요? 예전에는 A같은 수업 분위기 많았습니다. 지금은 가끔 이런 분위기 있을 것으로 생각합니다. C같은 분위기는 어떨까요? 선생님 교실에 이런 분위기는 없을 것입니다. 수업이라고 하기에는 곤란한 분위기입니다. 그러면 가장 이상적인 수업 분위기는 어디일까요? D이겠지요. 항상 D이면 참 좋겠습니다. 하지만 수업은 이상이 아닌 현실이니 B를 왔다 갔다 할 것입니다.

한때, 척 보면 안다는 말이 유행한 적이 있었습니다. 수업도 마찬가지입니다. 복도만 지나가도 그 반 수업이 어떤지 짐작한다고 합니다. 바로 수업 분위기를 말하는 것입니다. 수업 분위기는 좋은 수업을 지향하는 데 어디에나 끼는 감초 같은 역할을 한다고 생각합니다. 수업 분위기는 좌우하는 것은 바로 우리 선생님들이십니다.

선생님 교실은 어떤 수업 분위기면 좋겠습니까?

책상 배치만 바꾸어도 수업이 달라져요

수업을 바꾸는 것에는 여러 가지가 있습니다. 그 중에서도 외형적인 것으로 책상 배치입니다. 책상 배치만 바꾸어도 수업이 달라질까요? 달라진다고 확신합니다. 책상 배치 바꾸는 게 뭐 그리 대단하냐고 생각하실 수도 있습니다. 하지만 책상 배치를 바꾸는 데는 큰 용기가 필요합니다.

전통적인 책상 배치는 교실 앞쪽을 향한 일자형(한자의 한 일一자) 배치입니다. 많은 경험이 있으실 것입니다. 제 기억으로는 대신초등학교, 아포중학교, 김천고등학교를 다니면서 일자형 배치를 벗어난 기억이 없습니다. 대구교대를 다닐 때도 마찬가지입니다. 제가 아이들을 가르칠 때도 마찬가지였습니다. 대구매천초등학교 초임 시절부터 상당 기간도 마찬가지였습니다. 그게 당연하다고 생각했었고, 달리 바꾸겠다는 의지도 없었습니다.

일자형 배치의 장점도 많습니다. 아이들 숫자가 많을 때는 달리 선택의 여지가 없을 것입니다. 또한, 강의식 수업에서도 매력적입니다. 교사와 아이들 전체와 상호작용에도 좋습니다. 하지만 단점 또한 많습니다. 학생 간에 상호작용 하기에 매우 불편합니다. 뒷자리의 아이들은 친구의 뒷머리만 쳐다보게 됩니다. 이것 말고도 장단점은 더 있습니다.

1996년부터 대구관음초등학교에서 수업발표대회를 준비하면서 한일 자에서 벗어나기 시작했습니다. 1998년 5월 6일 국어과 연구교사 대외공개를 하면서도 아이들이 마주보게 했습니다. 1999년 대구교육대학교대구부설초등학교에 전입해서는 국회의사당 본회의장 같은 책상 배치를 많이 했습니다. 당시는 한 반에 40명 정원이라 책상 배치를 바꾸는 게 쉽지만은 않았습니다.

먼저, 전임지인 대구태현초등학교 교실 책상 배치 모습을 안내 드리겠습니다. 2014학년도에는 책상 배치의 기본은 디귿자(ㄷ)로 했으면 좋겠다는 말씀을 드렸습니다. 태현 행복수업 만들기[24] 시리즈의 하나로 책상 배치에 따른 장단점을 자세하게 안내드렸습니다. 직접 사진 자료 보시겠습니다.

책상 배치[25]

24) 태현 행복수업 만들기 21. 자리 (2014.02.25.화.).

25) 2014학년도 대구태현초등학교 수업장면. 왼쪽 위부터 시계 방향으로 1학년 3반 김경미 선생님, 4학년 4반 박진영 선생님, 1학년 2반 심순자 선생님, 1학년 1반 신해경 선생님, 가운데는 3학년 2반 심경희 선생님.

다음은 지금 재직 중인 대구교육대학교대구부설초등학교의 책상 배치입니다.

책상 배치[26]

지금 선생님 교실은 어떻게 되어 있습니까?
책상 배치만 바꾸어도 수업이 달라집니다.

---

26) 2015학년도 대구교육대학교대구부설초등학교 책상 배치 장면으로 왼쪽 위부터 시계방향으로 1학년 1반 윤은섭 선생님, 1학년 3반 전성길 선생님, 6학년 1반 이웅택 선생님, 6학년 3반 김혜진 선생님 반의 사진. 겨울방학 중인 2016.1.6.(수)에 촬영한 것으로 겨울방학 직전(2015.12.31.)의 책상배치 그대로임. 가운데는 1학년 1반 윤은섭 선생님 수업 장면.

학습보조 사이트 없는 수업을
꿈꿔요

    가왕 조용필의 노래 '킬리만자로의 표범'이야기 하나 해 드리겠습니다. 노래에 나오는 산은 아프리카 탄자니아에 있는 킬리만자로산입니다. 킬리만자로산이 어디 있느냐고 질문하면 대부분 케냐라고 답합니다. 한때 텔레비전 동물의 왕국 주 무대가 케냐 국립공원이었던 영향이 큰 것 같습니다. 1990년대의 노래로는 아주 파격적인 곡입니다. 조용필의 노래는 이 외에도 실험적이고 선구자적인 노래가 많습니다. 저는 킬리만자로의 표범을 많이 듣고 따라 부르기도 했습니다. 노래방 출입이 잦았던 시절에는 즐겨 부르는 노래 중의 하나였습니다. 조용필은 이 노래를 불러서 2001년에 탄자니아 정부로부터 문화훈장을 받기도 했습니다.

    2004학년도에 대구교육대학교대구부설초등학교에서 3학년 2반 담임을 했을 때의 일입니다. 아침이면 제가 좋아하는 노래를 반복해서 들려주었습니다. 향수, 내가 만일, 사람이 꽃보다 아름다워, 킬리만자로의 표범 등입니다. 아이들의 의지와는 상관없이 노래를 듣고 따라 부르기도 했습니다. 당시 3월 말의 일입니다. 여학생이 가방을 메고 교실을 막 들어서고 있었습니다. 조용필의 킬리만자로의 표범이 막 시작되고 있었습니다. 그 여학생은 먹이를 찾아 산기슭을 어슬렁거리는 ~~ 이라는 시작 부분을 무의식적으로 따라 부르면서 자리에 앉았습니다. 가랑비에 옷 젖는다고 합니다. 순 우리말인 시나브로를 떠올리기도 했습니다. 반복해서 듣고 습관이 되는 것은 참 무서운 것이라는 생각도 들었습니다.

제가 이 킬리만자로의 표범 이야기를 하는 이유를 아시겠습니까? 여러 선생님들은 킬리만자로의 표범이 되셔야 합니다. 킬리만자로의 하이에나가 되어서는 안 됩니다. 물론 표범이나 하이에나나 조용필의 노래 킬리만자로의 표범에 나오는 동물입니다. 갑자기 무슨 뚱딴지 같은 소리냐고 하시겠지요. 본론으로 들어가기 전에 제 수업 이야기 하나 더 해 드리겠습니다.

1997년에 수업발표대회에 처음 나갔습니다. 운이 좋게도 처음 나가서 바로 국어과 1등급을 받았습니다. 그때 심사를 오신 서효섭 장학사님[27]이 이런 말씀을 해 주셨습니다. 수업은 이론과 실기가 조화를 이루어야 한다는 말씀을 주셨습니다. 심사 도중에 교실 뒤쪽의 국어 관련 책을 유심히 살펴보셨습니다. 읽은 흔적은 있는지, 출판한 지는 얼마나 되었는지 등이었습니다. 한국교원대학교 대학원에서 초등국어교육 석사를 받은 다음 해여서 비교적 최신의 국어서적이 많았습니다. 그때 사용한 학습 자료는 OHP와 학습지 한 종류뿐이었습니다. 주로 학생들 활동 중심 수업이었습니다.

1998년 5월 6일에 국어과 연구교사 대외공개 수업을 했습니다. 어린이날 다음 날입니다. 아들인 광섭이와 딸인 유정이는 초등학교를 다닐 때였습니다. 어린이날도 수업 준비를 하느라 학교를 나오는 바람에 아이들과 함께 시간을 보내지 못했습니다. 다시 돌아오지 않는 시간

---

27) 대구광역시달성교육지원청 교육장으로 정년 퇴임.

이었기에 아이들에게 미안했습니다. 전년도에 수업심사를 오신 서효섭 장학사님이 지도조언을 해 주시기 위해 참석을 하셨습니다. 그때 학습문제를 파워포인트로 제시를 했었습니다. 당시에는 그게 한창 유행하던 시절이었습니다. 그런데 지금 생각하면 참 어리석었다는 생각이 듭니다. 칠판에 판서를 했었으면 훨씬 좋았을 것이란 생각입니다. 또, OHP와 학습지를 사용했었습니다. 자료가 많았던 것은 아니지만, 파워포인트로 학습문제를 제시한 것은 두고두고 후회가 됩니다. 사실 그때는 파워포인트를 잘 하지 못해서 후배에게 부탁을 해서 만든 자료였습니다.

선생님은 수업 시간에 어떤 학습 자료를 사용하시는지요. 별 학습 자료를 사용하지 않는다는 분들도 있습니다. 또, 어떤 분들은 늘 같은 학습 자료를 사용한다는 분들도 있습니다. 제 생각에는 후자보다는 전자였으면 좋겠습니다. 후자인 선생님들은 늘 사용하는 학습보조 사이트가 있습니다. 여러 종류가 있는 것으로 알고 있습니다. 처음 접하신 분들은 참 신기하기도 하고, 대단한 자료라는 생각을 하실 수도 있습니다. 실제로 한 시간 수업을 클릭 몇 번으로 하실 수 있습니다. 칠판에 판서를 할 필요도 없습니다. 아이들도 편합니다. 별 활동 없이 텔레비전만 보고 있으면 한 시간이 저절로 갑니다.

선생님, 아직도 이런 수업 하시는 분 있으신가요? 아마 이런 수업을 하시는 분 거의 없을 것으로 생각합니다. 혹, 아직도 이런 수업하시는 분 있으시면 당장 학습보조 사이트 끊으십시오. 학습보조 사이트는 아이들과 상호작용을 하지 않습니다. 일방적으로 먹여주기만 합니다. 학습보조 사이트를 활용하시면 선생님은 클릭 선생님 그 이상도 그 이하도 아닙니다.

대구의 어느 초등학교[28]에서는 아침부터 오후 수업을 마치는 시간까지 인터넷 연결을 끊은 적이 있습니다. 처음에는 선생님들의 반발이 매우 심했다고 합니다. 도대체 수업을 어떻게 하란 말이냐? 공문은 어떻게 처리하란 말이냐 등의 항의였습니다. 그런 선생님들의 생각도 충분히 이해가 됩니다. 너무나 익숙한 것에서 낯선 것으로의 변화는 받아들이기가 쉽지 않았습니다. 그렇지만 교장 선생님의 강력한 의지로 계속 시행이 되었다고 합니다. 낯섦이 익숙함으로 변하고, 익숙함이 낯섦으로 바뀐 것입니다.

누가 뭐래도 수업에서 가장 중요한 것은 선생님 자신입니다. 학습 보조 사이트 끊으면 선생님의 눈에 우리 아이들이 보입니다. 아이들의 눈에는 우리 선생님이 보이고 친구들이 보입니다. 협력학습뿐만 아니라 다른 수업도 마찬가지입니다. 수업의 시작과 끝은 바로 선생님과 아이들의 눈 맞춤으로 시작하는 상호작용입니다.

학습보조 사이트 지금 끊으시지요.

---

28) 대구도림초등학교. 2013학년도 전국 100대 교육과정 학교에 선정됨. 당시 최방미 교장 선생님으로 현재 대구상인초등학교 교장으로 재직중임.

선생님은 가장 좋은
학습 자료이지요

앞에서 학습보조 사이트 없는 수업을 하시라는 당부를 드렸습니다. 그러면 이렇게 볼멘소리를 하시는 선생님들이 있습니다. 학습보조 사이트 사용하지 않으면 수업을 어떻게 하란 말입니까? 선생님, 학습보조 사이트 활용하지 않으면 수업하실 수 없습니까? 아니지요. 선생님들은 그것 사용하지 않아도 얼마든지 좋은 수업을 하실 수 있습니다. 지금도 그렇게 하고 계시지요.

예를 하나 들어보겠습니다. 먼저 사진 한 장 보여드리겠습니다. 누군지 아시겠습니까? 예, 바로 제 사진입니다. 대신초등학교 6학년 때의 사진입니다. 40년도 더 지난 사진입니다. 선생님들께 이 사진을 보여드리면 이런 말씀을 하십니다. 어릴 때 제법 잘 살았는가 보다라는 말씀입니다. 하얀 티셔츠를 입어서 그런 생각이 든다고 합니다. 사진 잘 보시겠습니다. 티셔츠의 목 부분 지퍼는 고장이 나 있습니다. 그리고 이것은 제 옷이 아닙니다. 지금은 환갑이 훨씬 지난 큰 누님의 옷입니다. 제 위로 누님들이 세 분이 계시니, 이 옷은 제가 네 번째 입는 것입니다. 잘 아시는 옷 물려입기 하는 중의 사진입니다.

그리고 이 사진에는 시대상이 잘 나타나 있습니다. 까까머리입니다. 제가 대신초등학교 6학년을 다닐 때는 6학년만 해도 100명이 넘었습니다. 남자 아이들이 절반 정도 되었는데, 한 명 빼고는 모두 까까머리였습니다. 이게 앞의 옷 물려입기와 함께 시대상을 잘 나타내고 있는 것입니다.

지금 대구의 초등학교 6학년 남학생들의 머리는 어떤가요? 교대부초에서 이런 머리를 하고 있는 아이가 있는지 찾아보았습니다. 1학년부터 6학년까지 다 찾아보았습니다. 하루에 서너 번 교실을 방문하니 찾는 데 어려움은 없습니다. 4학년 2반 문준엽이라는 남자 아이를 찾았습니다. 머리를 깎은 지 제법 오래되기는 해도 제 6학년 때의 머리 모습과 가장 닮았습니다. 딱 한 명 찾은 것입니다. 문준엽이라는 아이는 저하고 인연이 많습니다. 아이의 아버지는 대구금계초등학교 문종호 선생님입니다. 제가 1988년 대구삼영초등학교에서 4학년 담임을 할 때의 제자입니다. 대구교대를 다닐 때 교대부초에서 실습을 하기도 했었습니다. 문준엽의 어머니는 대구화남초등학교의 김현자 선생님입니다. 제가 교대부초에서 교사로 근무할 때 제 반에서 교육실습을 했었습니다.

이 사진으로 어떤 수업을 하실 수 있겠습니까? 저라면 이런 수업하겠습니다. 국어과 문학 영역이 있습니다. 문학 작품을 공부할 때 시대적인 배경을 알아볼 수 있습니다. 옷 물려입기와 머리 모양으로 그 시대상을 유추할 수 있습니다. 지금 학생들이 파마를 즐겨하는 것하고는 아주 대조적인 장면이 될 것입니다. 미술 시간이면 정밀 묘사 공부를 할 수도 있겠지요.

사진 한 장 더 보시겠습니다. 방금 보신 사진하고는 40년 이상 차이가 납니다. 2013년 8월 23일 대구매곡초등학교 4학년 4반 교실에서 찍은 사진입니다. 대구광역시교육청 장학사로 근무할 때입니다. 매곡초등학교에서 수업컨설팅을 하자기에, 수업을 한 시간 하고 선생님들과 이야기를 나누겠다고 했습니다. 4학년 4반 아이들과 처음 만나서 10여분 정도 소통을 하고 수업을 했습니다. '속옷 없는 행복'이라는 짧은 글을 가지고 국어 수업을 했습니다. 그때 선생님 한 분이 사진을 찍어 주셨습니다. 그때의 사진입니다. 졸저 '수업? 너를 기다리는 동안'의 표지 사진이기도 합니다.

29)

30)

29) 대신초등학교 6학년 때의 사진. 당시 김천초등학교에서 체력검사를 하고 김명진 선생님이 사시는 개령의 한 사진관에서 찍은 사진.

30) 2013.8.23. 대구매곡초등학교 4학년 4반 교실 수업 장면.

앞에 보여드린 초등학교 6학년 사진과 방금 보여드린 사진을 나란히 놓아 보겠습니다. 사진 두 장 가지고 짝 활동하면 참 재미있습니다. 한 명은 초등학교 6학년이 되고, 또 다른 한 명은 2013년의 어른이 됩니다. 상대방에게 질문을 하고 답을 해주는 상호작용을 되풀이하면 됩니다. 강산이 네 번이나 변한 40여 년의 세월을 오가면서 국어 수업, 인생 수업 할 수도 있습니다.

제 사진 두 장을 보여드린 이유를 아시겠지요. 선생님은 가장 좋은 학습 자료입니다. 선생님을 내려놓으시면 아이들은 좋아합니다. 학습 보조 사이트보다 훨씬 좋습니다. 왜 그럴까요? 바로 우리 선생님이기 때문입니다. 선생님, 오늘 퇴근하시면 앨범에서 사진 몇 장 준비하십시오. 가능하면 초등학교 사진과 최근의 사진은 꼭 준비하십시오. 내일 아무 시간이고 활용해 보십시오. 아이들의 반응에 깜짝 놀라실 것입니다. 두고두고 사용하실 수 있는 좋은 자료입니다. 선생님은 살아 있는, 언제 어디서나 활용 가능한 최고의 학습 자료입니다.

다음 사진 한 장 더 보시겠습니다. 제가 타고 다니는 차입니다. 1997.12.27.에 구입한 차입니다. 역사라는 말을 붙이기에는 그리 오랜 세월이 지나간 것은 아니지만, 지금의 초등학생들이 태어나기도 전의 시기입니다. 아이들에게는 역사라는 말을 붙여도 크게 어색할 게 없을 것 같습니다. 그런 세월만으로도 이 사진은 훌륭한 학습 자료가 됩니다.

사진 한 장 더 보여 드리겠습니다. 앞의 사진과 이 사진이 함께 있으면 학습 자료의 효과는 배가 될 것입니다. 먼저 보여 드린 차의 계기판입니다. 숫자를 잘 보십시오. 얼마인가요? 60,000인가요? 아니지요. 600,000입니다. 2015년 7월 18일 토요일입니다. 경북 왜관의 낙동강

변의 도로입니다. 토요일 학교 출근길에 찍은 사진입니다. 개인적으로 역사적인 숫자라는 생각에 갓길에 차를 세우고 사진을 찍었습니다. 잠시 차에 고마움을 표하기도 했습니다.

그러면 이 사진을 가지고는 어떤 수업을 할 수 있을까요? 먼저 국어 수업입니다. 차에 대한 고마운 마음을 담은 편지 쓰기, 차량 일기 쓰기 등을 할 수 있습니다. 수학 수업으로는 하루 평균 주행 거리, 이 차에 탄 사람들의 수, 기름값, 고속도로 통행료, 지구에서 달까지의 왕복 거리와 비교 등이 있습니다. 다음은 사회의 생산과 소비라는 단원 수업입니다. 차를 600,000 킬로미터까지 타는 게 생산과 소비의 관점에서 바람직한 것인가에 대한 토론이나 토의도 할 수 있을 것입니다. 미술 수업으로는 정밀 묘사를 할 수도 있습니다.

제가 고학년 담임이라면 이렇게 하겠습니다. 담임이 만들어가는 수업이 아니라, 아이들이 만들어가는 수업을 만들어 보겠습니다. 사진 두 장을 모둠별로 제공합니다. 교과 내 또는 교과 간 융합 수업을 계획합니다. 시간은 4시간 정도로 구성합니다. 생각할 시간은 일주일 정도 충분히 제공합니다. 모둠별로 파워포인트를 만들거나 워크시트를 만들어 발표를 합니다.

선생님 자신은 참 좋은 학습 자료입니다. 선생님이 가지고 계신 물건도 좋은 자료입니다. 그것이 정리된 형태이면 더 좋겠습니다. 실물을 보여주면 좋습니다. 실물을 제공하기 어려운 것은 사진 파일로 정리해 두시면 좋습니다. 한 가지 자료는 한 번으로 끝나는 것이 아닙니다. 또 다른 자료 하나를 만나면 활용 방법은 기하급수적으로 늘어나게 됩니다.

그리고 지금 근무하는 학교의 각종 사진 자료를 적극 활용하십시오. 학교 홈페이지에는 학교의 동식물이나 행사 사진 등이 실시간으로 탑재가 됩니다. 살아있는 자료입니다. 이런 사진 자료를 활용하시면 됩니다. 학습보조 사이트의 자료는 우리의 자료가 아닙니다. 아이들에게는 나, 너, 우리의 자료가 좋습니다. 학교 홈페이지의 자료는 나, 너, 우리의 자료입니다.

사진 두 장 더 보시겠습니다. 하나는 제가 초등학교를 다녔던 경상북도 김천시 아포읍의 대신초등학교입니다. 하나는 지금 근무하고 있는 대구교육대학교대구부설초등학교의 사진입니다. 하나는 운동장의 사진이고 하나는 정문의 사진입니다.

사진을 비교해 보겠습니다. 대신초등학교의 운동장에는 풀이 무성합니다. 2015년 8월 15일에 찍은 사진입니다. 여름방학이라서 운동장에 풀이 무성할까요? 아닙니다. 대신초등학교는 2015년 2월 말에 폐교가 되었습니다. 남은 아이들은 아포초등학교와 율곡초등학교로 옮겨 갔습니다. 까까머리 영호가 공부한 교실 건물은 그대로입니다. 오줌 넘기기 시합을 하던 야외 화장실도 그대로입니다. 운동장의 느티나무는 고목이 되었습니다. 하지만 교실이나 운동장에는 더 이상 아이들은 없습니다.

이 사진으로는 어떤 수업을 하면 좋겠습니까? 먼저, 왜 폐교가 되었는가에 대한 물음입니다. 그리고 폐교가 지역 사회에 미치는 영향을 생각할 수도 있습니다. 폐교를 막기 위한 방법을 생각할 수도 있습니다. 폐교가 되는 학교의 아이들의 입장에서 폐교를 막기 위한 편지 보내기 등의 수업도 할 수 있을 것입니다.

---

31) 2015.8.15.(토)에 촬영한 2015.2월에 폐교된 경북 김천시 아포읍의 대신초등학교 운동장에 망초풀만 가득한 모습.

32) 2015.8.17.(월)에 교문에서 촬영한 대구교육대학교대구부설초등학교.

폐교는 학교 하나 없어지는 것으로 끝나지 않습니다. 지역 사회의 구심점이 사라집니다. 아이들의 울음소리는 대를 잇는 의미도 있습니다. 아이들의 울음이 끊긴 마을과 아이들의 재잘거림이 없는 학교의 자화상이기도 합니다.

지난 해 김천 지역의 초등학교 몇 군데와 청암사를 둘러볼 기회가 있었습니다. 지례면, 조마면, 부항면, 대덕면, 증산면입니다. 몇 개 면은 경남과 전북의 경계이기도 합니다. 면에 초등학교 하나씩 있습니다. 제가 초등학교를 다닐 때는 한 면에 평균 4개 정도의 초등학교가 있었습니다. 지금 5개 초등학교의 학생 수는 유치원을 포함해서 20여 명에서 50여명 사이입니다.

지례초는학교는 대구교대 동기인 정진표 교장 선생님, 조마초등학교는 대구교대 동기인 김장미 교장 선생님, 부항초등학교는 대구교대 동기인 이문기 교장 선생님, 대덕초등학교는 대구교대 1년 후배인 심상영 교장 선생님, 증산초등학교는 대구교대 동기인 김호진 교장 선생님입니다. 모든 교장 선생님들이 학생 수 증가와 좋은 학교 만들기에 노심초사하고 계십니다.

대신초등학교 이야기를 하다가 김천 지역은 몇몇 초등학교를 잠시 둘러보았습니다. 고향에 아이들 울음소리가 넘쳐나서 폐교된 대신초등학교가 다시 복원되는 꿈을 가져 봅니다.

선생님, 학습 자료는 과유불급입니다. 아이들 간의 눈 맞춤, 선생님과 아이들 간의 눈 맞춤이야말로 수업의 기본이고 가장 좋은 학습 자료입니다. 더하여 선생님과 선생님의 생각, 물건 등은 그 어떤 학습 자료보다 좋습니다. 선생님의 사진, 물건 등을 정리해 보시지요. 아이들이 좋아하는 역사적인 자료가 될 것입니다.

협력학습은 대구광역시교육청의 수업철학이지요

한때 영자의 전성시대라는 영화가 있었습니다. 지금 학교의 전성은 무엇이겠습니까? 저는 수업이라고 생각합니다. 그래서 수업의 전성시대라고 말씀드리고 싶습니다. 때늦은 감은 있지만, 정말 바람직한 현상이라고 생각합니다.

학교에서 가장 많이 이루어지는 게 무엇이겠습니까? 당연히 수업이겠지요. 우문협답입니다. 수업 말고도 학교에서 중요한 것도 많이 있습니다. 하지만, 그 많은 일들 가운데 수업이 가장 우선이자 중요한 일이 되어야 하는 것은 너무나도 당연합니다.

수업이 가장 많은 비중을 차지하지만, 확 드러나지 않는 것도 사실입니다. 그만큼 수업이 어렵다는 증거라는 생각도 듭니다. 학교 평가라든가 교원의 평가에서 수업의 비중이 그리 크지 않은 이유도 있을 것입니다.

각 시도 교육청에서는 좋은 수업을 위한 정책을 강력하게 추진하고 있습니다. 우리 대구광역시교육청은 협력학습입니다. 경상북도 교육청은 학생활동 중심 수업입니다. 부산, 울산, 경남, 광주 등의 교육청도 특색 있는 수업을 강조하고 있습니다.

협력학습은 대구광역시교육청의 수업철학입니다. 처음 협력학습을 도입해서 학교에 정책적인 지원을 한 지가 몇 년 되었습니다. 처음에는 협력이다 협동이다 해서 약간의 논란이 있기도 했습니다. 지금은 협력학습으로 통일했습니다.

2014년에 대구광역시교육청에서는 협력학습의 개념과 지향점을 새롭게 정의했습니다. 기존의 협력학습과는 조금 다른 수도 있습니다. 이론적인 협력학습을 현장에 적용하고, 일반화 하는 과정에서 이론을 재해석 한 것이라고 생각하시면 되겠습니다. 다음은 대구광역시교육청의 수업철학인 협력학습입니다.

> 협력학습의 정의는 '학생-학생, 교사-학생, 교사-교사 상호간에 2인 이상이 협력적 관계를 맺고 서로 소통하고 상호작용하면서 가르치고 배우는 수업의 형태'이다.
>
> 또한, 협력학습의 지향점은 '학습에서 단 한명의 소외자도, 구경꾼도 없이 학습에 전원 참여하여 모두가 학습의 희열을 느끼고 몰입하는 수업 정착'이다.
>
> 추진 체계는 인성교육중심수업이다. 협력학습으로 수업 내용(교육과정 재구성)과 수업 방법(협력학습), 평가 방법(과정중심 평가)을 개선하여 인성 함양 및 학력 신장을 목표로 하고 있다.
>
> 추진 내용은 크게 네 가지이다. ①소통과 나눔의 수업 중심 학교문화 조성 ②인성교육 중심 교육과정 재구성 ③전원 참여, 몰입하는 협력학습 활성화 ④학생 존중 과정중심평가 활성화이다.[33]

강의를 하면서 현장에서 직접 아이들을 가르치시는 선생님들을 자주 만납니다. 선생님들께 늘 강조하는 게 협력학습은 철학이다라는

---

33) 대구광역시교육청(2015), 2015 초등 장학의 방향, pp.13~14. 요약.

말입니다. 협력학습을 학습방법의 하나로 받아들이면 수업을 어떻게 할까라는 고민부터 하게 됩니다. 그래서 저는 협력학습은 철학이다라는 말을 달고 다닙니다. 교사 시절 그렇게 하지 못한 저의 반성이기도 합니다. 그러면 수업을 어떻게 하지라는 생각을 하기 전에, 왜 수업을 하지라는 생각을 먼저 하게 됩니다.

'왜'와 '어떻게'의 순서가 뭐 그리 중요한가요라고 되묻는 선생님들도 있습니다. 그러면 저는 이런 대답을 드립니다. 왜, 무엇을, 어떻게의 말이 있다고 생각할 때, 무엇을 우선 순위에 두느냐는 굉장히 중요하다고 생각합니다.

먼저, 어떻게, 무엇을, 왜 순으로 해 보겠습니다. 어떻게는 수업 방법적인 문제입니다. 무엇을은 가르치는 내용입니다. 왜는 가르치는 것에 대한 근본적인 문제에 대한 물음입니다. 이런 순으로 생각을 하시는 선생님들도 있으시겠지요.

다음은 왜, 무엇을, 어떻게의 순의로 해 보겠습니다. 가르치는 내용과 가르치는 방법을 생각하기 전에, 왜 가르치는가에 대한 근본적인 질문이 먼저입니다. 선생님이라면 어떤 순서로 생각하시겠습니까?

다시 한 번 강조해 드립니다. 협력학습은 대구광역시교육청의 수업철학입니다. 그러면 선생님들께서도 수업철학의 관점에서 협력학습을 생각해 보시기 바랍니다. 대구광역시교육청에서 재구성한 협력학습의 개념과 지향점에는 철학이 담겨 있습니다. 무슨 일이라도 그렇지만 기초와 기본이 중요합니다. 협력학습도 마찬가지입니다. 협력학습을 수업철학이라고 생각하시는 것은 기초와 기본을 단단히 다지는 것입니다. 직접 아이들을 가르치시는 선생님들의 가슴에도 협력학습이 수업철학으로 자리 잡기를 소망합니다.

늘 집밥 같은 수업
좋아요

—

 선생님, 오늘 아침은 잘 드셨지요. 혹 아침을 드시지 않으신 분도 있으신가요. 아침 시간이 너무 바빠서, 아니면 아침 드시는 습관이 되지 않아서 아침 식사를 하지 않으신 분들도 있을 것입니다. 아침을 드신 분들은 어떤 식사를 하셨습니까? 조금 궁금하기도 합니다.

 저는 아침을 꼭 먹습니다. 학교에 출근하는 날이면 5시 30분 전후로 아침을 먹습니다. 식단은 아주 간단합니다. 밥과 김치는 기본입니다. 그전에는 고추장이 항상 기본에 들어간 적도 있었습니다. 80퍼센트는 기본인 밥과 김치로만 아침 식사를 합니다. 간혹 김이나 국이 더해질 때도 있습니다. 더러는 라면과 국수를 섞어서 삶아먹기도 합니다. 혼자 먹습니다. 신문을 보거나 텔레비전을 보면서 혼자 먹습니다. 배가 살짝 부를 정도의 양을 10분 남짓한 짧은 시간에 먹습니다.

 점심은 학교 급식입니다. 선생님들 학교도 그렇겠지만, 제가 근무하는 교대부초의 점심 식단은 매일 바뀝니다. 밥, 국, 김치는 기본으로 나오고 고기와 반찬 두어 가지가 추가됩니다. 아침보다는 양이 훨씬 많습니다. 주로 교장 선생님과 마주 앉아서 먹습니다. 식사 시간은 아침과 비슷합니다. 교장 선생님보다 먼저 일어납니다. 자율 배식대에 가서 밥과 국, 반찬을 퍼 주는 일을 합니다. 제법 많은 학생들이 추가로 배식을 더 받습니다. 가끔 큰소리로 남은 반찬을 알려주기도 합니다. 제 전용 앞치마가 하나 있습니다.

저녁은 주로 학교 부근의 식당을 이용합니다. 선생님들과 같이 먹을 때도 있습니다. 혼자 가는 경우는 미리 전화로 주문을 합니다. 도착하면 바로 먹을 수 있습니다. 비빔밥, 잔치국수, 칼국수, 수제비, 찹쌀수제비, 김밥 등 다양합니다. 대곡시장 안에 있는 수미분식입니다. 면을 좋아해서 국수 종류를 많이 먹습니다. 국수는 호박범벅, 묵과 함께 저의 3대 기호 식품입니다. 어중간한 퇴근 시간이면 경부고속도로 왜관 나들목 부근에 있는 싸리골 식당을 이용합니다. 기사식당으로 제법 이름이 난 곳인데, 해물칼국수가 제맛입니다. 여름에는 콩국수가 유명합니다.

주말에는 대부분 집에서 먹습니다. 아내와 함께 집에서 밥을 먹기도 하고, 단골집인 박서연 막창곱창을 자주 이용합니다. 집에서 아내와 함께 밥을 먹을 때는 밥상이 그럴싸합니다. 기본에서 몇 가지가 더해진 밥상은 진수성찬입니다. 아내는 음식을 빨리 만드는 재주가 있습니다. 맛까지 좋으니 금상첨화의 솜씨입니다. 아들인 광섭이와 딸인 유정이가 집에 오는 날에는 반찬이 더해집니다. 그래서 가족이 다 모이는 날은 참 좋은 날입니다.

저의 식사는 출근하는 날의 하루 세끼 식사는 집에서 한 번, 학교에서 한 번, 매식 한 번으로 구분됩니다. 이것은 그리 바람직한 식사 유형은 아닙니다. 가능하면 학교 급식 이외는 집밥으로 해결하는 것이 바람직합니다. 흔히들 집밥이라는 말을 많이 합니다. 어떤 매식이나 외식보다도 집밥이 우선이 되어야 합니다.

집밥에서 수업 이야기로 옮겨 보겠습니다. 수업을 식사에 비교해 보겠습니다. 선생님의 수업은 집밥 같은 수업입니까? 외식 같은 수업입니까? 아니면 정체불명의 식사 같은 수업입니까? 어떤 수업을 하시면 좋겠습니까? 당연히 집밥 같은 수업이겠지요. 바로 그것입니다. 수업에서 정답은 당연히 집밥 같은 수업입니다.

왜 집밥 같은 수업을 해야 하는지 한 가지 예를 보여드리겠습니다.

34)

가정식 백반 같은 수업[35]

오늘 3교시에 김혜진 선생님 수업을 참관하였다. 부초에 올 때마다 느낀 건데 김혜진 선생님은 참 인상이 좋으신 것 같다.

김혜진 선생님의 수업은 지금까지 참관실습 수업과는 많이 달랐다. 그냥 교생이 없을 때 본인이 원래 하시던 수업 같았다. 화려한 교구도 없었고, 평소 하던 아이들의 토의학습을 그냥 다가가서 피드백을 해 주신다는 느낌이

---

34) 2014학년도 대구교육대학교대구부설초등학교 4학년 1반 김혜진 선생님과 아이들의 국어 수업 장면.
35) 대구교육대학교대구부설초등학교 3학년 1반 '2014. 수업실습' 교생 손병두 당시 대구교대 4학년, 현 경북 영주초등학교 교사.

강했다.

　김혜진 선생님의 수업은 잘 차려진 가정식 백반 같다는 느낌이 든다. 김, 김치, 고등어구이와 같이 소박한 반찬들은 화려하고 자극적인 음식이 아니다. 그리고 밥과 함께 먹으면 든든하고 안정감이 든다. 그리고 계속 꾸준히 먹으면 몸에도 좋다.

　김혜진 선생님의 수업은 평범한 백반인데도 정성이 느껴진다. 그래서 그 수업을 계속 들으면 학생들은 건강하고 바르게 자랄 것 같다는 느낌이 든다. 나도 나의 식사 한 끼를 화려하지 않아도 정성스레 준비하고 싶다

2014년 5월에 우리 학교에 수업실습을 오신 손병두 교생 선생님의 글입니다. 당시 4학년 1반 김혜진 선생님의 국어 수업을 보고 쓴 소감입니다. 제목은 제가 본문의 내용 중에 한 구절을 따서 붙였습니다. 지금은 경북 영주시 영주초등학교에서 열심히 아이들을 가르치시고 있습니다.

글의 내용을 한 번 음미해 보겠습니다. 전체적으로 참 잘 쓴 글입니다. 문장이 그리 길지도 않습니다. 더 중요한 것은 수업을 보는 관점이 아주 좋다는 것입니다. 집밥 같은 수업이라는 말이 나옵니다. 지금까지의 참관 수업과는 많이 달랐다고 합니다. 지금까지 본 수업은 어떤 수업이었을까요? 저는 좀 과장이 되기는 해도 이렇게 유추를 해 보았습니다.

어느 수업은 불고기집 음식 같은 수업이었습니다. 기름진 음식에 기본 반찬도 많은 음식입니다. 화려하고 자료도 많은 수업이었을 것입니다. 어느 수업은 뷔페 음식 같은 수업이었습니다. 온갖 음식이 다 나옵니다. 저는 뷔페 음식은 먹고 나면 뭘 먹었지 하는 아쉬움을 느끼

곤 합니다. 화려하고 많은 자료의 수업입니다. 수업참관 마치고 돌아서면 허전합니다. 손병두 선생님의 생각이 이랬을 것이란 생각을 해 봅니다.

선생님, 어떤 수업 하시겠습니까? 맛있고 건강한 집밥에서 제일 중요한 것은 무엇이겠습니까? 저는 손병두 선생님이 말한 정성이라고 생각합니다. 수업도 마찬가지입니다. 방법적인 면 조금 부족해도 그리 문제될 것 없습니다. 선생님의 정성, 지극정성이면 집밥 같은 수업하실 수 있습니다.

기록하는 자만이
살아남아요

적자생존(適者生存), 누구나 다 아시는 말입니다. 생명이 있는 것은 다 적자생존의 법칙을 벗어날 수 없습니다. 여기서는 적자생존을 원래의 뜻 대신에, 적은 자만이 살아남는다는 뜻으로 설명을 드리겠습니다.

초등학교 다닐 때도 일기를 썼지만, 무엇을 썼는지 기억도 없고 자취도 남아 있지 않습니다. 6학년 때 학교 인근 초곡 마을의 광산 부근으로 소풍을 갔었습니다. 다음 날 선생님께서 일기 검사를 하신 후에 김수원이라는 친구를 칭찬하셨습니다. 소풍 주제 하나로 느낌이 잘 나타나 있다는 말씀이 요지였습니다. 김수원이 직접 자신의 일기를 읽은 것으로 기억합니다.

중학교부터는 일기를 쓴 기억이 없습니다. 간혹 중요한 일이 있으면 끄적여 보았지만, 기억의 저편으로 사라진 지 오래입니다. 발령을 받아서 아이들에게는 일기를 쓰게 하고, 검사를 하면서도 정작 저는 그렇게 하지를 못했습니다.

1999년 교대부초에 전입해서 일기를 쓰기 시작했습니다. 마침 개인 홈페이지도 개설한 터라 약간의 과시욕까지 더한 결과이기도 했습니다. 홈페이지가 유료화 되면서 1,000여 회 쓴 일기는 다 날아가 버렸습니다. 파일을 저장하는 형태가 아니라 게시판 형태로 작성을 한 게

화근이었습니다. 참 아쉽고 미련을 버리기 어려운 일입니다. 파일로 홈페이지에 탑재한 것은 지금도 파일을 가지고 있습니다.

교대부초에서 공립학교로 나가서는 파일 형태의 일기를 썼습니다. 매일 쓴 것은 아니지만, 아쉬운 편린을 챙기기에는 부족함이 없는 자료입니다. 교육적문직으로 근무하면서는 전혀 쓸 수가 없었습니다. 바쁘다는 핑계로 마음의 여유가 없었습니다.

하지만 조금 위안이 되는 게 있습니다. 어디를 다녀온 것이나 중요한 일은 제법 길게 기록을 남겼습니다. 아이들과 수학여행을 다녀온 길 이야기도 있습니다. 제가 제일 좋아하는 마음의 고향인 청암사를 다녀온 길 이야기도 있습니다. 전국단위 진단평가 문제 출제 합숙을 하면서 틈틈이 쓴 어느 겨울의 시정이라는 이야기도 있습니다. 이 이야기는 '세 번째 이야기. 수업을 바꾸는 생각'에 담아 두었습니다.

2013년 9월 1일자로 대구광역시교육청 장학사에서 대구태현초등학교 교감으로 전직을 하였습니다. 교감으로 발령을 받고, 학교에 출근하는 날은 일기를 쓰고 있습니다.

또한, 대구태현초등학교에서는 태현 행복수업 만들기 시리즈로 선생님들과 생각을 공유하였습니다. 40회의 생각 공유를 400여 쪽의 책으로 묶어 두었습니다. '네 번째 이야기. 행복수업 하는 학교'에 10회의 내용을 옮겨두었습니다. 졸저 '수업? 너를 기다리는 동안'에 실린 것은 제외했습니다.

교대부초로 옮겨서도 일기를 쓰고 있습니다. 또한, 절차탁마 시리즈로 지금까지 55회 생각을 나누었습니다. '다섯 번째 이야기. 절차탁마 하는 학교'에 13회의 내용을 옮겨두었습니다.

다음은 제 일기 중에서 몇 가지를 그대로 옮긴 것입니다.

실물이 훨씬 좋아요

2013.9.2.(월)

"일요일 밤 개그 콘서트만 시작하면 슬슬 불안해져요."

"아 그래요, 저는 월요일에 일어나는 게 참 힘들어요."

두어 달 전에 교육청 사무실에서 동료와 나눈 이야기이다. 그만큼 업무에 대한 부담이 컸다는 반증이다.

2013년 9월 2일, 왜관 나들목에서 내려서 국도를 타고 천천히 달렸다. 5년 6개월 만에 다시 학교로 돌아가는 첫 출근일이다.

"대구태현초등학교에 새로 온 김영호 교감 선생님입니다 옆 친구에게 교감 선생님 성함이 무엇인가 이야기 해 보세요. 자, 다 같이 교감 선생님 이름이 무엇인지 말해 봅니다."

아침 방송조회 인사말이다. 오랜만에 돌아온 학교는 낯설기만 하다. 점심을 먹고, 하굣길의 아이들과 이야기를 나누었다.

"안녕하세요."

"그래, 내가 누구인지 알겠니?"

"교감 선생님, 아침 방송에서 봤어요. 실물이 훨씬 좋아요."

그렇게 기분 좋은 점심시간이 끝이 났다. 오후에는 본격적인 결재, 참 많다. 5년 6개월 동안 나도 학교를 얼마나 바쁘게 했을까 생각해 본다. 지나간 일이다. 한 번 더 생각하고 더 잘 할 수도 있지 않았을까 생각해 본다. 부질없는 일이다. 직원 마침회에서는 소감 및 당부 말씀을 했다. 자, 시작이 반이다.

"1984년 3월 1일 매천초등학교가 초임입니다. 5년 6개월 만에 학교에 돌아왔습니다. 첫날이라 어안이 벙벙합니다. 요즘 수업 관련 많은 이론들이 있습니다. 수업비평, 아이 눈으로 수업보기, 배움의 공동체, 수업친구 만들기 등입니다. 행복, 행복교육 합니다. 제 생각으로는 모든 것에 앞서 수업에서 행복을 찾아야 한다는 생각입니다. 선생님과 학생들이 수업에서 행복을 찾을 수 있도록 최선을 다해 지원하겠습니다."

절차탁마

2014.4.18.(금)

우리 학교 사서인 조화실 선생님이 '수업? 너를 기다리는 동안'을 읽고 소감을 보내주셨다. 오늘 일기는 이것만으로도 최고의 일기가 될 것 같다. 더욱 절차탁마할 일이다.

존경하는 교감 선생님께.

책장을 덮자마자 나도 모르게 펜을 들게 되었습니다.

간만에 독후감을 써 봤습니다. 책을 읽고 나니 자연스레 자발적 글쓰기가 됩니다.

책을 통해 교감 선생님의 고매한 인격과 깊음, 넓음, 높음이 느껴졌고 책도끼로 머리를 맞은 듯 안주하려던 내 마음과 행동에 채찍질이 가해졌습니다.

책을 통해 저자와 소통하는 떨림을 오랜만에 느껴봐서인지 신기한 여행을 한 듯 기분이 새로웠고 흐트러진 마음을 다잡게 되었습니다.

누구나 그렇듯 책을 읽을 때 책의 제목부터 봅니다. 책의 제목을 보고서 '왜일까, 왜 색깔을 연두색으로 했을까, 비중을 좀 더 크게 할 수도 있지 않았을까' 궁금증을 안고 책장을 넘겼습니다. 여는 글을 보자마자 알게 되었습니다. 겸손함의 표현임을……

제가 교감 선생님이었다면 저는 마침표(.)로 책을 쓰기 시작했을 것 같습니다.

'나 정도면 ?가 아니라 .지'하면서요.^^

책을 다 읽고 난 뒤에도 다시 책 표지를 보게 됩니다. 왜 연두색인지, 물음표를 작게 표현했는지 생각합니다.

아직도 가야 할 길이 있고, 배울 것이 있다는 자기 고백이면서 교육에 대한 열정과 겸손이 느껴져 자연스레 고개 숙여졌습니다.

이 책은 교육 에세이입니다. 그러나 교육에 대한 이해를 넘어선 인간 본질에 대한 이해를 가슴으로 말하고 있어서인지 큰 깨달음과 울림이 있습니다.

앞부분 1장에서 3장까지 보면서 눈시울을 몇 번 훔쳤습니다.(이하 생략)

대봉초 생각 공유

2015.06.30.(화)

대구대봉초등학교 교장, 교감 선생님, 여러 선생님

부족한 강사 불러주시고 경청해 주셔서 고맙습니다.

퇴근 시간이 지난 시간까지 함께 해 주셔서 더욱 고맙습니다.

장맛비가 오락가락합니다. 건강 잘 챙기시기 바랍니다.

수업이 바뀌어야 학교도 바뀐다고 합니다.

수업을 바꾸는 것은 교실의 선생님이라는 생각입니다.

선생님의 마음(생각)의 변화입니다. 무엇이나 변화에는 두려움이 따르기 마련입니다. 하지만 두려움의 이면에는 용기가 있는 것도 사실입니다. 오늘 〈용기와 두려움은 한 이불을 덮고 잔다)라는 말 함께 공유하셨지요? 그리고 선생님들께서도 멋진 문장 만들어 주셨습니다.

고맙습니다.

1. 책상 배치 바꾸어 보시지요? 아이들 눈빛이 달라집니다.

2. 텔레비전 없는 수업 해 보시지요? 선생님과 아이들 눈과 눈이 이심전심(以心傳心)이 될 것입니다. 협력은 저절로(?) 이루어집니다.

3. 선생님은 가장 좋은 학습 자료이겠지요? 앨범에서 초등학교 때 사진 몇 장 준비하시지요. 아이들 참 좋아합니다.

협력학습은 철학입니다.

그런 철학 선생님들의 가슴가슴에 다 있습니다.

저는 일기를 이렇게 쓰고 있습니다. 바쁘더라도 그날 일기는 그날 씁니다. 사실 오늘 것 내일 써야지 하면서 미루다 보면 꾸준히 쓰기가 어렵습니다. 정 쓸 것이 없다면 제목이라도 씁니다. 또한 그날 있었던 것을 개요라도 전부 기록합니다. 선생님들과 메신저로 주고받은 내용도 기록합니다. 내부메일이나 외부메일로 주고받은 것도 마찬가지입니다. 문자나 카톡도 가치가 있다고 생각하는 것은 전부 기록합니다. 선생님들과 생각을 공유하는 태현 행복수업 만들기와 교대부초 절차탁마의 내용도 공유한 날의 일기에 추가해 둡니다.

다음은 일반인의 일기를 소개해 드리겠습니다. 경북 김천시 아포읍 대신 3리(자연 동네명은 시내이)에 사시는 농민 권순덕씨의 일기입니다. 시내이는 제 고향입니다. 시골집에서 4집 건너에 사시는 분입니다. 평생 농사를 지으셨고, 지금도 농사일을 하십니다. 이분은 1969년 1월 1일부터 일기를 쓰셨습니다. 하루도 거른 적이 없습니다. 최근에 큰 병으로 병원에 입원하고 수술을 한 적이 있습니다. 아마도 그 기간에는 일기가 잠시 멈추었을 것 같습니다.

권순덕씨의 일기는 김천 기네스북 행사로 알려지게 되었습니다. 2009년 김천시 승격 60주년 기념으로 김천 기네스북 행사를 하게 되었습니다. 매일신문에 소개된 권순덕씨 관련 내용입니다.

시 승격 60주년 기념 '도전! 김천 기네스' [36]

김천시는 최근 다양한 분야에서 최고 기록을 보유한 '도전! 김천기네스'를 발표했다. 시 승격 60주년이 되는 올 1월1일을 기준으로 ▷인물 ▷행정 ▷문화체육관광 ▷산업경제 ▷자연환경 ▷건축시설 등의 분야에서 최초, 최고, 최대, 최소, 최다, 최장 기록을 발굴해 김천기네스에 등재한 것.

'도전! 김천기네스'는 그동안 시민들의 자율적인 참여와 각급기관의 추천으로 150여종의 자료를 접수한 가운데 9명으로 된 선정위원회에서의 심사를 통해 최종 7개 분야, 60개 부문에서 최고 기록자들을 선정했다.

특히 최종심을 거쳐 선정된 '김천 기네스' 가운데서도 몇몇 최초 최고 최대 최소 최다 최장의 기록자들이 유별난 관심을 모으고 있다.

일기를 오래 쓴 권순덕(아포읍·66)씨=1969년 1월1일부터 일기를 쓰기 시작해 40여년간 64권의 일기장을 남긴 권씨는 가정사, 마을의 크고 작은일, 금전관계, 농사일까지 꼼꼼히 기록했다. 특히 부모님에 대한 효심이 일기 곳

---

36) 매일신문 2009년 9월 17일.

곳에 묻어 있어 보는 이들의 가슴을 뭉클하게 만든 권씨는 "일기장은 자신의 일상을 뒤돌아보고 반성하는 거울이자 미래로 나아가는 발자국"이라고 말했다.

이런 내용이 방송과 신문에 많이 소개가 되었습니다. 전북대학교 「SSK 개인기록의 사회과학」연구팀이 권순덕씨를 만나면서부터 시골 농부의 이야기가 세상에 알려지게 됩니다. 1969년 1월 1일부터 2000년 12월 31일까지의 일기가 아포일기라는 제목으로 5권까지 출간되었습니다. 지난해 여름에 시골에 가니, 2권부터 5권까지 책을 시골집에 가져다 두었습니다.

바로 졸저 '수업? 너를 기다리는 동안'을 한 권 가지고 권순덕씨 댁으로 갔습니다. 한여름이라 점심 식사 후 막 낮잠을 주무실 시간이었습니다. 제법 긴 시간 동안 이야기를 나누었습니다. 제1권은 남은 게 없다면서 도리어 미안했습니다. 감사와 존경의 마음을 담아 칭찬을 드렸습니다. 집에 와서 바로 인터넷으로 제1권을 구매했습니다. 다음은 아포일기에서 가져온 내용입니다.

1969년 1월 1일 수요일 날씨 맑음37)

날씨가 추어서 오전에는 휴업함. 울타리 할려고 오리목 엿가지 갈리서 한 짐 함. 사람이란 조금만 일이라도 취미을 부쳐서 하여야만 성공할 수 있따고

---

37) 이정덕, 소순열, 남춘호, 문만용, 안승택, 송기동, 진양명숙, 이성호(2014). 농민 권순덕의 삶과 기록 「아포일기」1. 전주: 전북대학교 출판문화원. p.123.

생각함.

※ 밥은 육체의 양식이다.

1975년 1월 1일 수요일 날씨 눈

"자신으로서는 저축한은 해가 되어야 하며 꼭 저축을 해야만 살 수가 있
쓰며 앞으론 저축 업신은 살 수가 업따고 생각을 한다."

"오늘부터는 저축이 거름이다."

지출에 … 혜진 과자10원[38]

1983년 6월 16일 목요일 날씨 맑음[39]

말리 봉답 논 모내기을 할려고 봉답 두룸을 다 하고 나니 밤 11시가 돼더
라. 농촌 사람이 봉답 모내기하는 돼 다 지취고 있따고 해도 가연이 아니다.
자신도 내일 오후만 돼면 금년 농사를 반 지어 노아따고 해도 무리는 아니다.

"우리 운이가 아빠한테 거짓말 한다고 메을 맡고는 우선 바서는 거짓말을
하지 않코 있는데 두고 바야 하게쓰며 가연 계속 거짓말을 않는다면 가연 그
메가 천금이라고 생각을 하고 십다."

---

38) 이정덕, 소순열, 남춘호, 문만용, 안승택, 송기동, 진양명숙, 이성호(2014). 농민 권순덕
의 삶과 기록 「아포일기」2. 전주: 전북대학교 출판문화원. p.17.
39) 이정덕, 소순열, 남춘호, 문만용, 안승택, 송기동, 진양명숙, 이성호(2014). 농민 권순덕
의 삶과 기록 「아포일기」2. 전주: 전북대학교 출판문화원. p.211.

1988년 10월 3일 월요일 날씨 맑음[40)

　　콩나물 콩을 뽑아서 탈곡을 할려니 종일 동안 두리가 꼭 부터서 해야만 끝을 낼 수가 있쓰며 벼 탈곡을 해야하는돼 그 사이에 콩타작을 할려니 마음이 바푸며 일이 제대로 안 대는 맡이 남아 있쓰며 하로 일과가 바푸게 지나갔다고 생각을 한다. "그리고 이번 올림픽이 흑자를 냇따고 자랑을 하지만 어떠개 계산을 해서 흑자을 냇따고 하는지 몰라도 미더져지을 안으며 아직까지 국민을 대충해서 지나갈려는 정책을 버리야 하는돼 아직 어두운 대가 있쓰서는 정책이 힘을 들어서는 안돼는돼 하는 마음이 앞쓰는구나."

1993년 5월 26일 수요일 날씨 맑음[41)

　　금년도에 모내기는 오늘로 끝을 냇다. 한 해가 하늘에 그림 지나가드시 가버리고 잇쓰니 인간의 인생이 이처럼 늙어간다는 것인데 생각을 할수록 한스럽고 가끔 아푼 일들이다. "자신도 모내기를 일적 한다고 하였는데 금년 모내기는 다들 한 고비도 업시 들판에 사람들이 북적거리지도 않코서 논자리는 어린모들로 자리을 메꾸어 가는 것을 볼 때 다들 제 목이 잇기 때문에 다들 잘한다."

40) 이정덕, 소순열, 남춘호, 임경택, 문만용, 안승택, 이성호, 손현주, 진양명숙, 이태훈, 김예찬, 박성훈, 김민영(2015). 농민 권순덕의 삶과 기록 「아포일기」3. 전주: 전북대학교 출판문화원. p.409.

41) 이정덕, 소순열, 남춘호, 임경택, 문만용, 안승택, 이성호, 손현주, 이태훈,김예찬, 박성훈, 김민영(2015). 농민 권순덕의 삶과 기록 「아포일기」4. 전주: 전북대학교 출판문화원. p.367.

2000년 12월 31일 일요일 날씨 맑음[42]

우리 혜영이가 이번에 선 본 자리가 인연이 돼어쓰며 하는 바람이연은돼 이번도 총각이 흉이 택 밑태 조금 잇고 생산직이라고 실타고 하면서 좋아 하지 않아서 자신도 얼굴에 흉이 잇따고 해서 건유를 못하게드라. 중매로 결혼을 식킬라고 하니 너무 힘이 더른구나. 이제는 음력 설이 오기 전에는 배필이 나와야 하는돼 극정이 너무크다.

(오늘 종일 휴식을 사랑방에서 함)

맞춤법, 띄어쓰기 등은 권순덕씨가 쓴 그대로 옮긴 일기입니다. 시작할 때는 짧은 글이 대부분이지만, 갈수록 길어지고 문장도 매끄럽습니다. 농민 권순덕씨 개인의 기록을 넘어서는 역사적인 사료로도 손색이 없는 글입니다.

선생님, 지금 시작해보시지요.

·적·자·생·존 말입니다.

---

42) 이정덕, 소순열, 남춘호, 임경택, 문만용, 안승택, 이성호, 손현주, 이태훈, 김예찬, 박성훈, 김민영(2015). 농민 권순덕의 삶과 기록 「아포일기」5. 전주: 전북대학교 출판문화원. p.597.

인문학은 우리들이 살아가는 이야기지요

인문학 열풍입니다. 어느 철학과 교수는 강의 첫머리에 이런 말씀을 하셨습니다. "철학 공부하고 취직하기도 힘들었는데, 지금 같으면 너무 바빠서 탈이다."라며 싫지 않은 표정을 지으셨습니다. 대학입시에도 인문학 면접이 있습니다. 대구광역시교육청에서는 2016학년도 교사 선발 임용시험에 인문학 면접을 반영했습니다. 논어, 명심보감, 에밀 세 권의 책도 정해서 1년 전에 예고를 했습니다. 점차 책 권수를 늘인다고 합니다. 찬반 양론이 있지만, 궁극적인 목적은 교사가 될 교대, 사대생들이 독서를 많이 하게 하는 것입니다. 교사의 맷집을 기르는 데 독서가 큰 역할을 할 것입니다. 인문학은 맷집을 키운다는 글 하나 소개해 드립니다.

우리가 순간순간 어떻게 살아가야 할지를, 무엇을 선택해야 할지를 습득하고 가르치는 것이 학문이라는 겁니다. 다시 말해 학문은 인간으로서 살면서 익혀야 할 최초이자 최후의 기술이라는 의미입니다. 이게 유교식 학문입니다. 이것을 현대용어로는 인문학이라고 부릅니다. 인문학은 몇 가지 효용이 있습니다. 첫째, 지금까지와는 다른 방식으로 세상을 볼 수 있게 하고, 둘째, 삶을 견디는 기술을 습득시킵니다. 사실 최고의 행복은 소수의 사람들한테만 주어진 것입니다. 보통 사람들은 자식의 짐이든, 자기 자신의 짐이든, 부모의 짐이든 수많은 짐을 안고 인생이란 항로를 개척해 나가야 합니다. 그러자면 맵집이 튼튼해야 합니다. 맵집이 약하면 쓰러집니다. 인문학은 맵집을 키우는 힘을 줄 것입니다.[43]

지금 선생님들의 맵집은 어느 정도인가요?

최근에 인문학 관련 세미나에 토론자로 참석할 기회가 있었습니다. 발표자들의 원고를 읽고, 인문교육에 대한 생각을 정리하는 좋은 기회였습니다. 제 발표 원고를 그대로 안내드립니다.

인문교육은 지피지기(知彼知己)의 삶이다[44]
– 『삶이 되어가는 수업: 자전적 에세이』와

『놀이와 함께 하는 초등 인문교육』에 대한 논의 –

대구교육대학교대구부설초등학교 교감 **김영호**

I. 인문교육은 지피지기이다

김 교사는 순수 교직 경력 8년이다. 지난 해에 이어서 올해도 6학년을 담임하고 있다. 평소 수업은 일제식 강의 형태이다. 자리 배치도 4개월째

---

43) 강신주 외 14인(2014). 인문학 명강. 서울: 21세기북스. 한영조편. p.125.

44) 대구교육대학교 교육대학원&경북대학교 교육대학원 연합 초·중등 학술세미나, 2015.11.19.(목), 대구교육대학교 상록교육관 11층 국제회의장, 『인문학 소양』수업의 실제, pp.53-58.

고전적인 일자형 배치이다. 수업 진행은 주로 학습보조 사이트를 많이 활용하고 있다. 김 교사나 학생 모두 학습보조 사이트에 익숙해져 있다. 김 교사와 학생들은 학습보조 사이트로 수업을 하는 것이 편안하다. 어느 월요일 1교시에 김 교사는 손수 국어시간 동기유발을 시작했다. 학습보조 사이트는 접속이 되지를 않아서 활용할 수가 없었다. 늘 텔레비전과 학습보조 사이트에 익숙해진 김 교사나 학생들 모두 어색하기는 마찬가지였다. 동기유발이 마무리 될 무렵, 뒤에 앉은 남학생이 손을 들었다.

"선생님, 날씨도 더운데 그만 애 쓰시고 학습보조 사이트 보여주세요."

"뭐, 뭐라고······."

토론자는 인문학과 인문교육은 지피지기라고 생각한다. 지피지기는 손무의 손자병법[45]에 사용된 말이다. 그러면 인문학과 인문교육에서의 지피지기는 무엇으로 귀결되는가 하는 생각을 해 본다.

손자병법에서의 지피지기는 백전불태이다.

인문학에서의 지피지기는 행복인생으로 생각한다.

인문교육에서의 지피지기는 행복교육으로 귀결된다.

세 가지 유형의 지피지기를 종합해서, 지피지기는 '너(나)를 알고 나(널)를 알아서 우리가 되는 것이다'라고 정의해 본다.

그러면 인문학에서 지피지기는 다음과 물음과 마주치게 된다.

나(너)는 누구인가?

나(너)는 왜 사는가?

---

45) 손자(孫子) 모공편(謀攻篇) 지피지기백전불태(知彼知己百戰不殆) 상대를 알고 자신을 알면 백 번 싸워도 위태롭지 않다. 흔히 지피지기백전백승(知彼知己百戰百勝)으로 많이 사용하고 있다.

나(너)는 어떻게 사는가?

이 물음의 귀결점은 행복한 인생일 것이다. 물론 행복한 인생을 위해서는 사랑, 배려, 양보 등의 요소(요인)들이 필요할 것이다.

그러면 인문교육에서 지피지기는 어떤 물음과 마주치게 될까?

수업은 무엇인가?

수업을 왜 하는가?

수업을 어떻게 하는가?

이 물음의 귀결점은 행복수업이라고 정의하고 싶다. 결국 수업에서 행복을 찾는 게 인문교육의 목적일 것이다.

본 토론자는 박세원 교수님의『삶이 되어가는 수업: 자전적 에세이』와 이인희 선생님의『놀이와 함께 하는 초등 인문교육』에 대한 의문점과 평소의 생각을 인문교육의 물음(관점)을 중심으로 토론에 임하고자 한다.

Ⅱ. 삶이 되어가는 수업에 대하여

박세원 교수님의『삶이 되어가는 수업: 자전적 에세이』는 제목 그대로 발표자의 경험을 바탕으로 인문수업을 어떻게 할 것인가를 생각하게 한다. 발표자는 "어떻게 공교육의 장면에서 학생들에게 인문학적 소양을 함양시킬 것인가?"에 대한 물음을 리어커 데이트 수업, 아버지의 지리 수업, 발현성과 대화성에 기초한 교사 교육 수업의 세 가지 장면으로 소개하고 있다.

리어커 데이트 수업은 80년대 이전에 시골에서 학교를 다녔으면 한 번

쯤은 경험을 했을 법한 이야기이다. 대부분 초등학교 6년 동안의 일 중에서 가장 기억에 남는 것은 6학년 때의 경험이다. 그 이유는 어쩌면 초등학교가 배움의 마지막일 수도 있고, 학교 급이 다른 중학교로 진학하는 시기이기 때문일 것이다. 지금 같았으면 학부모들의 항의를 받았을 리어커 데이트는 대학에서 예비 교사를 가르치는 발표자에게 수업이란 어떤 것이어야 하는 데 많은 영향을 준 것 같다.

토론자도 초등학교 6학년 때의 두 가지 경험이 아직도 생생하다.

한 번은 담임 선생님께서 국어책 한 쪽을 하나도 틀리지 않고 읽기를 제안하셨다. 먼저 희망하는 학생들부터 시작하였다. 50여 명이 넘는 학생들이 돌아가면서 책을 읽었지만, 학생 누구도 한 번도 틀리지 않고 다 읽지를 못했다. 선생님은 우리를 나무라는 대신에 선생님께서 한 글자도 틀리지 않고 한 쪽을 다 읽으셨다. 그 때는 담임 선생님의 의도를 잘 몰랐다. 학생들을 가르치면서 국어를 바르게 읽고 쓰고 말하는 것이 매우 중요하다는 것을 깨달았다. 그래서 가끔 국어시간에 담임 선생님이 하던 것을 그대로 적용해 보기도 한다.

또 한 번은 이런 일이 있었다. "이××이(가) 말이 많아." 교감 선생님은 말이 끝나기 무섭게 제일 뒤에 앉은 나에게로 달려오셨다. 목표 지점(등)을 확인한 후 어른 엄지 손가락만한 굵기의 대나무 회초리로 다섯 번이나 힘껏 내리쳤다. 역시 1970년대 초등학교 6학년 때의 일이다. 그날 체육 업무를 맡으셨던 선생님은 김천에 출장을 가셨다. 교감 선생님이 보결 수업을 들어오셨다. 국사 과목을 공부하면서 이웃 고을 이야기를 재미있게 해 주셨다. "삼국유사에 의하면 이웃 개령고을에 감문고을에서 30명의 대군(大軍)을 이끌고……." 30명의 대군이라는 말을 듣고, 나도 모르게 "어째서

30명이 대군입니까?"라는 말이 나오고 말았다. 그 말이 떨어지기가 무섭게 교감 선생님의 사랑의 매가 이어진 과정이다. 학생들을 가르치면서 내가 이야기를 하는 중에 끼어들거나, 학생들이 이야기 하는 중에 끼어드는 학생들에게 이 이야기를 해 준다. 그렇다고 그때 같이 사랑의 매를 들지는 않았다. 대신 다음과 같이 마무리를 하곤 했다. "그 때 교감 선생님은 내가 미워서 때리신 게 아니라, 다른 사람의 말 중간에는 끼어들지 말라는 뜻에서 그런 것이다. 친구나 선생님이나 누군가 말을 하고 있다면 그 말이 끝나고 자기의 생각을 말하는 게 예절이다. 말을 잘 하기 전에 잘 듣는 것이 더 중요하다." 반면교사이다.

아버지의 지리 수업은 영어세계전도 한 장으로 시작하여 발표자의 삶이 되어가는 과정을 실감나게 전개하고 있다. 누구나 아버지에 대한 추억이 있다. 어쩌면 무서운 존재로만 각인된 사람도 있고, 다정다감한 존재일 수도 있다. 우리는 아버지라는 존재가 어떻게 기억되느냐와 상관없이 우리의 삶에 타산지석이건 반면교사이건 투영되어 있다.

토론자는 초등학교 입학하기 전부터 아버지가 벌초를 하는 곳을 따라다녔다. 지금과 같은 기계가 없던 시절이라 순전히 낫으로만 하는 작업이라 한 나절에 산소 한두 기 하기에도 힘들었다. 아버지가 벌초를 하는 동안 나는 망개나 깨금을 따서 먹거나 산소 주변을 돌아다니기도 했다. 해가 갈수록 갈퀴로 풀을 모으거나 낫을 들고 함께 벌초를 하기도 했다. 그렇게 벌초를 마치면 아버지는 벌초한 풀을 지게에 지고, 나는 앞서거나 뒤서거니 하면서 집으로 돌아오는 게 늦가을의 큰 일상이었다. 그때 각인된 고향의 산천과 그 당시 무슨 이야기가 오갔는지는 알 수 없는 아버지와의 대화는 두고두고 삶의 자양분이 되고 있다.

발현성과 대화성에 기초한 교사교육 수업에서는 예비교사를 가르치는 발표자의 고민과 연구가 묻어난다. 발표자의 수업(강의)에서 핵심은 도덕적 탐구 저널 쓰기와 자전적 동화 제작이다. 이 두 가지 과제는 결국 나(자신)를 찾아가는 과정으로 귀결된다고 본다. 어쩌면 교대 교육과정의 도덕과 뿐만 아니라 전 교과의 교육과정에 반영해도 좋을 것 같다. 이 교사교육 수업은 발표자의 리어커 데이트와 아버지의 지리수업이 그대로 반영된 제목에서 밝힌 삶이 되어가는 수업이라고 본다. 교대생의 구체적인 사례를 두어 가지 들었으면 더 좋겠다는 생각이 들었다.

발표자는 '나는 결론적으로 말하고 싶다. 인문학적 소양을 교육할 때 교육자들이 명심해야 할 것은 그것을 밖에서 학생 안으로 심어주는 것이 아니라 학생이 자신의 삶에서 발현시켜나가도록 돕는 것임을 말이다. 그것은 교육(educare: 이끌어내다), 교육과정(currere: 말이 행로를 달린다)의 본래적 의미이기도 하다.'로 마무리를 하고 있다. 어쩌면 가장 기본적이고 어려운 일이지만 절대적으로 공감이 가는 내용이다. 뒤에 소개할 이인희 선생님의 마무리('수업 속에서 감동받은 부분을 마음에 새기고 삶 속에서 깨닫고 적용하는 살아있는 인문교육이 초등학생에게 자연스럽게 스며들어 이 사회가 행복의 자장이 넘쳐흐르기를 소망한다.')와 일맥상통한 점이 있다.

교대는 예비교사를 양성하는 목적 대학이다. 학교 현장에는 인문교육 즉, 인문수업의 열풍이 불고 있다. 그러면 교사 양성기관인 교대에서는 예비교사들에게 인문수업을 위한 소양을 신장시키기 위해서 어떤 교육을 하고 있으며 앞으로 어떤 교육이 필요할지 궁금하다. 또한, 교대생들의 교육실습에서는 어떤 교육과정이 필요한가에 대한 생각도 궁금하다.

Ⅲ. 놀이와 함께 하는 초등 인문교육에 대하여

이인희 선생님의 발표는 『놀이와 함께 하는 초등 인문교육』라는 제목에서 보듯이 놀이로 한정해서 초등 인문교육을 어떻게 할 것인가를 설정한 것은 논의의 폭과 깊이를 생각할 때 적절하다고 하겠다. 놀이의 사전적인 의미는 '일정한 규칙 또는 방법에 따라 노는 일'로 정의할 수 있다. 발표자는 대학 재학 시절부터 놀이를 통한 수업에 관심을 가지고, 수업 현장에서 시행착오를 거치면서 놀이의 교육적 가치에 대한 확신을 가지고 있다.

초등 인문교육의 필요성에서는 인문학의 출발점을 나를 찾는 것부터 시작하고 있다. 앞에서 언급한 바와 같이 인문학의 시작이 나는 누구인가? 의 질문으로 시작하는 것과 일맥상통한다고 하겠다. 또한, 인문교육과 배움과의 관계 설정을 깨달음이나 교육이 교차할 때 가장 활발하다고 보았다. 흔히, 놀이라고 하면 논다는 뜻으로 이해를 하는 경우가 많다. 즉, 공부시간의 놀이는 학습이라는 개념보다는 학습 이외의 논다는 개념으로 생각할 수가 있다. 하지만 발표자의 놀이 개념은 인문학습의 한 방법으로 학습목표에 효과적으로 도달하기 위한 여러 가지 방법의 하나라고 이해를 하는 게 적절할 것 같다.

놀이로 질문과 성찰이 일어나는 교실 만들기에서는 구체적인 놀이를 통한 인문교육의 방법을 소개하고 있다. 책놀이로 인문교육 만지기에서는 나는 누구인가? 라는 질문에서 시작하고 있다. 인문교육 교육과정과 만나다는 수준별 질문 익히기와 놀이를 활용한 수업과정을 구체적으로 소개하고 있다. 교육과정! 책과 만나다에서는 교과서의 질문과 발표자 저서의 인문학 질문을 비교 설명하고 있다. 교육과정! 거대한 프로젝트와 만나다에서는 성취기준을 중심으로 교과 융합의 30시간 프로젝트 학습을 소개하고 있다. 네 가지의 구체적인 예시는 발표자의 저서에 소개된 것이다. 발표자의 생각과 경험을 바탕으로 재해석 된 이론이라고 하겠다. 따라서 네 가지의 예시 자료를 바탕으로 학교 현장에서 다시 재해석 되어 적용되기를 기대해 본다.

마무리에서는 '수업 속에서 감동받은 부분을 마음에 새기고 삶 속에서 깨닫고 적용하는 살아있는 인문교육이 초등학생에게 자연스럽게 스며들어 이 사회가 행복의 자장이 넘쳐흐르기를 소망한다.'고 정리하고 있다. 발표자의 소망같이 학교 현장에 널리 확산되기를 기대한다. 이 부분은 박세원 교수님의 끝부분('나는 결론적으로 말하고 싶다. 인문학적 소양을 교육할 때 교육자들이 명심해야 할 것은 그것을 밖에서 학생 안으로 심어주는 것이 아니라 학생이 자신의 삶에서 발현시켜나가도록 돕는 것임을 말이다. 그것은 교육(educare: 이끌어내다), **교육과정**(currere: 말이 행로를 달린다)의 본래적 의미이기도 하다.')과 일맥상통하는 점이 있다.

인문교육을 효과적으로 할 수 있는 방법은 여러 가지이다. 놀이를 통한 인문교육은 인문교육의 궁극적인 목적을 달성하는 데 좋은 자료이자 방법이라고 생각한다. 발표자는 주로 놀이교육의 장점에 대해서 소개하였다. 인문교육에서 놀이학습을 적용할 때 생길 수 있는 문제점과 해결 방안을 무엇인지 궁금하다. 우문현답을 기대한다.

IV. 인문수업은 삶이다

'농작물은 농부의 발자국 소리를 듣고 자란다.'고 한다. 수업은 선생님의 생활이다. 학생들에게는 수업이 삶이다. 그러자면 수업의 기본으로 돌아가야 한다. 수업을 어떻게 하느냐는 방법론을 먼저 생각하기 전에 수업은 무엇이며 수업을 왜 하는지부터 생각해야 할 것이다.

박세원 교수님과 이인희 선생님의 발표와 같이 수업이 삶이 되는 초등학교 수업을 생각한다. 그러자면 선생님들의 삶 그 자체가 인문학 또는 인문교육이 되어야 할 것이다.

제목에서 언급한 '인문교육은 지피지기의 삶이다'라는 물음을 생각하면서 6학년 담임인 김 교사의 수업이 다음과 같기를 소망한다.

"선생님, 날씨도 더운데 그만 애 쓰시고 학습보조사이트 보여주세요." 라는 학생의 말에 충격을 받은 김 교사는 국어 시간이 어떻게 끝났는지도 몰랐다. '아, 내가 지금 무엇을 하고 있지? 내가 정녕 가르치는 선생님인가?'하는 생각이 들었다. 곰곰이 생각을 해보니 수업을 어떻게 할까? 하는 방법만 생각하고, 학생들이 좋아한다고 학습보조 사이트만 활용한 수업을 했다는 생각이 들었다. 김 교사와 학생들이 수업을 한 것이 아니고, 학습보조 사이트와 학생들이 수업을 한 것 같았다. 수업은 무엇이고 수업은 왜 하는지에 대한 고민을 한 번도 한 적이 없었다는 생각도 들었다. 학생들이 하교한 후 6학년 부장 선생님에게 국어 시간에 있었던 일에 대해 조언을 구했다. 부장 선생님은 대구의 인문교육과 협력학습 등에 대해서 자세하게 설명을 해 주셨다. 인문교육, 협력학습, 놀이학습에 대한 몇 가지 책도 소개를 해 주셨다. 김 교사는 공문을 검색하고 장학자료를 찾아서 읽었다. 그제야 협력학습이 무엇이며 인문교육이 무엇인지 어렴풋이나마 감을 잡을 수가 있었다. 인터넷으로 수업에 대한 책도 몇 권을 구입했다. 책상 배치를 디귿자 형태로 바꾸었다. 학습보조 사이트를 활용하지 않는 화요일 수업을 준비하고 나니 개와 늑대의 시간이 훌쩍 지났다.

다시 한 번 더 생각해 보겠습니다. 인문학이다, 인문교육이다라고 떠들썩합니다. 왜 이럴까 하는 생각을 해 보셨습니까? 우리가 사는 지금, 현재가 인문학적이지 않다는 것이겠지요. 기초와 기본이 잘 정립되지 않았다는 뜻이기도 합니다. 수업에도 인문학이다, 인문정신이다를 강조합니다. 맞는 말입니다. 하지만 곰곰이 생각해보면 언제 인문교육 하지 않았나라는 자문을 하게 됩니다. 인문교육 했다는 자답을 합니다. 자문자답으로 인문교육은 어디 멀리 있는 게 아닌 것이 분명합니다.

지난 해 우리 학교에서는 대구광역시교육연수원에서 공모한 인문학 연수에 선정이 되어 30시간 연수를 했습니다. 주제는 '2015 삶의 무늬를 찾아가는 인문교육 중심 수업'이었습니다. 인문학 특강, 자체 연수, 인문학 수업 공유 및 협의, 인문학 현장 탐방 등이었습니다. 저는 수업을 중심으로 인문학으로 다가가기 3시간, 인문학으로 성찰하기 3시간을 선생님들과 공유하는 시간을 가졌습니다. 연수에 대한 선생님들의 호응도 아주 좋았습니다. 마지막에는 200여 쪽의 보고서도 발간을 했습니다.

특강 강사는 박동규 서울대학교 명예교수님입니다. 시인 박목월의 장남으로도 유명합니다. 본교 교직원, 수업실습 교생, 학부모, 인근학교 교원 등 200여 분이 경청을 했습니다. 일흔 중반을 넘긴 연세가 무색하게 재미있고 열정 넘치는 강의를 하셨습니다. 다른 강사들과의 차별이 되는 강의였습니다. 바로 박동규 교수님의 살아가는 이야기였습니다. 살아온 이야기, 지금 살고 있는 이야기, 앞으로 살아갈 이야기 등입니다. 선친 박목월 시인과의 일화, 미국에 거주하는 아들과 손녀에 대한 이야기입니다. 그리고 주변의 지인들 이야기입니다. 이야기에 어울리는 시 낭송은 금상첨화였습니다.

저는 김천에 있는 50년 된 이발관 이야기로 인문학을 마무리 하겠습니다. 김천 기네스북에는 올라 있지 않습니다. 시골집에서 김천을 가다가 감천을 지나기 전에 오른쪽으로 조금 내려가면 됩니다. 창문을 노랗게 칠한 것인 인상적이었습니다. 처음 노란 창문을 보고는 노란 손수건이라는 글을 생각했습니다. 수건은 반 장짜리를 사용합니다. 지금 이발관에서는 볼 수 없는 풍경이 많습니다. 선친을 모시고 일 년에 서너 번씩 이발관을 다녔습니다. 목욕탕에 들렀다가 가기도 하고, 이발관 볼일만 보기도 했습니다. 아버지, 어머니, 아내 그리고 저입니다. 간혹 둘째 누님이 동행을 했습니다. 볼일을 마치면 김천의 중국집이며 맛집에서 외식을 하고, 다시 시골집으로 돌아오는 게 정해진 코스였습니다.

자주 들르다 보니 사진을 찍어야겠다는 생각이 들었습니다. 무턱대고 사진을 찍을 수는 없어서 주인에게 양해를 구했습니다. 흔쾌히 승

낙을 해 주셨습니다. 이발비와 함께 박카스 두 박스를 드렸습니다. 박카스부터 드리면 이발비를 안 받으실 것 같아서 이발비를 먼저 드렸습니다. 2010년에 이발비는 6,000원입니다. 그 뒤로는 이발관에 갈 때마다 사진을 찍었습니다. 선친의 모습은 이발관 사진에 가장 많이 남아 있습니다.

2010년에 이발사는 여든에서 조금 빠진 연세이고, 손님인 선친은 여든이 넘었습니다. 두 분의 고향은 이웃 마을입니다. 그 옛날부터 지금까지의 인생 이야기가 쉬지 않고 이어집니다. 어느 집의 흥망성쇠 이야기도 있습니다. 또한 주변 친구들에 대한 이야기도 이어집니다. 그러다가 마지막에는 자신들의 이야기로 이어집니다. 공자, 맹자 몰라도 참 착하게 살아가는 사람들 많다는 생각이 들었습니다. 사진 두 장 보시는 것으로 마치겠습니다.

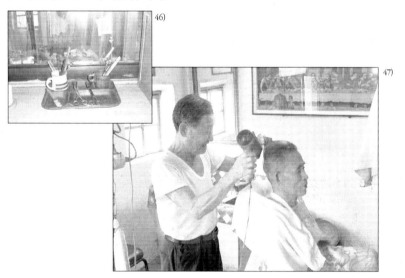

46) 경북 김천시의 50년 된 이발관으로 사장님 자제분들이 아버지의 건강을 위해 그만두라는 성화에 최근 폐업함.

47) 2010년 여름 어느 날 , 손님은 선친(先親)인 김달수 옹.

선생님의 수업철학은
무엇인가요

김영호 국어과 교수·학습안

수업철학 ··· 절차탁마(切磋琢磨)

절차탁마(切磋琢磨)는 옥을 가공하는 네 가지 과정이다. 자른다(切). 썬다
(磋). 쫀다(琢). 간다(磨).
수업, 저절로 좋은 수업 되지 않는다.
아이들을 사랑하는 마음을 가진다. 수업 기술도 익힌다. 남의 수업 많이
본다. 내 수업도 많이 보여준다. 수업친구 만들어 공유한다. 책도 많이 읽
는다. 등등.
시나브로 좋은 수업이 내 그림자가 되지 않을까?
절차탁마(切磋琢磨), 좋은 수업을 만드는 지름길이다.

■ 본시 배움 활동

학습 단계 (분)	학습요항 학습형태	인성교육중심 배움 활동	※유의점 □자료 평가 ♡인성 ☺❶협력
도입 (5′)			
전개 (30′)			
정리 (5′)			

속옷 없는 행복[48]

옛날 어느 나라 왕이 중병을 앓고 있었다. 유명한 의사들을 다 불렀으나, 별 효험을 보지 못했다. 그 중에서 가장 용하다는 의사가 최후의 치료 처방을 냈다.

"이 세상에서 가장 행복한 사람의 속옷을 얻어다 입으시면 병이 치료됩니다."

왕의 신하들은 사방으로 흩어져 세상에서 가장 행복한 사람을 찾기 시작했다. 그러나 아무리 돈이 많은 사람도, 학문이 높은 사람도, 잘 생긴 사람도 자기가 행복한 사람이라고 생각하지 않았다.

별의별 사람들을 다 만나 보았으나, 허탕을 치고 돌아오던 한 신하가 어느 산골 다 쓰러져 가는 오두막에서 살아가는 농사꾼 부부를 만났다.

신하는 별 기대를 하지 않았지만, 혹시나 하는 마음에 물어보았다.

"여보시오, 당신들은 행복하십니까?"

"예, 우리는 아주 행복하답니다."

"정말입니까? 얼마나 행복합니까?"

"이 세상 그 누구보다도 행복합니다.

신하는 뛸 듯이 기뻐하면서 사정을 말했다.

"지금 임금님께서 아주 중한 병에 걸려서 목숨이 위태로운 지경입니다. 임금님의 병을 낫도록 하기 위해서는 세상에서 가장 행복한 사람의 속옷을 가져다 입혀야 합니다. 값은 달라는 대로 줄 테니 당신들의 속옷을 벗어 주십시오."

신하는 몇 번이나 고개를 숙이면서 간곡히 부탁을 했다. 그러자 이야기를 들은 농사꾼 부부는 난감한 표정을 지으면서 말했다.

"어쩌지요. 저희들은 너무 가난해서 여태까지 속옷을 입어 본 적이 없습니다."

"뭐라고요, 속옷을 입어 본 적이 없다고요?"

---

48) 정채봉, 류시화 엮음(1997). 작은 이야기 1. 서울: 샘터. p.139. 재구성.

앞의 자료는 제가 수업 관련 생각을 공유할 때 사용하는 자료입니다. 강의 현장에서 사용하기도 하고, 피드백 자료로도 활용합니다. 제 수업철학은 절차탁마입니다. 이제는 인생철학이고 좌우명이기도 합니다. 우리 학교 교장 선생님으로 퇴임하신 장태영 교장 선생님은 학교 행사나 대구교대 동창회 행사로 만날 때마다 "김 교감 절차탁마 잘 하고 있지요?"하시거나 카톡으로 격려 겸 독려를 해 주십니다.

우리 학교의 수업철학은 '수업에서 행복을 만나다'입니다. 선생님들도 수업철학[49]이 있습니다. 학반 안내란 용어 대신에 수업철학이 들어가 있습니다. 현관에는 아이들 사진과 함께 수업철학이 들어가 있습니다. 수업철학과 관련되는 제 일기 하나 소개해 드리겠습니다.

협력학습 연수

2015.03.09.(월)

교실을 둘러보았다. 1학년 급식이 시작되었다. 직원협의회를 했다. 〈절차탁마 18. 의금상경〉을 드렸다.

협의를 마치고 연수를 했다. 김혜진 선생님이 협력학습의 여러 기법 강의 및 실습을 했다. 선생님들의 진지한 모습이 참 좋았다. 우엉차를 대접했다. 마치고 이런 말씀을 드렸다.

"공자 말씀을 엮은 책이 논어입니다. 논어 술이편에 세 사람이 길을 가면 반드시 한 사람의 스승이 있다고 했습니다. 오늘은 김혜진 선생님이 스승이 되고, 다음에는 양현욱 선생님, 그 다음에는 최수정 선생님,…… 정작 우리

---

49) 학교 및 교원 개인의 수업철학은 제5장 교대부초 절차탁마 이야기 중 46. 수업공유 현황의 덧붙임 자료 참조.

는 다른 학교에서는 이런 노하우를 전수하는 경우가 많았지만, 우리끼리 나누는 데는 인색했습니다. 김태헌 선생님은 수업친구 만들기를 ……."

임상장학 대상인 배한무 선생님, 박소영 선생님, 김수미 선생님, 이혜영 선생님 4분 선생님의 교수·학습안을 작성한 소감을 들었다. 김수미 선생님의 생각을 듣고, 메신저로 정리해서 주시라 부탁을 드렸다.

1. 수업 지도안 제일 첫 장에 첫 글자에 내 이름 석자를 적으니 마음속에서 자랑스러움과 책임감이 느껴졌습니다.

2. 연이어 수업브랜드를 적는 난이 나옵니다. 수업 철학을 적으며 수업의 장면 장면마다 잘 녹여내야겠다는 다짐이 들었습니다.

3. 학생중심 협력수업을 위한 정신과 지도안 요소들이 하나하나 잘 엮여진 지도안이라는 생각도 들었습니다. 그래서 지도안 작성할 때 협력을 위해 무언가를 더 추가하여 적는 것이 아니라, 잘 엮인 지도안을 따라가다 보면 협력학습을 위한 지도안을 적을 수 있겠다는 생각도 들었습니다.

지도안을 적는 시간도 많이 줄어들어 좋았습니다.^^

교감 선생님, 말 주변도, 글 주변도 부족하여 이렇게 정리해보았습니다.

감사합니다.^^

김수미 드림

선생님, 선생님의 수업철학 또는 인생철학은 무엇인가요?

국어사전은 참 좋은
학습 자료이지요

    저는 학교에 강의를 가면 개인별로 국어사전 한 권씩을 준비해 달라는 부탁을 합니다. 가능하면 학교도서관에 있는 같은 종류의 국어사전을 준비해 달라는 뱀발[50]을 달기도 합니다. 간혹 연수 장소가 학교 도서관이면 금상첨화입니다.

    국어사전을 가지고는 몇 가지 활동을 합니다. 한 번에 아무 곳이나 펴게 합니다. 그리고는 제일 왼쪽 첫 낱말과 뜻이 무엇인지 읽게 합니다. 또 같은 방법으로 제일 오른쪽 끝의 낱말과 뜻을 찾아서 읽게 합니다. 손을 움직이고 입을 열게 하는 좋은 방법입니다. 그리고는 제일 마지막에 나오는 낱말이 무엇인지 예상하게 하고 실제 찾아봅니다. 코와 관계되는 낱말입니다. 주로 '힝'이나 '히잉'입니다. 그리고는 제가 낱말 뜻을 불러주고 찾게 합니다. 낱말 뜻은 '모르는 사이에 조금씩 조금씩'입니다. 이 낱말은 쉽게 찾습니다. 잘 아시는 대로 순우리말인 시나브로입니다. 또 표절과 관계 되는 이야기와 실제 표절이라는 낱말을 찾기도 합니다. 이렇게 국어사전을 활용하는 방법 몇 가지만 안내를 드립니다.

    잠깐 표절에 대한 이야기를 말씀드리겠습니다. 제가 표절이라는 말

---

50) 사족의 우리말로 일반화된 것은 아니지만, 개인적으로 즐겨 사용함.

을 처음 알게 된 것은 김천고등학교 2학년 국어시간입니다. 한학에 조예가 깊으셨던 전장억 선생님 시간이었습니다. 선생님께서는 표절의 낱말 뜻을 이야기하시고는 대답을 기다리셨습니다. 아무도 자신 있게 말하지 못했습니다. 저는 혼잣말로 표절이라고 했습니다. 선생님께서는 바로 칠판에 유창한 솜씨로 剽竊을 쓰셨습니다. 제가 하고 있는 이 방법은 고등학교 2학년 때 배운 것입니다. 굳이 어려운 한자를 몰라도 좋습니다.

> 독서력을 향상시키기 위해 가능한 한 많은 글을 읽어 보는 것도 중요하지만, 한 가지 덧붙이고 싶은 것은 글을 읽을 때 반드시 국어사전을 찾아보는 습관을 기르라는 것이다. 문장을 이루는 기본 단위인 단어를 정확히 해독하는 것이 올바른 독서의 필요충분조건이라는 사실은 두말할 필요도 없다. 이처럼 당연한 말을 하는 것은 국어사전을 찾아보는 것이 실제로 독해에 많은 도움이 된다는 사실을 직접 체험했기 때문이다. 영어사전을 찾는 품의 10분의 1만 들여 국어사전을 활용한다면······.[51]

모두가 이 이야기에 공감하시지요. 저도 학교 다닐 때 영어 사전은 있었어도 국어사전은 없었습니다. 지금은 조금이라도 의심되는 것은 인터넷 국립국어원(http://www.korean.go.kr)의 표준국어대사전에서 검색을 합니다. 궁금한 것은 그냥 지나치기보다는 확인을 하시면 좋겠습니다.

도서관은 중요성은 빌게이츠의 이야기로 대신하겠습니다.

---

51) 장승수(1999). 공부가 가장 쉬웠어요. 서울: 김영사. pp.190~191.

세계에서 가장 성공한 사람으로 일컫는 마이크로소프트사의 빌 게이츠 회장은 "나를 키운 건 동네의 작은 도서관이었다"는 유명한 말을 했다. 첨단 산업의 대명사인 마이크로소프트사의 최고 경영자가 자신이 발휘한 능력의 원천이 어린 시절 동네의 작은 도서관이었다고 한 사실은 많은 엄마들이 뼈저리게 생각해봐야 할 것이다. (중략) 나뿐만 아니라 모든 부모들이 아이들을 키우면서 어떻게 해야 고기 잡는 법을 가르칠 수 있을까 참 많은 고민을 하게 된다. 이것을 현대적으로 해석하면 '정보를 주기보다는 정보를 찾는 방법을 가르쳐주는 것'…….[52]

---

52) 이현(2005). 기적의 도서관 학습법. 서울: 화니북스. p.36.

우리 학교는 어떤
수업인가요

—

우리 학교 교무실 제 자리 뒤쪽 창문의 블라인드에 붙은 내용입니다. 얽힌 이야기 하나 드리는 것으로 마무리하겠습니다.

지난해 여름방학 때의 일입니다. 2015년 3월 1일자로 전입하신 배한무 선생님이 초등학교 5학년 아들과 잠깐 교무실에 오셨습니다. 아이의 손에 만 원짜리 한 장을 쥐어주었습니다. 다음 날 가족이 서울에 가기 전에 준비할 게 있어서 학교에 온 것이었습니다. 차 마실 시간도 없이 선걸음에 다시 교무실을 나가셨습니다.

그리고 며칠 뒤에 배한무 선생님께서 이런 말씀을 주셨습니다. 교감 선생님, 지난번에 제 아들과 교무실에 잠깐 들른 적이 있었지요. 아이가 교무실을 나서자마자 제게 물었습니다. 아빠가 대한민국에서 수업 제일 잘 하는 선생님 맞아요? 신기하기도 하고 궁금하기도 해서 어떻게 대답을 했는지 재촉을 했습니다. 명확한 대답 대신에 그냥 얼버무렸다고 합니다.

그렇습니다. 배한무 선생님의 아들은 잠깐 교무실에 있으면서 대한민국에서 수업을 가장 잘 하는 학교와 아버지인 배한무 선생님의 이름을 본 것입니다. 아들이 아버지 어떻게 생각할지는 짐작이 가시지요.

저는 대구에서 강의를 할 때면 이 사진을 꼭 보여 드립니다. 그리고 이것은 우리 학교의 비전입니다. 설사 지금 조금 부족하더라도 언젠가는 그렇게 되리라고 확신합니다. 그리고 결과를 떠나 함께 고민하고 노력하는 그 과정이 더 중요하다고 생각합니다. 언젠가는 우리 학교가 대한민국에서 수업을 가장 잘 하는 학교가 되기를 소망합니다. 그래서 저도 절차탁마하고 있습니다.

소금 같은 수업도 좋아요

―

저는 노래도 좋아하고 시도 좋아합니다. 한때는 시집만 집중적으로 구입하기도 했습니다. 많은 시 중에 류시화의 소금이라는 시간 있습니다. 소금 같은 수업이라고 해서 짠맛 나는 수업을 하시라는 건 아닙니다. 소금 소중한 것이지만, 주변에서 쉽게 구할 수 있으니 귀한 것을 잘 모릅니다. 수업도 그렇습니다. 다음의 ①, ②, ③에는 어떤 낱말이 들어가면 좋을까요?

소금

류시화

소금이
바다의 ①_____ 라는 걸
아는 사람은 많지 않다.
소금이
바다의 ②_____ 이라는 걸
아는 사람은 많지 않다.
세상의 모든 식탁 위에서

흰 눈처럼

소금이 떨어져내릴 때

그것이 바다의 ③_____ 이라는 걸

아는 사람은

많지 않다

그 ③ _____이 있어

이 세상 모든 것이

맛을 낸다는 것을

그러면 소금 대신에 수업을 넣어서 시 바꾸어 쓰기를 해 보겠습니다. 수업 대신에 부모님, 친구, 선생님, 공기, 물 등으로도 해 보시면 좋겠습니다. ①, ②, ③에 들어갈 낱말은 바꾸지 않으면 원작인 소금의 의도를 잘 살릴 수 있습니다. 앞에서 궁금증을 더한 ①, ②, ③에는 어떤 낱말이 들어가는지 확인하실 수 있습니다.

수업

김영호

수업이

선생님의 상처라는 걸

아는 사람은 많지 않다.

수업이

선생님의 아픔이라는 걸

아는 사람은 많지 않다.

세상의 모든 교실에서

사랑이라는 이름으로

수업이 아이들 가슴가슴에 저밀 때

그것이 선생님의 눈물이라는 걸

아는 사람은

많지 않다.

그 눈물이 있어

이 세상 모든 아이들이

시나브로 어른이 되어 간다는 것을

선생님은 어떤
선생님인가요

소크라테스의 "너 자신을 알라"는 인문학적으로도 시사하는 바가 큽니다. 아이들을 가르치는 선생님 입장에서는 자기 자신을 정확하게 아는 게 중요합니다. 또한, 교장이나 교감의 입장에서도 선생님들이 어떤 유형인지를 아는 게 수업장학이나 수업컨설팅을 할 때 제일 먼저 파악해야 할입니다. 선생님은 어떤 유형의 선생님이신지요?

교수자 유형에 따른 상담 전략[53]

유형	유형특성	자가진단	마음가짐	전문처방
발전지향형	적극적이고 긍정적인 자세	단점을 아주 많이 기록함	개선할 점을 도움 받아 발전하자	단점을 다루고 구체적인 대책 위주로
순진-착각형	개선점 모르나 지적 시 쉽게 인정함	시시한 단점만 기록함	잘하고 있지만 전문가 의견도 들어보자	본인이 생각하지 못한 장단점 지적
무관심형	억지로 컨설팅하게 된 신임교원	일반적인 장단점을 성의 없이 기록함	지겨운데 시간이나 때우자.	교수자가 스스로 말하는 시간 늘이기
완벽주의형	별 문제 없는데 더 잘할 수 있을 것이다	장점보다 단점을 많이 적음	더 잘할 수 있을 것 같은데	단점 찾아주기,교수법이나 교육이론 논하기
자기방어형	개선점 알지만, 학생이나 환경 탓으로 돌림	단점을 별로 적지 않음	학생들이 문제이다. 시간적 여유가 없다.	해명을 일부만 인정한다.
잘난체형	인정받고 싶어하는 교수자	장점을 많이 적음	내 단점을 찾으려면 찾아보시오.	인정하고 칭찬하기. 장점 더 찾아주기
비관형	별문제 없어도 더 잘할 수 있는데 불안해하는	단점을 모두 적음	수업평가는 잘 나오지만 아직 멀었어.	완벽하기가 쉽지 않다고 동의하기
자포자기형	개선점 알지만 어쩔 수 없다.	장단점을 적지 못하고 민담시말수가 적음	내가 못하는 이유는 내 잘못이 아니다.	장점 찾아주기,단점을 정기적인 해결책으로
완성형	수업을 무척 잘하고 있다는 것을 안다.	장·단점을 거의 적지 않음	물론 더 발전할 수 있지만……	수업 컨설턴트가 되기를 제안한다.

---

53) 조벽(2014). 수업컨설팅. 서울: 해냄. pp.96~105. 발췌.

선생님,
수업을 왜 할까요

먼저, 왜 사는지에 대한 물음을 해보겠습니다. 아이들이 "선생님은 왜 사세요?"라고 물으면 어떻게 대답하시겠습니까? 쓸데없는 질문한다고 혼내시겠습니까? 아니면 왜 사는지 바로 답을 해 주시렵니까? 그것도 아니면 무시하고 지나가시겠습니까? 이런 방법을 생각해 봅니다. 저 같으면 먼저, "너는 학교는 왜 오니?"라고 물어보겠습니다. 그런 차원에서 아이한테 "너는 왜 사니?"하고 되물어볼 수도 있습니다. 니체 이야기 들어보시지요.

> 어떻게 살아야 할지 삶의 방법론을 담은 책은 많지만, 내게 맞는 것을 찾기는 어렵다. 타인의 방식이 내게 맞지 않는 것은 당연한 일이니 전혀 이상할 게 없다. 문제는 내가 던지는 '왜'라는 물음의 내용을 나 스스로 전혀 인식하지 못하는 데 있다. 왜 그 일을 하고 싶은가? 왜 그렇게 되려고 하는가? 왜 그 길로 가려고 하는가? 내면으로부터의 이런 물음에 분명한 평가 기준을 갖추지 못했기 때문에 답을 찾지 못하는 것이다. '왜'라는 의문부호에 스스로 답을 제시할 수 있어야만 무엇을 어떻게 해야 할지 알게 됨으로써, 이제 그 길을 가는 일만 남게 되는 것이다.[54]

---

54) 사이토 다카시(2015). 곁에 두고 읽는 니체. 이정은 역 서울: 홍익출판사. p.216. 니체의 《우상의 황혼》에서 인용

1980년대 대구의 매일신문에서 독후감을 모집했을 때, 허준의 동의보감을 읽고 '어떻게 살 것인가'라는 제목으로 응모를 해서 상을 받았습니다. 지금 생각해 보면 당시 아주 좋은 상을 받지 못한 것은 방법적인 면인 어떻게에 집착을 한 글이라서 그런 것 같습니다. 지금 쓴다면 '영호야, 왜 사니?'로 제목을 정하겠습니다. 방법 이전에 더 근본적인 왜를 생각해 볼 때입니다. 영호야 왜 사니? 선생님 왜 사시지요?

수업도 마찬가지입니다. 지금까지 어떻게만 생각했습니다. 왜를 먼저 생각하는 게 수업철학이고 교육관입니다. 협력학습은 대구공역시 교육청의 수업철학이라고 강조한 것도 그런 맥락입니다. 왜의 중요성을 강조한 천호성 교수님의 글로 짧은 식견을 대신합니다.

수업에 있어서 가장 중요한 것 중의 하나는 "왜 수업이 존재하는 것인가"라는 물음에 스스로 대답할 수 있어야 한다는 것이다. 이것을 교사 자신의 관점에 비추어 보면, "나는 왜, 수업을 하는가"로 바꾸어 말할 수 있다. 수업자는 학습자의 성장과 발달을 위해 존재한다. 즉, 수업을 통해 학생들을 올바른 인간으로 성장하는 것이다. 따라서 교사에게는 수업을 계획하기 전에 어떤 인간으로 학생을 성장시킬 것인지, 학생의 성장과 발달에 있어서 바람직한 방향이 어떤 것인지에 관해 보다 깊이 있는 자기 철학이 요구된다. 필자는 이것을 수업자의 교육관이나 교육철학, 혹은 수업자가 목표로 생각하는 인간상으로 칭하고 싶다. 지금까지 우리나라의 교육현장에서는 무엇을(교육내용) 어떻게(교육방법) 가르칠 것인가에 매몰된 채, 교육당국도 교사도 여기에 모든 힘을 쏟아왔다. 교육대학이나 사범대학에서 시행하고 있는 교원양성 과정에서도 교육 내용과 방법은 양적으로나 질적으로 너무 많이 강조되었던 것이 사실이다. 그러나 수업에 있어서 가장 중요한 것은 왜 수업을 하는 것이며, 수업을 통해 교사들은 아이들을 어떤 인간으로 성장시킬 것인가에 대한 수업의 본질에 대해 잊어서는 안 될 것이다.[55]

---

55) 천호성 편저, 전수환 외7인 공저(2014). 참여형 수업연구와 교사의 성장. 서울: 학지사. p.19.

수업의 철칙은
무엇일까요

유시민은 '거꾸로 읽는 세계사'를 집필한 베스트셀러 작가입니다. 뒤이어 텔레비전 시사 토론 프로그램 사회자로도 명성을 날렸습니다. 정치에 입문해서는 국회의원과 장관을 지내기도 했습니다. 그런 유시민이 초심으로 돌아왔습니다. 다른 것 다 접고 다시 글쓰기에 매진하고 있습니다.

> 글쓰기에는 철칙(鐵則)이 있다고 생각한다. 첫째, 많이 읽어야 잘 쓸 수 있다. 책을 많이 읽어도 글을 쓰지 못할 수는 있다. 그러나 많이 읽지 않고도 잘 쓰는 것을 불가능하다. 둘째, 많이 쓸수록 더 잘 쓰게 된다. 축구나 수영이 그런 것처럼 글도 근육이 있어야 쓴다. 글쓰기 근육을 만드는 유일한 방법은 쓰는 것이다. 여기에 예외는 없다. 그래서 '철칙'이다.[56]

글쓰기의 철칙을 수업의 철칙으로 그대로 대비해서 보겠습니다.

수업에는 철칙이 있다고 생각한다. 첫째, 많이 보아야 수업 잘 할 수 있다. 수업을 많이 보고도 잘 하지 못할 수는 있다. 그러나 많이 보지 않고 잘 하는 것은 불가능하다. 둘째, 수업을 많이 할수록 잘 할 수

---

56) 유시민(2015). 유시민의 글쓰기 특강. 파주: 도서출판 아름다운 사람들. p.62.

있다. 수업도 근육이 있어야 한다. 수업의 근육을 만드는 유일한 방법은 수업을 하는 것이다. 여기에 예외는 없다. 그래서 수업철칙이다. 여기서 많이 하는 것은 공유 수업에 초점을 두고 싶습니다.

글을 잘 쓰려면 왜 쓰는지를 생각해야 한다. 다시 말하지만 글쓰기는 자신의 내면을 표현하는 행위다. 표현할 내면이 거칠고 황폐하면 좋은 글을 쓸 수 없다. 글을 써서 존중받고 존경받고 싶다면 그에 어울리는 내면을 가져야 한다. 그런 내면을 가지려면 그에 맞게 살아야 한다. 글은 '손으로 생각하는 것'도 아니요, '머리로 쓰는 것'도 아니다. 글은 온몸으로, 삶 전체로 쓰는 것이다. 논리 글쓰기를 잘하고 싶다면 그에 걸맞게 살아야 한다.[57]

기술만으로는 훌륭한 글을 쓰지 못한다. 글 쓰는 방법을 아무리 열심히 공부해도 내면에 표현할 가치가 있는 생각과 감정이 없으면 아무런 소용이 없다. 훌륭한 생각을 하고 사람다운 감정을 느끼면서 의미 있는 삶을 살아야 그런 삶과 어울리는 글을 쓸 수 있게 된다. 논리 글쓰기를 잘하려면 합리적으로 생각하고 떳떳하게 살아야 한다. 무엇이 내게 이로운지 생각하기에 앞서 어떻게 하는 것이 옳은지 고민해야 한다. 때로는 불이익을 감수하고서라도 스스로 옳다고 생각하는 원칙에 따라 행동할 수 있어야 한다. 기술만으로 쓴 글은 누구의 마음에도 안착하지 못한 채 허공을 떠돌다 사라질 뿐이다.[58]

여기서도 왜가 나옵니다. 무엇이나 어떻게 보다 먼저 생각할 것이

---

57) 유시민(2015). 유시민의 글쓰기 특강. 파주: 도서출판 아름다운 사람들. p.260.
58) 유시민(2015). 유시민의 글쓰기 특강. 파주: 도서출판 아름다운 사람들. p.264.

왜인가가 분명합니다. 또, 잘 살아야 좋은 글 쓴다고 합니다. 그렇다면 좋은 삶을 살아야 좋은 수업을 한다는 것과 연결할 수 있겠습니다. 집밥 같은 수업, 소금 같은 수업을 함께 생각해 봅니다. 수업은 선생님의 인생입니다.

선생님은 어떤 관계를 맺고 있지요

─

세상 살아가는 이치의 처음과 마지막은 인간 관계입니다. 먼저 학교에서의 인간 관계를 생각해 보겠습니다. 학교 교직원 사이의 관계입니다. 만나면 부담 없고 편안하신 관계도 있고, 좌불안석인 관계도 있을 것입니다. 학생들과의 관계도 마찬가지입니다. 스승의 그림자도 밟지 않는다고 할 때가 있었습니다. 지금은 그렇지는 않지요. 그렇다고 무시당하는 것도 아닙니다. 학부모와의 관계는 어떻게 하면 좋을까요? 너무 멀어도 안 되고, 너무 가까워도 안 되는 중용의 지혜가 필요합니다.

『주역』에서 발견하는 최고의 '관계론'을 소개하는 것으로 끝마치겠습니다. 성찰, 겸손, 절제, 미완성, 변방입니다. '성찰'은 자기 중심이 아닙니다. 시각을 외부에 두고 자기를 바라보는 것입니다. 자기가 어떤 관계 속에 있는가를 깨닫는 것입니다. '겸손'은 자기를 낮추고 뒤에 세우며, 자기의 존재를 상대화하여 다른 것과의 관계 속에 배치하는 것입니다. '절제'는 자기를 작게 가지는 것입니다. 주장을 자제하고, 욕망을 자제하고, 매사에 지나치지 않도록 하는 것입니다. 부딪칠 일이 없습니다. '미완성'은 목표보다는 목표에 이르는 과정을 소중하게 여기게 합니다. 완성이 없다면 남는 것은 과정 밖에 없기 때문입니다. 이 네 가지의 덕목은 그것이 변방에 처할 때 최고가 됩니다. '변방'이

득위의 자리입니다. 그리고 이 네 가지 덕목을 하나로 요약한다면 단연 '겸손'입니다. '겸손'은 관계론의 최고 형태라고 할 수 있습니다.[59]

학교 밖의 사회 생활을 하면서는 어떤 관계를 맺고 사시는지요. 학교와 관계 되는 이외의 분들과는 관계를 맺지 않고 살아가시는 분 있으신가요?

제 경우를 말씀드리겠습니다. 저는 집과 근무지 통근하는 데 왕복 110킬로미터 정도 됩니다. 학교 밖에서는 학교와 전혀 상관이 없는 분들과 어울립니다. 나이는 저보다 적은 분, 동갑, 많은 분이 섞여 있습니다. 가감 없이 학교의 이야기를 들을 수도 있고, 세상 돌아가는 이야기로 견문을 넓히기도 합니다. 몇 그룹 중에 토요일에 만나는 몇 분을 소개해 드리겠습니다. 주로 배드민턴을 치거나 막걸리에 인생사를 주고받는 분들입니다.

송애완씨입니다. 송수환이라고도 합니다. 제법 육중한 몸매에 부동산 중개업과 토목업에 종사하며 세상 즐겁게 사십니다. 함께 있으면 시간 가는 줄 모릅니다. 김진오씨입니다. 지관을 만드는 공장의 핵심인 공장장입니다. 사모님과 함께 산을 즐깁니다. 가끔씩 평생 맞보기 어려운 귀한 산식구들을 경험하도록 기부를 합니다. 이상훈씨입니다. 봉재 자영업의 사장님입니다. 서서 하는 운동보다는 앉아서 하는 운동이 적성에 맞습니다. 노모 모시고 삼대가 화목한 가정의 효자이자 가장입니다. 바경흠씨입니다. 저와는 동갑이고 같은 아파트 같은 동에 삽니다. 모임 중에 배드민턴을 가장 잘 칩니다. 두 아들을 모두 해

59) 신영복(2015). 담론. 파주: 돌베개. p.72.

병대에 보낸 애국자입니다. 정명환씨입니다. 제일 막내입니다. 어떤 때
는 제일 어른 같기도 합니다. 다른 사람을 위해 몸 사리지 않고 봉사
를 하는 이타심이 철철 넘치는 친구입니다.

선생님들은 어떤 분들과 주로 어울리십니까?

인생사 절반은 친구의 몫입니다.

관계의 시작은 내 마음먹기 나름입니다.

이론은 재해석이
필요해요

최근 전국의 각 시도교육청에서는 좋은 수업을 위한 운동을 강력하게 추진 중입니다. 대구광역시교육청은 협력학습, 경상북도교육청은 학생활동중심수업 등입니다. 큰 맥락으로 보면 교육부의 인성교육중심수업과 맥락을 같이 하고 있습니다. 반가운 일입니다.

또한, 몇 년 전부터 대학교수와 현장 교원을 중심으로 수업에 대한 이론과 실제 접목하는 운동이 활발하게 전개되고 있습니다. 선봉에 서서 활동하는 분들은 대부분 초중고에서 직접 학생들과 수업을 한 경험이 있는 분들이라 공감대가 더 잘 형성되는 것 같습니다. 좁은 식견으로 정리한 최근 수업과 관계되는 내용입니다.

최근 수업보기 운동 개요

수업보기	대표인물	주요내용	관련 책(저술 및 번역)
수업비평	청주교대 교수 이혁규	·모든 수업은 나름대로의 의미 ·교사가 예술가로서 수업 ·교사가 수업을 통해서 의미 있는 배움을 만들기 위한 행동	·수업, 비평의 눈으로 읽다 ·수업, 비평을 만나다 ·누구나 경험하지만 누구도 잘 모르는 수업
아이의 눈으로 수업보기	대구가톨릭대 교수 서근원	·특정한 학생 1명(버리아이)의 행동을 관찰하고 해석하자. ·학생의 눈으로 수업을 보자. 수업 속 학생의 생각을 추론	·수업은 왜 하지? ·수업에서의 소외와 실존 ·나를 비운 그 자리에 아이들을
배움의 공동체	사토마나부 배움의 공동체 연구회 대표 손우정	·수업을 통해 학교를 혁신하자. ·교사의 직관으로 수업 속의 배움을 보자. ·학교를 배움 중심으로 바꾸자. ·학교 차원에서 운동이다.	·수업이 바뀌면 학교가 바뀐다 ·교육개혁을 디자인하다 ·배움의 공동체 ·학교의 도전

수업친구 만들기	백영고 교사 김태현	·서로 수업을 공개하고, 수업에 대한 내면적인 대화를 한다. ·수업 친구 관계가 동아리로 발전하 고, 학교 문화까지 바꾸자	·내가 사랑하는 수업 ·큐티, 공부로 만나다 ·교사, 수업에서 나를 만나다
수업분석	전주교대 교수 천호성	·문제 해결책으로서의 수업연구 ·협동적인 행위로서의 수업연구 ·현장 중심의 연구	·다문화 사회와 다문화 교육 ·수업 분석의 방법과 실제 ·참여형 수업연구와 교사의 성장

방금 소개해 드린 이론이나 책은 수업에 대한 사랑을 바탕으로 한 좋은 내용입니다. 각각의 이론이나 책이 수업 현장에 바로 적용해도 좋은 것들이 많습니다. 또한, 수업철학과 관련이 있는 부분도 많습니다.

한편으로는 이런 생각도 해 봅니다. 언제까지 이런 이론을 따라하고 적용해야 하는가의 문제입니다. 흔히, 물고기를 잡아주지 말고 물고기를 잡는 법을 가르치라고 합니다. 그런 관점에서 학교가 언제까지 남의 이론을 적용하는 장소여야 하는 것입니다. 세 가지 글을 소개해 드리고 다시 제 말을 잇겠습니다.

> 수업 모형을 교실에 적용하는 많은 교사들이 그 모형대로 진행되지 않는 현실을 발견한다. 그래서 많은 교사들은 이론에 대해서 냉소적이 된다. 왜 이런 현상이 발생할까? 이에 대해 교육학자 쉔은 이론적 지식과 실천적 지식의 근본적인 차이를 주장한다. 실천은 이론을 단순히 적용하는 응용과학이 아니다. 물론, 이론이 불필요한 것은 아니다. 그러나 이론은 언제나 실천 현장에서 재해석되어야 한다.[60]

---

60) 이혁규(2013). 누구나 경험하지만 누구도 잘 모르는 수업. 서울: 교육공동체 벗. p.221.

수많은 교육학자들이 미국에서 학위를 받고 오지만 그들이 경험한 것은 미국 대학원 수업에 한정되어 있다. 그리고 미국의 대학원 수업은 대부분 이론 중심으로 진행된다. 이런 이론과 미국의 교육 현장은 많은 차이가 있다. 그런데 우리 교육학자들은 미국의 교육 현장은 제대로 방문해 보지 않은 채 책을 통해서 접하는 미국의 교육학 이론을 미국 교육의 전부인 것처럼 착각하고 귀국한다. 그리고 그들의 현실에 대한 고민에서 나온 교육 이론을 보편적인 것인 양 한국에 적용하려고 한다. 그 결과 미국의 현장에서도 제대로 따라 하기 어려운 이상주의적 이론이 문화와 토양이 다른 우리나라에 직수입되어 우리의 교육 현장에 강요된다. 이럴 경우 이미 '예상된 실패'를 향한 개혁을 하게 된다.[61]

'아이들에게 맡기는 수업'이 나의 수업 철학인데 거꾸로 배움에 대한 영상 및 책을 통해 새로운 수업 세계를 보았다. 아이들이 수업을 디자인 하고 서로 가르치고 배우는, 한층 더 진정한 '아이의 배움 중심' 수업을 할 수 있음을 깨닫게 된 것이다. 나도 그런 수업을 하고 싶었다. 그래서 한걸음 진보된 수업 철학 '아이들이 만들어가는 수업'을 꿈꾸는 중이다.[62]

세 분의 공통점은 이론은 받아들이되 재해석하라는 것입니다. 아무리 좋은 이론도 때와 장소에 따라 그렇지 않을 수도 있습니다. 귤이

---

61) 이혁규(2012). 수업, 비평의 눈으로 읽다. 서울: 우리교육. p.322.('미국 교육에 대한 관찰' 중에서 미국 대학에서 교사 교육을 담당하고 있는 신은미 주장 인용.)

62) 대구광역시교육청·대구학산초등학교. 2015.역량기반 인성교육중심 교실수업개선 워크숍, 팀기반 과제 학습을 통한 협력적 문제해결력 신장(2015.초등교육과-3-140). p.97.(국어과 컨설턴트 교대부초 교사 김혜진 원고 인용.)

회수를 건너면 탱자가 된다는 말도 있습니다.

먼저 이론을 받아들입니다.

받아들인 이론을 적용해 봅니다.

적용한 이론을 재해석합니다.

조금 변화된 이론이 되겠습니다.

궁극적으로는 가르치는 학교 현장에서 이론을 만들어내는 것입니다. 실제 가르치는 게 이론이 되고, 다시 그 이론이 더 나은 수업을 위한 실제가 되는 선순환의 연속입니다.

선생님이나 선생님의 학교는 어느 단계인가요?

가장 기억에 남는 수업은
무엇인가요

대신초등학교를 다닐 때는 6학년 때의 수업 시간이 가장 기억에 남습니다. 초등학교 대부분의 기억은 6학년이 차지하고 있습니다. 담임이셨던 김명진 선생님의 국어와 체육 수업, 옆반인 남균 선생님의 과학 수업이 기억에 남습니다.

아포중학교를 다닐 때는 지리 선생님의 수업입니다. 분필 하나로 우리나라 지도를 기가 막히게 그리셨던 분입니다. 2학년 때 담임이셨던 곽석준 선생님의 과학 수업도 잊지 못합니다.

김천고등학교를 다닐 때는 국어 시간이 참 즐거웠습니다. 대학입시 부담이 있었지만, 성산별곡이나 독립선언서 등을 외우는 만용을 부리기도 했습니다. 재미있게 국어를 가르쳐주신 전장억 선생님 덕분입니다. 전장억 선생님의 일화를 김천중고등학교 송설동창회보에 실린 글로 소개를 드리겠습니다.

선생님은 송설학원이 참 좋은 곳이라고 말하신다.

"송설보다 더 좋은 학교 없어."

이유는 인재가 많이 나왔기 때문이란다. 초대 교장이신 정열모 선생님 같은 분들이 가르친 곳이라 그렇단다. 정열모 생님은 훌륭한 한글학자에 한학자, 역사학자라고 높이 평가하신다. "송설이 사학이지만 나라인재 양성을 위해 세운 학교야. 그런 가운데 정열모 같은 분이 있다는 자체만으로도 대단한 것이었다고."

송설은 일제 강점기에 나라를 사랑하는 인물을 길러낸 것이란다. 그럼 선생님의 제자 중에 우리가 알만한 사람으로는 어떤 이가 있을까? 한국사학회장, KBS 이사장, 국회 공직윤리위원장, 서울대학교 명예교수를 지낸 고 김채윤, 전 부총리 겸 교육부 장관 한완상, 전 법무부 장관 정해창 동문 같은 이들이 선생님이 김천중학교에서 가르친 이들이다. 그 뒤로 박인기 경인교대 교수, 이홍기 전 제3야전사령관 같은 이들은 김천고에서 가르친 제자들이다. 그리고 더 아래로 내려가면 문태준 같은 유명 시인이다. 송설 53회인 문 시인은 선생님으로부터 가르침을 받은 마지막 세대다. 문 시인이 1988학년도에 고전문학을 배웠고 선생님은 다음해 정년 퇴임을 하셨다.

문 시인은 "선생님이 칠판에 적어주신 한시를 읽고 시인이 되겠다고 마음먹었다"고 특강에서 말하곤 한다. 그리고 3군 사령관을 지낸 예비역 대장 이홍기 동문은 "어떻게 대장이 되셨습니까?"라는 질문에 "저는 전장억 선생님의 가르침대로 했더니 이렇게 되었다"라곤 대답하곤 한다. "선생님은 저에게 늘 첫째, 꿈과 비전을 가져라!, 둘째, 무엇이든 열심히 최선을 다하라. 셋째, 모든 일에 열정을 가지고 임하라고 하셨다"며, 송설 후배들에게 자신의 비전을 가지라고 강조한다.

더 큰 영향을 받은 이는 따로 있다. 본 회보에서 '송설유정'을 연재하고 있는 경인교대 교수(송설 32회) 박인기 동문이다. 박 동문은 "전 선생님은 국어와 한문 과목에서 가르침을 베푸셨습니다. 배우는 저희에게는 자부심이기도 했지요. 선생님께서 진로지도를 해 주신대로, 선생님이 담당하셨던 '국어교육'을 제 평생 연구의 업으로 삼고 있습니다. 소매 한 번 스치는 것이 억겁(億劫)의 인연이라는 말을 빌어 오지 않더라도, 선생님과는 참으로 깊은 인연이라는 생각을 떨치지 못합니다"라고 고백한다.

박 동문이 전하는 송설 32회 재경동기회와 전 선생님과의 유명한 일화가 있다. 바로 예순을 바라보는 박 동문 동기들이 이 팔순의 스승을 다시 교단에 세운 일이다. 그들은 스승의 가르침이 그립다며 김천에서 서울까지 선생님을 모시고 왔다 다시 모셔다 드리는 번거로움을 마다하지 않았다.

2008년 4월 어느 봄날, 다시 교단에 선 선생님은 봄과 인생과 자연을 완상해보자는 뜻에서 가사 문학의 대표작인 '상춘곡(賞春曲)'을 음미해보자 하셨단다. 학창 시절에는 청춘의 나이로 '상춘곡'을 배웠으나 이제는 인생의 가을 지점쯤에서 열어보자고 하셨다고. 이를테면 〈50대를 위한 상춘곡(賞春曲)' 감상〉을 제안하신 것이다. 39행 79구에 이르는 긴 상춘곡을 선생님은 그대로 외어 나가셨다. 풍류의 멋이 감도는 어구, 순후한 조선의 풍속을 담은 구절마다 온갖 해제와 주석을 붙이며 흐르는 물처럼 강의를 이어가셨다. 문득 이백과 두보의 시가 끼어들기도 하고, 사기의 고사가 인용되기도 하고, 논어나 맹자는 수시로 대령됐다. 선생님의 동양 고전에 대한 학식이 경이롭게 펼쳐졌다. 세상 명리(名利)와 권세에 자아를 분별없이 팔지 말라는 선비 정신을 교훈으로 전해주셨다. 그리고 음악공연에서 앙코르를 외치듯 제자들이 아쉬워할 때 사서(四書) 중 하나인 '대학(大學)'에서 뽑은 열 개의 구절을 풀어놓으셨다. 현실 정치와도 맞아떨어지는 부분이었다고.[63]

가르치는 동안에는 연구교사가 된 후보다는 연구교사가 되기 위해 노력했던 게 더 기억이 남습니다.

제가 가르친 아이들은 저를 어떻게 생각할지 우문현답입니다.

---

[63] 김천중고등학교 송설총동창회 松雪會報 53호(2014.6.30), pp.2~3.(그리운 은사님 학암 전장억 선생님 편, 박종면의 글 중에서 발췌.)

선생님은 다음 물음에 어떻게 답하시겠습니까?

가장 기억에 남는 수업은?

가장 기억에 남는 학생은?

가장 기억에 남는 선생님은?

선생님은 어떤 선생님으로 기억되고 싶으신가요?

수업모형, 교수·학습안이
필요한가요

이런 자문자답을 해 봅니다.

현문과 우답입니다.

원래는 우문현답입니다.

여기서는 현문우답으로 해 보겠습니다.

선생님들도 함께 해 보시지요.

현문: 교수·학습안이 필요합니까?

우답: 필요합니다.

현문: 왜 필요하지요.

우답: 잘 가르치기 위해서요.

현문: 잘 가르친다는 게 뭐지요.

우답: 가르치는 선생님의 자기 만족이요.

현문: 교수·학습안 양식이 너무 복잡하고 어려운데요.

우답: 당연한 말씀이네요.

현문: 좀 간단하게 할 수는 없는가요?

우답: 필요한 대로 바꾸시지요.

현문: 그래도 될까요?

우답: 안 된다는 법 어디에도 없어요.

현문: 수업철학을 반영하라는 주문이 많던데요.

우답: 어떻게 보다 왜를 먼저 생각하는 장점이 있어요.

현문: 수업모형도 너무 많은데요.

우답: 필요한 것만 가지세요.

현문: 모형에 따라 단계도 복잡해요.

우답: 도입, 전개, 정리로만 하세요.

현문: 그래도 될까요?

우답: 안 된다는 게 헌법에도 없어요.

현문: 그런데 초등학교에서는 왜 그렇게 교과마다 모형을 달리하고 있어요?

우답: 수업을 잘 하기 위해서이겠지요. 한편, 이론가들의 밥그릇 찾기가 아닐까 하는 생각도 들어요.

현문: 중등은 어떤가요?

우답: 제가 대구시내 중고등학교 일곱 학교의 자료를 받아서 분석했는데, 교과 구분 없이 도입, 전개, 정리가 일반적으로 통용되고 있어요. 교수·학습안이 1쪽인 학교도 있었어요.

현문: 우리는 앞으로 어떻게 하면 좋을까요?

우답: 바꾸어 가야지요.

현문: 누가 바꾸지요.

우답: 우리가 바꾸지요.

현문: 그래도 될까요.

우답: 그러면 이것 바꾸어도 되는지 헌법 소원 하시겠어요.

현문: 아, 그렇군요.

우답: 결국 선생님들 마음먹기입니다.

현문: 마음먹기라고요.

우답: 세상사 다 그렇듯이 수업도 내 마음먹기입니다.

선생님, 우리 선생님을
응원합니다

───

　선생님, 오늘 좋은 수업 하시느라 노고 많으셨지요. 오늘 수업은 어떠셨습니까? 선생님 마음에 드셨는지요. 혹, 마음 불편하신 일은 없었습니까? 아이들의 상호작용은 잘 되었는지요. 선생님과 아이들의 눈 맞춤은 몇 번이나 하셨습니까?

　선생님, 내일은 오늘보다 더 좋은 수업하실 수 있습니다. 아이들도 상호작용 더 잘 할 것입니다. 마음 불편하고 속상하실 일도 없을 것입니다. 선생님과 아이들 눈 맞춤도 더 많아질 것입니다. 선생님도 수업에 만족할 것입니다.

　선생님, 수업은 언제나 선생님 편입니다. 선생님이 수업을 좋아하던 싫어하던 따라다닙니다. 내일 당장 사표를 내지 않는 한 수업은 언제나 선생님 편입니다. 선생님의 수업은 선생님의 그림자처럼 선생님을 따라다닙니다. 선생님, 수업을 내 상대편으로 만들지 마시고, 내 편으로 만들어 보시지요.

　선생님, 가끔은 수업이 마음먹은 대로 잘 되지 않을 때도 있습니다. 아이들이 선생님 생각대로 따라주지 않아서 그럴 수도 있습니다. 혹, 선생님의 준비가 조금 부족해서 그럴 수도 있습니다. 그렇더라도 너무 낙담하거나 속상해 하실 필요 없습니다.

　만족한 수업은 만족한 수업대로, 속상한 수업은 속상한 수업대로

다 의미가 있습니다. 좋은 수업 하시면 그 기분 이어서 좋은 수업 죽하시면 됩니다. 속상한 수업은 왜 속상했는지를 생각한다면 더 좋은 수업을 위한 디딤돌이 될 것입니다.

선생님, 가을 들판의 농작물은 그저 영근 것이 아닙니다. 농부가 봄에 씨앗을 뿌리고, 하루에도 몇 번씩 발길과 손길이 오가는 수고를 마다하지 않은 결과입니다. 더하여 햇빛과 바람과 지나가는 새들의 지저귐도 한 몫을 했을 것입니다. 농작물은 농부의 발자국 소리를 듣고 자란다고 합니다.

선생님, 농작물이 농부의 발자국 소리를 듣고 자라듯이 수업은 선생님의 절차탁마의 과정입니다. 그저 세월이 흐른다고 좋은 수업이 저절로 되지 않습니다. 선생님의 수업은 때로는 좋은 수업, 때로는 속상한 수업이 뒤섞이는 절차탁마의 산물입니다.

선생님, 수업은 선생님 마음먹기 나름입니다. 세상 모든 일은 하는 사람의 마음먹기에 달려 있습니다. 선생님의 마음먹기에 따라서 좋은 수업이 될 수도 있고, 그렇지 않은 수업이 될 수도 있습니다. 선생님은 어떤 마음을 가지시겠습니까?

선생님, 선생님의 수업에서 행복을 만나시기 바랍니다.
그 행복한 수업을 만들어가는 일등공신은 바로 선생님이십니다.
수업이 행복한 교실을 꿈꿉니다.
선생님, 우리 선생님을 응원합니다.
선생님, 우리 선생님의 수업을 응원합니다.

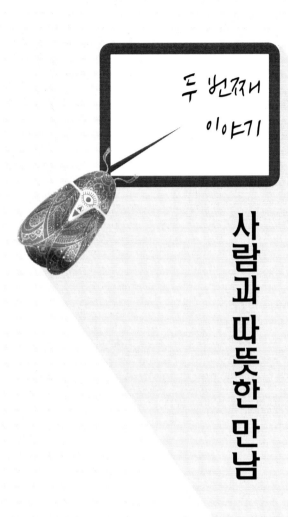

두 번째
이야기

사람과 따뜻한 만남

만나고 또 만나며, 오고가고를 되풀이합니다.
사람과 따뜻한 만남을 생각합니다.

수업생각 소통 이야기
낯선 사람과의 소통
아이들과의 소통
학부모들과의 소통

만남은 상호작용입니다.
사람과의 따뜻한 만남을 소망합니다.

사람과 따뜻한 만남 이야기입니다. 소통은 상대가 있습니다. 주고받는 관계입니다. 상호작용이라고 합니다. 상호작용은 일방적으로 주는 것만도 아니고, 무비판적으로 받아들이기만 하는 것도 아닙니다. 상호작용이 바로 소통입니다. 선생님들의 소통 대상은 누구인가요?

'수업에 대한 생각을 나눌수록 좋은 수업을 만난다'는 '첫 번째 이야기. 수업이 행복한 교실'과 이어지는 내용입니다. 강의를 하고 나면 피드백을 합니다. 강의 내용 중에 핵심적인 내용을 정리해서 고맙다는 인사말과 함께 드립니다. 대구 지역이면 내부메일로 드리고, 그 외 지역은 문자와 이메일로 드립니다. 피드백을 드린 후 일 주일 안에 답장을 받습니다. 대략 메일을 드린 분의 1할에서 2할에 해당되는 숫자입니다. 그렇게 몇 번 메일이나 문자가 오고 가는 분들도 있습니다. 그런 분들이 쓴 글입니다. 소속이나 성함을 밝히고 싣는다는 것을 메일이나 문자로 허락을 받았습니다. 몇 분은 내용을 책에 싣는 것은 허락하셨으나, 소속과 성함을 밝히는 것을 완곡하게 거절했습니다. 이 모든 분들께 감사를 드립니다.

'인생의 나침반이 되어 주세요'는 동탄국제고등학교 학생과 이메일로 인터뷰를 한 내용입니다. 졸저 '수업? 너를 기다리는 동안'을 읽은 나지윤 학생이 전화와 이메일로 인터뷰를 요청한 내용과 제가 답을 드린 내용입니다. 이 내용 역시 학교 이름과 실명을 밝히는 것을 허락 받았습니다.

'될성부른 나무는 떡잎부터 달라요'는 대구교육대학교에서 우리학교로 교육실습을 오는 교생 선생님들과의 상호작용입니다. 우리학교는 일 년에 8주 교육실습을 합니다. 대구교대에서 배운 이론을 실제 수업에 적용해 볼 수 있는 참 좋은 시간입니다. 한때 우리학교는 교대생들로부터 교육실습 기피 영순위 학교였습니다. 힘들다는 것입니다. 지금 우리 학교는 한 번 실습 오면 다시 오고 싶은 학교입니다.

'아이들은 선생님의 거울이다'는 대구교육대학교대구부설초등학교 아이들과의 만남입니다. 저는 매일 아침 교문에서 아이들을 만나고 있습니다. 1교시 시작하기 전에는 아이들의 교실에서 만납니다. 수업 시간에도 자주 만납니다. 보결 수업 시간에도 만납니다. 점심시간에는 자율 배식대에서 만납니다. 하교 시간에는 다시 교문에서 만납니다. 방과후 교실에서도 만납니다. 운동장에서도 만납니다. 그런 아이들과의 만남을 소개한 내용입니다.

'너무 멀어서도 너무 가까워도 안 돼요'는 학부모님들과의 상호작용입니다. 아침 등굣길에 아이들과 동행하는 부모님들을 만납니다. 학부모교육에서도 만납니다. 수업 공유일에도 만납니다. 위클래스의 학부모 연수에서도 만납니다. 하교 시간에 교문에서도 만납니다. 그런 만남의 상호작용을 학교신문을 통해서 종합했습니다. 또한, 교원능력개발 학부모 서술형 평가의 내용을 가감 없이 실었습니다.

수업에 대한 생각을 나눌수록
좋은 수업을 만나요

이심전심입니다[1]

대구노변초등학교 교장, 교감 선생님, 여러 선생님

오늘도 좋은 수업 하시느라 노고 많으셨습니다.

잘들 지내시지요.

건강 잘 챙기시기 바랍니다.

지난 2015년 7월 21일 화요일에 노변초에서 선생님들과 수업에 대한
생각을 나누었던 교대부초 교감 김영호입니다. 뒤에 다른 학교 선생님
들과 수업에 대한 생각을 나누면서 몇 가지 생각을 더한 것이 있습니
다. 모든 선생님들이 잘 하시고 있을 것으로 생각합니다. 주마간산 격
으로 안내를 드립니다.

수업이 바뀌어야 학교도 바뀐다고 합니다.

수업을 바꾸는 것은 교실의 선생님이라는 생각입니다.

선생님의 마음(생각)의 변화입니다.

무엇이나 변화에는 두려움이 따르기 마련입니다.

---

1) 강의 당일이나 강의 후 2~3일 이내에 강의한 내용을 요약해서 피드백을 함. 이 자료는
2015년 12월에 2015년 1학기에 수업에 대한 생각을 나눈 대구 시내 선생님께 내부메
일로 피드백 한 내용임.

하지만 두려움의 이면에는 용기가 있는 것도 사실입니다.

〈용기와 두려움은 한 이불을 덮고 잔다〉라는 말 함께 공유하셨지요?

교황님 같은 맞춤식 사랑도 생각해 봅니다.

고맙습니다.

행복이 개개인의 마음먹기에 달려있듯이, 수업도 우리 선생님들 각각의 생각에 달려 있습니다.

1. 맹자 엄마, 한석봉 엄마 유형이 있습니다.

2. 우리 반 수업 분위기는 어떤가요? 선생님과 학생들이 함께 만들어가는 따뜻한 교실을 생각합니다.

3. 책상 배치 바꾸어 보시지요? 아이들 눈빛이 달라집니다. 아마 대부분 이렇게 하고 계시리라 믿습니다.

4. 텔레비전 없는 수업 해 보시지요? 선생님과 아이들 눈과 눈이 이심전심이 될 것입니다. 협력은 저절로(?) 이루어집니다.

5. 선생님은 가장 좋은 학습 자료이겠지요? 앨범에서 초등학교 때 사진 몇 장 준비하셨지요. 아이들 참 좋아합니다.

6. 적자생존입니다. 하루에 한 줄부터 시작해 보시지요. 내 삶의 기록은 바로 내 역사가 됩니다.

7. 인문학은 바로 우리 생활입니다. 우리 부모님, 우리 이웃이 살아가는 이야기입니다.

8. 수업철학은 바로 선생님의 인생관 또는 좌우명이기도 합니다. 수업철학 그 자체가 인문교육의 출발점이기도 합니다.

9. 국어사전은 아주 좋은 학습 자료입니다. 내일 도서관 한 번 들리시지요. 도서관 방문만으로도 교육적 효과는 대단합니다.

10. 집밥 같은 수업을 생각합니다. 집밥이 지극정성과 만나면 그 어떤 음식보다 몸에 좋을 것입니다. 그런 수업 생각합니다.

11. 우리 학교 수업은 어떤가요? 개인적인 소망이 모이면 우리 학교의 수업철학이 되고 역사가 됩니다.

12. 소금 같은 인생, 소금 같은 수업도 생각합니다. 늘 가까이 있어서 소중한 것을 모르는 것이 많듯이 소금도 그럴 거라는 생각입니다.

13. 수업은? 수업은 선생님의 무엇이라고 생각하시는지요? 개인적인 수업철학과도 연관이 될 것입니다.

14. 결국 수업은 선생님 마음먹기 나름입니다. 선생님들을 응원합니다.

대구광역시교육청에서 강력하게 추진하고 있는 협력학습은 대구광역시교육청의 수업철학입니다. 그런 철학, 선생님들의 가슴가슴에 다 있습니다. 수업 시간마다 실천하실 때, 진정한 철학이 될 것입니다.

인문학 멀리서 찾을 것 없습니다. 우리의 일상, 우리의 아버지, 어머니의 삶이 인문학입니다. 우리들 삶도 마찬가지겠지요.(2015. 초등 인문교육 길라잡이, 〈인문학 숲을 거닐다〉 대구광역시교육청홈페이지(교육마당/인문교육http://www.dge.go.kr/board/view.do) 참조하세요.

바람에 민들레 홀씨 천지사방으로 날아갑니다.

민들레 홀씨 만들어 보시지요.

늘 건강하시기 바랍니다.

내 몸 건강해야 수업도 잘 하실 수 있습니다.

대구교육대학교대구부설초등학교에서는 좋은 수업을 위한 생각 나눔을 게을리 하지 않겠습니다. 적극 동참하고 동행하겠습니다.

대구노변초등학교 교육가족 모든 분들이 늘 행복하시고 좋은 날이시길 빕니다.

고맙습니다.

2015.12.08.(화)

대구교육대학교대구부설초등학교 교감 김영호 드림

뱀발

붙임으로 파일 하나 드립니다.

수업에 여러 가지로 활용해 보십시오.

〈속옷 없는 행복〉

○ 내용 파악하기

○ 주제 파악하기 및 행복에 대한 학생 개개인의 생각 나누기

○ 임금님을 살릴 수 있는 방법 찾기 등

〈소금, 내가 만일〉

○ (　) 안에 알맞은 낱말 넣기

○ 시 바꾸어 쓰기 등

부탁 겸 허락을[2]

대구다사초등학교 김현진 선생님

잘 지내시지요.

12월입니다. 어제는 대설이었습니다.

---

[2] 〈수업, 너를 만나 행복해〉를 발간하기에 앞서 수업내용을 상호작용으로 소통한 선생님들에게 책에 싣는 것을 부탁 및 허락 받기 위해 드린 글.

교대부초 교감 김영호입니다.

올해 선생님 학교에서 수업에 대한 생각을 나누었습니다. 그 뒤에 내부메일로 몇 가지를 안내드리기도 했습니다. 선생님께서 멋진 답장도 해 주셨습니다. 붙임 파일의 내용입니다.

선생님께 한 가지 부탁 겸 허락을 받고자 합니다.

지금 제가 첫 번째 책인 〈수업? 너를 기다리는 동안〉에 이어 두 번째 책을 준비하고 있습니다. 제목은 〈수업, 너를 만나 행복해〉로 정했습니다. 2016년 2월에 출판할 예정입니다. 그동안 학교에서 교사 및 교감으로 생활하면서 기록했던 것이 있습니다. 여러 학교에서 수업에 대한 생각을 나누었던 것을 기록한 것도 있습니다. 또 하나는 여러 선생님들과 주고받은 내용을 싣고자 합니다.

붙임 파일은 선생님께서 제게 주신 내용입니다. 제목은 제가 본문의 내용 중에서 골라서 적었습니다. 선생님께서 붙임 파일의 내용을 제 두 번째 책 〈수업, 너를 만나 행복해〉에 그대로 실을 수 있도록 허락해 주시면 고맙겠습니다.

1. 선생님의 학교와 성함을 그대로 싣는 것입니다.
2. 선생님의 학교와 성함은 ○○으로 처리하는 것입니다.
3. 선생님의 글을 제 책에 싣는 것을 반대하는 것입니다.

무례한 부탁이 아닌지 모르겠습니다.

위의 세 가지 방법 중에 하나를 정하셔서 답장을 주시면 고맙겠습니다.

늘 건강하시고 좋은 날이시길 빕니다.

고맙습니다.

2015.12.8.(화)

대구교육대학교대구부설초등학교 교감 김영호 드림

조금씩 꾸준히[3]

안녕하십니까?

다사초등학교 교사 김현진입니다.

연수 감사합니다. 그리고 편지도 고맙습니다.

교사의 생명은 무엇 보다 수업인 것 같습니다. 집밥 같은 수업, 일회성이 아닌 수업 장면에서 여러 번 등장하는 동기유발 자료. 짧은 텍스트로 다양한 수업 장면과 지적 교류가 일어나는 효율성까지 마음에 와 닿았습니다. 책상 배치도 바꾸어 봤고, 손동작으로 집중도 시켜보았습니다. 다양한 기술도 알아야 하고, 적재적소에서 최선의 기술을 선택할 줄 아는 것이 교사가 갖추어야 할 능력 같습니다. 디지털 시대지만 TV화면 보다는 실물 자료나 출력한 플래쉬 카드가 더 학생에게 효과적일 것 같습니다.

2001년 교생실습 때 부초에서 처음 뵌 것 같습니다. 변하지 않은 모습, 세월을 잘 피해가셨습니다. 드문드문 쓰는 일기는 더 자주 써야할 것 같습니다.

건강하십시오.

김현진 선생님

고맙습니다.

실제 여러 가지를 적용해 보셨다니 더더욱 고맙습니다. 수업은 이론이 아니고 실제 상황입니다. 선생님 같은 생각과 실천이 교실을 변

---

3) 여기서부터는 각주 63, 64에 밝힌 대로 생각 나눔 피드백 내용과 상호작용을 한 것은 책에 싣기 위해 상호작용한 내용으로 제목은 필자가 본문 중의 일부 내용을 옮긴 것임.

하게 하고, 아이들을 변하게 합니다. 그렇게 되면 학교도 변하겠지요.

2001년에는 교대부초에서 6학년 1반 담임을 했었습니다. 10년도 더 지난 세월이네요. 기억해 주셔서 고맙습니다.

대구교육대학교대구부설초등학교에서는 좋은 수업에 대한 생각을 나누는 데 게을리 하지 않겠습니다. 더욱 절차탁마하겠습니다.

늘 행복하시고 좋은 날이시길 기원드립니다.

고맙습니다.

2015.09.18.(금)

대구교육대학교대구부설초등학교 교감 김영호 드림

안녕하십니까?

우리말 공부 제대로 공부해야겠다는 생각이 듭니다.

뱀발이 무슨 뜻인지 몰랐습니다. 저에겐 사전과 함께 하는 생활이 절실합니다. 매번 띄어쓰기나 맞춤법을 확인할 때 고민이 많았습니다. 작년 가을에는 김남미 저자의 100명중 98명이 틀리는 한글 맞춤법을 보고 반성을 많이 했습니다. 책을 보고 나서 학기말 일람표 확인할 때 고민이 많이 줄었습니다. 저의 삶의 방향은 "조금씩 꾸준히"입니다.

아름다운 나날 되십시오.

다사초 김현진 올림

겨울이 성큼 다가왔습니다.

잘 지내셨는지요.

먼저 1번을 선택하고 싶습니다. 그 이유는 숨길 필요가 없다고 생각되기 때문입니다.

저서에 제 공간이 생기게 되어 영광입니다.

요즘은 수업 방법 보다 내용에 대한 공부에 집중하고 있습니다.

특히, 한국사, 과학, 수학, 국어의 경우 내용에 대해서 연구를 하다 보면 새로운 방법이 나오는 것 같습니다. 형식이 내용을 지배할 수도 있지만… 전 밥그릇 보다 밥이 더 중요하다고 생각됩니다. 그 컨텐츠와 활동을 기승전결이 있고 강약이 있게 그리고 학생 머릿속에서 아하~하는 탄식이 나올 수 있게 하는 것이 수업의 힘이라고 믿고 싶습니다.

컨텐츠가 풍부하고 양질일 때 학생들의 내면의 학습 의욕과 진정한 학문의 맛을 느끼게 해 줄 수 있을 것 같습니다. 교직에 있으면서 가장 보람이 있었던 해가 올해라고 생각합니다. 학급의 한 학생이 5학년이 되어 수학이 이렇게 재미있는 과목인지 몰랐다고 한 말을 들었던 적이 있습니다. 학생에게 의미 있는 과목이 될 수 있도록 실생활과 관련짓기 위해 궁리한 점이 보람 있었습니다.

수업 시간에 이미 선행학습이 되어 있는 학생을 상대로 탐구 수업을 하는 데 부담이 있었습니다. 그런 학생들에게는 무지를 자각할 수 있는 발문을 하여 자신이 제대로 알고 있지 못하고 있으니, 더욱 열심히 궁리를 해야 함을 느끼도록 의도하기도 하였습니다.

2015년 잘 마무리 하시고 새해에도 승리하는 한 해가 되시길 빌겠습니다.

김현진 올림.

교사가 그대로 교수 자료가 되어야

제목: 안녕하십니까? 어제 강의 주셨던 칠성초등학교의 교사입니다. 여쭐 내용이 있어 메일 올리게 되었습니다

2015-04-02 19:00:58

먼저 바쁘실 터인데, 소소한 메일 올리게 되어 죄송한 마음이 앞섭니다.

메일 제목에서 말씀 올렸다시피 어제(04.02)에 교생 실습교 강의 주셨던 칠성에 근무하는 교사 홍웅희라고 합니다.

다름 아니라, 강의 끝머리에 여쭤 봐야지 했던 내용이 있었는데, 학년 회의가 곧바로 이루어지는 바람에 여쭈어 보지 못한 게 있었기에, 번거로우실 것을 알면서도 여쭙게 되었습니다.

이미 아시겠지만, 협력학습의 다른 형태, 또는 다른 수업 모습 중 하나로 '거꾸로 교실(Flipped Classroom)'이 있다고 들었습니다. 수업은 집에서, 과제(문제해결)를 교실에서 해결하는 형태로, 교사가 작성한 10여 분간의 수업동영상을 미리 본 뒤, 학교에서 친구들과 함께 과제를 해결하는 것으로 저는 이해했습니다.

제가 여쭙고자 하는 것은, E-스터디나 에듀넷과 같은 동영상 강의를 자택에서 살펴보도록 하고, 이를 바탕으로 학교에서 모둠이 함께 과제를 해결하는 방식도 유효할지입니다.

교감 선생님 말씀대로 제가 교수 자료가 되어 동영상 자료를 직접 제작하면 가장 좋겠습니다만, 아직은 제가 간단한 동영상의 편집 수준에 머무는 지라, 수업 자료를 제작 하는데 부담을 느끼는 것도 사실입니다. 그래서 이것이 유효한 절충안이라면, 혹시나 이에 관해 지도

말씀을 해주실 수 있다면, 아이들이 가장 부담을 느끼는 사회 수업에 적용해보고 싶습니다.

저로서는 정말 TV를 멀리 하고, 교사가 그대로 교수 자료가 되어야 한다는 강의 내용이 깊이 와 닿았기 때문에, 지금 드리는 질문이 조심스럽고 죄송합니다.

더불어, 협력 수업에 대해 얽혀만 있던 고민의 실타래를 풀 수 있는 용기와 방법을(제게는 정말 구체적인 방법이었습니다) 주신 강의 말씀에 다시 한 번 감사 올립니다.

내내 건강하시길 빕니다.

칠성초 6-2 담임 홍웅희 올림.

2015-04-04 15:28:45

홍웅희 선생님

먼저 좋은 질문을 주셔서 고맙습니다.

저도 막연하게만 알고 있던 것을 다시 생각해 본 기회였습니다. 우리 학교 선생님 몇 분에게도 여쭈어 보고, 이것저것 자료도 찾아보았습니다.

선생님이 생각하시는 것 정확합니다.

그렇게 하시면 됩니다.

최근에는 더 나아가서 동영상 없는 거꾸로 교실로 전환이 이루어지고 있다고 합니다.

중요한 것은 모든 이론을 그대로 받아들이기보다는 우리 반에 맞게 바꾸는 것입니다. 교육과정 재구성과 같은 맥락이겠지요.

다시 한 번 좋은 생각을 할 기회를 주심에 감사를 드립니다.

늘 좋은 날이시길 빕니다.

고맙습니다.

교대부초 교감 김영호 드림

뱀발

시간 되실 때 다음 프로그램 시청해 보세요.

http://k.kbs.co.kr/#?chid=11 덕분에 책도 구입했습니다.

2015-04-04 21:54:57

먼저, 너무 너무 감사합니다.

그저 두서없이 올린 '단 한 줄의 질문'에, 교감 선생님께서 직접 다른 선생님께 여쭤봐 주시고, 책까지 살펴주셨다는 데, 너무 감사하고 죄송합니다.

자세하고 친절한 안내는 물론이고, 글의 말미에 적어주신 '결국 중요한 것은 우리 반 아이에 맞게 바꾸어야 한다'는 말씀이 그야말로 빛줄기 같습니다.

교감 선생님이 편지글로 직접 제게 보여 주신 것처럼, 저도 끊임없이 배우고 변화해서, 8주간의 교육실습 기간이 저와 반 아이들, 교생선생님들 모두에게 의미 있는 시간이 될 수 있도록 노력하겠습니다. 좋은 선생님이 되겠습니다.

다시 한 번 진심으로 감사드립니다.

칠성초 6-2 홍웅희 올림

안녕하세요. 교감 선생님

앞서 주신 메일 감사하게 받았습니다. 더불어, 교감 선생님 쓰시는 책속에 들어가게 자그마한 모퉁이로 들어갈 수 있어 영광입니다.

제목에서 써 놓은 대로 교감 선생님께서 말씀 주신대로 1번으로 그대로 넣어주시면 되지 않을까 합니다.

더불어, 교생 선생님들이 가신 뒤 저희 반에서는 뒤죽박죽이나마 플립러닝을 진행하고 있습니다. 좌충우돌의 연속이지만 아이들의 반응은 좋은 편입니다. 이 모두가 교감 선생님께서 '해봐라'하고 등 떠밀어 주시고, 끌어주신 덕분이라고 생각합니다.

다시 한 번 더 감사드리며, 더 나은 선생님이 되기 위해 한 걸음 한 걸음 열심히 걸어가겠습니다.

12월 9일(수)

대구칠성초 홍웅희 올림

좋은 엄마 좋은 선생님

교감 선생님, 감사합니다.

저는 5명의 아이를 키우는 엄마이자 교사입니다. 5명의 아이를 키우면서 많은 선생님을 만났습니다. 선생님들로 인해 힘든 시간도 있었고, 행복하고 감사한 시간도 있었습니다.

그런데 교감 선생님 말씀처럼, 교사인 저 역시 아이들이 좋아하는 선생님이 좋았습니다. 그리고 아이들은 수업을 열심히 해주시는 선생님을 좋아했습니다. 엄마로서 느끼는 심정은 교사로서의 저를 되돌아보게 했습니다.

나는 우리 아이들이 좋아하는 선생님일까? 대답은 아니었습니다. 5명의 육아와 일상에 지쳐 학교를 쉬는 곳, 피난처로 생각하던 시절이 있었습니다. 하지만, 어제 교감 선생님의 강의를 들으며 다시 한 번 마음을 다잡아 봅니다.

좋은 엄마 = 좋은 선생님 : 행복한 가정 = 행복한 교실

우리 아이가 좋은 선생님을 만나기를 바라는 마음으로, 좋은 엄마의 마음으로, 좋은 선생님이 되기 위해 노력하겠습니다.

저를 되돌아보게 하신 교감 선생님께 감사드립니다.

다사초 이선미 올림

이선미 선생님

고맙습니다.

선생님 의견에 전적으로 동감합니다. 그리고 자녀를 다섯 분이나 키우신다는 말씀 듣고 놀랐습니다. 진정한 애국자이십니다.

무엇이나 그렇듯이 기초와 기본에 중요하다는 생각입니다.

가르치지 전에 왜 나는 가르치는지?(왜 나는 수업을 하는지?) 누가 가르치는지 등에 대한 근본적인 물음이 필요하다는 생각입니다.

선생님

다섯 자녀 잘 키우시고 학교에서도 늘 행복과 즐거움이 넘쳐나시길 기원 드립니다.

대구교육대학교대구부설초등학교에서는 좋은 수업을 위한 생각 나눔을 게을리 하지 않겠습니다. 고맙습니다.

2015.09.18.(금)

대구교육대학교대구부설초등학교 교감 김영호 드림

민들레 홀씨처럼

교감 선생님, 안녕하세요?

어제 연수는 다른 연수들과는 좀 다른, 특별한 시간이었던 것 같습니다. 수업 방법이나 교수 방법을 알려주는, 물고기를 잡아 주는 연수가 아니라, 철학과 마음을 담아주는, 진정으로 물고기 잡는 방법을 알려 주는 감동적인 연수였습니다.

어제 연수 끝나고, 어느 선생님으로부터 너무 좋은 강사님 섭외해 주셔서 감사하다는 메시지를 받았습니다.

더 많은 선생님께서 함께 하지 못해 죄송하고 아쉬웠지만, 교감 선생님 마음이 민들레 홀씨처럼 전해지기 소망합니다.

환절기에 건강 조심하시고 즐거운 추석 명절 보내시기 바랍니다. 감사합니다.

달서초 엄수인 드림

모두가 행복한 수업을 위해서

멋쟁이 교감 선생님!

시와 음악을 배경으로 '수업에서 행복을 만나다'라는 주제로 열강 해 주셔서 대봉초등학교 교원들이 교실수업 개선 의지를 갖게 되어 감사드립니다.

애타게 기다리던 비가 어제 내려서 농부들에게 기쁨을 주었듯이, 교사와 학생 모두가 행복한 수업을 위해서 고민하던 대봉교사들의 생각을 바꾸어 준 감동의 시간이었습니다.

이번 연수를 계기로 어머니의 마음으로 아이들을 믿고 맡겨, 단 한 명의 소외자도 없이 희열을 느끼고 수업에 몰입하며 서로 배우면서 가르치는 행복한 교실로 변화할 수 있기를 기대해 봅니다.

교감 선생님과 함께 한 연수 시간 가슴 벅차고 행복했습니다. 이 느낌 그대로 간직하며 대봉가족 모두가 행복한 수업을 최우선으로 하는 학교 문화를 조성하기 위해서 정진하겠습니다.

건강하고 매일 웃음이 가득한 행복한 날이 되시기를 기원 드립니다.

대봉초 교감 구미숙 드림

마음 움직이기

교감 선생님, 안녕하십니까?

감사의 말씀을 드리려고 했는데 먼저 보내주셨네요. 송구스럽습니다. 빈말이 아니라 저희 학교에서 있었던 여러 컨설팅장학이나 연수 중에서 선생님들이 가장 집중해서 관심 있게 들었던 연수였습니다.

최근에 교육청에서 협력학습을 일방적으로 너무나 강조 아닌 강요(?)를 하는 듯한 느낌이 들어서 일선 학교의 선생님들은 약간의 거부감(?)이 드는 게 사실이었습니다.

그 이유가 협력학습의 철학에 대한 이해 없이 형식만 강조하여

(지도안에 협력학습라을 만들어 표시했느냐. 자리 배치를 어떻게 했느냐 등) 그렇게 하지 않으면 교사도 아닌 것처럼 몰아가는 상황이 마치 예전의 열린교육 열풍을 떠오르게 했거든요.

어느 연수든 간에 강사님들이 처음에 하는 말씀은 우리나라가 성적

은 세계 최상위권인데 흥미도, 만족도, 행복지수는 최저라는 말로 시작해서, 그래서 행복교육이 꼭 필요하고, 행복교육을 위해서는 협력학습이 필요하다고 설명하지만, 그 논리가 매끄럽지 않아서 그렇게 와닿지는 않았습니다.

어제 교감 선생님이 하신 연수는 도화지나 필기도구를 준비해 달라고 하셔서 처음엔 협력학습 기법에 관한 내용일 거라 예상했었는데, 협력학습의 철학에 대한 이야기가 중심이었고, 구체적인 사례까지 들어 설명해 주셔서 그 어느 연수보다 마음에 와 닿았습니다.

연구부장으로서 협력학습의 철학을 제대로 선생님들에게 느끼게 해주실 분이 있으면 좋겠다는 생각을 늘 해왔었는데, 지금까지의 다른 강사님들은 2% 부족했던 것이 사실이었습니다. 그런 면에서 교감 선생님의 이번 강의는 선생님들의 마음을 움직이기 한 강의였습니다.

특히, 수업을 누가, 왜 하지? 보다는 어떻게 하지? 에만 관심을 둔다는 말씀이 공감이 갔습니다. 남에게 보이기 위한 외식 같은 수업이 아닌 가정식 백반 같은 정성이 깃든 수업이라는 그 교생의 표현은 저 스스로를 반성케 했습니다.

이번 연수가 시작이 되어 저희 학교 선생님들도 협력학습에 대해 더욱 관심을 갖고 실천해보게 될 것 같습니다. 궂은 날 저희 학교까지 오셔서 늦은 시간까지 고생 많으셨습니다.

늘 건강하시고 또 뵐 날이 오길 기다리겠습니다.

안녕히 계십시오. ^^

대봉초 연구부장 김시웅 드림

아~~ 그렇구나

교감 선생님~

오늘 가슴에 와 닿는 감동이 있는 강의 너무 감사드립니다. 그동안 궁금했던 인문학, 인문교육, 협력학습에 대한 실마리가 풀렸다고나 할까요? 연수 듣는 내내 '아~~ 그렇구나!' 하고 절로 고개가 끄덕여지는 강의였습니다.

말로만 협력, 눈맞춤 교육이라고 하고 과연 실천을 하고 있는지 제 자신을 돌아보는 계기가 되기도 했구요.

2011년 서부교육청에 있을 때 처음 수업발표대회 준비를 해나가면서 교감 선생님의 수많은 격려의 문자와 당근과 같은 수업의 팁을 알려주실 때가 생각납니다.

그 이후 몇 년간 도전에 도전을 거듭하면서 2등급에 그치고 점점 자신감을 잃고 결국엔 포기했지만…… 오늘부터 아니 당장 내일부터 자신감을 가지고 수업에 임하려고 합니다.

언젠가는 두려움이 또 생기겠지만…… 오늘 하루만큼은 수업에 대한 자신감을 심어주신 명강의~ 다시 한 번 고개 숙여 감사드립니다.

가을겨울 같은 날씨 속에 건강 조심하시고 늘 행복이 가득하시길 바랍니다.

도림초 연구부장 김건희 드림

새로운 시작은

교감 선생님

오늘 강의와 따뜻한 차와 주신 책 정말 감사드립니다. 우연히 맺게 된 귀한 인연 덕에 더 행복한 하루가 되었습니다. 빗길에 운전 조심하시고 다시 뵙겠습니다.

이재순, 최웅순 올림

교감 선생님

오늘 귀한 책 선물 받고 나눔 가진 최웅순입니다. 댁에 잘 도착하셨다고 신랑에게 전해 들었습니다. 교감 선생님 덕분에 신랑도 저도 더 좋은 수업에 대해 각자의 교육철학에 대해 함께 이야기 나무며 집에 돌아오는 시간 가졌습니다. 좋은 고민과 더 교사로서 깊어질 수 있는 기회를 가지게 해 주서서 감사합니다. 교감 선생님과 만남 덕분에 돌아오는 내내 행복했던 저희가 언젠간 교감 선생님께 따뜻함을 전해드리는 사람이 될 수 있기를 소망합니다. 날은 흐리지만 마음은 편안하고 맑게 오늘 하루 마무리 하십시오.

최웅순 올림

교감 선생님

마음이 담긴 소중한 긴 글을 보내주서서 감사합니다.

오늘 연수 중 핸드폰 밧데리가 다 되어 이에야 집에서 답장을 드립니다.

오늘은 날씨가 좋아서 신랑과 연수 후 함께 저녁을 먹고, 경산 남천을 따라 3시간 정도 산책을 하셨습니다. 힘이 다한 듯한 매미울음소리와 귀뚜라미 울음소리도 들었습니다. 가을이 살며시 다가오는가 봅니다.

교감 선생님께서 주신 책 감사히 느리게 읽고 있습니다. A학생과 있었던 일화를 읽으며 아껴주신 마음이 느껴져 오늘 하루를 따뜻한 마음으로 시작할 수 있었습니다.

항상 부족한 점이 많아 부끄러운 저인데 덜 부끄러운 사람이 되기 위해 노력해야겠다는 다짐을 해봅니다.

교감 선생님

따뜻함을 전해주셔서 감사합니다. 오늘 하루도 행복하게 마무리 하십시오.

최응순 올림

오늘은 그동안 밀린 집안 일과 정리를 하면서 새 학기 준비를 하던 참이었습니다. 새로운 시작은 교감 선생님 말씀처럼 언제나 두려움과 용기라는 두 얼굴로 다가오는 것 같습니다. 강의해 주신 말씀 잘 되새겨서 용기 있는 출발을 하고 연말에는 보람된 한해였다고 말할 수 있었으면 좋겠습니다. 교감 선생님께서도 새 학기에 좋은 일들만 있으셨으면 좋겠습니다. 그럼 안녕히 계십시오.

도림초 이재순 올림

변화되어야 된다는 인식

교감 선생님, 궂은 날씨인데도 연수장이 따뜻하고 시간 가는 줄 몰랐던 것은 강의에 모두 쏙 빠졌기 때문이라 생각됩니다.

아이들도 시간 가는 줄 모르고 선생님과 눈 맞춤으로 함께 공부한다면 이와 같겠지요?

저나 교장 선생님이 늘 하고 싶었고 해도 잘 변화가 되지 않아 속이 좀 상했는데, 교감 선생님이 정곡을 찌르는 말씀들을 해 주셔서 교감으로서 속이 시원했습니다.

얼마나 변화가 생길지는 모르지만 변화되어야 된다는 인식은 확실히 할 것 같습니다.

오는 신규장학 때 한 번 더 논의가 되겠지만, 쉬우면서도 마음을 움직여주는 강의에 다시 한 번 더 감사드리며 저도 일기를 쓰는 일을 멈췄던 것을 다시 시작해야겠습니다.

점점 추워지는 날씨에 건강하시고 행복 많이많이 만들어 가세요.

대구 범물초 교감 조태순 드림

보배 같은 우리 아이들

참 좋은 시간이었습니다.

수업에 대해서 늘 고민하시고, 그러한 고민을 여러 선생님들과 함께 공유하고 싶어 하시는 교감 선생님의 열정에 존경을 표합니다.

저를 돌이켜보고 채찍질하는 소중한 시간이었기에 더욱 감사한 시간이었습니다.

이제 수업으로 아이들을 만날 기회가 없는 것이 아쉽지만, 보배 같은 우리 아이들에게 부끄럽지 않은 참 스승이 되어야겠다는 소박한 다짐도 해봅니다.

수업에 대한 교감 선생님의 열정을 늘 응원하겠습니다.

감사합니다.

산격초 교감 성미정 드림

선생님! 무슨 일 있어요?

교감 선생님! 안녕하십니까? 율원초 교사 김종기입니다.

예전에 연수에서 한번 뵈었는데……. 오랜 시간이 지나서 다시 교감 선생님의 연수를 들으니 감회가 새롭습니다. 저도 교감 선생님의 말씀을 듣고 바로 책상을 돌리니, 아이들이 "선생님! 무슨 일 있어요?"그럽니다. 그래서 씨익 웃고는 "이제 수업을 한번 바꾸어서 해볼라꼬?" 하니, "재미가 있겠어요" 이럽니다. 그제서야 '아! 이 작은 변화가 아이들에게 희망을 줄 수 있는 거구나'라는 생각을 하고 이제껏 큰 것들만 생각했던 자신을 반성하게 됩니다. 사소한 것에서 다시 출발하려 합니다.

가르침을 주신 교감 선생님! 감사드립니다. 환절기에 항상 건강하시고 행복한 나날이 되시길 기원합니다.

율원초 교사 김종기 드림

김종기 선생님. 예전 일까지 기억해 주셔서 고맙습니다.

참 잘 하셨습니다. 무슨 일이나 작은 것에서 시작하지 큰 일이라고 처음부터 크게 시작하는 것은 아닙니다. 작은 변화가 모이고 모이면 시나브로 좋은 수업이 선생님과 동행하고 있을 것이란 생각이 듭니다. 저는 '시나브로'라는 말을 참 좋아합니다. 사전적 의미로는 '모르는 사이에 조금씩 조금씩'입니다. 선생님의 그런 노력이 학생들을 변화시킬 것입니다. 수업이 변하면 학생이 변하고 학교가 바뀝니다. 시나브로 좋은 결실을 맺으시길 빕니다.

고맙습니다.

김영호 드림

무임승차

언제 끝나는지 질문하였지만, 선생님의 오랜 경험과 연구 결과를 무임승차(?)하여 거저 얻을 수 있는 유익한 시간이었습니다.

담날 바로 책상 배치 바꾸고 화, 수 이틀째 TV 없이 짝 토의, 모둠 토의 등으로 수업을 진행해 보았습니다. 몇 년째 안 바꾸던 귀걸이도 바꿔 보구요. 아이들은 제가 양말 신은 것도 알아차렸습니다. 왠지 모를 뿌듯함과 함께 앞으로의 수업에 대한 기대감도 살짝 들었답니다.

다른 장소에서의 또 다른 인연을 기대해 봅니다.

건강하십시오.

율원초 오혜숙 드림

오혜숙 선생님. 참 잘 하셨습니다.

선생님이 진정 원하는 수업은 바로 선생님이 가지고 계십니다. 고맙습니다. 경주 출장 갔다가 막 들어왔습니다. 과감한 결단, 실천에 감사를 드립니다.

늘 좋은 날이시길 빕니다.

천민필 교감 선생님 하고는 호형호제하는 교육형제입니다.

다시 한 번 선생님의 수업에 감사를 드립니다.

김영호 드림

이미 실천하였고

교감 선생님, 어제 오셔서 빔 프로젝트도 왔다갔다 하는 데 수고 많으셨지요?

예의를 지키며 들어야 되는데 군것질하면서 제대로 못 들은 것 같아 죄송합니다. 하지만 강의가 끝나고 제 마음에 세 가지가 남게 되었습니다.

첫째는 아이들과의 소통, 즉 거리입니다. 아이들과 저를 가로막고 있는 여러 보조 책상들을 오늘 아침에 치웠습니다. 그러고 나니 훨씬 교실도 시원하고 아이들도 좋아하였습니다.

둘째는 출입문에 인문학 구절들을 붙여 수시로 익히는 것입니다.

셋째는 사랑하는 철수야라고 교실 언어를 바꾸어 보는 것입니다.

이 중 첫째는 이미 실천하였고, 둘째와 셋째는 계획 중에 있습니다. 아무튼 어제 선배님을 뵙고 많은 것들을 느낄 수 있었습니다.

날씨가 무더운 데 건강 조심하시길 바랍니다. 감사합니다.

이현초 교사 정재정 올림

다시 나를 점검하고

정말 좋은 연수에, 이렇게 마음이 담긴 메일까지 받고 보니 어제에 이어 오늘 한 번 더 교사로서의 나를 돌아보게 됩니다.

짧은 시간이었지만, 다시 나를 점검하고 마음을 다잡을 수 있는 좋은 계기를 가지게 해 주셔서 감사하다는 말씀드리고 싶어 두서없고 짧은 답글 드립니다.

저는 3학년을 지도하는 영어교과라 영어교과 지도에 있어서의 협력에 대해서도 잠시 고민해보는 계기가 되었구요. 이번을 기회로 기능을 익히는 교과라고 반복적인 연습과 전체적인 활동을 수업에 많이 활용해 오던 제 수업에 변화를 줄 수 있도록 연구도 많이 해야겠다는 생각을 하고 있습니다.

앞으로도 좋은 가르침 많이 주시기 바랍니다.

조암초등학교 교사 이남희 드림.

* 추신 : 교감 선생님 학교의 '박소영' 선생님은 제가 너무 너무 좋아하고, 후배이지만 배울 점이 많은 사람이라고 늘 생각하는 좋은 선생님이랍니다. 어제는 잠시 박소영 생각을 하면서 늘 성실하고 열정적으로 활동하니 좋은 학교에서 좋은 교감 선생님과 함께 근무하는 복이 있네! 배움이 더 커지겠구나… 하는 감사함과 부러움을 같이 느껴보았답니다. ^^

따뜻한 마음으로 다가서는

교감 선생님, 어제 연수의 여운으로 저는 저녁 내내 마음이 따뜻하였습니다. 인성교육 시범학교를 운영하면서 어떤 프로그램을 운영할까 만을 고민했던 것이 반성이 되었고, 앞으로 사람에 대한 따뜻한 마음으로 다가서는 교육을 먼저 고민해야겠다고 생각하였습니다. 다음 기회에 또 한 번 소중한 시간을 가질 수 있으면 하고 기도해 봅니다.

화창한 날씨만큼이나 기분 좋은 나날들 되시길 바랍니다. 감사하고 또 감사하였습니다.

조암초 이은경 드림

수업이 바뀌어야

수업이 바뀌어야 학교도 바뀐다. 크게 공감합니다.

준비한 수업이 충실하게 이루어지면 하루 종일 기분이 좋아지고, 마음이 그득그득 해지는 경험을 하면서도, 행여나 실패할까, 실컷 고생해서 자료 만들어 놓고는 쓰레기 될까 하는 우려에 선뜻 실행을 못하며 오늘도 어제와 같은 수업을 하지 않았나 반성합니다.

벚꽃 바람에 기분 좋은 금요일입니다.

따사로운 햇살 담뿍 느끼시는 좋은 날 되시길 바랍니다.

칠성초 교사 조민희 드림

수업에 희열을 느낄 수 있도록

감사합니다. 교감 선생님

칠성초등 영어교과 허정문입니다.

예전에 대산초등학교에 장학[4]오셨을 때 교감 선생님의 수업을 보고 팬이 되었습니다. 어제 다시 뵈어 정말 좋았습니다. 그 때 특별한 수업 자료 없이 4급지 아이들을 수업에 빠지게 하는 모습이 너무 멋있었습니다. 어제 오시기 전에 책상 배열을 바꾸었더니, 교과실에 들어오는 아이들마다 한 마디씩 했습니다. 아이들이 수업에 희열을 느낄 수 있도록 도와주는 교사가 되겠습니다.

현실적이고 실천적인

안녕하십니까? 교감 선생님!

현실적이고 실천적인 강의 잘 들었습니다.

저도 올해 6학년을 하며 하브루타 협력학습을 위해서 자리 배치도 ㄷ자로 하고 학생들끼리 상호 활동을 할 기회들을 많이 주고 있었는데, 교감 선생님께서 그렇게 하라고 말씀해 주셔서 내심 흐뭇했습니다.

아이들과 함께하는 더 행복한 교사가 되기 위해서 노력하겠습니다.

감사합니다.

교감 선생님께서도 늘 행복하시고 건강하세요.

현풍초 교사 이언경 드림

---

4) 2010년 대구광역시서부교육지원청 장학사로 근무할 때. 대구대산초등학교 장학지도를 나가서 한 반 학생들과 수업을 함. 수업을 마치고 선생님들과 수업에 대한 생각을 나눔.

삶이 담겨 있는 메시지

넵, 교감 선생님의 강의 두 번째로 듣습니다.

작년은 남부교육청 관내에서, 이번엔 달성 교육청 관내에서, 작년보다 약간 몸이 좋아 보이시기도 하고, 더 피곤해 보이시기도 하네요.

삶이 담겨 있는 메시지의 강의 들으면서 후배들에게 좋은 본을 주시는 것 같아 감사합니다.

누구나 피할 수 없는 수업에서 행복은 복잡한 것이 아니라, 단순한 결정에서 온다는 것을 다시금 확인하네요.

협력수업이 정책화 되면서 예전부터 순수한 맘으로 해오던 것들이 싫어지는 맘도 있지만, 이왕에 이런 마당을 만드셨다면 모두가 행복할 수 있는 민들레 홀씨를 잘 퍼트려 주세요.

감사드립니다.

현풍초 교사 이현석 드림

PS 편지에 답변이 예인 것 같아 적어 보냅니다. 더욱 건강하시고 행복하세요.

협력학습은 철학이다

김영호 교감 선생님, 저는 대구○○초등학교 신규교사 ○○○입니다.

어제 교내 협력 연수에서 교감 선생님을 뵈었을 때 저는 참 반가웠습니다. 작년 신규 임용 발령자 연수 때 팔공산 연수원에 오셔서 참 인상 깊었던 연수를 해주셨는데, 어제 학교에서 다시 뵈니 감회가 새로웠습니다.

작년 연수원에서 연수를 들을 때 꼭 다시 배우고 싶으신 강사셨는데, 이번엔 협력학습 연수로 본교를 방문해 주셔서 저는 굉장히 감사했습니다. "협력학습은 철학이다"라는 말씀이 가장 인상 깊었습니다. 저는 요즘 한창 뜨고 있는 협력학습의 중요성을 작년 최혜경 수석선생님께 교육기부를 통해 배우면서 어렵지만 반드시 해야 할 과제라고 생각했습니다. 하지만 교감 선생님의 연수를 들으니 협력학습이라는 것이 학생들과 진정으로 소통하는 것이 가장 먼저라는 것을 깨닫게 되었습니다. 또한 지난 3개월 간 발령 후 제가 학생들을 대했던 태도와 마음가짐에 대해 다시 한 번 돌아보는 계기가 되었습니다. 또 자리 배치를 바꾸어 학생들의 변화를 확인하여 확실한 교육적 효과를 느낄 수 있었습니다. 교감 선생님의 연수는 저에게 아직 교직 경력이 얼마 되지는 않았지만, 초심을 잃지는 않았을까 많이 염려되고, 다시 채찍질해야겠다는 마음이 생기게 해준 정말 감사한 연수였습니다. 협력학습의 철학을 마음 속에 다지고 열심히 학생들과 소통하며 가르치고 배우겠습니다. 감사합니다.

글재주가 없어서 집밥, 백반 같은 훌륭한 표현은 하지 못했지만, 교감 선생님께 감사한 마음은 진심이라는 것을 알아주시면 감사하겠습니다.

앞으로도 계속 소통하는 교사가 되겠습니다. 감사합니다.

김영호 교감 선생님, 안녕하십니까 저는 대구○○초등학교 교사 ○○○입니다. 추운 겨울날 이렇게 장문의, 훌륭한 메일 보내주셔서 정말 감사합니다.

12월이 오기까지 많은 수업을 했지만, 3월 첫 발령 이후 초심을 잃은 듯한 제 모습에 많이 실망하고 있었습니다. 하지만 다시 올 한해를 되돌아보면서 훨씬 좋았던 수업도 했었고, 많이 부족했던 수업도 있었다는 것을 떠올리며 내년에는 보다 훨씬 좋은 수업이 많기를 바라며 2015년을 마무리하려 합니다.

교감 선생님께서 책상 배치를 ㄷ자 바꾸고, 텔레비전을 많이 사용하지 말라고 가르쳐주셨는데, 직접 그렇게 하니 학생들을 바라보는 시간도 많아지고 상호작용도 즐거웠습니다. 듣고 알고 있다고 생각하는 것보다, 듣고 바로 실천하는 것이 얼마나 중요한지 알게 된 기회가 되어 감사하게 생각합니다.

내년에도 좋은 내용의 연수로 교감 선생님을 만나길 바라겠습니다. 항상 학생들을 사랑하고 아끼시는 그 마음 배울 수 있도록 건강하시길 바라겠습니다.

감사합니다.

진정한 요리는 정성이다

전 개인적으로 국어 교과를 제일 싫어했습니다. 학생 때도 논리적인 체계가 분명하게 보이는 수학이나 교과를 공부하는 것이 더 즐겁고 재미있었습니다. 국어는 무엇을 공부해야 하는 지 도통 갈피를 못잡아 참 힘들어 했습니다. 그런데 교사가 되어 학생들에게 국어 교과를 같이 학습하게 되었을 때, 정말 난감했습니다. 무엇을 어떻게 가르쳐야 하는 것인지 정말 암흑 속에 있는 듯 했습니다.

교직이라는 첫 발을 내딛을 때, 등대와도 같은 선생님께서 교재 연구를 제일 싫어하는 과목부터 해보라고 권유의 말씀을 들었습니다. 그 이후부터 국어라고 해서 무조건 '책 펴라, 읽어라, 문제 풀어라, 써라' 가 아니라 무엇을 가르치는 지, 어떻게 가르쳐야 하는 지, 학생들이 어떻게 받아들이는 지 등에 대해 나름 공부를 하면서 국어라는 교과가 정말 재미있다는 것을 알게 되었습니다. 그래서 수업발표대회라는 것에 도전을 하게 되었습니다. 수업발표대회에 도전을 하며 보낸 시간동안 저는 맛있는 요리를 위한 레시피만 찾고 있었습니다. 그런데 이번 교감 선생님의 컨설팅을 받고 머리를 한 방 맞은 것처럼 '띵~~' 했습니다. 진정한 요리는 레시피가 아니라 정성임을 잊고 있었습니다.

교감 선생님의 가르침처럼 제 수업에 철학을 갖고 아이들과 행복한 시간을 꾸려보려고 합니다. 교감 선생님의 귀중한 시간을 내어주셔서 정말 감사합니다.

○○초 교사 ○○○ 드림

참, 교감 선생님 강의 중에 '적자생존'이라는 말이 너무 재미있고 마음 깊숙이 와 닿았습니다. 이 단어를 우리반 학생들의 말하기 연습판의 제목으로 사용해도 되는 지 여쭈어 봅니다. @^^@

내가 가장 좋은 학습자료

항상 멋지시고 멀리서 바라보기만 했던 교감 선생님께서 직접 우리 학교에 오셔서 강의를 하시는 모습을 가까이에서 경청할 수 있어서 참으로 감회가 깊었습니다. 저는 글도 잘 못쓰고 말도 잘 못해서 그 때 그 감명스러움을 잘 표현은 못하지만, 교감 선생님의 강의로 두려움과 귀차니즘을 떨치고 용기 있게 실천보고 있습니다.

'내가 가장 좋은 학습 자료' 라는 생각으로 수업에 임하는 순간 아이

들 눈빛이 달라지고 있습니다. 감사합니다. *^^

이제 완연한 봄입니다.

저도 민들레 홀씨를 만들어 보고 싶습니다.

교감 선생님께서도 늘 건강하시기 바랍니다.

그래야지만 많은 선생님들께 좋은 강의 들려주셔서 교육계의 민들레들을 길러내실 수 있기 때문입니다.

행복하고 즐거운 나날 되시길 바랍니다.

○○초 ○○ 드림

수업의 홀씨를 열심히 가꾸어

바쁘신 일정이신데도 열정적인 강의를 해 주셔서 고맙습니다.

교감 선생님의 강의 중 27년만의 수업이라는 장면에서 마음 한 켠이 뭉클했습니다. 초등학교 6학년 때 담임 선생님도 떠오르고 저희 반 학생들과 먼 훗날 수업을 하게 된다면 어떨까? 하는 마음과 함께 이 작은 아이들의 마음 한 켠에 의미 있는 선생님이 되어야겠다는 생각을 해봤습니다.

화려함보다는 소박한 진심을, 욕심보다는 나눔을 함께하는 모습으로 남을 수 있도록 아이들과의 하루를 보내자는 다짐으로 교감 선생님께서 뿌려주신 수업의 홀씨를 열심히 가꾸어보도록 노력하겠습니다.

늘 건강과 행복이 함께 하시기 바랍니다.

고맙습니다.

2015. 4 .15

○○초 교사 ○○○ 올림

행복한 삶의 일부분

교감 선생님

어제 좋은 연수 즐겁게 잘 받았습니다. 파워포인트 사이에 흐르는 음악도 참 좋았고, 그냥 듣기만 하는 연수가 아니라서 지루하지 않아서 더 좋았습니다.

연수 덕분에 나의 수업에 대한 반성과 함께 교육을 받는 입장에서 재미있는 수업이 될 수 있도록 노력해 보아야겠다는 생각을 해봅니다.

학교는 교사나 학생들 모두 행복한 삶의 일부분이 되어야 한다고 생각합니다. 그러기 위해서 노력하고 변화하도록 해보겠습니다.

교감 선생님 주신 책 잘 읽겠습니다. 감사합니다.

늘 건강하시고 행복하십시오.

따뜻한 어느 멋진 봄날

○○초 교사 ○○○ 올림

협력수업의 길을 찬찬히

교감 선생님^*^ 학교로 돌아가서서 메일로 추수지도까지 주셔서 정말 감사드립니다.

저나 우리학교 선생님들 모~~두 협력학습에 대해 쉬우면서도 확실한 이해를 하게 해 주셔서 협력학습에 대한 연수의 결정판이라 생각됩니다.

어제 각 교실에서 공유한 수업이 협력수업의 길을 찬찬히 찾아갈수 있는 일련의 뜻 깊은 과정이라 생각하며 앞으로 교사와 교사, 교사와 학생, 학생과 학생 간에 깊이 있는 신뢰 구축으로 함께하는 행복한 학교 수업이 되도록 노력할 것입니다. 민들레 홀씨 되어~~~

교감 선생님!

어제 우리학교를 방문해 주심을 다시 한 번 감사드립니다.

늘 행복하시고 행복한 나날 되세요.

-○○초 교장 ○○○ 드립니다

ps…어제 퇴근 후에 앨범을 뒤져서 6학년 때 단발머리 사진 하나 건졌습니다. 사진 한 장으로 많은 생각을 하게 해주심을 또 감사드립니다.

나부터 일기를 써야겠다

김영호 교감 선생님

어제 강의 듣고 아침 일찍 교실에서 어제 강의록과 메모한 내용 다시 한 번 훑어 봐야지 했는데 마침 메일까지 보내주셨네요.

고맙습니다.

"용기와 두려움은 손바닥의 양면이다"는 말씀은 변화에 망설이는 제 마음에 큰 용기가 되었습니다.

교감 선생님의 말씀대로 작은 변화라도 실천해야겠다는 생각이 듭니다. 우선 자리 배치를 달리 해서 짝 토의, 모둠 토의를 활발히 해봐야겠구요. 예전부터 담임인 나부터 일기를 써야겠다고 생각만 했는데 , 당장 실천해야겠다는 생각도 들었습니다. 아이스크림의 중독에서도 벗어나야겠구요.

저에게 큰 자극을 주신 교감 선생님께 다시 한 번 감사드립니다.

○○초 교사 ○○○ 드림

흐르는 물이 되어

교감 선생님, 안녕하십니까?

어제 귀한 시간 내시어 멋진 강의해 주셔서 감사합니다.

수업에 대한 근본부터 다시 생각해 보게 된 소중한 시간이었습니다. 그 동안 고인 물처럼 학교 생활을 해 온 것 같아 참 부끄럽고, 제 자신을 다시 돌아보게 되었습니다. 이제는 흐르는 물이 되어 다양한 경험을 더 많이 해야 할 것 같습니다.

더운 날씨에 프로젝터가 과열될 것을 예상치 못하고 사전에 장비 점검을 제대로 하지 않아 강의에 불편을 드린 점도 죄송합니다. 그로 인해 좋은 말씀을 더 많이 듣지 못해 아쉽습니다.

항상 건강하시고, 앞으로도 좋은 말씀 많이 전파해 주십시오.

감사합니다.^^

○○초 교감 ○○○ 올림 -

좋은 수업에 대한 소망

교감 선생님^^ 감사합니다.

모두 공감하는 교육철학과 방법을 함께 전수하고 가셔서 저를 포함한 우리학교 선생님들 가슴에 좋은 수업에 대한 소망을 품게 하셨습니다. 또한 이렇게 잊기 전에 바로 강의에 대한 피드백을 해주셔서 선생님들 모두 가슴에 좋은 교실수업에 대한 소망을 확실하게 품고 실천할 수 있을 거예요. 감사드립니다.

○○초 ○○○ 드림

인생의 나침반이
되어주세요

(직업 인터뷰)

대구교육대학교 부설초등학교 김영호 교감 선생님께

안녕하세요. 귀한 시간 내어 인터뷰에 응해 주셔서 감사하다는 말씀 먼저 드립니다. 다시 한 번 제 소개를 하겠습니다. 저는 동탄국제고등학교 1학년에 재학하고 있는 나지윤입니다. 제 꿈은 교감 선생님처럼 여러 교육 전문직에 종사하는 것입니다. 선생님의 '수업? 너를 기다리는 동안'을 읽고 제가 평소에 궁금해 했던 것들에 대해 답을 얻을 수 있었습니다. 하지만 궁금한 것이 아직 남아 이렇게 인터뷰를 하게 되었습니다. 제가 가고자 하는 길을 먼저 걸으신 분께 많은 조언을 얻고 싶습니다. 인터뷰 내용은 인터뷰 외에 그 어떤 용도로도 사용되지 않음을 말씀드립니다.

1. 일반 교직에서 적어도 5년 이상 일한 후 교육 전문직으로 진출할 수 있다고 알고 있습니다. 김영호 교감 선생님께서 교직을 그만두고 전문직에 종사하게 된 가장 큰 동기가 무엇인지 궁금합니다.

먼저, 제 책을 구입하고 이렇게 인터뷰까지 해 주셔서 고맙습니다. 너무 늦게 답을 드려서 미안하다는 말씀도 함께 전합니다.

저는 학교에서나 교육청에서나 늘 수업이 최우선이라는 생각을 했습다. 여러 학교를 거치면서 수업을 잘 해 보려고 노력을 했습니다. 책 여는 글에서 밝힌 것처럼 부족한 점이 많았습니다.

담임선생님은 자기가 맡은 반 학생들에게 수업으로 많은 영향을 줍니다. 학교장은 그 학교 선생님이나 학생들에게 자신의 생각을 펼칠 수가 있습니다. 교육전문직(교육연구사, 장학사)는 수업을 직접 하는 것이 아니라 학교의 수업을 도와주는 역할을 하는 교육행정에 무게 중심이 있습니다.

물론 학교 현장의 교원이나 교육전문직 중 어느 것이 더 좋고 중요하다고는 할 수 없습니다. 지금은 그런 현상이 없지만 한때 교육전문직(흔히 장학사)이 학교의 교원들에게 군림하던 때가 있었습니다.

저는 학교나 선생님들께 군림하는 장학사가 아니라 학교를 도와주고 선생님들과 수업에 대한 생각을 나눈다고 생각하고 그렇게 실천하고자 노력했습니다.

대구광역시서부교육지원청에서 장학사로 근무를 할 때는 장학지도를 나가서 선생님들의 수업을 참관하고 저도 직접 한 시간 수업을 했습니다. 그리고 오후에는 선생님들과 수업에 대한 생각을 나누었습니다. 그 당시 수업을 비디오로 촬영한 것은 지금도 저에게는 큰 자산입니다. 그리고 수업발표대회에 참가하는 선생님들을 위해 다양한 연수와 직접 찾아가서 격려하는 일을 했습니다. 서부교육지원청에는 초등학교 55개교가 있는데 1번 이상 다 방문을 했습니다. 대구광역시교육청에서 장학사로 근무를 할 때도 4번 직접 학생들과 수업을 하고, 수업에 대한 생각을 선생님들과 공유하기도 했습니다. 책 표지의 사진도 2013년 8월 23일 대구매곡초등학교 4학년 4반 학생들과 수업을 하는 장면입니다.

2. 교육전문직원이 되기 위해서 교직을 이수하는 것보다 교육행정직을 나오는 것이 더 유리하다는 말이 있는데 정말 행정직이 더 유리한 것인지, 아니면 그저 교사에서 교육전문직원이 되시는 분이 적은 것인지 알고 싶습니다.

나지윤 학생이 생각하는 것과는 조금 다른 면이 있습니다. 이렇게 생각하시면 됩니다. 흔히 말하는 행정고시를 치면 5급 사무관이 됩니다. 또, 학교의 행정실이나 교육청에 일반직으로 근무하는 분들은 교원이 아닙니다. 교육행정직입니다. 교원과는 다릅니다.

교원은 학교의 교장, 교감, 교사를 총칭하는 말입니다. 교원을 하다가 교육전문직 시험을 칠 수가 있습니다. 두 가지 방법이 있습니다. 교육부의 교육전문직 시험이 있습니다. 교육전문직은 교육연구사(관)와 장학사(관)이 있습니다. 상호 전직이 가능합니다. 각시도 교육청도 마찬가지입니다. 시도교육청에서도 교육전문직을 선발합니다. 교육전문직에는 교육연구사(관)과 장학사(관)이 있습니다.

교육행정직과 교원 및 교육전문직은 출발점이 다릅니다. 교육행정직은 행정고시나 교육부의 교육행정직 시험 또는 시도교육청 교육일반직 시험에 응시해서 합격하면 해당 분야에서 일하게 됩니다. 교사가 되기 위해서는 초등이나 중등 모두 임용고사에 합격해야 합니다. 교사로서 일정한 기간이 지나고 개인 점수가 일정 수준 이상이 되면 교감으로 승진하고 또 교장으로 승진합니다. 교육전문직 시험은 교사나 교감이 응시할 수 있습니다, 시도교육감은 선출직이고 교육지원청의 교육장은 교육감이 임명하는 교육전문직입니다.

3. 선생님께서는 교사, 장학사, 교육연구사, 교감 등 교육 관련 여러 직업을 경험한 것으로 알고 있습니다. 그 중 어떤 직업이 가장 기억에 남는지, 그 이유는 무엇인지 궁금합니다.

각각의 좋은 점을 한 가지씩 들어보겠습니다. 그리고 어느 게 가장 기억에 남는 지도 알아보겠습니다.

교사는 누가 뭐래도 가르치는 보람입니다. 내 열정과 아이들의 마음이 맞는 순간 참 행복한 경험을 하게 됩니다.

장학사는 수업에 대한 새로운 정책을 선생님들과 공유하는 것이 좋습니다. 학교에서 경험하지 못하는 많은 선생님들을 만나는 즐거움도 있습니다.

교육연구사는 정책연구의 묘미가 있습니다. 어떤 정책을 연구해서 학교나 선생님들께 도움을 줄까 고민하는 것도 큰 즐거움입니다.

교감은 어쩌면 참 애매모호한 존재이기도 합니다. 교사와 교장의 중간 역할을 어떻게 하느냐의 문제이기도 합니다. 학교의 상황에 맞게 처신하는 것이 어려울 수도 있습니다.

가장 기억에 남는 것은 교사 시절입니다. 지금 그 시절로 되돌아간다면 좀 더 잘 할 수 있었는데 하는 아쉬움이 남기도 합니다. 그런 아쉬움을 후배 선생님들이 더 잘 가르칠 수 있도록 돕고 있습니다.

4. 제가 최근에 가장 많은 관심을 가지고 있는 교육 이슈는 '자사고 폐지'입니다. 저는 평소에 자사고 폐지가 부당하다고 생각했는데, 현재 교직에 몸 담그고 계신 선생님께서는 자사고 폐지에 대해 어떤 생각을 가지고 계신지 궁금합니다.

저는 원칙적으로 자사고 폐지는 반대입니다. 교육의 평준화도 참 좋은 생각입니다. 부진한 학생 잘 이끌어서 보통 이상의 학생으로 교육시키는 것도 중요합니다. 또한, 잘 하는 학생들 더 잘 할 수 있도록 하는 것도 좋은 정책이라고 생각합니다.

제가 졸업한 김천고등학교도 자율형 사립고등학교입니다. 1930년대에 시작해서 경북 지역에서는 제법 명성이 있는 학교이기도 합니다. 한때 약간 침체되기도 했지만, 최근 자사고로 운영하면서 옛 명성을 되찾아 가고 있다고 합니다.

그런데 당초 지정의 취지와는 다르게 운영하는 것은 반대합니다. 일반 고등학교의 황폐화는 자사고의 영향도 있지만, 일반고등학교의 문제도 많은 것이 사실입니다.

5. 우리나라의 교육 전문직은 진짜 교육 전문직이 아니라 교감이나 교장으로 승진하기 위한 도구로 여겨지는 경우가 많은 것 같습니다. 이런 상황에서 어떤 마음가짐으로 교육 전문직원으로 일하셨는지 궁금합니다.

흔히들 그런 오해를 많이 합니다. 교육전문직을 하는 이유가 교감이나 교장으로 승진을 남보다 빨리하는 디딤돌로 생각하는 교육전문직도 분명이 있습니다. 또한, 교육장은 교육전문직(교육연구사(관), 장학사(관))을 거친 분들입니다. 제가 알기로는 대부분 그렇습니다. 이런 실정이니 그렇지 않은 분들의 입장에서 보면 당연히 그렇게 생각할 수도 있습니다.

저는 딱히 무엇을 빨리해야 한다는 생각은 그렇게 하지를 않았습니다. 늘 수업에 관심이 많았습니다. 그래서 대구교육대학교대구부설초등학교에서 교사로 6년을 근무하기도 했습니다. 교육전문직 시험은 3번째 합격을 했습니다. 늘 저는 자만(또는 자신만만) 했습니다. 나는 참 머리가 좋다. 대충해도 된다. 사실은 무슨 일이나 대충해서 되는 것은 없습니다.

앞에서도 말씀드렸지만, 남에게 군림하지 않고 같은 입장에서 서로 생각을 공유하고 도울 것이 있으면 돕겠다는 생각으로 일했습니다. 입으로만 하는 장학이 아니라 직접 몸으로 실천하는 장학을 하고자 했습니다.

6. (책에서)장학사로 활동하실 때 수업발표대회 최종 심사를 맡으셨다고 하셨는데, 수업발표대회에서 1등급에 입상한 수업은 보통 어떤 공통점을 가지고 있었는지 궁금합니다.

각시도 교육청에서는 선생님들이 수업을 잘 할 수 있도록 많은 정책을 펼치고 있습니다. 그런 정책과 더불어 수업에 관련되는 대회도 있습니다. 어느 대회나 장단점이 있습니다. 많은 선생님들이 수업에 대한 생각을 하고 실천하게 하는 장점이 있습니다. 반대로 수업의 획일화와 보여주기 식의 수업의 확산이라는 단점도 있는 것이 사실입니다.

1등급 수업은 잘 정리정돈 된 수업입니다. 먹을거리도 볼거리도 많습니다. 하지만 바로 일반화기에는 어려움이 있습니다. 그래서 저는 1등급의 수업을 하시는 분들의 수업은 집밥 같아야 한다는 생각을 합니다. 마지막에 이 내용과 관련되는 교생의 소감을 덧붙이겠습니다. 일반적으로 1등급을 받으시는 수업이 일반화되기 어려운 점이 있습니다. 그래서 저는 공개수업과 평소수업의 간극을 없애자고 합니다. 그래야 진정 살아있는 수업이라는 생각입니다.

7. 교육자로서 한 일 중에 후회되는 일이 있으셨는지, 있으셨다면 어떤 일이었는지 궁금합니다.

류시화의 지금 알고 있는 것을 그때도 알았더라면 하는 시를 생각하게 합니다. 좀 더 학생들을 이해하고 더 잘 할 수 있었는 데 하는 아쉬움이 남기도 합니다.

8. '교사'라는 직업의 전망을 인터넷 등에 물어보면 열에 아홉은 '좋지 않다'고 나옵니다. 하지만 이 직업이 미래에 완전히 사라질 것이라고는 생각하기 힘든데, '교사' 또는 '교육전문직원'이 미래에 어떤 모습으로 변화될 것 같으신가요? 미래에 발달될 기술은 어떤 형태로 이 직업에 영향을 미칠까요?

지금은 상당히 안정적인 직업군으로 인식되고 있습니다. 교대의 입학성적은 대한한 것도 사실입니다.

한편, 긴 호흡으로 장래를 생각한다면 지금과 같은 안정적이 직업군일까 하는 생각이 들기도 합니다.

서양뿐 아니라 우리나라도 홈스쿨링이 점점 늘어가고 있습니다.

그만큼 학교 교육의 위기이기도 합니다. 즉, 학교교육의 신뢰성과 효율성 측면을 심각하게 고려해 보아야 할 것입니다.

하루가 다르게 발달히는 디지털교육도 생각해 보아야하겠지요.

하지만 이런 생각이 들기도 합니다.

아무리 기술이 발달하더라도 온라인에서 할 수 없는 것이 있다는 생각이 듭니다.

인성교육, 협력관계 등등

종종 우주영화가 우리의 멀지 않은 미래라고 합니다. 실제로 이전의 우주, 공상, 과학, 만화 영화가 실제 현상으로 나타나기도 합니다.

지금과는 많이 다른 학교 모습이 될 것은 분명합니다. 교사의 역할도 지금과는 좀 달라질 것 같습니다.

9. 교육자로서 가장 인상 깊었던 순간이나 보람 있는 순간은 언제였는지, 그리고 대한민국에서 교육자로서 일할 때 가장 중요하다고 생각하시는 가치는 어떤 것인지 알고 싶습니다.

책에도 쓴 내용인데 공부 꼴찌하던 녀석이 전화해주고, 27년만의 수업 주선을 했을 때입니다.

교육의 사람을 상대하는 직업입니다. 노동의 대가로 응분의 봉급을 받기도 합니다. 하지만 사람을 대하는 것인 만큼 인격과 인격의 만남이라고 생각합니다.

늘 이란 말들을 생각하면 행동하고 실천하려고 노력중입니다.

호시우행 처변불경 처변불경

절차탁마, 교학상장, 불치하문

누군가 할 일이라면 내가 하고, 언젠가 할 일이라면 지금 하고, 어차피 할 일이라면 잘 하자.

교감 선생님께서 학생 한명 한명에 관심을 가지고 친근하게 대하는 모습에서 큰 감동을 받았습니다. 보통 '교감 선생님'하면 학생들과는 동떨어져 있는 존재로 느껴지기 마련인데 학생들과 직접 소통하려고 하시는 선생님을 보며 '나도 저런 교육자가 되어야지'하고 다짐했습니다.

처음에 '수업? 너를 기다리는 동안'이라는 책 제목을 보고 이게 무슨 의미일지 한참을 고민했습니다. 책을 읽기 전에는 교감 선생님께서 수업을 기다린다는 뜻인 줄로만 알았는데, 끝까지 읽어 보니 학생들이 수업을 기다린다는 뜻 또한 포함되어 있었습니다. 저희 학교에도 좋은 선생님이 많은데, 그 분들의 수업을 기다리는 제 자신과 선생님들을 생각하며 책 제목의 뜻을 마음 속 깊이 이해할 수 있었습니다. 언젠간 선생님의 수업을 기다리는 제가 아닌 아이들과 함께하는 수업을 기다리는 제가 되었으면 하고 바라고 있습니다.

선생님의 왼쪽에는 가슴 가득한 열정을, 오른쪽에는 끊임없는 배움을.

귀한 시간 쪼개 인터뷰에 응해 주셔서 감사합니다. 해 주신 말씀 마음 속 깊숙한 곳에 담아두고 잊지 않겠습니다.

2014년 9월 19일 김영호 교감 선생님께

될성부른 나무는 떡잎부터 달라요[5]

—

누군가 할 일이라면

2015.64.01.(월)~04.24.(금)까지 대구교육대학교대구부설초등학교에 수업실습Ⅱ 및 실무실습을 오시는 대구교대 4학년 교생 선생님들께.

유월이 오기도 전에 여름입니다.

우리 대구교대대구부초에 실습을 오심을 환영합니다. 저는 대구교대대구부초 교감 김영호입니다.

부초 교직원 모두는 교생 선생님들이 실습 기간 동안 동안 행복하고 유익한 실습이 되도록 최선을 다하겠습니다. 교생 선생님들께서도 즐거운 마음으로 부초 교정을 드나드시기 바랍니다.

부초의 교실은 언제나 열려있습니다. 수업이나 초등학교 생활에 대한 궁금한 점을 문의하시면 항상 성심성의껏 함께 생각하고 나누겠습니다.

"누군가 할 일이라면 내가 하고, 언젠가 할 일이라면 지금 하고, 어차피 할 일이라면 잘 하자."라는 말처럼 최선을 다하는 대구교육대학

---

5) 교생 선생님들께 드린 문자, 교생 선생님들로부터 받은 이메일 등.

교대구부설초등학교가 되도록 노력하겠습니다.

우리 학교 주소는 〈대구광역시 달서구 도원남로 19〉, 교무실 전화는 053)234-5333입니다. 학교 주변의 노선버스는 506, 665, 613, 616, 628, 618, 616-1, 좌석버스는 649, 936, 726, 306번입니다. 지하철은 진천역, 월배역, 상인역인데, 진천역이 가장 가깝습니다. 미리 교통편 잘 알아보시기 바랍니다.

다음 주 월요일에 부초 교정에서 뵙겠습니다.

다시 한 번 우리학교에 수업실습Ⅱ 및 실무실습을 오심을 환영합니다.

고맙습니다.

2015.05.28.(수)

대구교육대학교대구부설초등학교 교감 김영호 드림

이런 교생 선생님도 있어요

"좋은 수업이란 무엇인가?"

-2015.6.6.(토)

-4학년 교생실습 첫 주를 보내며

-대구교육대학교 대구부설초등학교 6-3 교생 김상규

0. 실습을 오기 전 걱정이 많았다. 특히 영어교육 전공자임에도 영어수업에는 트라우마(?)가 있다. 'Why do you study English?'로 동기유발을 했다가 지도안과 전혀 다른 Role-Play 활동으로 망쳤던 지난 농어촌실습 영어수업, Crossword Puzzle 활동지를 야

심차게 준비했지만 과다한 활동으로 인해 제대로 하지 못했던 안동부초 영어세안수업.. 뭔가를 보여주어야 한다는 '강박관념'(일명 보여주기식 수업에 대한 부담)이 수업을 망친 근본적인 원인이었다. 그리고 이번 실습에서도 화려한 수업자료를 준비하느라 고생할 것이라 생각했다.

1. 하지만 이번에는 좀 다를 것 같다. 교생들에게 수업에 대해 강연 해주신 김영호 교감 선생님은 '과유불급☆'과 '수수소박☆'을 좋은 수업의 기준으로 말씀하셨다.(그분의 저서 '수업? 너를 기다리는 동안' 참고) 대부분의 공개수업의 지도안이 철저히 수업모형에 따라 3가지 활동으로 구성된 현실에 대해 강한 문제의식을 제기하셨다. 활동의 분량에 따라 얼마든지 두 가지 활동만으로 충분한 수업이 있고, 수업모형은 참고용일 뿐 교사가 반드시 따라야만 하는 절대적인 기준이 아니라고 말씀하셨다. 그동안 교대수업과 교생 실습에서는 들을 수 없었던, 참으로 혁명적(?)인 말씀이셨다.

2. 그 분이 보시기에 좋은 수업은 '평상시 수업과 같은 수수한 공개 수업'이다. 예를 들자면, 집에서 어머니가 평상시에 해주시는 집 밥과 같은 수업이다. 조미료가 들어가지 않아 밋밋해서 맛은 없지만, 좋은 요리재료를 사용하고 무엇보다 어머니의 정성이 들어간 음식이다. 좋은 수업은 이와 같아야 한다. TV화면과 칠판을 뒤덮은 화려한 일회용 시각자료는 반드시 '지양'되어야 한다. 그리고 교사는 '교과서 재구성 능력'을 당연히 가지고 있어야 한다. 교과서는 순전히 수업을 위한 참고용 도서이기 때문이다. 실제로

도 스토리텔링이 모든 단원에 도입되어 버린 수학 교과서에는 재미없는 이야기가 가득하다. 아이들의 눈에서 수업을 재구성해야 한다.

3. 교감 선생님의 말씀을 들으며 가장 먼저 떠오른 생각은 서근원 교수님의 일화였다. 그분은 초등교사로서 마지막 해를 보내실 때 국어 교과서를 아이들의 흥미와 수준에 맞게 단원재구성을 하셨다. 필요에 따라 뒷 단원을 앞으로, 단원을 뒤로 바꾸어 수업하신 것이다. 대부분의 반 아이들은 재구성된 신명나는 국어수업을 즐겼다. 하지만 일부 학생들과 학부모들은 교과서 단원 순서대로 진도를 나가지 않는다는 이유로 학교에 문제를 제기했고, 결국에는 관리자(교감, 교장)의 압박으로 국어재구성 수업을 그만두셨다. 교과서 재구성은 높으신 교수님이나 연구자들이 하시는 것이지, 일개 교사가 하는 일이 아니라는 이유에서였다.

4. 20년도 더 된 이야기이지만, 지금 이 이야기를 생각해보면 참으로 안타까운 일이다. 교사의 수업권은 어디까지 보장받을 수 있는가? 교과서에 실린 지문과 문제들을 꼼꼼히 풀리게 하지 않으면 불성실한 교사인가?

5. 그렇지만, 나도 지도서에 실린 활동과 지도계획을 실습지도안에 그대로 베끼고 싶은 마음이 가득하다. 수업활동을 반 아이들의 수준과 흥미에 맞게 재구성하는 일이 너무 어렵고 귀찮기 때문이다.

6. '교사의 전문성은 수업 재구성능력에서 나온다.'는 교감 선생님의 말씀을 실습기간 동안 가슴 깊숙이 새기고 싶다. 조만간 나의 국어세안수업을 보실 교감 선생님의 피드백이 궁금하다.

"3분 카레와 수제 카레의 차이"

-2015.6.11.(목)

-부제: 초등교사의 전문성은 무엇인가?

-4학년 교생실습 2주차를 보내며

-대구교육대학교 대구부설초등학교 6-3 교생 김상규

'마시는 홍초와 물을 활용한 비와 비율 수학수업'

'초코파이와 찰떡파이를 활용한 원의 넓이와 둘레 수학수업'

'식용유와 물을 이용한 오목렌즈 과학수업'

'뛰어서 사진찍기 활동이 포함된 체조기본동작 체육수업'

어제와 오늘 우리 6학년 3반 교생들이 아이들에게 해준 수업들이다. 이 수업들의 공통점은 '수업재구성☆'이다. 교과서와 지도서에 제시된 활동을 아이들의 흥미와 교과지식에 맞추어 재구성한 수업이다.

교과서와 지도서에 제시된 활동들은 '3분 카레☆'와 같다. 간편하게 전자레인지 버튼만 누르면 나름 근사한⑦ 한 끼 식사가 완성된다. 모든 교과서는 해당 교과의 교수님과 전문연구진이 집필하였다. 따라서 교과서에 나오는 활동만으로도 손쉽게 안전한⑦ 수업을 할 수 있다.

하지만 교과서에는 우리 반 아이들이 없다. 교과서 저자들은 해박한 교과지식을 바탕으로 교과서를 저술하지만, '막연한 중간 준의 아이' 혹은 '성취기준을 달성한 아이'에 맞춰져 있다. 예를 들면, 감기에 걸린 아이를 위한 '종합감기약'과 같다. 먹으면 약효가 있겠지만, 그 아이의 증세(예, 기침, 콧물)에 맞춰져 있지 않다.

수업재구성의 과정은 험난하고 고통스럽다. 내가(교생이) 근사하게 완성한 카레가 지도교사에 의해 '음식물 쓰레기통☆'으로 직행하는 경우가 흔하다(부분 수정하는 경우도 많다^^;). 요리를 처음부터 다시 시작해야 하는 스트레스는 상상을 초월한다. 눈앞이 정말 캄캄하다. 하지만 수업재구성을 할 줄 모르는 교사는 교사가 아닌 사람과 차이가 없다. 초등교사가 아닌 사람도 초등학생을 가르칠 수 있다. 때에 따라 3분 카레도 필요하지만, 교사라면 자신만의 수업철학으로 '수제카레☆'를 만들 수 있어야 한다.

오늘 어젯밤을 세워가며 준비한 체육수업을 하였다. 지도교사의 피드백으로 인해 전날 교수모형이 뒤집어진(직접교수법에서 협동학습으로) 지도안의 수업이었다. 게다가 체육은 나에게 취약이다. 참으로 감사하게도 아이들은 즐겁게 수업에 참여해주었다. 그리고 지도교사께서도 칭찬을 아끼지 않으셨다.

오늘도 뒤엎어진 지도안과 함께 퇴근했다. 영어수업인데, 그대로 했으면 망했을 것이다. 지도안을 고쳐주신 영어선생님에게 진심으로 감사하다^^

"사랑과 존중에 기초한 협력수업♥"

-2015.6.19.(금)

-4학년 교생실습 3주차를 보내며

-대구교육대학교 대구부설초등학교 6-3 교생 김상규

'환승토의, 세문장답, 자유모둠, 가족대화, 짝대화, 동그라미토의'

'질문하기, 돌려읽기, 금은홍토의, 돌려하기, 어울림토의, 464토의, 월드카페'

이번 실습을 하면서 협력수업의 전문가이신 6-3 김혜진 선생님에게서 배운 여러 가지 토의방법들이다. 그동안 이러한 협력방법들에 대해 교대수업에서나 교생실습에서 배운 적이 없었다. 그리고 토의수업을 본 적이 있지만, 단지 국어시간의 토의수업(예. 학급규칙 정하기, 학급문제에 대해 의논하기)에만 사용하는 수업방식으로 알고 있었다.

하지만 김혜진 선생님은 다르셨다. 이러한 토의방법들을 다른 교과(예. 수학, 사회)에서도 사용하셨다. 잘 하는 아이가 못 하는 아이를 가르쳐주고 가족(모둠)끼리 협력이 잘 일어나는 것을 보면서 참 놀라웠다. 그리고 이 모든 수업에는 선생님의 '수업철학'이 숨어 있었다.

> "아이들에게 맡기는 수업"
> -김혜진 선생님의 수업철학
>
> '우치다 타츠루 교수는 학생이 "저 선생님으로부터 배울 것이 있어"라고 인정할 때 우리는 비로소 스승이 될 수 있다고 말한다. 그런데 학생의 배움은 교사의 가르침보다 교사가 믿고 맡겨줄 때, 친구와 협력할 때 점프하는 것을 발견할 수 있었다. 나는 수업에서 작은 스승이 되고 아이들에게 최대한 맡기고 싶다. 아이들은 맡긴 만큼 해낸다.'

6학년 3반은 '따뜻한 가족'이다. '모둠'이라는 표현 대신 '가족'을 사용하신다. 김혜진 선생님은 평소에 학생 한 명, 한 명을 모두 사랑으로 존중하고 좋은 점에 대한 칭찬을 아끼지 않으셨다. 그리고 교과서는 참고자료라고 생각하시기에, 교과서의 내용을 키워드로(단어카드) 제시하고 그에 대한 학생들의 생각을 이끌어낸 뒤, 그것을 바탕으로 수업을 진행하셨다. 가족(모둠) 내에서 자유로운 아이디어 생성이 일어나는 분위기 속에서 협력이 잘 되는 것은 당연한 일이었다.

그동안 나는 아이들을 어떻게 대해왔는지 되돌아보게 되었다. 그저 수업을 진행하기 위한 관객으로 여기지 않았는가, 가르치는 대상으로만 여기지 않았는가 하는 반성을 하였다. 협력이 일어나려면 교사와 학생은 수평적 관계가 되어야 하는데, 그동안 나는 그들 위에 있었다. 그리고 수업과정에서 일어나는 아이들의 생각을 수업에 반영하기보다, 교과서와 지도서가 가르치라는 내용과 교수모형에 시선을 맞추고 있었다. 내가 보기에는 근사한(?) 수업이었지만, 학생들에게는 재미없고 어려운 수업이 될 수밖에 없었다. 학생의 관점에서 수업을 바라보고, 학생들이 '흥미'와 '학습' 두 마리 토끼를 함께 잡을 수 있도록 수업을 구성해야 한다.

선생님의 수업철학은 6-3 교생들을 지도하실 때에도 그대로 반영되었다. 교생들이 짜온 지도안에서 고쳐야 할 부분이 있더라도 직접적으로 고치라고 '지시하기'보다, 교생들의 의견을 존중하시면서 "이렇게 바꾸면 어떨까요?"라는 간접적인 방식으로 지도를 하셨다. 그리고 교생수업이 끝난 뒤에는 잘한 점을 지도안에 기록해두셨다가 수업협의 시간에 구체적으로 칭찬해주셨다. 지난 교생실습에서 나의 지도안에는 '빨간줄과 빨간글자'가 항상 가득했지만, 이번에는 찾아볼 수 없었다. "칭찬은 고래도 춤추게 한다"는 책의 제목이 기억나는 교생실습이었다.

마지막으로, 위에 나열된 여러 가지 토의방법들도 결국은 하나의 도구에 불과하다. 선생님이 진정 아이들을 존중하고 협력에 대한 신념이 없다면 잘 적용되지 않을 것이다. 나도 교사가 된다면 협력수업을 적용해보고 싶다. 지난 3주간 실습을 하면서 지도교사이신 김혜진 선생님에게서 '협력수업'을 배우게 되어 감사하다.

[수업실습II 및 실무실습을 마치며]

"교사는 무엇으로 사는가?"

-2015.6.25.(목)

-원작: '사람은 무엇으로 사는가'(레프 톨스토이 지음)

-4학년 교생실습 4주차를 마무리하며

-대구교육대학교 대구부설초등학교 6-3 교생 김상규

Q1. 교사의 마음속에는 무엇이 있는가?

내가 생각하기에 모든 교사들의 마음속에는 '상처★'가 있다. 이 상처는 개인적인 성장과정에서 겪은 어려움으로 생겼거나, 교사가 되는 과정에서 혹은 교사가 된 이후에 생긴 것이다. 그 중에서 교사가 되는 과정에서 내가 받았던 상처에 대해 말하고 싶다.

대구교대 2학년이 되기 전까지 남들 앞에서 공개적으로 수업을 해본 적이 없었다. 그저 내가 가르치는 내용에 숙달되어 있으면 학생들에게 잘 가르칠 수 있을 거라는 막연한 생각만 가지고 있었다. 이 생각은 음악수업 조별발표자로 나서서 40분짜리 수업을 단, 10분 만에 끝내버린 뒤 산산조각이 났다. 내가 잘 알고 있는 것과 남을 잘 가르치는 것은 별개의 문제였다. 결국 같은 조의 후배에게서 실망했다는 문자에 미안하다고 답할 수밖에 없었다.

그 이후에도 과목마다 조별수업 발표과제가 있었지만, 수업자료제작을 도맡아 하며 수업자 역할은 한사코 거절했다. 문제는 교생실습에서 터졌다. 3학년 1학기 농어촌 교생실습에서 영어수업을 가르치게되었다. 그동안 학교에서 영어수업을 들으면서 TEE(영어수업에서 교사가 영어를 많이 사용하기)를 배웠지만 개인적으로 동의할 수 없었고, 농어촌 아이들의 수준에 맞지 않다는 확신이 들었다.

결국, TEE를 하기로 계획했던 영어지도안과 달리 100% 한국어로 영어수업을 진행하였고, 활동도 내 마음대로 바꾸어 진행해 버렸다. 수업협의회 시간에 지도교사께서는 호되게 질책하셨다. 이미 예정된 수순이라 생각하여 애써 무덤덤한 척 했지만, 비난의 화살이 꽂힌 마음에는 피가 철철 흐르고 있었다. 차마 변명할 수 없는 진실이라는 생각에 내 손으로 화살을 뽑을 수도 없었다.

Q2. 교사에게 주어지지 않은 것은 무엇인가?

교사에게 주어지지 않은 것은 '자신에게 필요한 것이 무엇인지 자각하지 못하는 것★'이다. 지금 내가 하고 싶은 일은 쉽게 알 수 있지만, 객관적으로 나에게 필요한 일은 노력을 들여 생각하지 않으면 알수 없다. 그래서 때로는 듣기 싫은 말을 경청해야 하고, 읽기 싫은 책을 읽으려고 노력해야 한다. 교사의 성장은 저절로 이루어지는 것이 아니다.

나에게 필요한 것은 '자존감'과 '자신감'이었다. 내성적인 성격을 타고난 탓에 낯선 사람에 대한 낯가림이 심하고, 소심하기 때문에 나의 생각을 선뜻 다른 사람에게 표현하기 어려웠다. 나에게 바깥세상은 무섭고 위험한 곳이었다. 사랑하는 부모님과 동생이 있는 우리집만이 유일한 안식처였다. 그리고 평온하고 고요한 마음 속 세상에 계속 혼자 살고 싶었다.

이런 내 모습을 되돌아보게 된 계기는 지난해 별무리학교 교생실습 때 장승훈 선생님(패치승훈)에게서 추천받은 한 권의 책이었다. 숭실대 오제은 교수님이 쓰신 '자기사랑노트'(2009, 샨티)라는 책이다. 지금 내 모습 이대로 만족하며, 부족한 점으로 인해 실수를 하더라도 나 자신을 감싸주고 칭찬해주는 사랑법을 알게 되었다. 이 책을 읽기 전까지 나의 인생은 실수투성이였지만, 읽고 난 후에는 이 세상 그 무엇과도 바꿀 수 없는 나만의 소중한 인생이 되었다.

이 모든 것은 '나는 왜 남들 앞에 떳떳이 서서 말하지 못하는지' 의문을 가지고 여러 심리학 서적을 찾아서 읽어보는 노력의 열매였다. 자존감을 회복하고, 자신감을 갖춘 지금의 나에게 스스로 대견해하며, 자아성장의 길로 인도해주신 하나님께 감사를 드린다.

Q3. 교사는 무엇으로 사는가?

교사는 '사랑♥'을 먹고 산다. 교사는 학생을 사랑하고, 학생은 교사를 사랑한다. 서로를 향한 사랑이 있기에 믿고 순종할 수 있다. 어떤 사람은 사랑보다 '신뢰'를 더욱 중요시 여긴다. 하지만 모든 인간의 마음속에는 거짓과 탐욕의 이기심이 숨어있기에, 어제의 굳은 맹세도 오늘의 달콤한 유혹에 속절없이 무너지는 것이 인간이다. 조건 없는 순전한 사랑만이 다른 사람을 변화시킬 수 있다.

이번 교생실습에서 가장 감사한 일은 6-3 김혜진 선생님을 지도교사로 만난 것이다. 협력수업의 전문가답게 거의 모든 교과에 협력수업의 방식을 사용하셨다. 십여 가지의 토의방법(예. 월드카페, 금은흥토의 등)들은 학생 사이에 가르침과 배움이 일어나게 하는 마법의 도구였다.

수업시간에 장난치고 떠드는 아이를 지목하여 꾸짖기보다, 그 아이의 잘한 점을 찾아서 칭찬해주셨다. 선생님에게 사랑과 존중을 받은 아이는 가족(모둠)의 다른 아이에게 그 사랑을 나누어주었다. 협력수업의 숨겨진 비밀은 '사랑♥'이었다.

지난 4주간의 실습을 마무리하며 그동안 내가 받은 사랑을 세어보았다. 부모님, 동생, 간사님, 선배님, 친구 등 셀 수 없는 사람들이 나에게 관심과 사랑을 베풀어주었다. 그 사랑을 얼마나 나누어주었는지 생각해보니 나 자신이 너무나 부끄러웠다. 그동안 나는 사랑을 받기만 하고 나눌 줄 모르는 인색한 스크루지 영감과 같은 삶을 살고 있었다.

자신이 가진 사랑을 나누어주는 교사도 좋지만, 좋은 교사의 마음 속에는 '마르지 않는 샘물'이 있어서 사랑이 끊임없이 흘러넘친다. 이번 교생실습을 통해 참된 스승의 길을 찾게 되어 기쁘고 행복하다^^

[좋은 교사, 좋은 만남♥]

"섬김의 리더십, 김영호 교감 선생님"

-2015.6.24.(수)

-대구교육대학교대구부설초등학교 교감

-수업철학: 교학상장(教學相長-교사와 학생은 함께 성장한다),
절차탁마(切磋琢磨-수업은 옥돌처럼 갈고 닦아야 완성된다)

-저서: '수업? 너를 기다리는 동안'(2014, 북랩)

'아침마다 교문 앞에서 빗자루로 청소하시는 교감 선생님'

'점심마다 급식소에서 아이들에게 여분 반찬을 나눠주시는 교감 선생님'

'수업시간마다 교실을 돌아다니시며 아이들과 소통하는 교감 선생님(바람처럼 흔적 없이 지나가심. 수업에 대해 간섭하지 않음)'

'학교의 궂은 잡일들을 시키지 않고 도맡아 해결하시는 교감 선생님'

"교사들은 더 열심히 수업을 연구해야 한다. 교사라면 수업 재구성에 익숙해야 한다"

"학교 안에서 수업코칭(김태현 선생님)에서 말하는 '수업친구☆'를 만들어서 수업을 서로 '공유'하고 나눔하는 문화를 만들어야 한다. 수업을 공개하고 평가받으라는 것이 아니다."

"내(담임교사)가 가르치는 교실의 문을 항상 열어두어야 한다. 문을 닫고 수업하면 교사는 교실왕국의 주인이 된다. 관리자(교장, 교감)든, 동료교사든, 학부모든 누구나 자신의 교실에 자유롭게 들어와서 수업을 볼 수 있어야 한다. 그래야 수업능력이 성장한다."

"15년차 이상의 교사 중에서 새내기 교사보다 수업을 못하는 사람도 있다. 변화를 거부하고 수업연구를 게을리 했기 때문이다. 아이스크림(교수프로그램) 없이 수업을 할 수 있어야 한다."

'섬김의 리더십' 지난 4주간 김영호 교감 선생님을 보면서 내린 결론이다. 부초선생님들이 수업연구에 전념할 수 있도록 수업 이외의 일들은 솔선수범하여 처리해주신다. 아이들에게 기초예절을 강조하시지만, 동시에 교사들에게는 권위의식 없이 좋은 선배처럼 곁에 다가와 후배교사의 고민을 들어주신다.

메마른 사막과도 같은 이 대구 땅에 한 줄기 오아시스와 같은 교감 선생님이시다. 그동안 내가 대구교육에 대해 가졌던 편견(대구교육에는 희망이 없다, 앞으로도 폐쇄적인 수업 나눔 문화가 변하지 않을 것이다)이 해소되었다. 정말로 어둠 속의 등불과 같은 분이시다.

그리고 부설초등에 대해서도 그저 승진에 목매는 교사들이 모인 학교라는 편견이 사라졌다. 일반 공립학교에서는 다른 교사들의 눈치가 보여서 하기 어려운 수업(열심히 노력해서 준비한 수업)들을 이곳에서는 자유롭게 준비할 수 있다. 게다가 수업에 대한 열정이 가득한 동료선생님들이 계시니 수업나눔을 통해 많은 것을 듣고 배우게 된다.

대구태현초에 교감으로 계실 때에는 학교 안에 수업연구모임을 만들어서 이끄셨다. 그리고 교대부초에 오신 이후에는 '나(교사)만의 수업철학 세우기', '수업 디자인하기'(교재관, 학생관 대신) 등 다양한 변화를 이끌어내셨다. 지난 수십 년간 바뀌지 않던 지도안에 대수술을 해내신 것이다. 참고로 지도안에 교사의 '수업철학 세우기'는 전국 최초라고 한다.

'절이 싫으면 스님이 떠나야 하는가, 스님이 절을 바꾸어야 하는가?'

나의 수업을 되돌아보고 20년 뒤를 생각하면서 떠오른 고민이다. 하루라도 빨리 경기도에 합격에서 그곳의 선진교육(?)을 배우고 싶은 마음과 비록 마음에 들지 않지만 사랑하는 지체들과 공동체가 있는 대구 땅에 남을 것인가. 어느 것이 지혜의 길인지 고민하는 중이다.

어떤 길을 가게 되던 합력하여 선을 이루실 하나님을 신뢰하고 싶다. 환경의 좋고 나쁨보다, 내가 올바르게 행동하고 있는지가 더 중요하기 때문이다. 의도하지 않았던 대구부초에서의 실습을 인도하셔서 좋은 교감 선생님을 만나 뵙게 해주신 하나님께 감사를 드립니다^^

(+교감 선생님 자리에 앉아 교감 선생님과 함께 찍은 사진. 제가 미래의 부초 교감 선생님이라고 하시며..^^;)

임용고사 잘 치렀습니다[6]

경기도에 응시한 김상규 선생님이 이메일로 보내온 내용입니다.

0. 자기성장소개서(사전제출, 배점 없음)

[질문1] 예비교사로서 교직관과 교육철학을 정립하는 데 영향을 받은

---

[6] 2015.1.8.(금), 학교에서 자료를 정리하다가 우리학교에 교육실습을 다녀간 김상규, 이환
회 선생님과 통화를 했다. 임용고사 이야기를 나누었다. 두 분 다 무난하게 시험을 마친
듯 목소리가 밝았다. 두 분 교생 선생님이 3일간의 기억을 더듬어 이메일로 보내온 내용
이다. 실제 문제는 본 내용과 다를 수 있음. 띄어쓰기만 고치고 나머지는 그대로 인용함.

교육 분야의 책 이름과 선정 이유를 설명해주세요 아울러, 임용 이후 20년차 교사가 될 때까지 5년 단위로 본인의 생애주기별 성장 목표 목록(버킷리스트)을 작성해보십시오.

[질문2] 경기교육이 풀어야 할 핵심 과제를 두 가지 이상 밝히고, 이러한 과제를 해결하기 위한 본인의 실천 계획을 밝혀주십시오.

[질문3] 대학교(원) 재학 중에 학생과 학교 현장을 이해하기 위한 교육봉사·실천경험을 소개하고, 깨달은 점을 제시하여 주십시오.

[질문4] 열심히 노력을 하지만 성적이 좋지 못한 우리 반 학생 00이가 상담을 하러 왔습니다. 삶의 경험을 토대로 00이에게 용기를 북돋을 수 있도록 편지를 써주십시오.

1. 집단 토의(6명 42분, 20점)

[문제상황]

처음 담임교사로 발령받은 김선생님은 학급에서 '영우'라는 아이로 인해 어려움을 겪고 있다. 김선생님은 동학년 협의회에서 이 문제를 이야기하였다. 이를 해결하기 위한 해결방안을 집단토의를 통해 도출하시오.

♤영우: '아이들은 나의 생각을 들어주지 않아'

♤다른 아이들: '영우와 짝이 되기 싫어', '영우는 왜 저러지? 영우의 행동을 이해할 수 없어'

♤영우 학부모: '선생님은 우리 아이를 색안경을 끼고 바라보는 것 같아', '선생님과 우리 아이는 서로 안 맞는 것 같아'

다른 학부모: '다른 학부모에게 이 문제를 이야기해야 되겠어'

♤동료교사: '김선생님의 반은 왜 항상 소란스럽지?', '선생님이 문제일까, 아이들이 문제일까?'

2. 개별 면접(10분, 20점)

[구상형]

1. 자신의 교육철학을 설명하고 구체적인 실천방안을 설명하시오.

2. 경기도교육청의 교육정책 중에서 마음에 드는 것 한 가지를 선택하여 실천방안을 이야기하시오.

[즉답형]

1. 자신의 교육적 실천경험 중 가장 인상 깊은 한 가지를 설명하시오.

2. 배움에 관심이 없는 학생에 대한 자신의 지도방안을 설명하시오.

[추가질문]

1. 초등학생 시절 기억에 남은 선생님은?

2. 담임교사로 발령받는다면 맡고 싶은 학년과 그 이유는?

3. 수업 실연(15분, 25점)

[학습상황] 4학년 사회수업, 30명의 학생

이 문제에 대한 학생들의 사전조사 결과는 [자료1]과 [자료2]에 나와 있다. 이를 수업에 활용하시오.

도입(동기유발, 학습목표 제시)과 마무리(정리하기)는 생략하고 전개 부분만 수업하시오.

[학습목표] 지역사회의 문제 해결하기

[세부목표] 이번 수업을 통해 '대화와 타협, 다수결의 원칙, 소수의견의 존중'을 가르치시오.

[수업목표] 학생들의 삶과 연관지어 수업하시오, 학생들이 자신의 생각을 스스로 표현할 수 있는 기회를 제공하시오.

[자료1] 다음은 우리 지역의 문제상황이다.

학교 주변에 주차공간이 부족하다. 상가를 이용하는 상인 및 손님들의 학교 앞 불법주차 문제가 심각하다. 학교 앞 불법주차로 인해 아이들의 안전이 위협을 받고 있다.

[자료2] 다음은 각 주체들의 의견을 조사하여 정리한 것이다.

① 학교 및 학부모 대표: 아이들의 안전을 위해 불법주차 단속을 강화해주면 좋겠습니다.

② 지역 상인 대표: 주차공간이 부족한데 단속을 강화하면 손님들이 오지 않을 것입니다. 주차타워를 건립해주면 좋겠습니다.

③ 시청 공무원: 예산이 없어서 지금 당장 주차타워를 건립하기는 어렵습니다

4. 수업 나눔(9분, 25점)

[질문1] 이 수업은 학생들의 삶과 어떻게 연결되어 있나요?

[질문2] 이 수업에서 학생들의 배움이 일어나도록 중요한 역할을 담당한 질문이 무엇인가요?

[질문3] 이 수업을 준비하는 과정에서 겪었던 어려움은 무엇인가요? 교사가 된 이후에 이러한 어려움을 겪게 된다면 어떻게 해결할 것인가요?

5. 영어수업 실연(6분, 5점)

[주요표현]

Where is the bus stop? / Go straight and turn left.

bus stop, library, post office, bank, police office

go, turn, straight, left, right

[학습상황] 5학년 24명의 학생

[학습목표] 길을 묻거나 안내하는 표현을 듣고 말할 수 있다, 길을 묻거나 안내하는 표현을 읽을 수 있다

[수업목표] 듣기, 말하기, 읽기의 기능을 가르치시오, 학습부진아를 고려하여 지도하시오

[수업단계] 도입과 마무리를 생략하고 전개만 수업하시오

6. 영어 면접(3분, 5점)

[질문1] To be a 'good teacher', choose two words and explain each word.

[질문2] When you get the first pay, what would you do with this money?

대구에 응시한 이환희 교생 선생님이 이메일로 보내온 내용입니다.

후배들에게 도움이 되었으면 하는 바람입니다! 교감 선생님 좋은 하루 되세요

첫째 날 심층 면접

평가원 구상형 : 소극적이고 자기표현을 잘 못하는 학생의 예시문을 보여주고, 교사가 이 학생을 도울 수 있는 방법을 학습지도 측면에서 3가지, 생활지도 측면에서 3가지 말하기.

평가원 즉답형 1 : 다문화교육을 해본 적 없는 교사가 다문화교육을 하기 위해 자기계발할 수 있는 방안

평가원 즉답형 2 : 임 교사가 3년째 근무하고 있는 학교에 올해 전임교사들이 많다. 낯설고 어색한 상황에서 임 교사가 전임교사들을 위해 취할 수 있는 방안 2가지

대구시 구상형 :

(가) 제시문 - 에밀 중 '어린이들에게 역사교육을 하는 것은 의미가 없다. 어린이들은 단순히 사실을 암기할 뿐이고 그 지식은 무의미하다'고 서술하고 있는 부분 발췌

(나) 제시문 - 논어의 '온고이지신 가이위사의', 명심보감 중 '인불통고금 마우이금거' (역사를 알아야 한다는 의미의 구절들. 한자 구절 제시하고 한글로 음 표시함)

(가), (나) 제시문의 관점의 차이를 서술하고, 자신의 교육관을 말하고 자신의 교육관에 따른 인성교육 실천방안을 이야기하라.

대구시 즉답형 1 : 자신의 학급 경영관을 말하라(생활지도 측면, 학습지도 측면)

대구시 즉답형 2 : 서희라는 학생이 학급에 잘 적응하지 못하여 학부모가 홈스쿨링을 하겠다며 상담요청을 해왔다. 상담장면을 자기결정의 원리와 수용의 원리에 입각하여 실연하라.

둘째 날 지도안 쓰기

2-1 수학. 두 자리 수 범위에서 받아올림이 있는 덧셈(일의 자리에서 받아올림 있음). 예시 문제는 25+17. 이전 차시는 '여러 가지 방법으로 덧

셈하기' 다음 차시는 '두 자리 수 범위에서 십의 자리에서 받아올림이 있는 덧셈하기)

수업실연

4-1 국어. 이해 차시. 자신의 경험과 생각을 살려서 시를 바꾸어 쓰는 방법을 안다. 제시된 예시는 '나도 씨앗' (나도 씨앗이다/경찰관 씨앗)

셋째 날 영어

영어수업 : 장 발장이 은식기를 훔치고, 경관들이 미리엘 신부에게 와서 이 은식기가 누구의 것이냐고 물었을 때 미리엘 신부가 장발장의 것이라고 대답하는 예시문을 제시함(Is this your plate? Yes, it's mine. Whose plate is it? It is his plate.) 도입, 전개 중 자유롭게 선택, 활동에 대해서도 자유, listen/speaking/reading/writing 언급 없음. 단, 인성교육적 지도 요소가 들어가게 시연할 것.

영어면접 : teacher-centered 수업의 문제점과 자신이 취할 해결방안, 그 이유에 대해서 말하기.

아이는 어른의
거울이다

빗자루질[7]

교감 선생님께

안녕하세요? 6학년 3반입니다.

처음 학교에 오셨을 때 하늘을 보며 "교대부초 파이팅!"외쳤던 게 기억납니다.

번거로우실 텐데도 아침마다 빗자루질 하시면서 학교 주변을 깨끗이 해 주시고 등교 환경을 좋게 해 주서서 감사합니다. 더워도 추워도 매일 청소하신다고 힘들지 않으신지요? 등교 시간마다 밝은 목소리로 인사해 주서서 즐겁습니다. 또 우리의 안전을 위해 주머니에 손 넣지 말라고 하시지요.

교감 선생님께서도 쉬고 싶으실 텐데 매일 점심 시간마다 봉사해 주셔서 감사합니다.

이웅택 선생님께서 제주도 가셨을 때 대신 배드민턴을 가르쳐 주서서 감사합니다.

---

7) 2015.4.1. 〈인성교육중심수업 협력학습 전국 워크숍〉에서 우리학교 6학년 3반에서 국어 수업에서 '마음을 담은 글쓰기'로 학생 전체 공동으로 쓴 편지임. 제목은 필자가 본문 중의 일부 내용을 옮긴 것임.

매일 사자성어를 배우러 오시는데 한 개씩 밖에 못 가르쳐드려서 아쉽습니다. 오후에 하교할 때도 횡단보도를 지키는 것이 감사합니다.

교감 선생님.

존경합니다.

사랑합니다.

감기 빨리 나으세요.

건강하세요!

2014.4.1.

6-3 친구들이 마음 담아 드립니다.

빗자루질 더 열심히 할게요[8]

대구교육대학교대구부설초등학교 6학년 3반 친구들에게

오늘은 봄비가 오십니다. 학교에 만발했던 벚꽃은 꽃 대신에 새순을 내밀기 시작했어요. 봄이라고 하지만 봄옷을 입기에는 조금 춥다는 느낌이 들어요.

6학년 3반 친구들!

먼저 고맙다는 인사를 드릴게요.

6학년 3반 친구들 모두가 함께 쓴 편지라 감동이 더했어요. 그것도 수업시간에 협력해서 이런 멋진 편지를 써 주어서 정말 고마워요. 이 편지를 쓴 2015.4.1.(수)은 우리 학교에서 '2015 인성교육중심수업 협력학습 전국 워크숍'이 열린 날이기도 해요. 전국에서 1,400여분이 우리

---

8) 앞의 편지글(69)에 대한 답장임.

의 공부하는 모습을 참관하고 가셨지요. 이 편지는 그 워크숍 제목과 너무나 잘 어울리는 공부라는 생각이 들어요.

또, 교감 선생님이 놀라고 감동받은 게 있어요. 처음 학교에 와서 부초 학생들에게 한 말(교대부초 파이팅)을 잊지 않고 기억해 준 것이에요. 어쩌면 사소한 내용일 수도 있는 것을 기억해 주어서 참 고마워요.

앞으로 빗자루질 더 열심히 할게요. 더 정답고 큰 목소리로 인사할게요. 친구들의 안전을 위해서 좀 더 살펴볼게요. 시간 되면 6학년 수업도 자주 할게요. 사자성어도 더 많이 배울게요.

워크숍 하는 날, 교감 선생님이 부초 6학년 친구들에게 사자성어를 배우고 있다고 하니, 모두들 깜짝 놀라면서 어떻게 하느냐고 물었어요. 그래서 선생님들께 수첩을 보여 드리고 하는 방법을 말씀드리니 모두들 좋아했어요. 말은 하기 쉬어도 실제로 행동으로 옮기기는 그리 쉬운 게 아니잖아요. 이런 게 교학상장(敎學相長)이라는 생각을 합니다.

그리고 하나 더 6학년에게 칭찬과 함께 고마움을 전합니다.

지난 4월 8~10일까지 2박 3일 동안 제주도로 6학년 수학여행을 다녀왔어요. 교감 선생님도 함께 갔어요. 교복을 입고 질서를 잘 지키는 모습이 참 좋았어요. 그리고 힘든 친구를 격려하고 도와주는 모습을 잊을 수가 없어요.

장정인은 오른쪽 발목에 깁스를 하고도 수학여행 처음부터 끝까지 함께 했어요. 보통 친구들 같았으면 아예 수학여행을 가지도 않았을 거예요. 첫날 성산 일출봉을 교감 선생님이 정인이 손을 잡고 올라갔어요. "시작이 반이다."는 말이 있듯이 이런저런 이야기를 하면서 올라가다 보니 어느새 정상이었어요.

내려오는 길은 올라가는 길보다 조금 힘들었어요. 그래서 경사가 심한 계단에서는 교감 선생님이 정인이를 업고 내려왔어요. 만장굴에서는 "정인이 화이팅"을 외친 친구들이 많았어요. 그 뒤로는 친구들이 번갈아 가면서 정인이를 부축하는 모습이 볼 수 있었어요. 참 고마운 일이에요. 그래서 모두가 즐거운 수학여행이었어요.

6학년 3반 친구들!

다시 한 번 고맙다는 말을 전합니다.

항상 즐겁고 행복한 학교 생활이기를 기원 드릴게요.

2015.4.13.

대구교육대학교대구부설초등학교 김영호 교감 선생님이

이런 게 교학상장[9]

6학년 학생들에게 사자성어를 배운 것입니다. 1교시를 시작하기 전에 10분 정도 시간 약속을 합니다. 아이들이 저에게 가르칠 사자성어를 미리 수첩에 적어둡니다. 사사성어를 배우고 답장을 해 줍니다. 6학년 아이들은 개인별로 하나의 사자성어를 배움목표로 정했습니다. 물론 제가 아이들보다 사자성어를 더 많이 알고 있습니다. 하지만 저도 처음 들어보는 사자성어도 있습니다. 함께 가르치고 배우는 교학상장 그대로입니다. 아이들이 참 좋아합니다.

6학년 아이들에게 배운 사자성어는 다음과 같습니다.

---

9) 앞의 편지글에 대한 답장임.

절차탁마(切磋琢磨) 김민혁

교학상장(敎學相長) 박지민

수적천석(水滴穿石) 우정환

학이시습(學而時習) 안재민

개권유익(開卷有益) 장지원

칠전팔기(七顚八起) 김길환

역지사지(易地思之) 이원빈

자승자강(自勝者强) 김재빈

청출어람(靑出於藍) 이서진

역지사지(易地思之) 도현우

양약고구(良藥苦口) 김이수

대기만성(大器晩成) 강민서

우공이산(愚公移山) 김지현

토적성산(土積成山) 정예원

다다익선(多多益善) 김병서

개과천선(改過遷善) 장정인

사필귀정(事必歸正) 임예진

고진감래(苦盡甘來) 백수진

위편삼절(韋編三絶) 박주영

개과천선(改過遷善) 정현

어부지리(漁父之利) 김도겸

다음은 학생들에게 사자성어를 배우고 답장을 해 준 것 중의 하나
입니다.

2015. 3. 17 화요일 장지윤

7 Tue 음 1.27

| 일정 | 업무내용 | 비고 |

장지윤 - 개권유익 010-0000 0000 야~요

開 卷 有 金

열개   책권   있을유 더할익

책은 펼쳐놓는것 만으로도

이로움을 준다.

開卷有金

지원아!

개권유익 참 좋은 말이다.

책을 읽어가면서 직접 써보면서 잘 간직해요

교감 선생님은 책 제대로 보는 것도 도와서

열심히 생활해서

개권유익 하는 것도 마음을 가다듬어봐요

대박

2015. 3. 17.

신정호

너무 가까워도 너무 멀어도 안 돼요[10]

빗자루질과 절차탁마[11]

"안녕?"

빗자루질을 하다가 교문을 들어서는 남학생을 보고 인사를 건넸습니다.

"교감 선생님, 안녕하세요."

상냥하게 답인사를 한 남학생이 앞으로 다가오더니 반문을 했습니다.

"그런데 왜 교감 선생님께서 교문 앞을 쓸어요."

조금은 의아한 생각이 들었습니다. 남학생의 생각이 궁금해서 빗자루질을 멈추고 물었습니다.

"교감 선생님이 쓸지 않으면 누가 청소하지?"

"길거리를 청소하시는 분들이 하시지요."

바로 답이 돌아왔습니다.

---

10) 대구교육대학교대구부설초등학교 학교신문인 '꽃사슴 가족의 행복 이야기'에 실린 내용임.

11) 대구교육대학교대구부설초등학교 학교 신문. 꽃사슴 가족의 행복 이야기 제68호. 2014.10.10. 3면.

"교감 선생님이 청소하는 것도 괜찮지 않을까? 물론 청소하는 사람들이 있기는 하지. 교감 선생님은 우리 부초 학생들이 아침마다 깨끗한 교문을 들어서면 좋을 것 같아서 청소를 하고 있는데……."

청룡산의 가을아침 바람이 부초 학생들의 어깨를 타고 넘어오는 9월의 어느 날 아침에 한 남학생과 주고받은 이야기입니다. 짧은 이야기를 나누다가 헤어져서 이름을 물어보지 못했습니다.

그 남학생이 친구들과 함께 교문을 들어서고 하던 빗자루질을 계속하면서 이런 말을 떠올렸습니다. "누군가가 해야 할 일이라면 내가 하고, 언젠가 할 일이라면 지금 하고, 어차피 할 일이라면 잘 하자." 참 좋은 말입니다.

빗자루질(빗자루로 먼지나 쓰레기 따위를 쓰는 일)은 참 좋은 질(일부 명사 뒤에 붙어, 되풀이되는 동작이나 행동의 뜻을 더하여 명사를 만드는 말)입니다. 빗자루질은 영화나 이야기에도 많이 나옵니다. 옛날에 어떤 일을 시작하기 전에 먼저 시키는 것이 물긷기, 나무하기, 빗자루질하기 등입니다. 시작의 의미와 함께 마음다짐하기도 있다고 생각합니다.

교감 선생님은 빗자루질을 하면서 만나는 모든 사람들에게 "안녕하세요." 또는 "안녕"이라고 인사를 합니다. 우리 부초 학생들과 학부모님들은 답인사를 잘 합니다. 하지만 중학생이나 우리 교문을 지나가는 다른 사람들은 처음에는 좀 의아한 표정을 합니다. 다음에 만날 때도 같은 인사를 합니다. 그렇게 인사를 나누다 보면 교감 선생님이 빗자루질을 하느라 먼저 인사를 하지 못하면 상대방이 먼저 인사를 건네옵니다. 기분 좋은 만남의 시작입니다.

또, 이런저런 생각을 합니다. '어제 한 일 중에서 제일 중요한 일은 무엇이었지?', '오늘 학교에 중요한 일은 무엇이 있지?', '오늘 일기는 어떤 내용을 쓸까?', '어제 뿌린 유채꽃씨앗은 언제 싹을 내밀지?', '아직도 고개를 들지 않은 쪽파는 언제 세상구경을 나올까?', '오늘 우리 부초 학생들은 어떤 표정으로 공부를 할까?' '대구에서 제일 실력 있고 잘 가르치는 우리 선생님들에게 어떤 칭찬을 해 드릴까?', '오후에 다른 학교에 가서 우리 학교 선생님들과 학생들을 어떻게 소개(또는 자랑)를 하지?'

그래서 교감 선생님은 빗자루질을 고사성어인 절차탁마(切磋琢磨)의 과정이라고 생각 합니다. 《절차탁마는 옥을 가공하는 4가지의 과정에서 나온 말입니다. 첫 단계는 옥을 원석에서 분리하기 위하여 옥의 모양대로 자르는 것으로 절(切)이라고 합니다. 두 번째 공정은 썬다는 뜻의 차(磋)로 내가 원하는 모양으로 옥을 썰어내는 과정입니다. 세 번째 공정은 쫀다는 뜻의 탁(琢)으로 도구로 옥을 모양대로 쪼는 과정이고, 네 번째 공정은 간다는 뜻의 마(磨)로 완성된 옥을 갈고 닦는 과정입니다. 즉, 절차탁마는 자르고, 썰고, 쪼고, 갈아서 옥을 만드는 가공 공정을 말합니다.(박재희(2011), 3분 고전, 작은 씨앗, 174~175쪽)》

교감 선생님은 올해 수업에 관한 책을 한 권 발간했습니다. 선생님들에게 작은 도움이라도 되었으면 하는 생각으로 쓴 책입니다. 그 책의 여는 글에 이런 이야기를 적었습니다.《학교의 시작도 수업이고 끝도 수업이라는 생각을 가지고 있습니다. 당연히 학교의 여러 가지 문제의 시작도 수업이고 해결책도 수업이라는 소신도 변함이 없습니다. 수업이 바뀌면 학생들이 바뀌고 학교가 바뀐다고 합니다. 그 수업 변화의 시작은 바로 선생님들입니다. 그런 선생님들의 생각에 조금이라도 도움이 되었으면 하는 바람입니다. 선생님들의 가슴에 열정과 사랑이 충만하시길 소망합니다. (김영호(2014), 수업? 너를 기다리는 동안,

북랩, 8쪽)》

　우리 부초 선생님들은 모두가 절차탁마의 과정을 충실하게 걸어가고 있습니다. 열심히 공부하고 학생들과 행복한 수업을 하고 그런 과정과 결과를 다른 학교 선생님들에 나누기도 합니다. 자타가 인정하는 대구 최고의 선생님이십니다.

　부초 학생들도 선생님들과 다르지 않습니다. 여러분들은 열심히 학교생활을 하고 있습니다. 모두가 절차탁마의 시간입니다. 부초 학생 여러분들의 인생의 주인공은 바로 여러분들 자신입니다. 부모님이나 선생님 또는 친구들이 인생을 대신 살아주는 게 아니라 절차탁마를 도와주는 사람들입니다. 인생을 절차탁마하는 것은 바로 여러분들 자신입니다. 절차탁마의 기본은 지금에 충실한 생활을 하는 것입니다.

　"교감 선생님은 왜 매일 교문 앞을 쓸고 있습니까?"

　다음에 누군가 묻는다면 이렇게 대답하겠습니다.

　"교감 선생님은 부초의 선생님들과 학생들이 절차탁마하는 것을 도와주고 있는 중입니다."

교감 선생님, 어제 아침에는 어디 가셨어요?[12]

　"안녕, 안녕하세요."

　"안녕, 안녕하세요. 주머니에서 손 빼고 걸어보세요."

　2월의 아침에도 여느 때와 마찬가지로 교문을 들어서는 부초 학생

---

12) 대구교육대학교대구부설초등학교 학교 신문. 꽃사슴 가족의 행복 이야기 제69호, 2014.02.17. 3면.

들과 등굣길을 동행하는 학부모님들과 반가운 아침 인사가 오고 갑니다. 누가 먼저랄 것도 없이 눈이 먼저 마주치는 사람이 먼저 인사를 건넵니다.

교감 선생님 손에는 늘 빗자루가 쥐어져 있습니다. 새싹을 준비하는 나무는 더 이상 낙엽을 내려보내지 않습니다. 우리 학교 연못이 놀이터인 새들의 분비물이나 사려 깊지 못한 어른들이 버린 하얀 짧은 막대기(?)가 몇 개씩 보입니다. 비질을 하는 시간은 많이 줄었습니다. 그래도 빗자루를 놓지 못하고 있습니다. 어린아이가 엄마 품을 떠나지 못하는 그런 마음인지도 모르겠습니다.

횡단보도의 녹색 신호를 보고 호루라기를 길게 붑니다. 많을 때는 30여 명이 오고 갑니다. 늘 학생들의 안전을 염려하시는 어머니 두 분이 횡단보도 양쪽에서 봉사를 해 주십니다. 횡단보도의 신호가 붉은색으로 바뀌면 다시 교문 앞으로 와서 왼쪽과 오른쪽을 번갈아 봅니다. 오른쪽에는 버스정류장이 보입니다. 버스에서 내린 학생, 부모님 승용차에서 내린 학생들이 걸어옵니다. 왼쪽으로는 횡단보도가 보입니다. 멀리 대곡중학교 쪽에서 걸어오는 학생들은 대부분 후문으로 들어갑니다. 하루에 한 번은 버스 정류장을 지나서 모퉁이 부분까지가 봅니다. 빗자루를 들거나 끌면서 몇 번은 빗자루질을 하면서 오갑니다. 하루에 한 분씩 우리학교 남자 선생님들이 주정차 지도를 하고 계십니다.

교문 앞 중간에 서서 오른쪽을 보았습니다. 눈에 익은 모습입니다. 별메마을에 살면서 노전초등학교에 다니는 2학년 여학생과 어머니입니다. 딸과 어머니와 늘 손을 잡고 우리 학교 교문 앞을 지나갑니다. 이제 인사가 오가는 것이 익숙하고 자연스러운 일이 되었습니다.

"교감 선생님, 어제 아침에는 어디 가셨어요."

늘 하던 인사가 오가고 ○○이가 물었습니다.

"그래, 어제는 집안에 일이 있어서 오후에 출근을 했단다."

월요일은 일 때문에 오후에 출근했으니 아침맞이를 하지 못했었습니다.

"어디 가셨는가 해서 궁금했어요."라고 말하고는 어머니와 함께 잡은 손을 흔들면서 종종걸음으로 우리학교 교문 앞을 지나갔습니다.

참 고마운 일입니다.

문득 중용(中庸)에 나오는 '성자물지종시(誠者物之終始) 불성무물(不誠無物)'이란 말이 떠올랐습니다. '성실하다는 것은 모든 만물의 끝과 시작이다. 그러나 성실하지 않다면 존재도 없다.'는 뜻입니다. 한 학년씩 진급하는 부초 어린이 여러분들이 한 번쯤은 생각해 보면 좋겠습니다. 특히, 새롭게 중학교 생활을 시작할 6학년 졸업생들 가슴에 새기면 좋겠습니다. 교감 선생님도 우리 학교에 근무하는 동안에는 늘 빗자루를 들고 교문에서 아침맞이를 해야겠다는 다짐도 해 봅니다.

교감 선생님이 근무하는 교무실 창문 블라인드에는 다음과 같은 내용이 붙어 있습니다. '대한민국에서 수업을 가장 잘 하는 학교 대구교육대학교대구부설초등학교'입니다. 그 아래에는 우리학교 선생님들의 성함이 적혀 있습니다. 지금, 우리 학교는 대구에서는 수업을 제일 잘 하는 학교입니다. 어쩌면 지금 대한민국에서 가장 수업을 잘 하는 학교일 수도 있습니다. 지금 그렇지 못하다면 언젠가는 꼭 그렇게 되리라고 확신합니다.

그 글을 쓰면서 논어 제1편 학이에 나오는 공자의 말씀을 생각했습니다. 한두 번은 들어본 적이 있을 것입니다. '학이시습지(學而時習之)

불역열호(不亦說乎)'입니다. 그대로 풀이하며 '배우고 때때로 익히면 또한 기쁘지 아니한가?'라는 뜻입니다. 여기서 시(時-때때로)는 시간이 날 때마다나 가끔의 뜻으로 생각해서는 안 될 것 같습니다. 바로 뒤에 나오는 습(習-반복 학습해서 익힌다)이라는 낱말과 연결해서 해석하면 좋을 것 같습니다. 그러면 때때로는 배운 것을 적용할 수 있는 기회가 있을 때마다 반복하여 익힌다로 생각하면 적절할 것 같습니다.

이 '학이시습지 불역열호'는 우리 부초 학생들이나 선생님들 모두가 실천하는 내용입니다. 이 말을 아는 것도 좋지만 더 중요한 것은 실천하는 것입니다. 앞에서 예를 든 '성자물지종시 불성무물'과 '학이시습지 불역열호'는 이심전심의 사이일 것입니다.

불성무불을 생각하면서 앞으로는 이런 말을 듣지 않도록 노력하겠습니다.

"교감 선생님, 어제 아침에는 어디 가셨어요."

다시 6학년이 된다면[13]

"영호야 오늘 공부 마치고도 축구하자.", "그래 오늘도 4 대 4로 하자." 점심시간에 축구를 마치고 교실로 뛰어들어가면서 친구들과 주고받는 말이었습니다. 점심시간에 축구를 하던 친구들도, 공부를 마치고 4 대 4로 축구를 하던 친구들도 모두 까까머리였습니다. 겨울에는 점심 도시락을 싸가는 대신에 집에 와서 먹기도 했습니다. 같은 동네 친구 7명은 4교시가 마치기 무섭게 2킬로미터 정도 되는 동네로 뛰

---

13) 대구교육대학교대구부설초등학교 학교 신문. 꽃사슴 가족의 행복 이야기 제71호, 2015.10.27. 15면.

어갔습니다. 각자 집에서 점심을 먹고 다시 학교로 달려갔습니다. 교문에 들어설 때면 5교시를 알리는 "땡땡땡" 종소리가 겨울바람 사이로 온 학교에 퍼졌습니다. 그렇게 공부를 마치고 학교에 하나밖에 없는 축구공을 빌려서 '개와 늑대의 시간'까지 축구를 하곤 했었습니다.

학교에 가지 않는 날이면 집안일을 도왔습니다. 여름에는 소풀을 베고, 겨울에는 나무를 하였습니다. 5학년 때 아버지가 제 몸에 맞는 지게를 하나 만들어 주셨습니다. 친구들은 망태를 메고 다닐 때 영호는 지게를 지고 다녔습니다. 겨울방학 때는 오전에 나무 한 짐을 했습니다. 점심 때는 시레기국에 밥과 고추장을 넣어서 먹던 그 맛을 지금도 잊을 수가 없습니다. 그렇게 채운 배가 꺼지기 전에 다시 나무를 하러 산으로 갔습니다. 초동목아(樵童牧兒)의 시절이었습니다. 가난했지만 참 행복한 나날이었습니다.

하루는 담임 선생님이 김천에 출장을 가셨습니다. 무섭기로 소문난 교감 선생님이 수업을 하셨습니다. 삼국사기, 삼국유사를 인용하시면서 재미있게 수업을 하셨습니다. 교감 선생님 말씀 도중에 "30명이 어째서 대군입니까?"라고 큰소리로 질문을 했습니다. 당연히 손도 들지 않았고 교감 선생님의 허락도 없었습니다. 평소 수업 시간에는 질문을 잘 하지 않던 영호로서는 대단한 질문이었는지도 모릅니다. 참시 침묵이 흐르고 교감 선생님은 어른 엄지손가락 굵기의 대나무 회초리를 드셨습니다. 50명이 넘는 아이들 사이를 비집고 제일 뒤에 앉은 영호에게 오셨습니다. "이 ××이(가) 말이 많아." 영호의 등짝에는 5줄의 선명한 사랑의 흔적이 남았습니다.

영호가 다녔던 학교는 경북 김천시 아포읍의 대신초등학교입니다. 올해 폐교가 되었습니다. 지난 여름방학 때 폐교된 학교를 가보았습니다. 교문에 붙어 있던 학교 이름도 없었습니다. 친구들과 축구하던 운동장에는 망초풀이 어른 키보다도 더 크게 자라 있었습니다. 6학 때 공부하던 교실은 책걸상 하나 없이 텅 비어 있었습니다. 참 아쉽다는 생각이 들었습니다. 돌아서는 발걸음에 그 옛날 6학년 까까머리 영호가 자꾸만 따라왔습니다.

영호가 다시 초등학교 시절로 되돌아갈 수는 없습니다. 하지만 가끔씩 초등학교 6학년으로 되돌아가는 꿈을 꾸기도 합니다. 까까머리 대신에 머리를 조금 길게 했으면 좋겠다는 생각도 듭니다. 축구를 조금 줄이는 대신에 책을 읽었으면 하는 바람도 있습니다. 선생님이나 친구들의 말을 귀담아 듣고, 질문도 예의를 지키면서 하는 상상도 합니다. 친구들을 좀 더 배려하고 사이좋게 지냈으면 좋겠다는 소망도 있습니다. 집안 일도 더 많이 도울 수 있을 것이란 자신감도 있습니다. 그렇지만 이 모든 것들을 다시 할 수 있는 6학년으로 되돌아 갈 수는 없습니다.

부초 어린이 여러분. 여러분들의 하루 생활을 어떤가요? 학교 생활은 어떻게 하고 있지요? 집에서는 어떻게 하고 있나요? 오늘은 다시 돌아오지 않습니다. 다시 돌아오지 않는 오늘, 오늘에 충실한 삶이라면 좋겠지요. 먼 훗날 대구교육대학교대구부설초등학교에서의 6년이 즐겁고 행복한 기억으로 남을 수 있었으면 좋겠습니다. 내일 할 일은 오늘 해도 좋지만, 오늘 할 일을 내일로 미루지 않는 작은 습관 하나부터 실천하기를 소망합니다.

창가의 토토 같은[14]

○ 진 처음에 잘생긴 청소부 할아버지가 새로 오신 줄 알았습니다. 교감 샘이 늘 커다란 빗자루로 바닥을 청소하시는 덕분에 교대부초 앞은 늘 깨끗해요…^^

○ 팔방미남이신 교감 선생님~~ 항상 궂은 일은 도맡아 하시는카리스마 교감 선생님~~ 그 열정에 박수를 보냅니다! 짝작짝!!! 아이들의 안전을 위해서라면 그 무엇도 용납이 않되시는 그래서 믿고 우리아이들을 보낼수 있지요~~^^ 항상 감사드리고 앞으로도 화이팅입니다!!!

○ 교문 앞에서 매일같이 남편보다 더 자주 뵙는 분으로써 아주 성실한 분이십니다. 아이들이 등하교시 그 모습을 보며 돈으로도 배울 수 없는 것을 분명히 배울 것입니다. 한부분만 보아도 그 분의 성품과 학식은 훌륭할 것입니다.

○ 너무나 부지런하신 우리 교감 선생님! 동에 번쩍 서에 번쩍 항상 학교 곳곳에서 교감 선생님의 흔적을 찾을 수 있습니다. 하루도 빠지지 않고 학교 교문의 문지기 역할을 해주시는 우리 교감 선생님. 부지런한 일꾼의 모습이다가도 카리스마 넘치는 우리 교감 선생님께서는 시간외 근무를 너무 넘치게 하시는 분이시다. 애사심이랄까 학교와 학생을 사랑하는 마음을 몸으로 실천해 주신다.

○ 늘 아침마다 교문을 지키시는 모습에서 감동을 받습니다. 사

---

14) 2015 교원능력개발 교감 학부모만족도 평가 중 서술평가의 일부임.

람이 한결 같다는 것은 이런 것이구나.. 한결 같은 성실함을 가지신 분은 교사로서의 신념도 곧을 것이다라고 믿어 의심치 않습니다. 토요일에도 학교에 나오셔서 둘러보시는 모습에서도 책임감이 강하신 분이시라는 것을 다시 느낄 수 있었습니다. 그런 모습이 다른 교사들에게 충분히 귀감이 될 것이라 생각됩니다. 교감 선생님의 한결같음에 깊은 신뢰를 보냅니다.

○ 등교할 때마다 하교할 때마다 아이들과 인사 나누시는 모습에서 교육의 참모습을 봤습니다. 탁상공론이 아니라 매일 학교를 돌면서 아이들과 소통하시는 모습은 최고였습니다.

○ 교감 선생님께서는 한 번도 빠짐없이 학생들의 등교길에서 만나는 선생님이십니다. 언제나 밝게 웃으시면서 학생들을 맞아주시고 깨끗한 환경에서 학생들이 편안하고 안전하게 생활할 수 있도록 열성적으로 모범을 보이시는 멋진 교감 선생님 우리 학교의 자랑입니다.

○ 학교규정을 지키지 않는 학부모들에겐 너무 무섭게 얘기하시지만 등 뒤의 학생들에게 웃으시면 인자한 미소를 띠며 얘기하시는 모습이 넘 좋았습니다. 역시 아이들을 사랑하시는 선생님이시구나 생각들었습니다.

○ 창가의 토토에 나오시는 교장 선생님 같습니다. 학교 아이들 이름을 모두 외우신다고 들었습니다. 등교길 빗자루를 드시고 한결 같이 청소하시는 교감 선생님의 모습은 아이들에게 부지런함을 가르치십니다. 부드러운 미소로 아이들 이름을 부르시고 안부를 물으시고~ 항상 감사합니다.

○ 선생님께서는 늘 일찍 오셔서 빗자루로 교문 앞을 깨끗이 쓸면

서 교통지도와 더불어 안전지킴이 역할을 하고 계십니다. 마음이 따뜻하고 인정이 많으시며 학생들의 학업과 안전에 대해서도 살펴 주시고 학부모의 의견에도 귀를 기울여 주시는 분입니다.

○ 언제나 반듯한 선생님의 모습이 조금 어렵고 힘들 때가 많습니다. 선생님의 말씀처럼 강하고 독립적으로 키우는 게 맞으나 엄마 마음으로써는 안쓰러울 때가 있습니다. 자립심을 키울 수 있도록 지도해주시는 면 많이 본받고 배우려고 노력하고 있습니다. 지금은 시대가 변화했고 아이들 역시 저희 때와는 많이 다릅니다. 보수적인 모습보다는 좀 더 친근하고 따뜻한 교감 선생님이었으면 좋겠습니다. 그래서 우리 아이들이 학교의 추억을 많이 남길 수 있도록 도와주세요!

○ 많이 웃어주세요. 너무 잘 생기신 외모 때문에 가만히 계심 조금은 차가운 느낌이 듭니다. 너무 청소 열심히 하시지 마세요. 건강도 챙기십시오. 김영호 교감 선생님 덕분에 우리학교가 더욱 빛이 납니다. 감사합니다.

○ 아이가 무척 믿고 따르며 가장 좋아하는 선생님이십니다. 늘 솔선수범 하십니다.

○ 아침마다 나뭇잎을 꾸준히 쓸어내는 모습 보기 좋습니다. 우리 아이들도 교감 선생님의 모습을 본받아 끝까지 하는 습관을 기를 수 있으면 좋겠습니다.

○ 아이들에게 매우매우 친절하게 대해주신다고 아이가 이야기해주네요. 앞으로도 지금처럼 아이들에게 잘 대해주세요.^^

○ 학교를 위해, 학생들을 위해 가장 먼저 앞장서시는 분입니다. 학생들보다 일찍 학교에 오셔서 교문 앞을 청소하시면 학생들

맞이하시는 선생님…항상 학생들에게 먼저 다가가서 개인적 관심과 사랑을 베풀어 주시는 분입니다.

○ 아침마다 빗자루를 들고 나오셔서 학교 앞 환경에 신경써 주셔서 감사합니다. 지나가는 학부모마다 눈빛으로 인사도 나눠주시고 말씀도 다정히 걸어 주셔서 감사합니다.

○ 항상 한결같은 모습으로 이른 시간 학교 앞에서 아이들을 맞아 주시는 교감 선생님. 빗자루 들고 학교 앞을 항상 깨끗하게 청소 해 주시는 멋진 빗자루 교감 선생님이십니다.

○ 솔선수범하시는 모습에 아이가 교감 선생님 얘기를 자주 합니다. 말과 행동이 일치하는 모습에 늘 감사하고 있습니다.

○ 늘 솔선수범 하시어 비가 오나 눈이 오나 비질하는 모습이 너무 인상적이십니다.

○ 유쾌하시고 감성적이시고 정확하십니다. 늘 교문 앞에서 아이들의 안전에 신경 써 주셔서 든든합니다.

○ 말투가 좀 더 부드러웠으면 좋겠습니다. 가끔 듣다보면 어린아이들한테도 엄하게 들릴 때가 있습니다.

○ 항상 그 자리에 계셔 주세요. 교감 선생님이 안 계신 등교 길을 참 허전하답니다.

○ 늘 아침마다 교문을 앞을 지키시느라 고생이 많으십니다. 아침이 지나면 온 학교를 둘러보시며 혹여 부족한 점이 없을까 살펴보시느라 바쁘시겠지요? 우리 학교를 위해서 늘 노력하시는 교감 선생님!! 추운 날씨에 건강 유의하시길 바랍니다. 늘 감사합니다.

○ 변함없는 모습으로 지금처럼 더도 말고 덜도 말고 교직에서 선

생님의 발자취를 남겨주셨으면 합니다.

ㅇ 절차탁마 멋진 교육의 방향으로 진정한 교육을 느낄 수 있게 해주셨습니다. 항상 웃으시며 자녀에게 사랑과 꿈을 주십니다

ㅇ 교감 선생님께서 솔선수범 해주시는 많은 활동(교통지도, 낙엽길, 부모 교육, 등등…)들에 감사드립니다. 저희 학교에 계속 계시면서 앞으로 더 많은 긍정의 힘을 발휘해 주시길 바래봅니다.

ㅇ 학생들의 등하교길.. 교문앞에서 인사를 나누는 참 좋은 당신!! 바로 교감 선생님이시네요~ 항상 아이들 안전! 낙엽놀이 터! 하면 교감 선생님이 떠오릅니다. 늘 감사드립니다 ^.^

ㅇ 아침마다 아이들을 하나하나 친구처럼 대해 주는 모습이 좋은 것 같습니다.

세 번째
이야기

수업을 바꾸는 생각

수업을 바꾸는 생각은 무엇일까요?
수업을 더 풍요롭게 하는 길은 무엇일까요?

길 따라 마음 따라 청암사 가는 길
음악과 함께 하는 어느 겨울의 시정
아이들과 함께 가는 길, 현장체험학습 이야기

누구나 길을 갑니다.
빨리 가려면 혼자서 가고,
멀리 가려면 함께 가라고 합니다.

수업을 바꾸는 생각 이야기입니다. 수업이라는 길과는 조금 떨어진 길입니다. 하지만 언제까지나 평행인 길은 아닙니다. 수업을 더 잘 하기 위해, 수업을 살찌우기 위해, 행복한 수업을 위한 길입니다. 가끔은 길 밖에서 길을 보는 여유도 필요합니다. 그런 길에서 내 길을 다시 설정하는 게 지혜이겠지요.

'길 따라 마음 따라 청암사 가는 길'은 경상북도 김천시 증산면에 있는 청암사의 이야기입니다. 청암사는 대한불교 조계종 제8교구 본사인 직지사의 말사로서 비구니 승가대학입니다. 간송미술관 실장인 최완수의 명찰순례에 자세한 기록이 있습니다. 절이라고 해서 종교적인 이야기를 쓴 것은 아닙니다. 청암사를 오가는 길에 얽힌 이야기, 개인적인 성찰 등의 솔직하게 쓴 글입니다. 한 때 꿈꾸었던 시조시인의 길 언저리를 맴돌던 기억 몇 편도 중간에 있습니다. 세 편 모두 10년도 더 된 글입니다. 청암사의 정신세계는 오늘의 제가 수업에 대한 생각을 다잡고 절차탁마 할 수 있었던 최대의 후원자입니다.

'노래와 함께 하는 어느 겨울의 시정(試程)'는 2009학년도 대구광역시교육과학원 교육연구사 시절에 쓴 글입니다. 2010년 3월초 전국 초중학교 진단평가 문항과 관련되는 내용입니다. 당시 2010년 1월 겨울방학 중 대구교육해양수련원에서 6박 7일 동안 합숙을 하면서 마무리를 했었습니다. 그 전후에 있었던 일들을 노래 19곡에 투영한 것입니다. 당시 학교급별, 업무별, 학년별, 교과별 팀장님들께 공유한 내용입니다. 고등학교 교장 선생님으로 정년 퇴임하신 당시 서상현 연구사님, 대구도원초등학교 교감으로 재직 중인 당시 박호길 연구사님과의 동행이었습니다.

'아이들과 동행하면 즐겁습니다'의 숨결을 찾아서는 2000년 대구교육대학교대구부설초등학교 6학년을 담임하면서 아이들과 백제권 수학여행을 다녀와서 쓴 글입니다. 그 섬은 우리에게 무엇을 남겼는가는 2001년 제주도 수학여행을 다녀와서 쓴 글입니다. 후배들은 야영 못 하게 하세요는 지난해 10월에 대구교육팔공산수련원에서 6학년 아이들과 1박 2일을 동행하면서 쓴 글입니다. 아이들과 함께 하면 참 즐겁습니다.

길 따라 마음 따라
청암사 가는 길

왜 청암사인가?

청암사는 언제부턴가 내 마음의 고향으로 자리 잡았다. 물론 태어난 고향은 엄연히 따로 있다. 지금부터 만 10년이 넘은 1992년 4월, 처음으로 길을 물어물어 찾은 곳이다. 당시만 해도 성주댐 완공과 함께 성주에서 증산을 거쳐 대덕으로 가는 길을 막 포장하고 있을 때였다.

그 뒤로 마음이 적적하거나 울적하거나 어떤 중요한 일을 하기 전이나 마치고 난 뒤 혼자서 청암사를 찾는 버릇이 생겼다. 특히, 눈 덮인 청암사나 늦가을 이른 저녁에 안개를 헤치고 청암사를 돌아 나오던 길을 잊을 수가 없다. 청암사는 경북 김천시 증산면에 소재한 비구니 승가대학이다.

어쭙잖은 생각으로 청암사를 주제로 시조도 끄적여 보았다.

> 청암사
>
> 구름이 감아 도는 가랫재를 뒤로하고
> 촌로의 손바닥 같은 청암사의 들머리
> 공덕의 크기만큼 이름 새긴 최송설당

아름드리 소나무는 나한상이 되고
바람에 매달린 풍경은 세월을 가름하니
불령산 청암 비구니 속세를 벗었구나

산새의 울음소리 나그네의 벗이 되고
비구니 강경소리 불령산을 감돌아도
대웅전 우리 부처님 염화시중 미소만

청암 나그네

무흘구곡 돌고돌아 청암의 산자락에
산색은 무지개요 물소리 목탁 향기
사하촌 노랫소리에 삽살개도 맞장구

아빠 품 잠든 아가 부처와 연꽃 타고
나래 턴 홍시가 새색시 미소 띨 때
비구니 저녁 공양에 산새마저 바빠라

팔짱 낀 선남선녀 비구니 눈 홀기고
홀로 선 나그네 산 그림자 동무할 때
주지승 나무아미타불에 밤안개가 내린다

청암사는 경상북도 김천시 중산면 평촌리에 있는 비구니 승가 대학이다. 성주댐 공사가 끝나고 도로가 포장되기 전에는 김천 지례에서 중산면으로 들어가는 아랫가랫재가 유일한 길이었으나, 지금은 성주댐부터 중산, 대덕을 거쳐 무주, 거창으로 가는 길이 잘 포장되어 있다. 중산면 소재지에서 조금 올라가다가 왼쪽으로 갈림길(이정표가 있음)이 있으며, 바로 가면 청암사고, 왼쪽으로 가면 수도사(해발 1100미터쯤)가 나온다.

청암사 들어가는 길은 최근 포장되기 전에는 수십 년 농사일을 한 늙은 농부의 손바닥 같이 울퉁불퉁하였으나, 최근에는 말끔히 포장되었다. 편하게 갈 수는 있으나, 못내 아쉬운 마음이 없는 것도 아니다.

그리고 절 입구 곳곳에 시주를 한 사람이나 다녀 간 사람의 이름을 새겨 놓았다. 그 중에서도 가장 돋보이는 이름이 최송설당이다. 최송설당은 조선의 마지막 왕 영친왕의 보모상궁으로 이재에 밝아 거금을 모아 장학 사업을 하였다. 현 김천중학교(고등학교)를 세우고, 청암사에 많은 시주를 한 인물이다. 필자는 김천고등학교를 나왔는데, 2년 선배까지는 그 옛날의 인연으로 특설반 학생들이 여름, 겨울 방학 기간에 청암사에 들어가 공부를 하였다고 한다.

불령산은 수도산의 다른 이름으로 청암사를 세운 뒤에 부처님의 이적이 많이 나타난다고 하여 붙여진 이름이다. 청암사에 관한 자세한 내용은 최완수의 명찰순례에 나타나 있다.

청암 비구니

속세의 연을 끊고 청암의 부처님전

잘려나간 머리카락 그 위로 이슬방울

대웅전 우리부처님 어서 오라 미소 짓네

흰고무신 까까머리 언제나 합장하고

꽃다운 처녀 자태 승복 속에 감추며

살포시 웃는 그 얼굴 부처님 닮아가네.

양지녘 섬돌 위에 오순도순 정담하고

서산에 걸린 해와 저녁 공양 함께하니

청암의 길고 긴 밤이 소리 없이 내리네.

늘어선 시외전화 속세의 연줄인가

눈 감아도 어리는 그리운 사람이여

밤새워 뒤척이련가 바람 같은 인연을

청암사 일주문(성당 김돈희 글씨)

---

1) 청암사 일주문으로 불령산 청암사 글씨는 성당 김돈회가 씀.

늘 그렇지만 마음이 심산하거나 어떤 큰 일(어떤 일을 이렇게 표현해야 할까?)을 하기 전이나 마치고 나서 청암사를 찾는 것이 습관처럼 되어 버렸다. 그렇다고 청암사에 특별한 인연이 있거나 비구니와 친분이 있는 것은 아니다. 앞에서 이야기가 되었듯이 내가 나온 고등학교(김천고등학교)를 세우신 분이 청암사에 많은 도움을 주어서 2년 선배까지는 여름, 겨울 방학에 청암사에 가서 공부를 했다는 것 외에는 별다른 사연이 없다.

그러면 왜 청암사인가? 왜 그렇게 청암사에 집착하는가? 어쩌면 청암사, 그 자체보다는 그 곳에 가는 과정을 즐기고 있는 지도 모르겠다.

누구나 자기가 하는 일에 스트레스를 받으며(일반인들이 생각하기에는 초등학교 선생 - 흔히 선생이라고 함 - 은 그저 적당히 일 하고, 여름, 겨울 방학 잘 보내고, 그저 그렇다고 생각하는 사람이 많다.) 나름대로 푸는 방법이 있을 것이다. 한 잔 술을 마시거나 담배를 피우거나 아니면 사우나를 하거나 여행을 하거나 각자의 취향에 맞는 방법으로 긴장을 해소하는 것이 중요

---

2) 일주문에서 청암사로 가는 길에 늘어선 소나무.

하리라.

청암사 가는 길은 즐겁다. 혼자라도 좋다. 인간은 홀로 왔다가 홀로 가는 존재가 아닌가? 성주댐을 거쳐 구불구불한 계곡 사이를 지나노라면 세상사 근심걱정 맑디맑은 계곡물에 흘려 보낸다. 한 줄기 바람에 실어 날린다. 굳이 청암사에 들리지 않아도 좋으리. 그렇게 마음을 비운다면 또 새로운 시작을 준비할 마음이 생기지 않을까?

청암사는 조용하다. 깊은 산 속이니 들리는 것이라고는 산새 소리, 산새도 조용하다. 비구니를 닮아서일까? 바람 소리는 가슴을 시원하게 한다. 태풍이 아니다. 그저 풍경을 흔들 정도의 비구니의 미소 같은 바람이다. 바람에 매달린 풍경 소리는 엄마 품에 안긴 아가의 자장가 소리다. 개울물 흐르는 소리는 어릴 적 놀이하던 물레방아 돌리기에 안성맞춤이다. 비구니 담소하는 소리는 다가가서 엿듣고 싶을 정도다. 독경 소리는 옛날 서당에서 글 공부 하던 학동들의 하늘천따지 소리다. 그리고 어쩌다 지나가는 나그네들의 웃음소리다.

이 가을이 다 가기 전에 청암사의 소리를 듣고 싶다. 그 소리를 같이 들은 이름 모를 그 누군가와 함께…….(2000. 10. 19)

다시 찾은 청암사

청암사에 갔다. 참으로 오랜만의 일이다. 청암사는 거기 그대로 있었으나, 옛날의 청암이 아니었다.

어제 시골에서 시멘트 작업을 하여서 그런지 몸이 좀 뻐근했다. 삽질을 많이 한 탓인지 왼쪽 옆구리가 좀 결리는 듯 했다. 그런데 오른쪽 허벅지 뒤쪽이 계속 당기는 것이다. 삽질을 했다고 그렇지는 않을 텐데 곰곰 생각해 보니, 칼질을 많이 해서 그런 것 같다. 오전 작업이라 그리 긴 시간은 아니었지만, 평소 하지 않던 일이니 힘들 수밖에 없는가보다. 아침에 미적미적하다가는 더 힘들 것 같아 일찍 집을 나왔다. 방학이지만 이번 주 수요일까지는 작업을 해야 대충 정리가 될 것 같아서 아예 학교로 출근을 했다.

오후가 되니 일도 제대로 되질 않고, 운동할 사람도 없어서 학교를 나섰다. 처음에는 그냥 집으로 갈까 하다가 모처럼 한가한 시간이니 늘 마음에 두고도 가보지 못한 청암사에 가야겠다는 마음이 생겼다.

사실 그동안 청암사를 가질 못했다. 지난해 여름 집중호우가 내려 김천지역 곳곳에 심각한 피해를 주었다는 것은 알고 있었지만, 청암사 언저리만 맴돌다가 오길 몇 번, 실제 청암사를 들리지는 못했다. 홈페이지에 실린 자료를 보긴 했지만, 그리 가슴에 와 닿지는 않은 터였다.

학교에서 출발하여 성서를 지나 다사 고개를 넘어 성주대교를 건넜다. 강가에는 한우 몇 마리가 한가롭게 풀을 뜯고 있었다. 목동은 보이질 않았다. 그냥 아침에 풀어놓았다가 저녁에 소몰이를 하면 될 것 같았다. 초등학교 중학교를 거치면서 여름이면 산으로 시냇가로(주로 산으로) 소를 몰고 여름 오후를 보내던 기억이 새롭다. 가난한 시절이었지만, 힘들었다는 생각은 들지 않았다. 경제적으로는 조금 불편함이 없지는 않았지만, 마음만은 넉넉하고 행복했던 시절이었다.

잘 닦인 4차선 도로는 조금 한가했다. 피서철도 대충 마무리가 된 월요일 오후, 조금 흐릿한데다가 간간이 비까지 뿌리는 날이고 보면 그리 바쁠 것도 사람이 많을 것도 아니었다. 들판의 벼는 곳곳에 짙푸른 날개를 달아 곧 있을 싹을 내밀 준비를 하는 것 같았다. 이어지는 산들과 들판을 지나는 동안 쉬지 않고 들리는 소리가 매미울음이다.

7년을 기다렸다가 여름 한철을 난다고 하니 날이 조금 흐리다고 멈출 기세가 아니다. 그러니 매미는 지금 제몫을 다하려고 쉼 없이 울어대고 있는 것이다. 내일 내일 하다보면 그 내일은 다시 오지 않을 것이니, 매미의 저 울음이야말로 자기 일에 최선을 다하는 것이리라.

이런저런 상념을 넘나들며 성주를 지났다. 벽진을 지나고 고개를 서너 개 넘었다. 초등학교 자리는 문화촌으로 바뀌어 있었고, 그곳에서도 매미는 제몫을 다하느라 쉼 없이 울어대고 있었다. 간간이 시골 주막(주막이라는 표현보다는 구멍가게)에는 한가한 오후의 무료함을 달래려는 촌로들의 술잔이 매미 소리를 안주 삼아 돌고 있었다. 기분 같아서는 어디 자리 잡고 시원한 막걸리라도 한 사발 마시고 싶었지만, 차도 차고, 갈 길도 시간을 허락하지 않았다.

성주댐이 나왔다. 상전벽해라는 말이 꼭 어울린다는 생각이다. 수영, 낚시를 금지한다는 문구가 곳곳에 보였지만, 그 문구만큼이나 곳곳에 낚시꾼들이 보였다. 하지 말라고 하면 더 하고 싶은 것이 아이들 마음이듯이, 어른들 또한 그런 마음은 같은가 보다. 잔잔한 호수에는 오늘따라 물새가 보이질 않았다. 아직은 저녁 나들이를 하기에는 이른 시간이라 어디 무리 지어 쉬고 있는지도 모를 일이다.

댐을 벗어나 무흘구곡(성주댐에서 첨암사나 수도암에 이르기까지의 계곡을 일컫는 말)에 들어서니 지난해 홍수의 상흔이 곳곳에 남아 있었다. 파헤쳐진 계곡, 무너진 도로, 흘러내린 산자락, 아 지난해의 그 무흘구곡이 아니었다. 마을 수보다 더 많은 포크래인이 바쁜 손놀림을 하고 있지만, 언제 완전한 복구가 될지 모를 일이었다. 외형적으로는 복구가 된다고 해도 그 옛날의 모습을 온전하게 되찾기 위해서는 몇 년이 걸릴지 모를 일이다. 마음이 허전했다. 이상한 느낌이다. 아 이제 더 이상 그 옛날의 흔적을 찾을 수가 없는가?

수없이 청암사를 오갔다. 혼자거나 일행이 함께 한 길이거나 간에 청암을 오가는 길은 언제나 새롭고 즐거움을 더해 주던 길이었다. 청암사 그 차체도 좋지만, 그곳에 가기까지의 과정, 이어지는 산과 산, 그 산과 산 사이로 흐르는 물소리를 들으면서 세상 상념을 버리고 나 자신을 추스릴 수 있다는 것은 큰 행복이 아닐 수 없었다. 그래서 나는 나를 아는 사람들에게 청암사를 권했고, 가기를 원한다면 기꺼이 길동무가 되어주곤 했었다.

청암에 가까워질수록 피해는 더 심해만 갔다. 수도암을 왼쪽으로 보내고 곧장 청암사로 향했다. 여기도 매미는 조금 남은 오후의 산자락을 붙잡고 놔주질 않는다. 절에서 가장 가까운 사하촌(음식을 팔고 민박을 하는 집)에 주차장이 있다. 그곳에서부터는 걸어서 가야 한다. 물론 차를 가지고 들어가는 사람도 있지만, 그것은 예의가 아니라는 생각에 늘 주차장에 차를 대놓고 걸어서 오는 길이다. 그런데 주차장이 보일지 않는다. 자세히 보니 주차장이 다 떠내려가고 계곡 바닥이 되어 있었다. 사하촌도 그만하길 다행이라는 생각이 들었다. 임시 주차장에 차를 대고 청암을 향했다. 조금 올라가면 등산객들이 계곡에 들어가는 것을 막기 위해 설치한 임시 초소 같은 것이 있다. 일흔은 훨씬 넘었을 것 같은 할아버지 한 분이 계셨다. 인사를 드렸다. 매우 반가워하는 눈치다. 나는 우산 하나 달랑 들었으니 검사고 뭐고 할 필요도 없었다.

계곡은 지난 번 보다 훨씬 깊어져 있었다. 수마가 청암의 청정계곡을 바닥째 휩쓸고 지나간 것이다. 곳곳에 나무뿌리가 걸려있고, 옹기종기 사이좋게 계곡을 친구 삼던 바위들은 흔적도 없고, 아직은 제자리가 낯선 돌멩이 몇 개가 엉거주춤 앉아 있었다. 여기도 예외 없이 굴삭기가 곳곳에 자리 잡고 있다. 또 여러 곳에 〈자연석 채취 금지 구역〉이라는 현수막이 걸려 있고, 소나무 사에 긴 쇠사슬을 채워 놓은 곳도 있었다. "이런 죽일 놈들……." 이 틈에 또 제 욕심 차리는 사람들 있으니, 참으로 한심한 일이 아닐 수 없다. 길도 온전하질 못하다. 일이백 년은 되었을 소나무들이 온전한 것이 그나마 위안이 되었다.

일주문에 도착했다. 옆으로 긴 도랑이 파여 있고, 그 안에 묻을 수통이 두 길 이상 쌓여 있다. 구한말 명필인 성당 김돈희가 쓴 〈佛靈山靑巖寺〉 현판이 오른쪽으로 조금 기운 듯한 느낌이 들었다. 우회 도로를 따라 가는 계곡도 마찬가지였다. 어디 한 군데 온전한 곳이 없었다. 사천왕이 지키고 있는 문을 들어서면서 간단한 예를 갖추었다. 지금까지 속세의 모든 잡사를 떨치고 잠시나마 마음 편하게 둘러보고 싶었다. 얼마 가지 않으면 다리가 나오는데 흔적조차 남아 있지를 않았다. 반대편 암벽에 새겨진 크고 작은 이름들이 오늘따라 외로워 보였다. 그나마 위안이 된다면 여기도 매미는 속세의 울음을 계속하고 있다는 것이었다.

다시 빙 돌아 대웅전을 향했다. 해우소(解憂所)가 보였다. 그런데 지난번과는 달리 그 옆에 새로운 건물이 하나 더 들어서 있었다. 한글로 '근심 푸는 곳'이라고 적혀 있었다. 해우소에 들어갔다. 도시의 화장실 문화에 익숙한 사람들은 매우 당황해 할 것이다. 변기라고는 없으며, 바닥이 나무라 걸을 때마다 삐걱삐걱 소리가 나는 것이 혹 빠지지는 않을까 하는 걱정이 생길 것이다. 밑을 보면 더 걱정이 되리라. 백문이불여일견이라고 하지 않았는가? 기회가 된다면 한 번쯤 경험을 해 보는 것도 좋으리라.

용케 절마당으로 들어서는 다리는 그대로였다. 그 위쪽으로는 양쪽으로 축대가 무너져 내렸는데, 조금만 더 내려왔더라도 이 다리도 흔적도 찾을 수 없게 되었을 텐데, 불행 중 다행이 아닐 수 없었다. 종각도 조금 기운 듯한 느낌을 떨칠 수가 없었다. 저녁 공양 시간인지 조용했다. 대웅전에서는 주지 스님의 목탁 두드리는 소리가 매미소리와 묘한 조화를 이루었다. 이때만이라도 매미가 조용했으면 하는 생각이 들었다. 그것을 아는지 모르는지 매미는 그저 제몫을 다할 뿐이다. 어쩌면 부처님도 그것을 바라는지도 모를 일이다.

물 한 모금으로 목을 죽이고 이내 발걸음을 돌렸다. 더 이상 서성대 보아야 방해나 될 것이기 때문이다. 돌아 나오는 길에 만난 비구니는 애써 눈길을 피한다. 그렇다. 속세의 이름 모를 남정네와 눈길을 함께할 이유가 무엇인가? 왼손에 끼고 흔드는 열쇠고리 몇 개가 목탁 소리를 내고 있었다.

물소리도 예전의 물소리가 아니다. 옹기종기 모여 앉은 바위를 돌고 돌아 청아한 자태를 뽐내던 그 물길은 쉴 곳 없는 나그네의 발걸음인 양 그저 아래로 내려가기에 바쁘다. 지금의 저 물들은 알고 있을까? 그 옛날 자기 조상들의 그 아름답던 물길을?

답답하고 서글픈 마음을 삭이지 못하고 수도암 계곡으로 들어섰다. 이건 더하다. 조금 올라가다가 다시 차를 돌렸다. 복구 작업이 한참인지라 내가 빨리 나오는 것이 도움을 주는 것이다.

다시 속세로 나왔다.

갓길에 차를 세우고 속세와 통화를 했다. 긴 통화였다.

당분간 청암을 찾지 않을 것이다. 청암도 지금의 이 모습을 더 이상 보이고 싶지 않을 것이다.

물안개가 피어오르는 계곡을 지나면서도 계속 속세와의 통화는 이어졌다. 나도 어쩔 수 없는 속세의 범인(凡人)이리니. 그러나 어쩔 수 없는 속에의 범인일지라도 청암의 그 마음 언제까지나 변치 않고 간직해야 할 것이다. 속세의 일상도 마찬가지리라.

2003년 8월 11일 월요일

길 따라 바람 따라 마음이 머무는 곳

<불령산청암사> 청암사 일주문 현판 글씨다. 조선 말기의 명필 성당 김돈희의 글씨인데, 현판의 앞쪽에다 자신의 이름을 써 놓았다. 최완수의 <명찰순례>를 보면 왕족이 아니면 전면에 이름을 새긴 경우는 거의 없다고 한다. 자신감의 표시인지 아니면 또 다른 무엇이 있었는지는 성당 자신만이 알 일이다. 그것이 자신감이라고 해도 뒷면에 새겨도 알아 줄 사람은 다 알아 줄 것인데, 어쩌면 자신감이 아니라 자만심이 아닐까 하는 생각도 해 본다.

절 입구 사하촌(음식점 겸 민박을 하는 한 집이 있음) 부근에 차를 세우고 천천히 절을 향해 걸었다. 하늘은 금방이라도 눈을 내릴 기세다. 골 따라 부는 바람이 제법 찼지만 견딜 만했다. 산불조심 아저씨가 지키는 곳을 지나니 예전의 그 물소리다. 산새소리 바람소리와 어우러져 멀어져 가는 가을을 아쉬워하는 낙엽과 함께 그렇게 아래로 흘러가고 있었다.

머리에 뭔가 떨어지는 느낌이 들어 하늘은 보니 떨어지는 낙엽 사이로 비가 내린다. 그냥 계속 걸을까 하다가 다시 차로 돌아가서 차를 몰았다. 일주문 옆 공터에 차를 세웠다. 차를 세우고 나니 금방 후

회할 일이 생겼다. 비가 멈춘 것뿐만 아니라, 수도산 정상보다 더 높은 곳에 있는 가을해가 찬란한 빛을 뿜고 있질 않은가? 잠깐의 생각으로 바람소리 물소리를 벗 삼을 기회를 놓쳐버린 것이다.

토요일이다. 4주 토요일이니 학생들로 보면 토요휴업일이고, 우리 입장에서는 토요휴무일이다. 아내는 처형들과 함께 진주에 있는 큰처형 집으로 길을 나선 지 오래다. 늦은 아침을 먹고 목욕을 했다. 일주일 간 무리를 한 탓인지 몸이 뻐근했다. 목욕을 마치면 바로 도서관으로 가려고 가방도 함께 챙겨 나왔다.

목욕을 마치고 차를 보니 너무나 지저분하다. 언제 세차를 했는지 기억도 없다. 시골에 자주 다니다 보니 차바퀴부터 흙이 많다. 그렇지만 차를 탓할 일이 아니다. 그 차를 모는 내가 게으른 탓이리라. 삼천 원을 주고 세차를 했다 안쪽은 내가 몇 번이고 닦아내고 공기주입기로 털어내곤 했다. 좀 깨끗하다는 느낌이 들었다. 12시가 넘어서고 있었다. 도서관으로 차를 모는 대신에 시골길로 들어섰다. 최종 목적지는 청암사. 기분도 뒤숭숭한지라 도서관에 앉아 있어봐야 책 내용이 머리에 들어올 리도 없을 것이고, 그럴 바에야 차라리 청암사를 오가면서 마음을 가다듬는 것이 나을 듯했다.

그렇다. 그동안 청암사를 잊고 있었다. 어떤 일을 시작하거나 마치면 꼭 들리곤 했던 곳이다. 주로 평일 퇴근길이나 토요일 오후를 많이 이용하곤 했었다. 97년 연구교사를 하기 위한 수업 발표 준비를 하면서도 그 가을에 드나들곤 했었다. 산모퉁이를 돌아 나오는 밤이면 안개가 자욱하다가도 한 모퉁이를 돌아서면 거짓말같이 안개가 하나도 없던 그런 밤길을 잊을 수가 없다. 어쩌면 청암사 그 자체보다도 그 청암사를 오가면서 마음을 가라앉히고 또 다른 생각을 가다듬은 것은 아닌지 모르겠다.

시골 부모님 댁을 들리려다가 그냥 멀찌감치 차를 세웠다. 고속도로 나들목이 생긴다고 해서 차를 세우고 들로 나가는 길로 들어섰다. 고속도로 확장 공사를 하느라고 사람이 다닐 수도 없었다. 가을걷이가 끝나기를 기다려 통행로 공사를 하는 모양이다. 자주 드나들었던 시골의 논을 보지 못하는 아쉬움을 뒤로 하고 차를 몰았다.

들판은 가을걷이가 끝나고 인적이 끊긴 상태다. 간혹 소에게 먹일 짚을 거두는 몇 명이 보일 뿐이다. 시야가 좋지 못하다. 비나 눈이라도 내릴 기세다. 오가는 차들은 괜히 바쁘다. 다 사정이 있지 않겠는가?

김천 시내로 들어서지 않고, 감천을 따라 길을 들어서 구성면을 지나 지례로 들어섰다. 지례 흑돼지로 유명한 곳이다. 몇 번 먹어보기도 하고 그 고기를 사다가 다른 사람들과 함께 먹어보기도 했는데, 역시 일품이다. 혼자 점심을 먹기도 그렇다. 혼자 고깃집에 앉아 먹어야 얼마를 먹겠는가?

구미에서 김천 경계를 들어서면서부터 지례까지는 온통 현수막 천국이다. 구미도 예외는 아니다. 혁신도시는 여기로 여기로다. 공공기관의 지방 이전을 서로 유치하려는 지방 자치 단체들의 세 과시용이라고나 할까? 일 년 전인가 고속철도 김천 역사 유치를 위해서 내걸린 현수막은 지금보다 많으면 많았을 것이다. 그런 것들을 아는지 모르는지 봄은 여름을 맞고, 여름은 가을에 그 자리를 물려주고, 가을은 또 그 자리를 겨울에 물려주고 있다. 그것이 순리라는 이름이리라.

대덕까지 가지 않고 지례에서 청암사 갈림길로 들어섰다. 대덕에서 청암사를 가는 길이 좀 더 쉬운 길이지만, 이 아래가랫재가 더 마음에 든다.

누군가 산을 보려면 겨울이 적격이라고 했다. 그렇다. 그 동안 입고 있던 옷을 벗은 산은 산 그대로의 모습을 고스란히 보여 주고 있다. 여름에는 잘 보이지 않던 골짜기의 마을도 보였다. 제법 규모가 큰 마을이다. 산 중턱을 훨씬 지난 지점에 마을로 들어가는 길이 있다. 버스가 주차하는 곳도 있다. 몇 사람이 내리고 타는지는 모를 일이다. 그리고 하루에 몇 번이나 버스가 오가는 지도 난 모른다. 그렇지만 그것들이 그들에게는 소중한 일임에 틀림없다. 고랭지 채소를 재배하기에 적당한 밭도 의외로 많아 보인다. 그동안 감추었다기보다는 그냥 수줍어서 제 모습을 다 보여주지 않았다는 표현이 좀 더 낫지 않을까?

그런 산들을 보면서, 나는 얼마나 나 자신에게 진솔하고 가족에게 진실하며 나를 알고 있는 사람들은 성심으로 대하는지를 생각해 본다. 바람이 찼다. 내 마음이 찬 것일까? 그럴 지도 모른다. 어쩌면 아직도 허울과 자만에 가득 찬 그런 모습을 가지고서 또 다른 얼굴로 나 자신뿐만 아니라 모두를 속이는 것은 아닐까?

고갯마루가 지례면과 증산면의 경계 지점이다. 좁은 통로를 지나는 물살이 빠르듯이 바람이 한결 강하다. 춥다는 느낌보다는 속 시원하다는 느낌이 들었다.

고갯마루 증산면 경계에서 100쯤 떨어진 산밭에는 늙으신 농부 아저씨가 고춧대며 그 밑에 깐 비닐을 정리하고 있다. 지금 당장 하지 않아도 그리 문제될 것은 없겠지만, 부지런한 촌로의 손길은 벌써 다음 해 농사를 준비하고 있는 것이다. 준비된 자만이 기회를 잡을 수 있는 법인데, 나에게 많은 것을 생각하게 한 일임에 틀림없다. 멀리 감천을 넘어 겹겹이 산이 보인다. 지난 겨울 산불로 타 버린 곳에는 타다 남은 화목을 정리한 곳이 군데군데 보인다. 그들은 최소한의 옷도 걸치지 않고, 자연이 또 그들의 옷을 입혀주기를 기다리고 있다. 가을 정리를 하는 아저씨의 손길을 도울까 하다가 그것이 도리어 민폐를 끼칠 것 그냥 차를 몰고 지나쳤다.

고갯마루까지는 돌고 돌아 계속 오르막이었지만, 지금부터는 계속 내리막길이다. 오가는 차들이 없으니 한적하기 그지없다. 천천히 아주 천천히 차를 몬다. 길 따라 골 따라 산촌의 마을이 이어진다. 점심시간이 훨씬 지난 시각이지만, 사람들은 거의 보이질 않는다. 그곳에서 아쉬운 나그네의 눈길을 잡는 것이 겨울 감나무에 매달린 빠알간 홍시다. 지금까지 따지 않은 것을 보면 저장용도 아니고 곶감용도 아니다. 멀지 않은 곳에서 보니 그리 크지도 않다. 한적한 산골에서 노래하다가 배고플 산새들을 위해 남겨둔 것도 있을 것이다. 주말이나 방학 때 대처에 나간 아들 내외와 그 손주 녀석들의 간식으로 남겨 둔 것들도 있으리라. 그런 마을과 집들과 감나무의 홍시들이 이어지는 내리막길을 돌고 돈다. 참 한가로운 시간이고 편안한 일상이 아닐 수 없다.

중산면 소재지에 들어섰다. 초등학교를 지나고 면사무소와 파출소도 지난다. 다시 대덕 쪽으로 차를 몬다. 차가 좀 많아졌다. 얼마 가지 않아 커다란 바위에 새겨진 불령산청암사를 표식을 본다.

수도암을 먼저 갈까 하다가 어쩌면 수도암은 못 갈 수도 있으니 청암사부터 들리기로 했다. 이런저런 음식을 파는 할매집이 나왔다. 별로 시장기가 없으니 다 돌아보고 나와서 먹기로 했다. 작은 산모퉁이를 돌며 거기서부터는 냄새도 다르고 소리도 다르다. 그래 지금부터는 헛된 생각 허황된 생각 부질없는 생각을 다 버리는 거다. 다시 이

산모퉁이를 돌아 나오면서 그런 것들에 얽매인다 할지라도 말이다.

일주문 앞에 서서 잠시 예를 올렸다. 불교 신자는 아니지만 그것이 도리이리라. 아름드리 소나무가 이어진다. 산새소리도 여전하다. 물소리도 함께 그 산새와 호흡을 한다. 사천대왕을 둘러본다. 몇몇 등산객들이 여기 사천왕은 무섭지 않게 생겼다는 말을 한다. 나도 늘 그런 생각을 하곤 했었다. 어쩌면 그것이 이곳이 비구니 사찰이라서 그런 것은 아닐까 하는 생각이 들기도 했었다. 작은 오솔길을 오르면 작은 샘이 하나 보인다. 그 전에는 그냥 물만 마실 수 있도록 되어 있던 곳인데, 이번에 보니 우비정이라는 소개를 해놓았다. 청암사가 자리 잡은 터가 소가 왼쪽으로 누운 모양인데 이곳이 바로 소의 코에 해당되는 곳이란 말이다. 이곳에서 나오는 물을 먹으면 부자가 된다는 말도 덧붙여 놓았다. 물질적인 부자는 아니더라도 마음만큼만은 부자가 되어도 좋겠다는 생각을 하면서 다리를 건넌다.

골짜기 바위에는 온갖 이름이 다 새겨져 있다. 주로 이 절을 위해 시주를 한 사람들의 이름이라는 것을 명찰순례에서 읽은 적이 있다. 공덕의 크기만큼 새겼다고 하는데, 그것이 또 무슨 의미가 있을지는 모를 일이다.

골짜기를 흐르는 물소리, 조금 시끄럽다는 느낌이 들 정도의 산새들 소리가 적막을 깬다. 바람에 간간히 그 물소리 바람소리 산새소리와 함께 하는 풍경소리는 굳이 박자를 맞추지 않는다.

다리를 건너시 않았다. 종각을 둘러보고 그냥 먼발치서만 대웅전이며 강학당을 둘러보기로 했다. 그 다리 이름이 극락교인데, 굳이 극락이 아니면 어떠리. 세 시가 지난 오후인데, 강학 시간이 아닌지 스님들은 발걸음이 오간다. 좀 더 높은 곳에 올라갔다. 한눈에 청암사가 보인다. 스님들이 공부하는 곳의 섬돌 위에는 털신이 가지런히 놓여 있다. 어떤 비구니는 신발을 벗고 그냥 방으로 들어간다. 대부분의 비구니들은 벗은 신발을 다시 손으로 들고 가지런히 줄을 맞추거나 신발 속의 뭔가를 털어내고 섬돌 위에 놓는다. 그렇게 한가로운 토요일 오후가 간다. 그 스님들의 발자국 따라 물이 흐르고 산새들의 지저귐이 있고, 때때로 풍경이 울린다. 여기도 산촌의 홍시가 예외는 아니다. 늦은 오후의 햇살을 받은 홍시는 수줍은 새색시 얼굴이다.

멀리서 보니 아까 우비정에서 보았던 소가 누운 자리라는 게 실감이 난다. 절 뒤쪽으로는 소나무, 대나무, 참나무가 잘 어우러져 있다. 참나무가 많은데 겨울이라 옷을 벗은 그 모습에 산의 본래 보습이 드러난 것이다.

한 비구니가 자판기 앞 그루터기에 앉아 한가롭게 커피를 마신다. 무슨 생각을 하며 저러고 있는 것일까? 그러는 동안에도 산새며 물소리는 쉬지 않는다. 저녁 공양 시간이 되어 가는지 풍경 소리도 뜸해졌다. 희미하게 염불 소리가 들린다. 뭐라 하는지는 모르지만 또 다른 산사의 풍경이다.

개울 옆으로 난 길을 따라 걸었다. 물소리는 여전하다. 늦은 햇살이 소나무 꼭대기에 걸려 있다. 곧 겨울밤이 될 것이다. 인적이 끊긴 길은 그저 계곡물만이 저무는 겨울 오후의 시간을 재촉할 뿐이다. 일주문에서 다시 예를 표하고 차를 몰았다. 백미러에 일주문이 점점 멀어져 간다. 산문을 나서기까지 다시 속세의 냄새를 맡는다.

사하촌을 지나 동네 어귀에서 우회전하여 수도암길로 들어섰다. 입구에 있는 마을이 김천전통마을로 지정되어 있다. 몇 해 전엔가 정월대보를 달맞이를 하기 위해 개울가에 청솔을 쌓아놓았던 마을이다.

애석하게도 직접 그 달맞이 장면을 보지는 못했다. 잊혀져가고 있는 것들을 잊기 전에 경험해 보는 것도 좋은 일이련만, 그 기회가 쉬 닿질 않는다. 마을에서 수도암까지 7킬로미터라는 안내판이 보인다. 골짜기를 돌고 돌아 그 거리니 아주 먼 길이다. 몇 해 전 태풍 피해로 계곡 바닥까지 완전히 긁혀나가고 길도 다 떠내려간 곳이다. 길을 잘 포장이 되어 있지만, 계곡은 그 모습을 가지자면 얼마나 많은 세월이 필요할 것인지. 내가 드나드는 동안에는 그런 모습을 갖추기 어렵지 않을까 하는 생각에 지나간 일들이 그저 아쉽기만 하다.

마을을 지나면서부터 시골에서 볼 수 있는 소형 트럭 두 대가 계속 앞장을 선다. 겨우내 먹일 소여물인 짚을 가득 실은 차들이다. 군이 추월할 필요가 없었다. 앞차가 가는 속도대로 멀찌감치 거리를 두고 천천히 차를 본다. 오른쪽 계곡 너머 산비탈에는 옹기가 수없이 자리 잡고 있다. 누군가 산 생활이 그리웠던 모양이다. 제법 격을 갖추었다고나 할까? 그 집에도 홍시로 매달린 감이 그저 말없이 아래로만 흐르는 계곡물을 벗 삼고 이미 넘어간 겨울 해를 아쉬워하고 있다.

앞서던 트럭은 수도암 1킬로미터쯤 아래에 있는 마을에서 왼쪽으로 길을 잡고 들어선다. 난 그대로 계속 길을 간다. 대형 관광버스 한 대가 등산객들을 기다리고 있다. 미리 내려온 사람들인지 아니면 처음부터 산을 오르지 않은 사람들인지, 몇이 버스 안에서 무료함을 달래는 모습이 보인다. 계곡을 끼고 있는 마을은 저마다 작은 구멍가게요 민박집이며 음식점들이다. 올봄 고르쇠물을 몇 번 산 곳이기 때문에 더 친근감이 있는 집들이기도 하다.

수도암은 청암사만큼 자주 들린 곳은 아니지만, 발걸음을 어렵게 할 정도는 아니다. 절까지 포장이 되어 있기는 하지만 워낙 가파른 길이고 좁아서 내려오는 차라도 있을라치면 오르막을 오르는 차들이 아주 어려운 곳이기도 하다. 낙엽이 바람 따라 내몰리는 길을 따라 올랐다. 다행히 내려오는 차는 없었다. 절 밑 주차장에 차를 주차하니 바로 뒤이어 승용차가 한 대 뒤따라온다. 대여섯 대의 차가 보이긴 하지만 담배를 피우는 젊은이 말고는 인기척이 없다. 절에 들어가기 전에 겨우살이 채취 절대 금지라는 문구가 보인다. 나무를 보니 사방에 겨우살이가 보인다. 참 세상을 나는 법도 가지가지란 생각이 들었다.

계단을 오르지 않고 그 옆으로 난 길을 따라 대웅전 앞에 섰다. 앞문은 닫혀 있다. 바로 앞에 석탑이 있다. 닫힌 문 앞에서 간단히 예를 올렸다. 바람이 서늘하다. 등산복을 입었지만 약간 한기가 돌기도 한다. 시장기까지 겹쳐서인지 더하다. 조용하다. 인기척도 거의 없다. 청암사와는 달리 물소리가 거의 없다. 산새들도 저녁공양시간인지 잠잠하다. 간간이 풍경소리가 고즈넉한 산사의 적막을 깨트릴 뿐이다.

커피 자판기 옆에 전화기도 있다. 추운 곳이라 그런지 문도 달려 있다. 자판기의 커피는 400원 이상이다. 수긍이 가기도 했지만, 절에서 커피를 먹는다는 것이 뭐해서 그냥 지나쳤다. 바로 앞에서 들어갈 때 보지 않았던 안내판을 보았다. 이 절의 위치가 1080미터이다. 수도산 높이가 1315미터인가로 표시되어 있다. 아주 높은 곳에 위치한 절이다. 잘 모르긴 해도 우리나라에서도 손꼽히는 높이에 있는 절이 아닐까?

계곡을 따라 차를 몰고 내려오다가 갓길에 차를 세우고 잠시 계곡으로 들어갔다. 전부 돌을 새로 쌓은 곳이다. 계곡물에 손을 넣어 본다. 얼음장 같다. 그 물이 그렇게 흘러가고 있다. 5시는 되지 않았지만, 저녁 해는 수도산 뒤로 숨은 지가 오래전이다. 10여 분 계곡에서 서성이는 사이에 차 몇 대가 지나간다. 마을 입구에 있던 관광버스도 속세를 향해 달린다. 혼자 서성이는 내가 이상했던지 눈길이 쏠린다. 그리고 시골 트럭 두어 대가 전부다. 계곡물에 넣었던 손끝이 알싸하다.

마을로 내려와 할매밥집에 들어섰다. 할매 한 분과 할매를 이모라고 부르는 아줌마 한 분이 같은 자리에 앉아 있다. 청암사 입구를 지키시던 산불조심 할아버지 한 분은 맞은편에 자리를 잡았다. 아이들 둘, 그 아이들은 부모인 듯한 마흔은 채 되지 않았을 두 사람은 동동주 한 통을 바닥째 비우고 있었다. 그들의 형인 듯한 중년의 사내가 연탄 불 주위에 둘러 앉아 있었다. 아이들은 이리저리 뛰어다니고 두 남녀는 남은 술잔을 앞에 두고 언성을 높인다. 그 사람들을 바라보는 중년 남자의 걱정스런 말투가 이어진다.

그렇게 얼마를 지나자 그 사람들은 다 나가고 밥상을 받은 나, 할매, 아주머니, 할아버지 그렇게 남았다. 온통 나물투성이인 반찬으로 허기진 배를 채운다. 산불할아버지는 오전에 먹다 남은 막걸리를 돼지고기 안주삼아 하루의 일과를 마감한다. 밥이 적으면 더 주시겠다는 고마운 말씀이 있었다.

어느새 밖이 어둑해지고 있었다. 지난 겨울 어느 날 오늘 같이 늦은 시각에 혼자 이 집에서 밥을 먹던 생각에 잠시 상념에 잠겨 본다. 밖으로 나와서 자판기의 커피를 한 잔 뽑았다. 차가 밥집 앞에 멈춘다. 주인 할매의 반가운 목소리가 들린다. 아들 내외인가 보다. 참 반가운 일이리라. 산불 조심 임무를 마친 두 분이 이야기를 나누다가 한 분은 휴대폰으로 뭐라고 한다. 그렇게 산골 마음에 소리 없이 겨울밤이 찾아오고 있었다.

차를 몰았다. 다시 상념의 시간들이 기다리고 있는 속세를 향하는 길이다. 갓길에 잠시 차를 세웠다. 청암사와 수도암 골짜기에서 내려온 물들이 합쳐져서 한참을 내려온 곳이다. 물이 제법 많다. 어둠이 내린다. 전화기를 꺼내 든다. 만지작거리다가 다시 주머니에 넣는다. 잠시 그 속세의 상념을 떨친 몇 시간이었지만, 다시 속세로 나온 나는 한 속인에 지나지 않는 것이다.

그러나 오늘 밤은 청암사를 그리며 깊은 잠에 빠지지 않겠는가? 어쩌면 그 잠자리에서 청암사의 물소리며 풍경소리 들릴 듯하다. 어쩌면 살아 있는 산새들의 지저귐과 주지승의 염불소리까지 덤으로 들을 수 있을지도 모를 일이다.

다시 애차[3]에 시동을 걸었다. 속세의 상념이 한꺼번에 몰려온다. 그렇게 길 따라 바람 따라 밤길을 달리며 청암사에서 점점 멀어져만 갔다.

2005년 11월 26일 토요일

---

3) 2015.7.18.(토), 오전 10시에 주행 거리 600,000킬로미터를 돌파함.

노래와 함께 하는
어느 겨울의 시정(試程)

시정을 엮으면서

여행을 가면 여행 일정이 있습니다. 그냥 가도 되지만, 어디 단체 여행이라도 한다면 정해진 일정대로 움직여야 하는 불편함도 있습니다.

어디를 다녀오면 잘 짜여진 일정만 남는 게 조금은 아쉬웠습니다. 2000년대 초 일본을 다녀와서, 베트남과 캄보디아를 다녀와서도 그랬습니다. 좋아하는 청암사를 다녀와서도 그런 생각이 들었습니다. 아이들과 현장학습을 다녀와서도 그랬습니다. 그래서 생각나는 대로 적는 습관이 생겼습니다. 누구에게 보여주기 위한 것이라기보다는 좋은 풍경(風景/風磬)과 만남을 오래 기억하고 싶은 마음이었습니다.

이번 겨울은 잠 못 이루는 날들이 많았습니다. 아름다운 구속인 합숙 출제 기간(6박 7일)에는 하루 푹 잔 시간보다 잠이 적었습니다. 그 다음 주는 3박 4일을 할 일이 있어서 또 잠이 설었습니다. 그리고 모처럼 피로를 회복할까 했는데, 늙으신 아버지가 입원하시는 바람에 또 잠이 달아났습니다.

아름다운 구속 기간에 출제 본부에서 잠도 물리칠 겸 이것저것을 기록했습니다. 치열한 문항 제작 작업을 보면서 많은 생각이 들었습니다. 3박 4일의 구속 기간에는 다른 생각을 할 겨를이 없었습니다. 병원의 간이침대에 누워서는 또 다른 세상을 보았습니다. 아픈 이를 돌보는 아프지 않은 이들이 몸을 뒤척이는 모습이 안쓰럽기도 하고, 아름답기도 하였습니다. 간이침대에 누운 이들이 언젠가는 또 아픈 이들이 잠든 침대로 갈지도 모른다는 생각에, 음악을 들으면서 생각을 정리해 보았습니다.

우리 대구진단 평가문항은 아주 타당하고 객관적이고 신뢰도가 높은 것입니다. 하지만 그런 대구진단평가 과정의 편린을 적은 이 글은 지극히 주관적이고 편협한 시각임을 밝혀 둡니다. 그리고 그런 편린들로만 글을 채우기에는 제 한계가 있어서 음악 가사를 넣었습니다. 이것 또한 매우 주관적이고 개인적인 것으로 주로 제가 즐겨 부르거나 듣는 노래들입니다.

그동안 애쓰신 진단평가단 여러분들께 감사의 마음을 담아 '어느 겨울의 시정'을 드립니다. 그냥 주마간산 하시면 되겠습니다.

모든 분들께 삼가 감사를 드립니다.

늘

건강과 행복이 함께 하시길 빕니다.

2010. 2. 4. 김영호 드림

연어

정호승의 연어는 시입니다. '바다를 떠나 너의 손을 잡는다. 사람의 손에게 이렇게 따뜻함을 느껴본 것이 그 얼마 만인가(이하 생략)'로 시작합니다.

전국 16개 시도 평가담당 전문직회의가 시교육청에서 있었습니다. 딸을 시집보내는 기분이 이런 것일까요. 이제 문제는 우리의 품을 떠났습니다. 각 시도의 방법과 일정에 따라 3.9.(화) 대구의 문제로 진단평가를 실시할 일만 남았습니다.

출가한 딸 잘 살기를 바라는 부모의 마음은 모두가 같을 것입니다. 그동안 애지중지 문제를 다듬이질 하고, 보고 또 보면서 흠잡을 데 없는 훌륭한 아들딸 키우듯이 하였습니다.

안도현의 연어가 있습니다. 정호승의 연어도 있습니다. 그리고 우리 모두의 연어도 있습니다. 제 할 일 다 하고 장렬한 최후를 맞이하는 아름다움을 그리고 있습니다. 나고 가는 게 자연의 섭리하고 생각할 때 그리 섭섭할 일도 아닐 것입니다.

산에는 동무가 많다고 합니다. 낮에는 해 그림자, 밤에는 달그림자가 누구도 혼자 되지 않게 해 준다고 합니다. 이제 평가 문항도 세상에 나가 좋은 그림자 많이 만들어 주기를 기원합니다.

연어가 물살을 거슬러 오르듯이, 수많은 생각과 고민을 혼자가 아닌 우리가 해 왔습니다. 거슬린다는 것 쉬운 게 아닙니다. 쉬운 게 아닌 것을 한 만큼 어려움도 많았지만, 그 어려움보다 더한 긍지와 자부심을 가져도 좋을 것입니다.

꿈을 꾼 사람만이 꿈을 이룰 수 있고, 준비한 사람만이 기회를 잡습니다.

사랑하게 되면

'안치환' 하면 조금은 저항적인 이미지를 가지고 있습니다. 그의 노래 대부분이 사회성 짙은 의미를 가지고 있습니다. 이 노래도 그런 시선에서 본다면 또 그렇게 볼 수 있겠지요.

'사랑하게 되면'은 '나 그대가 보고파서 오늘도 이렇게 잠 못 드는데 창가에 머무는 부드런 바람소린 그대가 보내준 노래일까'로 시작됩니다.

시선에 따뜻한 사랑을 담으면 좋겠다는 생각을 합니다. 호시(虎視)에도 사랑이 담겨야 진정한 호시가 될 것입니다. 문항을 다듬이질하는데도 사랑이 필요하고, 학생을 대하는 자세도 기본적으로 사랑이 바탕이 되어야 한다는 생각입니다. 사물을 대하는 자세에 사랑이 필요하다면, 사람을 대할 때는 더 말할 필요도 없겠지요.

하지만 사물을 한 방향, 한 가지 시각으로 보는 것보다는 여러 방향에서 다양한 시각을 가지고 보는 게 좋을 것 같습니다. 일관성, 살아가는 데 필요한 중요한 덕목입니다. 하지만, 다양성 또한 일관성 못지않게 중요하다는 생각입니다.

평가에 대한 생각도 마찬가지입니다. 누구나 큰 틀에서 평가에 대한 생각은 같은 것입니다. 하지만 세부적으로 들어가 보면 백가쟁명이라고 봅니다. 문항을 다듬이질 하는 과정에서도 여러 가지 생각이 한데 어우러졌다가 결국은 최종 본으로 다듬이질이 끝났다고 생각합니다.

다듬이질 하시느라 잠 못 이룬 밤이 있듯이, 시험이라는 순간을 위해서 잠 못들 학생들이 학부모들도 많을 것입니다. 모든 이들이 시험을 사랑할 날을 꿈꾸며……:

너라면 좋겠어

윤도현은 안치환 못지않게 도전적이고 사회지향적인 가수입니다. 미국에서도 제법 활동을 한 것으로 알고 있습니다.

예술 활동을 하는 사람들은 크게 두 부류로 볼 수 있습니다. 하나는 세상살이와는 전혀 상관하지 않고 자신의 영역에만 몰두하는 것입니다. 또 하나는 적극적인 사회 참여를 하는 것입니다. 어느 게 '옳다, 옳지 않다'라고 단정할 수는 없습니다. 나름대로 타당한 이유가 얼마든지 있을 것입니다.

'너'라는 대상은 아주 구체적이면서도 막연합니다. 사랑하는 남녀 사이라면 당연히 이성의 상대가 될 것입니다. 또 넓게 해석하면 공기도, 구름도, 비도, 산도 될 것이란 생각을 합니다. 학생들 입장에서 보면 자기가 좋아하는 선생님이 담임이었으면 하는 바람도 될 것이란 생각을 해 봅니다.

가끔 아이들이 그립다는 생각을 합니다. 더 이상 아이들을 직접 가르칠 일이 없기 때문에 속 시원하다는 생각이 들 때도 있습니다. 하지만 지금 가르치면 더 잘 가르칠 수 있을 것을 하는 생각이 듭니다. 류시화 시집의 제목처럼 '지금 알고 있었던 것을 그 때도 알았더라면'말입니다.

'사랑'이라는 말은 참 좋은 말입니다. 어느 곳이나 어떤 대상이나 다 통용될 수 있는 말인 것 같습니다. 아이들도 사랑하고, 만나는 사람들도 사랑하고, 내 주변의 사물도 사랑하고, 내가 낸 문제도 사랑해 보시지요. 그리고 무엇보다 지금 이 순간을, 내 자신을 사랑해 보시지요.

동행

지금까지 '동행'이었습니다. 어쩌면 처음 만나서 팀을 이루기도 하고, 전부터 잘 알고 있는 사이로 한 팀이 되기도 했을 것입니다. 그런 팀들이 모여서 대구진단 팀이 되었습니다.

동행의 노랫말은 '아직도 내겐 슬픔이 우두커니 남아 있어요 그날을 생각하자니 어느새 흐려진 안개 빈 밤을 오가는 마음 어디로 가야만 하나'(이하 생략)로 이어집니다.

대구교육해양수련원에서의 6박 7일의 동행 어떠셨습니까? 어떤 분은 며칠 동안 파도소리도 듣지 못했답니다. 일에 대한 열정, 집착 등으로 푸른 바다와 그 바다가 부르는 파도 소리도 듣지 못한 것입니다.

가수 최성수는 상당히 애절한 노래를 부른 것으로 기억됩니다. 대중가요에 사랑이 들어가지 않는 게 드물듯이, 최성수의 노래도 모두가 그렇다고 봐도 무방할 것 같습니다. 최성수의 노래 부르는 모습을 보면서 가끔은 좀 느끼하다는 생각이 들기도 했습니다.

최근에 텔레비전을 보니, 지금은 미국의 대학에서 음악관련 공부를 하고 있다고 합니다. 배움에는 시작도 끝도 없나 봅니다. 동해안의 푸른 바다가 사시사철 하얀 거품을 뭍으로 밀어 올리듯이 말입니다. 그 때도 땀을 뻘뻘 흘리면서 동행을 불렀는데, 그전에 느끼던 느끼하다든가 간지럽다는 생각보다는 가사 그대로 동행의 의미를 느꼈습니다.

내가 가는 길, 마음이 맞는 사람들과 함께 내 길, 네 길, 우리 길을 가는 것도 인생의 복이겠지요.

소금인형 또는 소금

류시화는 시인이자 명상가, 번역가 등 다양한 재능을 가진 사람입니다. 80년대 '성자가 된 청소부'를 번역하여 알려지기 시작합니다. 그 뒤 쉬우면서도 감성적인 시집이 이어집니다. 또한 인도 기행을 통한 산문집도 나옵니다. 차림새도 인도에는 100만 명이나 된다는 '길 위의 성자' 모습 그대로입니다.

언젠가 이런 질문을 받았습니다. "바다로 내려간 소금 인형이 어떻게 되었을까요?" 현문우답(賢問愚答)이란 단서를 달고 답했습니다. "소금인형이 바다가 되고, 다시 바다가 소금이 되고, 소금인형이 되겠지요. 그렇게 돌고 돌겠지요."

대구진단의 과정이 이러했을 거란 생각입니다. 처음에는 내 문항이었습니다. 조금 있다가 우리 팀 문항이었습니다. 삽화와 그래픽, 윤문과 편집까지 더했습니다. 처음 내 것의 온전한 모습을 찾기는 쉽지 않습니다. 그래서 우리의 대구진단이 되었습니다.

살아가는 일도 소금인형과 같은 것이란 생각을 합니다. 내 생각, 네 생각 다 좋지만, 결국은 우리 생각이 될 때 서로 조금씩 양보하고 배려하는 삶이 될 것입니다. 일을 할 때는 조용조용히 하고, 허물은 내 탓이고, 공은 남에게 돌리는 그런 언행이면 모두가 소금인형일 것입니다.

눈에 보이지 않는다고 다 사라진 것이 아니듯, 소금이 바다가 되어 형체가 사라져도 영원히 사라지는 것은 아니듯이 말입니다.

아이들을 가르칠 때 류시화의 소금도 외우게 한 시 중의 하나입니다. 국화 옆에서, 참 좋은 당신, 향수, 고구려의 아이, 흔들리며 피는 꽃, 하늘과 바람과 별과 시, 북청 물장수 등이 있습니다.

간혹 이런 질문을 받았습니다. "그렇게 어려운 시를 아이들에게 가르친다고 이해를 합니까? 꼭 그렇게 가르칠 필요가 있을까요?" 아이들 눈높이를 고려한 좋은 질문이었습니다. 제 대답은 초지일관 한 가지였습니다. "예, 지당하신 말씀입니다. 어려운 시, 다 이해하지 못합니다. 억지로 이해하게 하지도 않습니다. 아이들이 이해하는 만큼만 가르칩니다. 소금의 예를 들면 이렇습니다. 야들아, 운동장에 운동하다가 넘어지니 어떻데 되지? 상처가 나지? 상처가 나니 시원하더냐? 아프지? 아프면 눈물이 나지? 요 정도까지만 가르칩니다." 그렇습니다. 초등학교 3학년이면 그 정도만 알아도 되지 않겠습니까? 6학년이 되면 더 많이 이해를 하고, 중학생이 되면 또 그 정도의 수준으로 이해를 하고 말입니다. 시의 주제가 무엇이다 등등의 이야기 하지 않아도 때가 되면 '사랑이다', '희생이다', '봉사다'라는 것을 생각하지 않겠습니까?

류시화의 또 다른 시집인 '외눈박이 물고기의 사랑'과도 맥을 같이 한다고 봅니다. '두눈박이 물고기처럼 세상을 살기 위해 평생을 두 마리가 함께 붙어 다녔다는 외눈박이 물고기 비목처럼 사랑하고 싶다.' 우리에게 시간은 충분하다고 합니다.

소금인형

류 시 화

바다의 깊이를 재기 위해

바다로 내려간

소금인형처럼

당신의 깊이를 재기 위해

당신의 피 속으로

뛰어든

나는

소금인형처럼

흔적도 없이

녹아 버렸네

들꽃

조용필을 위한 변명 [1]

조용필이 한국 최고의 가수라는 데는 별다른 이견이 없을 것 같습니다. 수많은 히트곡은 당연한 결과입니다. 시대마다 대중음악 수준을 한 단계씩 올리는 데 결정적인 역할을 한 사람이 조용필이란 데 음악평론가들의 의견이 모아진다고 합니다.

대구진단, 대구평가 역량과 정성과 노력을 모아서 세상에 내보냅니다. 모두가 간절히 소망하듯 진단평가의 개념에 걸맞는 진단이 내려지기를 소망합니다.

노랫말이 아주 평범합니다. 그러나 그 속은 결코 평범하지 않습니다. 조용필의 많은 곡 중에서 그리 알려지지 않은 곡입니다. 무명가수도 아니고, 한국 최고의 가수가 불렀다는 데 의의가 더하는 것 같습니다. 정호승의 '항아리'라는 이야기와 비슷한 느낌을 받았습니다.

누구나 자기의 역할이 있습니다. 이번 대구진단도 마찬가지입니다.

문제를 내는 사람, 고르는 사람, 그림을 그리는 사람, 그래픽을 하는 사람, 토씨를 고민하는 사람, 체제를 고민하는 사람, 그런 사람들이 모여서 문제를 만들었습니다. 참 중요한 분들이 모여서 소중한 작업을 하였습니다. 그리고 두 분의 초·중학교 출제위원장님께서는 문항 하나 하나, 토씨 하나 소홀함이 없도록 고민하고 또 고민하셨습니다. 너무 집중하다 보니 약간의 견해 차이로 살짝 토라지기도 하고, 눈시울 적실 때도 있었습니다. 그런 과정도 다 좋은 문항을 만들고야 말겠다는 집념의 소산이라 생각됩니다.

그렇게 좋은 문항을 다듬이질 하는 동안 소리 없이 준비하고 고민하는 분들도 있었습니다. 들꽃 같이 드러나지 않지만, 평가단 위상에 걸맞는 간식을 준비하느라 노심초사하신 우리 원 일반직 여러 분들이 동행했었습니다. 또 영양을 고려한 맛있는 세 끼 식사를 준비하는 대구교육해양수련원의 많은 분들이 있었습니다.

그리고 보는 이 없어도 아침이면 푸른 바다 위로 붉은 기운 솟아올라 하루를 시작했습니다. 그 푸른 바다는 푸른 멍이 들 때까지 똑같은 소리를 쉼 없이 들려주었습니다.

킬리만자로의 표범

조용필을 위한 변명 [2]

"킬리만자로산은 어느 대륙에 있습니까?" 열에 아홉은 정답입니다. 일정 연수 등 교사를 대상으로 하거나, 교대생을 대상으로 해도 마찬가지입니다. "아프리카입니다" 여기서 더 나아갑니다. "그러면 킬리만자로산은 어느 나라에 있습니까?" 자신 있게 대답합니다. "케냐입니다" 정답일까요. 정답이 아닙니다. 이렇게 대답하게 되는 가장 큰 이유는 발로 텔레비전 동물의 왕국 프로그램입니다. 처음 동물의 왕국이 소개될 때 거의 케냐의 국립공원이었습니다.

킬리만자로산은 해발이 5,000미터가 넘습니다. 정상에는 만년설이 있으며, 적도 부근입니다. 탄자니아에 있습니다. 탄자니아는 인도양을 끼고 아프리카 동부에 있으며, 케냐, 이티오피아 등과 함께 육상 중장거리 강국입니다.

조용필은 초창기에 미군 무대에서 활동을 했습니다. 흔히 말하는 무명 시절이었지요. 당시 나훈아, 남진이 가요계를 양분하는 2대 천황의 시절이었던 것으로 생각됩니다. 물론 이 사실을 안 것은 오랜 시간 뒤의 이야기입니다.

1976년 '돌아와요 부산항에'로 일약 최고의 가수가 됩니다. 가창력은 그 전에 이미 갖춘 기본이었습니다. 하지만 대마초 흡입 경력이 문제가 되어 1977년 방송 출연 금지를 당합니다. 천당과 지옥이 따로 없습니다. 1979년 해금이 되어 본격적인 조용필의 시대가 열리게 됩니다.

조용필은 '킬리만자로의 표범'을 불러서 탄자니아 정부로부터 감사패(1998년)를 받고, 홍보대사(1999년)로 임명되기도 했습니다. 2001년 9월 26일 외국인으로서는 처음으로 탄자니아 정부로부터 문화훈장을 받기도 했습니다.

조용필이 이 곡을 처음 받고는 망설였다고 합니다. 당시로서는 생소한 랩(흘림체 부분)이 있었기 때문이다. 작곡은 김희갑, 작사는 양인자, 두 사람은 부부입니다.

어쩌면 조용필의 인생이 바로 킬리만자로의 표범 가사와 같다는 느낌입니다. 가정적으로 볼 때는 결코 행복하다고만 할 수는 없습니다. 킬리만자로의 표범으로 상징되는 조용필의 인생, 아니 어쩌면 많은 이들이 킬리만자로의 표범을 그리고 있지 않을까요?

대구진단이 걸어온 길이 이것과 다르지 않다는 생각입니다. 고독한 작업, 끊임없는 토론, 파도소리를 듣지 못할 만큼 치열한 야간 작업, 그런 정열의 마지막에 남은 것은 무엇입니까? 외형적으로 남은 것은 진단평가 문항 660개입니다. 하지만 모든 위원님들 가슴에 킬리만자로의 표범 같은 상징 하나씩 가졌으리라 생각합니다.

개인적으로는 마지막 소절이 제일 가슴에 와 닿습니다. 그대로 산이 된들 또 어떠리. 수련원 앞의 바다가 이런 심정 아니었나 모르겠습니다. 뱀발이지만, 킬리만자로산 정상에는 표범이 없답니다. 뭐 대수겠습니까? 이미 우리 가슴에 표범이 자리 잡고 있는 데 말입니다.

상록수

심훈의 소설 '상록수'를 생각해 봅니다. 박동혁과 채영신이 펼치는 농촌 계몽운동과 사랑 이야기입니다.

노래 상록수는 더 이상 살을 붙이는 게 군더더기일 것 같습니다.

나지막하게 한 번 불러 보시지요.

이런 노래 부를 기회 많지 않습니다.

이런 노래 부를 때도 많지 않습니다.

이런 노래 쉽게 부를 노래 아닙니다.

누구나 앞서 가는 게 어렵습니다.

대구진단 여러분들이 선구자입니다.

누군가 길 없는 길을 갑니다.

또 누군가 그 길 따라 갑니다.

그렇게 길이 됩니다.

그렇게 그 길이 모여서 인생이 됩니다.

그런 인생들이 모여서 역사가 됩니다.

산 중의 소나무 제 혼자 자랐습니까?

인간 그 누가 도움을 주었습니까?

아닙니다.

아침이면 붉은 기운이 힘을 주고,

낮이면 산새며 바람이 친구가 되고,

밤이면 별과 달이 친구가 되었습니다.

그렇게 소나무가 되어,

서까래도 되고,

기둥도 되고,

산을 지키는 수호신도 되었습니다.

대구진단

내가 모여 우리가 되고,

대구진단이 되었습니다.

거위의 꿈

바야흐로 다문화 시대입니다. 교육정책에서 가장 주목해야 할 부분이 다문화 교육이라는 생각을 합니다. 다른 나라 이야기도 아니고, 바로 우리의 현실입니다. 눈앞의 현실을 받아들이기 어려운 사람들도 많습니다. 하지만 생각을 바꾸어야 합니다.

인순이, 본명 김인순, 오십을 훌쩍 넘긴 가수입니다. 처음 텔레비전을 보신 분들은 혀도 많이 찼을 것입니다. 당시의 정서로는 이해하기 어렵고, 이해할 수도 없었을 것입니다. 어쩌면 양심에 가면 하나 붙여 놓았는지도 모를 일이지요.

노랫말 어느 구절이나 애절하기 그지 없습니다. 하지만 애절함만 있는 게 아닙니다. 그 애절함을 넘어서는 도전, 용기, 희망, 사랑, 인간에 대한 존경입니다.

인순이, 남자 가수 조용필에 뒤지지 않는 가창력을 가진 가수입니다. 힘이 넘치는 무대 장악력, 이젠 친숙한 얼굴입니다. 가수가 노래보다는 다른 것으로 더 승부를 하는 시대(정상이 아니겠지요), 기본이 무엇인지가 혼란인 시대, 정상이 무엇인지 혼란한 시대, 그래도 인순이 같은 가수가 있어서 다행이라는 생각입니다.

우리는 인순이 같은 보물을 미리 예단하는 잘못을 했습니다. 흔히 말하는 선입관이지요. 더 자주 말하는 첫인상입니다.

대구진단은 바로 학생들을 진단하는 도구입니다. 흔히 말해 골치 아픈 학생을 진단하는 척도입니다. 그것도 한 학교, 몇 학교, 대구의 학교도 아닌, 전국의 같은 학년 학생들을 재단하는 도구인 것입니다. 참으로 긍지와 자부심을 가질 일입니다. 뒤집어 생각하면 참으로 가슴 떨리는 무한책임을 져야 할 일입니다.

그렇기에 대구진단의 시정이 쉽지만은 않았습니다. 그런 시정이었기에 자신감을 가져 봅니다. 모두에게 정확한 진단을 내려 줄 대구진단이라는 것을……

향수

시 향수와 노래 향수에 얽힌 이야기가 참 많습니다.

한국교원대 대학원을 다닐 때 시인 정지용의 생가를 두 번 방문하였습니다. 지금은 복원이 되어 있습니다. 대학원 다닐 때는 생가라는 표지만 있고, 앞에는 실개천이 흐르고 있었습니다. 정지용의 생가는 충북 옥천입니다. 멀리 보이는 곳이 황산벌이라는 설명을 성기조 교수님이 해 주시곤 했습니다. 주변 건물 중에서 이발관이 아직도 기억에 생생합니다. 족히 수 십 년은 되었을 법한, 왠지 들어가 앉으면 향수에 나오는 여러 구절들이 저절로 나올 것 같았습니다.

가끔 여든이 넘은 아버지를 모시고 50년 된 김천의 이발관을 갑니다. 여든을 앞둔 이발사와 여든을 훌쩍 넘긴 손님의 대화는 바로 향수 그 자체입니다. 연탄불에 물을 데우고, 수건은 반 장짜리를 사용합니다. 마무리는 항상 고데기를 사용합니다. 이발을 하는 동안 온전히 드러나는 당신의 모습을 보시면서 무슨 생각을 하실까 궁금하기도 합니다. 삶의 역정이 주마등처럼 스쳐지나가지 않을까 추측도 해 봅니다.

황혼이라는 같은 처지에 대한 이심전심인지, 이야기는 끊어질듯 이어지고 그렇게 새로운 화제를 넘나듭니다. 빗질 한 번, 가위질 한 번에도 50년 장인의 손길이 묻어납니다.

다음에는 아버지 머리를 손질하는 그 장인에게 내 머리도 맡겨볼 생각입니다. 정지용 생가 부근의 그 이발관이 궁금합니다.

향수는 1927년 발표된 작품입니다. 정지용의 대표작이라 해도 무방하겠지요. 당시 시대상을 그렸기 때문에 지금 보면 생소한 낱말들이 많습니다. 시골 생활을 하지 않은 분들은 장면이 쉽게 떠오르지 않을 수도 있겠지요.

해방이 되고, 국토가 38선으로 분단이 되고, 6.25가 일어납니다. 정지용은 납북되어 사망한 것으로 알려져 있습니다. 월북이다 납북이다라는 논란 속에 향수는 오랫동안 알게 모르게 전해지다가 80년대에 해금이 됩니다.

문학을 좋아하는 이들에게는 익숙한 작품이었지만, 일반인들에게는 생소한 작품이었습니다. 시가 대중적인 인기를 얻게 된 계기가 서울음대 교수인 성악가 박인수와 가수 이동원이 부른 노래 향수입니다.

노래에 얽힌 사연도 많습니다. 서울대 음대 교수인 박인수가 대중가수와 함께 노래를 불렀다는 이유만으로 꽤 난처한 입장이었다고 합니다. 당시로서는 파격적인 조합이었지요. 예술에도 격이 있고, 예술을 위한 예술인지 어떤지는 모르겠지만, 장삼이사들이 이해하기는 어려운 일이네요.

여하튼 노래와 함께 향수는 대중적인 인기를 얻게 됩니다.

80년대 후반부터 아이들에게 노래와 시를 많이 가르쳤습니다. 아이들의 의지와는 상관없이 제가 좋아하는 노래와 시였습니다. 지금 생각하면 상당히 강압적인 방법도 많이 사용한 것 같습니다. 향수는 노래를 먼저 가르치고, 시를 외우게 했습니다.

지금은 사회인이 된 희열이란 학생이 있습니다. 당시 노래와 시로 향수를 완전히 외운 학생이었습니다. 중학교 국어 시간에 시 향수를 공부했나 봅니다. "이 시 외우는 사람 있나?" 희열이란 학생이 손을 번쩍 들었나 봅니다. "넓은 벌……" 끝까지 외우지는 못했나 봅니다. 그래서 노래로 하겠다고 했답니다. 스카우트 활동도 열심히 하고 명랑쾌활한 학생이라 노래로 마무리를 잘 했다고 합니다. 그게 벌써 15,6

년이나 되었습니다.

평소 좋은 시나 노래 하나쯤은 가슴에 담아두면 좋겠다는 생각을 합니다.

진단평가와 관련해서 여러 가지 일 많으셨지요. 1월 4일 2차 협의회 날 온통 눈 세상에 두세 시간 먼 길, 눈 길 마다 않으신 추억도 있을 것입니다. 합숙 출제 기간에는 밤인지 낮인지 구분이 안 되는 날들의 연속이었습니다. 아침 일출을 보는 것도 사치였을 분들도 있었을 것입니다. 처음에는 내 문제였다가, 마지막 세상에 나갈 때는 누구의 문제도 아닌 우리 대구의 문제로 나들이를 하는 것도 세상살이에 도움이 되는 좋은 추억이라 생각됩니다.

그런 날들도 훗날 아름다운 기억의 한 컷을 차지하리라 생각됩니다. 어렵고 힘들었지만, 지나고 보면 아름다운 기억, 향수가 되지 않을까요?

어제가 아름다우면 오늘은 더 아름다울 것이고, 내일은 더 행복할 것입니다.

향 수

정지용 시/박인수·이동원 노래

넓은 벌 동쪽 끝으로

옛이야기 시줄대는 실개천이 회돌아 나가고,

얼룩백이 황소가

해설피 금빛 게으른 울음을 우는 곳,

－그 곳이 참하 꿈엔들 잊힐 리야.

질화로에 재가 식어지면

뷔인 밭에 밤바람 소리 말을 달리고,

엷은 졸음에 겨운 늙으신 아버지가

짚베개를 돋아 고이시는 곳,

－그 곳이 참하 꿈엔들 잊힐 리야.

흙에서 자란 내 마음

파아란 하늘 빛이 그립어

함부로 쏜 화살을 찾으려

풀섶 이슬에 함추름 휘적시던 곳,

－그 곳이 참하 꿈엔들 잊힐 리야.

전설 바다에 춤추는 밤물결 같은

검은 귀밑머리 날리는 어린 누이와

아무렇지도 않고 여쁠 것도 없는

사철 발벗은 안해가

따가운 해ㅅ살을 등에 지고 이삭 줏던 곳,

－그 곳이 참하 꿈엔들 잊힐 리야.

하늘에는 석근 별

알 수도 없는 모래성으로 발을 옮기고,

서리 까마귀 우지짖고 지나가는 초라한 지붕,

흐릿한 불빛에 돌아앉어 도란도란거리는 곳,

－그 곳이 참하 꿈엔들 잊힐 리야.

(창작 당시의 시)

내가 만일

'내가 만일'은 제 18번곡입니다. 지금까지 공사석에서 가장 많이 부른 노래입니다. 그 다음이 향수, 사람이 꽃보다 아름다워, 사랑하게 되면, 갈대의 순정 등등입니다.

안치환은 현실의 문제를 솔직하게 드러내는 가수입니다. 그런 사회에서 볼 때 '내가 만일'은 이단아였습니다. 쉽게 말해 너무 부드러운 것입니다.

하지만 이 부드러움이 안치환이 대중적으로 알려지게 된 계기가 됩니다. 또한 안치환의 노래 가운데 대중들이 가장 즐겨 부르는 노래이기도 합니다.

이 노래도 아이들에게 무조건 가르쳤습니다. 아침 시간에도 부르고, 국어 시간에도 부르고, 체육 시간에도 부르고, 현장학습 가서도 부르고, 시도 때도 없이 부르게 했습니다.

그런 만큼 공부 시간에도 활용했습니다. 내가 만일 노랫말로 공개 수업(시 바꾸어 쓰기)도 있습니다. 사회 시간에는 안치환은 단골 초대 손님입니다. 내가 만일 이순신이라면……, 노래도 불러도 좋습니다.

내가 만일 시험문제라면 아이들을 행복하게 해 주고 싶습니다.

내가 만일 학생이라면 시험을 기분 좋게 치겠습니다.

내가 만일 선생님이라면 기분 좋게 시험 칠 문제 내겠습니다.

내가 만일…….

즐거운 상상으로 입가에 미소를 흘려봅니다.

천 개의 바람

천 개의 바람을 노랫말 그대로 해석하면 조금은 우울하고 슬퍼집니다. 영전 사진이 나오고, 죽음이 나오고 이 세상 사람이 아닌 그런 느낌입니다. 하지만 생명은 있는 모든 것은 오가는 반복되는 일이니 그리 슬퍼할 것만은 아닌 것 같습니다.

임형주는 성악가, 팝페라 가수입니다. 민주화 열망이 요동치던 1986년생입니다. 최근 강의를 앞두고 밝힌 소감입니다. "그동안 여러 방송과 신문기사로 보도되어 많은 분들이 아시는 바와 같이 2007 유네스코 한국위원회가 조사한 '청소년이 존경하는 100인' 문화/예술인 부문에서 소프라노 조수미 씨와 지휘자 정명훈 씨 그리고 소설가 이문열 선생님 등과 함께 선정되었다. 또 2005 한국교육개발원이 조사한 '우리나라 중, 고등학생이 가장 만나고 싶은 명사'에 노무현 전 대통령님, 이건희 삼성그룹 회장님, 안철수 교수님, 배우 김태희 씨와 전지현 씨 등과 함께 선정되며 우리나라 청소년들에게 많은 관심을 받아왔다. 그런 제가 한국의 미래를 이끌어나갈 영재들 앞에서 특별강의를 하게 되어 너무 기쁘게 생각하며 바쁘지만 이번 강의의 주제부터 모든 자료를 직접 준비하고 있을 정도로 많은 애착을 갖고 있다"

대구진단 평가 문제 내 문제 우리 팀 문제는 죽고(용해라고 할까요) 대구의 문제가 되었습니다. 그런 문항 내신 우리 위원님들이 학교 현장에서 좋은 평가 문항을 만드는 천 개의 바람이기를 소망합니다.

바람 불어서 좋은 날입니다.

바람 불어도 좋은 날입니다.

동백 아가씨

'엘레지의 여왕', 이미자는 1959년 열아홉의 나이에 '열아홉 순정'으로 데뷔했습니다.

동백 아가씨는 국민가수 이미자의 가장 대표적인 곡입니다. 1964년 신성일·엄앵란 주연의 동명 영화 동백 아가씨의 주제곡이기도 합니다.

영화 동백아가씨는 서울에서 내려온 대학생과 인연을 맺은 섬처녀가 버림받고 술집에서 일하게 된다는 통속적이고 신파적인 내용입니다. 동백아가씨라는 제목은 여주인공이 '동백빠아'에서 일하는 여급이 된데서 유래했다고 합니다. 주제가 음반 뒷면에 첫 번째로 실린 이 노래의 가사는 '그리움에 지쳐서 울다 지칠 때까지' 연인을 기다리는 여성 화자의 서글픈 마음을 토로하고 있습니다.

동백 아가씨는 여인의 깊은 한과 애상적인 느낌을 잘 표현한 노래입니다. 대한민국 역사상 처음 100만장이 넘는 것으로 추정되는 음반 판매량을 기록하며 공전의 인기를 끌었습니다. 이후 노래가 일본풍이라는 이른바 왜색 시비와 함께 금지곡으로 전격 지정되었습니다. 여러 가지 추측이 난무했지만, 후에 이미자는 경쟁 레코드사의 입김이었다고 회고했습니다.

누구나 자유롭게 말하는 것도 어려웠던 시절, 긴 머리도 단속 대상이었던 시절이었습니다. 당시 박정희 대통령은 청와대로 이미자를 불러 동백아가씨를 즐겨 들었다고 합니다. 참 역사의 아이러니가 아닐 수 없습니다.

오랜 세월 사람들의 입에서 입으로 전해지다가, 1986년 6월 항쟁 이후에 전격 해금이 되어서 누구나 자유롭게 부르고 듣게 되었습니다.

대구진단은 동백아가씨 같은 이유는 아니지만, 3월 8일까지는 금지된 문항입니다. 어떤 다른 고려도 아닌 평가의 공정성을 담보하기 위한 것이니 탓할 것은 없겠지요.

대구진단 지금까지의 시정이 그리 쉽게 잊혀 질 것은 아니라고 봅니다. 앞으로 그런 경험을 할 수도 있지만, 다시 같은 경험을 할 수 없을지도 모릅니다.

동백아가씨가 많은 이들의 사랑을 받듯이, 대구진단의 평가문항도 많은 교육가족에게 도움이 되겠지요.

어느 해인가 눈 천지인 고창의 선암사를 찾았습니다. 다른 것 차치하고 산방의 차 한 잔으로 족했습니다. 그 곳에는 동백이 지천이었습니다.

갈대의 순정

순정은 순수한 감정이나 애정을 말합니다. 순정, 참 좋은 말입니다. 흔히 '순수하다'라는 말도 많이 사용합니다. 순정이 순수함이 조금은 부족한 시대이기에 더 이런 말들이 그리워지는지도 모릅니다.

가수 박일남은 매력적인 굵직한 중저음으로 몸의 움직임의 거의 없이 노래를 부릅니다. 갈대의 순정을 부를 때는 절반의 시간은 눈을 감고 부르는 것 같았습니다.

십여 년 전에 교대부초에 근무할 때 베트남과 캄보디아를 여행할 기회가 있었습니다. 그 유명한 앙코르와트와 하롱베이를 직접 눈으로 확인한 좋은 기회였습니다. 여정의 어느 밤에 사이공강에 정박해 있는 유람선에서 저녁을 먹고, 여흥을 즐기는 시간이 있었습니다. 잘 아시다시피 사이공강은 아주 길고 큰 강입니다. 5만 톤 정도의 배가 정박할 수 있을 정도입니다.

돌아가면서 노래를 불렀습니다. 우리나라 관광객이 많아서 우리나라 노래방 같은 시설에다 한글 노래책까지 있었습니다. 딱히 자신 있는 게 없어서 갈대의 순정을 불렀습니다. 지금껏 노래 부르면서 가장 짜릿한 감정을 느꼈습니다. 그 좋은 노래 부르면서 나는 얼마나 순수하고 순정을 가졌는지 되돌아보았습니다. 낱말의 의미 그대로의 마음을 가졌다고 자신하기는 쉽지가 않습니다.

갈대와 억새를 혼돈할 때가 많습니다. 갈대는 주로 물가에 많다고 합니다. 순천만의 갈대가 유명합니다. 창녕의 화왕산은 갈대가 아니라 억새라고 보면 되겠지요.

사랑하는 사람에 대한 순정, 참으로 좋은 감정이겠지요. 아이들에 대한 순정, 선생님에게 참으로 필요한 덕목일 것입니다. 다른 이를 대하는 순정, 사회 구성원으로 꼭 필요한 마음가짐이라 생각합니다.

흔히 대중가요에 사랑타령 빼면 아무 것도 없다고 합니다. 이 갈대의 순정도 한 가지 의미로만 해석하면 사랑하는 여인에 대한 남자의 순정이라는 것으로 족하겠지요. 하지만 사랑이라는 게 무한한 의미를 가지고 있으며, 여인을 굳이 여인으로만 해석할 필요는 없을 것 같습니다.

노래방 갈 기회가 많지는 않지만, 오랜만에 눈을 지긋하게 감고 나지막하게 갈대의 순정을 노래하면서 자신을 돌아보는 것도 좋겠습니다.

파랑새

가수 이문세가 제일 좋아하는 야채를 아십니까?

가수 조용필이나 나훈아와는 또 다른 이문세만의 카리스마로 변하지 않는 고정 지지자가 많습니다. 그가 제일 좋아하는 야채는 무엇일까요?

요즘에는 어렵게 구한 직장을 다니다가 바로 새로운 직장을 구하는 것을 파랑새 증후군이라고도 한다고 합니다.

저는 그것보다는 동학혁명에 나오는 새야 새야 파랑새가 먼저 떠올랐습니다.(이 노래가 어떻게 해서 만들어졌는지에 대해서는 확실하게 밝혀진 바는 없지만 몇 가지 설이 있다. 먼저, 동학농민운동(1894) 때에 일본군이 푸른색 군복을 입어 파랑새는 일본군을 뜻하며 전봉준이 녹두장군이라 불리었던 점을 보아 녹두밭은 전봉준을 상징하고 청포장수는 백성을 상징한다는 것이 유력하다. 또 다른 설로는 팔왕설이 있는데, 전봉준은 전(全)자를 파자하여 팔(八)왕(王) 이라고도 불리었고 이것이 변형되어 파랑새가 되었다는 것이다.-위키백과)

이문세의 노래에서는 긍정적인 의미로 사용된 것 같습니다. 어떤 바람, 이상, 희망, 동경 등이라고나 할까요.

내 가슴에 파랑새 한 마리 키우는 것도 좋겠습니다.

이문세가 가장 좋아하는 야채는 당근입니다. 얼굴이 길어서 말이라는 별명도 있다지요.

만남

　살아가면서 많은 만남을 가집니다. 만나고 헤어지고, 또 만나기가 반복됩니다. 그것이 한 개인의 인생이 되고, 한 시대가 되고, 그것들이 모여서 역사가 되겠지요.

　좋은 만남도 있고, 그렇지 못한 만남도 있습니다. 사람과 사람과의 만남도 있고, 사람과 다른 대상과의 만남도 있습니다. 이왕이면 좋은 만남이면 좋겠지요.

　가수 노사연이 부른 노래 '만남'은 많은 사람들로부터 사랑받는 노래입니다. 모임의 마지막을 장식하는 노래로도 많이 불려지고 있습니다. 쉬운 가사에 곡도 그리 어려운 게 아닙니다.

　그렇게 이 노래를 들을 때마다 아쉬운 게 하나 있습니다. 바로 '바램'이라는 낱말입니다. 잘 알고 계시겠지만, '바램'이 아니라 '바람'이 바른 표현입니다. '바라다'와 '바래다'를 생각해 보시면 쉽게 이해가 될 것입니다. 일상생활에서나 방송에서는 대부분이 '바람'을 '바램'으로 사용하고 있습니다. 이런 게 된 이유가 여러 가지겠지만, 노사연의 노래가 큰 공헌(?)을 한 것이 아닌가 생각합니다.

　대구진단평가팀도 좋은 만남이었습니다. 과정이 힘들고 어려웠기에 한두 번 만나고 그냥 남이 되기에는 너무나 소중한 만남이었을 것으로 생각합니다. 소중한 분들과의 만남, 6박 7일의 만남, 아침 일출과 바다와의 만남, 좋은 문항과의 만남, 만남의 연속이었습니다.

　옷깃만 스쳐도 인연이라고 하지요. 청암사 대웅전 추녀 끝에 몸을 맡긴 풍경은 심심할 때가 많습니다. 절도 절이거니와 비구니들만 있는 절이니 손님도 그리 많지 않습니다. 수도산(일명 불령산) 골을 타고 내려오는 바람도 심심하기는 마찬가지입니다. 모두가 나뭇가지에 걸리는 같은 소리들뿐입니다.

추녀 끝의 풍경과 골바람이 깊은 밤 만났습니다. 부둥켜안고 소리 내고 싶었지만, 그저 비구니들이 깊은 잠 깨지 않을 정도의 자장가만 불렀습니다. 그렇게 그들은 자신의 존재만 알리고는 스쳐 지나갔습니다. 매일 밤 그런 만남이 있었습니다. 그렇게 청암사의 풍경소리가 되고 독경이 되고 강경이 되었습니다.

대구진단!

청암사의 풍경과 수도산의 골바람, 그들의 만남 다르지 않을 것입니다.

아름다운 구속

노래 경쾌합니다.
저절로 흥이 납니다.
구속 좋아할 사람 없습니다.
아름다움 싫어할 사람 없습니다.
좋아함과 싫어함이 만났습니다.
절묘한 조합입니다.
구속을 하되 아름답게 한답니다.
이런 구속 해 보셨습니까?
혹 지금 이런 구속 하고 계십니까?

김종서 자그마한 체구입니다.

하지만 가창력은 대단합니다.

요즘은 예능 프로에도 자주 나옵니다.

가수도 노래 말고 다른 것도 잘해야 하나 봅니다.

쉽지만은 않을 일입니다.

대구진단,

아름다움 구속이라 해도 좋겠지요.

여러 번 구속 당하셨습니다.

합숙출제 기간은 정말 구속이었습니다.

앞으로 자주 경험하지 못할 일입니다.

지금 생각하니 아름다움 구속이었습니다.

서로가 서로를 이해하는 구속이었습니다.

자신을 좀 더 알아가는 구속이었습니다.

지금도 입을 구속당하고 계십니다.

임금님 귀는 당나귀 귀가 맞지요.

살아가면서 이런 아름다운 구속 많이 가지시기 바랍니다.

아름다운 구속, 그저 오는 게 아니겠지요.

내가 준비하고 찾아 나설 때, 아름다운 구속은 언제나 나에게 올 것입니다.

파초

수와 진은 쌍둥이 형제입니다. '파초'는 1987년에 나온 곡입니다. 노랫말과 같이 심장병 어린이를 돕기 위해 전국 길거리 공연을 한 것은 모두가 잘 아는 사실입니다. 자신들의 행동과 노래가 너무나 잘 어울린다는 생각이 듭니다.

하지만, 1989년 1월 1일 한강고수부지에서 동생 안상진이 괴한들에게 피습을 당하면서 시련을 겪습니다. 이 또한 노랫말과 비슷하다는 느낌이 듭니다. 당시 노태우 대통령까지 나서서 범인 검거를 독려했다고 합니다.

그 뒤 시련의 세월을 보내다가, 2008년 다시 결성을 하여 활동을 하고 있습니다. 1986년 데뷔곡은 '새벽아침'입니다. 이 또한 아름답고 가슴 뭉클한 노랫말입니다. 살아가면서 누군가에게 도움을 줄 수 있다는 것만으로 행복한 삶이라 생각합니다. 주고받는 게 부끄럽지 않은 그런 사람들이 많은 세상이, 사람 향기 나는 살맛나는 세상 아니겠습니까?

우리가 어려운 과정을 거치면서 진단평가 문항을 만들었습니다. 그런 과정이 파초가 되고 풀꽃이 되었으리라 생각합니다. 누군가 어려움과 힘듦을 몰라주어도 어떻습니까? 아침 이슬이 아침 해를 좋아하겠습니까? 두려워하겠습니까? 아, 여기 나오는 갈대도 가수 박일남의 '갈대의 순정'에 나오는 그런 순정을 가진 갈대인 것 같습니다. 소리 없이 왔다가 흔적 없이 사라지는 이슬, 그런 이슬을 기다리는 갈대, 그 둘은 이심전심인가 봅니다.

사노라면

김장훈 하면 기부천사란 말이 먼저 떠오릅니다. 전세를 살면서 수익금의 대부분을 나눔 활동에 사용하고 있습니다. 뉴욕 타임지에 독도가 우리 땅이라는 광고를 자비로 싣기도 했습니다. 최근에는 김치 관련 홍보도 한다고 들었습니다.

김장훈은 2009년 공연 섭외 1순위였다고 합니다. 방송 출연도 제법 하지만, 직접 공연을 그만큼 많이 한다는 의미겠지요. 그의 무대는 시원시원하면서도 관객을 열광의 도가니로 몰아가는 재주를 가지고 있습니다. 또한 OB 베어즈의 팬으로 종종 응원 단장격으로 발차기를 하는 모습을 볼 수 있습니다.

김장훈의 이런 모습과 같이 노랫말도 긍정적이고, 노래 또한 시원시원합니다. '째째하게 굴지 말고 가슴을 쫙 펴라.' 흔히 인생을 새옹지마, 마라톤 등에 비유하기도 합니다. 언제나 즐겁고 좋은 일만 있는 것도 아니고, 그렇다고 늘 슬프고 괴로운 일만 있는 것도 아닐 것입니다.

대구진단의 과정 또한 같은 이치일 것입니다. 처음에는 조금 쉽게 생각했을 수도 있습니다. 각자의 문항을 내고, 30문항 선제를 해서 합숙을 들어갔습니다. 어쩌면 6박 7일 동안 뭘 하지 라는 고민을 하신 분들도 있었을 것입니다. 하지만 밤낮이 구분 없는 하루하루, 고치고 고치고, 또 고치기가 반복되는 1박 2일의 연속이었습니다. 하지만 동해 바다는 아침이면 어김없이 그날의 태양을 선물했습니다.

사노라며 좋은 날 오는 것 분명하겠지요. 하지만 모든 이들에게 그렇게 오는 건 아니라고 봅니다. 좋은 날 오도록 뭔가를 준비하고 노력한 덕분이 아닐까 히는 생각을 합니다.

아이들과 동행하면
즐겁습니다

백제의 숨결을 따라[4]

어디를 간다는 것은 가슴 설레는 일이다. 수학여행 때문에 4시에 시계가 울리도록 한다는 것이 5시로 잘못 하는 바람에 마음이 몹시 조급했다. 전날 밤에 대충 준비를 해 놓았기 때문에 바로 출발을 할 수가 있었다. 평소 학교 출근과는 다른 옷차림이니 크게 신경을 쓰지 않아도 되었다. 마음이 급해서인지 오늘따라 고속도로가 더 밀리는 것 같았다.

학교에 도착하니 6시 30분이다. 벌써 여러 아이들의 모습이 보였다. 단정한 교복 차림에 이름표를 목에 걸고, 얼굴에는 웃음이 떠나지 않는다. 아마 아이들 모두 전부 밤잠을 설쳤거나, 일찍 일어났을 것이다.

한 명의 아이가 조금 늦게 도착하는 바람에 예정 시간이 7시가 조금 지나서 출발했다. 흔히들 말하는 코리안 타임인가? 시간은 그 무엇보다도 소중한 것인데도 그 소중함을 잘 모르는 것 같다. 교장 선생님의 당부 말씀을 듣고, 환영하는 부모님들을 뒤로 하고 출발했다.

---

4) 2000년 대구교육대학교대구부설초등학교 6학년 부여, 공주, 독립기념관 현장학습을 다녀와서 쓴 글.

고속도로에 들어서니 며칠 동안 잠을 자지 못한 탓에 깜박깜박 잠이 들었다. 내가 사는 구미와 부모님들이 살고 계시는 대신을 지나면서 그 옛날 초등학교 6학년 때 경주로 수학여행을 가던 일이 생각난다.

수학여행 전날 여러 가지 준비를 했다. 그 가운데 가장 기억에 남는 것이 속옷 안에 주머니를 만들어 500원짜리 지폐를 넣었던 것이다. 모두가 가난한 시절이고 30년이 다 된 일이니 적다고는 할 수는 없는 돈이지만, 그것을 잃어버릴까 염려하신 부모님의 걱정이라고나 할까? 대신역에서 완행 기차를 타고 경주까지 가면서 세상은 참 넓다는 생각을 했었다. 주산 시험을 치고, 체력장 검사를 한다(홈페이지 첫화면 까까머리)고 김천을 몇 번 가 본 것이 전부였던 터라, 대구를 지나고 경주에 도착하니 감회가 새로울 수밖에 없었다. 그리고 석굴암을 보기 위해 꼬불꼬불한 산길을 돌고 돌면서 멀미를 하는 바람에 정작 석굴암에 대한 기억 보다는 멀미를 한 것이 더 생각난다.

추풍령 휴게소를 그냥 지나쳤다. 수학 여행단 버스가 너무나 많아서 들어 갈 수가 없었다. 옥천 휴게소에 들러 늦은 아침을 마치고, 잠시 산천을 둘러보았다. 그냥 한가하게만 보이는 풍경이건만, 그 속에 사는 시골 사람들의 생각은 또 다르리라. 어려서부터 줄곧 시골에서 자랐고, 지금도 매주말이면 시골에서 생활하는 나로서는 마냥 목가적인 눈으로만 볼 수도 없었다. 그 생활의 고단함이야 직접 경험하지 못하고는 알지 못하리라.

다시 버스에 올라 잠시 눈을 붙이다가 보니 이미 논산에 들어와 있었다. 부여에서 바로 국립 부여 박물관을 보았다. 백제의 마지막 수도로서 찬란한 백제 문화의 보고인 부여에는 우리 조상들의 숨결이 묻어 나오는 것 같았다. 우리는 흔히 신라의 역사는 많은 것을 알고 있지만, 백제에 대해서는 잘 모르는 것이 많다. 그것은 백제가 신라에 멸망당했으며, 역사의 기록은 승자의 입장에서 쓴 때문이기도 하리라. 역사는 승자만 기억하는가?

자리를 옮겨 부소산성 주차장에서 점심을 먹고, 삼충사, 고란사, 낙화암을 보았다. 쓰러져가는 백제를 구하기 위한 세 명의 충신을 모신 사당인 삼충사를 둘러보았다. 성충, 홍수, 계백의 혼이 스려 있었다. 중과부적임을 알고도 자기의 가족까지 벤 후, 황산벌에서 신라와 치열한 전투를 벌인 계백 장군의 이야기는 역사를 빛낸 100명의 위인들에도 나와 있어 우리 아이들에게도 낯익은 인물이다. 더욱이 지금 사회는 우리나라 역사를 배우고 있기 때문에 사회 교과서에서만 배우던 것을 직접 눈으로 보고, 체험할 수 있는 더할 수 없이 좋은 기회였다.

삼천궁녀의 꽃 같은 죽음이 서려 있는 낙화암으로 향했다. 치욕스런 삶을 살기 보다는 충절을 지키기 위해 스스로 백마강에 몸을 던졌다는 삼천 궁녀의 혼백이 서린 곳이다. 그 날의 모습을 떠올리려니 모래 채취선의 굉음이 명상을 방해한다. 물론 삼천 명이야 되지 않겠지만, 그만큼 많은 수의 궁녀를 상징적으로 표한 것이리라. 그렇다고 하더라도 별로 크지도 않은 나라에서 그 많은 궁녀가 있었다는 것 자체가 문제리라. 모든 것의 근본은 백성인데, 어찌 그들의 삶이 고달프지 않았으리요. 잠시 낙화암에서 이생각저생각 하다가 올라오려니 길이 꽉 막혀 버렸다. 좁은 계단식 길에 초등학생, 중학생이 뒤섞여 오리내리기가 매우 불편하였다. 저 학생들은 지금 무슨 생각으로 이 길을 오르내리고 있을까 하는 생각이 들었다.

다음으로 간 곳이 백제의 두 번째 수도였던 공주에 있는 무령왕릉이다. 무령왕은 백제 제 25대 왕으로서 삼국사기에 의하면 '키가 8척

장신이고, 이목구비가 수려하고 인자관후(仁慈寬厚) 하여 민심이 잘 따랐다.'고 한다. 옛날이나 지금이나 백성의 마음 즉 민심이 중요하리라. 그 옛날의 역사에서 오늘을 살아가는 가르침을 배운다. 그래서 역사는 흐른다고 했던가? 공사 관계로 자세히 볼 수 없는 아쉬움을 뒤로하고 숙소가 있는 도고로 향했다.

도고 글로리 콘도에 도착해서 방 배정을 하고 간단히 씻은 다음 식사를 했다. 잠시 휴식을 하고 발검사와 〈역사의 고장을 찾아서〉 학습장을 검사했다. 1차 발검사에서 모두를 탈락시켰다. 아이들이 아우성이다. 직접 40명 학생의 발을 내 코에다 대고 검사를 하니, 설마 하던 아이들이 자지러진다.

"발 냄새가 나고 더럽다고 생각하지. 그럴수록 더 깨끗하게 해라. 발이 없으면, 너희들이 마음대로 걸을 수가 있느냐? 더럽고 냄새 나는 곳일수록 더 깨끗하게 해야 하는 것을. 그리고 이런 것도 생각해 보아라. 우리 사회에는 많은 직업이 있다. 그 중에서 쓰레기를 청소하시는 분들을 생각해 보아라. 냄새 나고 더럽다고 아무도 하질 않는다면, 우리 사회가 어떻게 되겠느냐? 모두가 맡은 일을 충실히 하는 것이 더 나은 사회를 만들 수 있을 것이야."

2차 검사는 검사도 하지 않고 모두 통과를 시켰다. 밤새 잠을 자지 않는 아이들의 이야기 소리를 들으면서, 선생님이 주무시는 곳을 두고 아이들 방에서 잠이 들었다.

아침이 되었다. 5시에 잠을 깨어 6시에 온천욕을 했다. 심신이 맑아지는 것 같았다. 붉게 오른 아침 해는 오늘 날씨도 매우 화창하다는 것을 알려 주었다. 그러나 마냥 즐거워만 할 수 없는 것이, 가뭄이 무척 심하다는 것이다.

온양 민속박물관, 현충사를 거쳐서 독립기념관 근처에 무지개 식당에서 식사를 했다. 무지개 하면 신비하고, 뭔가 비밀이 있으며 아름답다는 느낌이 드는 데 이 식당은 그것과는 정반대였다.

독립기념관에는 많은 인파들로 넘쳐나고 있었다. 정문에서 기념 촬영을 하고, 겨레의 문 앞에서 간단하게 그림을 그렸다. 그리고는 다시 만날 시간을 약속한 다음 모둠별로 관람을 하게 했다. 독립기념관 전시물들에 대한 해설서나 사진 자료가 있는 책을 구하기 위해 입구 왼쪽에 있는 안내소에 들렀다. 예순은 훨씬 넘어 보이는 할아버지가 안내장을 내 주시면서 목에 걸린 이름표를 보시더니, 교사인 것을 아시고 이런 말씀을 하셨다.

"일본의 역사 교과서 왜곡 문제가 심각합니다. 학교에서 잘 가르쳐 주세요."

"예, 사회 시간이나 그 외의 시간에 충분히 이야기를 하고 있습니다."

"그리고 일본 학생들도 수학여행을 많이 오는데, 우리 학생들과는 많이 달라요. 기본 질서를 지키는 것이 차이가 많이 나요. 우리나라 가정의 책임이 큽니다."

"예, 맞습니다. 가정의 문제가 아니라 학교, 가정, 나라 모두의 책임이 큽니다. 학교에서도 책임을 느끼고 있습니다."

인사를 하고 돌아서는 발걸음이 무겁다. 일본이 역사 교과서를 왜곡하는 것은 그들의 잘못된 역사관이 근본 문제겠지만, 그만큼 국력을 믿는다는 것 아니겠는가? 지금 이 독립기념관에 있는 많은 사람들 중 이런 생각을 하는 사람들이 몇이나 될까? 선열들이여 우리를 살펴 소서. 힘을 주소서

다시 대구로 내려오는 길에 잠이 들었다. 초등학교 6학년 때, 경주

로 수학여행을 하면서 기차 창밖으로 스쳐가는 풍경에 넋이 나간 내 어린 시절 까까머리 영호가 자꾸만 따라왔다.

그 섬은 우리에게 무엇을 남겼는가?[5]

집을 떠나 낯선 곳에서 지내는 것은 두려움과 설렘이 교차한다. 1973년 늦가을 시골초등학교에 다니던 내가 경주로 1박 2일의 수학여행을 떠난 것이 가족과 떨어져 잔 최초의 일이었다. 그 뒤 고등학교와 대학교를 다니면서 자취를 하느라 낯선 곳에서 생활을 했었다. 학교에 근무하면서 야영이나 여행, 한국교원대 대학원 때문에 밖에서 자는 일이 많아졌다. 하지만 6학년 수학여행과는 또 다른 느낌이었다.

6학년 재량활동 주제가 〈국제이해교육〉이다. 자칫 외국에 대해서만 공부해야 한다는 오해가 생기기 쉽다. 그러나 남의 것을 알기 전에 우리의 것을 잘 알고 세계에 소개할 수 있어야 한다. 물론 세계의 여러 나라에 직접 갈 수는 없었지만, 영화 감상, 인터넷 등을 통하여 우리 것과 조화를 이루려고 애를 썼었다.

6학년 재량활동 마지막 현장학습이 제주도로 결정되었다. 다행히 한 학생도 빠짐없이 다 참가하게 되었다. 나는 이번 제주도 현장학습까지 다섯 번을 갔었다. 그래서 현장학습을 다니는 곳에 대한 소개보다는 우리 학생들이 어떻게 하는가를 중점적으로 보는 것에 초점을 두었다.

학생들의 현장학습을 돕기 위해서 1학기의 부여, 공주, 독립기념관

---

5) 2001년 대구교육대학교대구부설초등학교 6학년 제주도 현장학습을 다녀와서 쓴 글.

의 수학여행 때처럼 학습지를 만들었다. 그때는 학생들이 쓰는 양이 많아서 애를 먹었다. 사실 쓰는 양이 많아서 잘 되질 않았다. 이번에는 제주도에 대한 소개를 하여 읽기에 중점을 두고, 자기의 생각이나 느낌은 간단하게 쓰도록 만들었다. 제목을 어떻게 정할까 하다가 〈그 섬에 가고 싶다〉라고 결정하였다. 같은 이름의 영화 제목이 있긴 하지만, 제주도에 대한 궁금증과 호기심을 자극할 수 있는 제목이라고 생각한다.

아침에 일찍 일어나는 것이 습관이 되었지만, 그래도 혹 늦을까 하여 시계와 휴대폰에 알람을 하여 정해진 시각에 일어날 수 있었다. 집에서 4시 50분에 출발을 하니 사방은 온통 어둠뿐이었다. 학교 부근에서 간단히 목욕을 하고 학교에 도착하니 6시 35분이다. 조금 있으니 아이들이 하나 둘씩 들어온다. 무거운 배낭을 메고 있었지만 웃음이 떠나지 않는다. 교실에 집합 시각이 7시였다. 출발 시각 7시 30분이 다 되어도 보이질 않는 아이들이 있다. 뭐 시간 조금 늦는 것이 대수리요 하고 생각할 수도 있겠지만, 지구촌 시대를 살아가는 우리가 꼭 생각해 보아야 할 문제다. 시간은 약속이고 돈이다. 흔히들 말하는 코리안 타임의 불명예를 벗어 던져야 할 때다. '세 살 버릇 여든 간다.'라고 하질 않았는가?

예정 시각보다 10분 늦은 7시 40분에 많은 학부모님들의 전송을 뒤로하고 김해로 향했다. 고속도로에 들어서기 전에는 정체가 조금 되었지만, 일단 고속도로에 들어선 버스는 거칠 것 없이 김해 공항을 향해 질주했다. 아이들의 웅성거림은 이내 과자를 먹거나 음료수를 마시는 소리로 바뀌어져 있었다. 공항에 도착하기 전에 휴게소에 들려 체중 조절과 휴식을 취했다.

김해에 도착하니 서울 쪽의 안개 때문에 비행기가 지연된다는 소식이다. 공항 로비에 짐을 풀어놓고 자유 시간을 가졌다. 공항에 대한 신기함 때문인지 이곳저곳을 둘러보는 아이들의 발걸음이 분주했다. 지연이와 희주는 외국인과 영어로 이야기를 나누었다며 자랑했다. 출발하려고 짐을 들고 보니 몇 군데 과자 봉지가 눈에 들어온다. 지나간 곳에 흔적을 남기지 말아야 할 것을······.

조금 늦게 비행기를 탔지만, 즐거운 기분이 상할 정도는 아니었다. 잠시 울렁거림이 있었지만, 이내 균형을 잡은 비행기는 검푸른 남해를 지나 제주도에 사뿐히 내려앉았다. 다른 교통 수단과는 달리 비행기는 착륙하고도 내리기까지 상당한 시간이 걸린다. 성질 급한 어른들과 몇 아이들이 자리에서 일어서가 승무원의 제지를 받았다. 몇 걸음 앞에 나가는 것이 뭐 그리 대단한 일이라고 서두르는지 모르겠다. 학교에서도 마찬가지다. 틈만 나면 교실에서나 급식실에서 달리기를 하는 아이들을 볼 수 있다. 급한 마음을 억누르고 차분하게 행동해야 하리라.

공항에 내리니 우리를 3일 동안 안내할 분들이 기다리고 계셨다. 더 반가운 것은 제주교대부설 교장 선생님과 교감 선생님께서 손수 마중을 나와 계셨다. 이국적인 공항 풍경을 뒤로하고 제주교대부설초등학교로 가는 도중에 안내하시는 분이 몇 가지 제주도 사투리를 가르쳐 주셨다. 〈알았수꽈〉, 〈알았수다〉 등 간단한 안내를 마칠 때쯤 제주교대부설에 도착하였다. 검으스럼(현무암이 잘게 부수어진 것 같음)한 운동장에서 축구를 하는 아이들이 보였다. 문득, 지난 겨울 방학에 본 일본 효고교육대학교부속소학교의 학생들이 짧은 바지를 입고 질퍽한 운동장에서 축구를 하는 장면을 떠올렸다.

바로 급식실에 가서 준비해 온 도시락을 먹었다. 따뜻한 계란국을 준비해 주어서 아이들이 한결 맛있는 점심을 먹고, 학교를 둘러보았다. 6학년 교실에 가니 나를 알아보는 아이들이 있었다. 출발 전에 제주교대부설의 학년 게시판에 미리 글을 올린 까닭이다. 세상은 참 편리하다. 그러나 그 편리함을 어떻게 이용하는 지도 자못 궁금하며 문제가 되는 부분이 없는 것도 아니다. 대구의 학교와는 사뭇 다르다. 심어져 있는 나무가 대구에서는 볼 수 없는 것들이다. 교실은 깨끗했으며 학생들은 매우 건강해 보였다. 실내를 죽 둘러보는 것을 마치고, 스탠드에서 양쪽 6학년이 만나 이야기를 나누는 시간을 가졌다. 대부분의 학생들이 어색한 만남에 뒷걸음을 쳤지만, 몇 아이들은 나란히 앉아 이야기를 나누고 이메일을 주고받았다. 시간 여유가 있다면 교실에서 함께 수업을 하거나 이야기를 나누면 좋을 것이란 생각이 들었다.

6학년 학생들의 환송을 받으며, 목석원으로 향했다. 초겨울이지만 햇살이 따가우리 만치 좋은 날씨다. 돌과 나무를 전시한 곳인데, 갑돌이의 일생이란 주제로 만든 것이 인상적이다. 안내하시는 분의 자세한 설명을 들으니, 그 옛날 섬 생활에서 충분히 일어날 수 있는 일이기도 했다. 해피엔딩의 결말이지만, 지금은 나 몰라라 부양 가족을 팽개치는 무책임한 부모들을 흔히 볼 수 있지 않은가?

민속 자연사 박물관은 제주도의 민속에 관한 것이 많이 전시되어 있는 곳으로 민초들의 생활상을 잘 볼 수 있었다. 대형 갈치를 비롯한 고기류, 암석, 생활 용품 등이 다양하게 전시되어 있다. 육지부와 떨어져 섬에서 생산되는 것으로 자급자족을 해야 했을 섬 생활의 고단함도 느낄 수 있었다. 그런 것을 아는지 모르는지 아이들은 그저 좋아

깔깔대기 일쑤다.

첫 날 마지막으로 간 곳이 용두암이다. 화산 활동으로 생긴 것으로 용머리를 닮았다 하여 용두암이라고 부른다고 한다. 그런데 오랜 세월이 지나면서 파도와 바람에 많이 깎였다고 하지만, 아쉬운 대로 용의 형상을 찾을 수 있었다. 아이들은 기념 사진 촬영과 바닷물에 손을 담그느라 저녁 해가 지는 것도 모르고 있었다. 아름다운 바다, 깨끗한 물에 한 마리의 용, 그러나 멀리 용머리 뒤로 솟아오르고 있는 건물을 보니 왠지 모를 분노가 치솟았다. 자연은 자연 그대로가 아름다우며, 따라서 인간의 손은 최대한 억제를 해야 한다는 것이 내 생각이다. 정부에서 제주도를 국제 자유 도시로 한다는데, 개발 논리에만 치우친 나머지 아름다운 제주의 모습이 훼손되는 것은 아닌지 걱정이 앞선다. 우리는 지금까지 그런 일을 너무나 많이 보아 왔기 때문에 이번만은 그런 전철을 밟지 않기를 기대해 본다.

밤에는 아이들의 발 검사를 했다. 지난 1학기 수학여행 때 경험이 있는 아이들이라 대부분 깨끗이 하고 있었다. 직접 코로 냄새를 맡고 잘 씻지 않은 아이들은 발바닥에 살짝 마사지를 했다. 어디 단체로 여행을 할 때는 발을 깨끗이 하고, 잘 간수를 해야 한다는 것이 지론이다. 그만큼 발은 고생을 많이 하고 잘못 다루면 힘이 들 뿐만 아니라, 다른 사람에게도 피해를 주기 때문이다.

다음 날은 첫날밤을 아쉬워하면 늦게까지 잠을 자지 않은 아이들 몇을 깨우는 데 힘이 조금 들었다. 아침을 먹은 뒤 6학년 전 학생의 발바닥에 비누칠을 해주었다. 종일 걸어야 할 일정이 많기 때문에 발의 피로를 덜어주는 데는 꽤 효과가 있는 방법이다.

처음 간 곳이 한림 공원인데, 한 인간의 의지와 노력이 얼마나 대단

한가를 알 수 있었다. 애향 정신과 개척 정신이 일구어 낸 한림공원에는 육지부에서는 볼 수 없는 많은 것을 처음 보는 즐거움과 협재, 쌍용 등 화산 활동의 흔적을 더듬었다. 다 그런 것은 아니지만, 보는 즐거움보다 먹는 즐거움에 빠진 아이들도 눈에 띄었다. 금강산도식후경이라 했으니, 배고픔을 참지 못하는 것이 당연할지도 모른다. 노부부들의 여유로움에 잠시 발걸음을 멈추고, 20년, 30년 뒤에 나는 어떤 모습일지 잠시 상념에 잠기기도 했다. 많은 중국 관광객들은 무서운 속도로 도약하는 중국경제의 모습에 섬뜩함을 느끼기도 했다. 언제 저들에게 추월을 당할지도 모르는 일이니, 정신을 차려야겠다. 공원 내에 있는 타조에게 학습지를 내밀다가 학습지를 타조에게 뺏긴 천아무개군 때문에 버스 안이 웃음바다가 되기도 했다. 그러나 얼마나 위험한 일인가? 그 것이 책이었기 망정이지, 손가락이나 다른 신체 부위였다면 어떻게 되었을까? 생각만 해도 등골이 오싹해진다.

살아 있는 예술 작품인 분재로 유명한 분재 예술원에도 분재의 장단점을 떠나 개인의 의지와 집념, 노력을 엿볼 수 있었다. 나오는 길에 체중 조절을 하려고 화장실에 들르니 평소 내가 좋아하는 구절이 있었다.

- 못 생긴 소나무가 산을 지킨다(내용 생략) -

다시 제주 조각 공원에서 점심을 맛있게 먹었다. 하늘과 누런 잔디밭, 이름 모를 나무와 각양각색의 조각품이 어우러진 곳에서 기념사진을 찍었다. 꼭 작품을 감상하지 않아도 좋으리라. 지금 내가 서 있는 그 자체가 하나의 조각이요, 예술이요, 자연이 아니겠는가? 멀리 보이는 산방산을 뒤로 하고 차에 올랐다.

제주도에서 산이라고 부르는 것은 한라산, 산방산, 송악산 세 곳이다. 나머지는 기생화산 즉 오름인데, 특별히 바닷가에 있는 것에는 성산 일출봉 같이 '봉'을 붙인다고 한다. 이름도 연유가 있다. 360개의 오름에는 나무가 잘 살지 못하는 초원이기 때문에 목축을 많이 한다고 한다.

'한국의 나이아가라'라고 불리는 삼단 폭포인 천제연 폭포는 가뭄이 심해 한 곳만 물줄기를 볼 수 있었다. 그러나 그것만으로도 속이 시원했다. 물은 알고 있을까? 떨어지는 것의 슬픔, 솟아오르고 싶은 욕망 등 이런저런 생각을 하면서 계단을 오르내리면서, 7선녀 다리를 지나 여미지 식물원에 들렸다. 여미지 식물원은 삼풍 백화점과 같은 그룹에 속해 있다가, 삼풍 백화점 붕괴 후 서귀포시에서 관리를 한다고 한다. 이국적인 제주도의 자연 환경에 온실을 더했으니 금상첨화라.

마지막 일정으로 퍼시픽 랜드에 있는 돌고래와 바다사자의 묘기를 보았다. 아이들의 환호성이 더해 가고 심아름의 박수는 그칠 줄을 몰랐다. 그 정도의 묘기를 선보이자면 조련사들은 얼마나 힘이 들었을까라는 생각이 들었다. 돌고래나 바다사자의 지능도 참 우수할 것이라는 생각도 들었다. 다른 한편으로는 넓디넓은 바다를 마음껏 헤엄쳐야 할 것들이 좁은 우리 안에 갇혀서 하루에 몇 차례씩 인간을 위한 몸부림을 친다고 생각하니 측은한 생각이 들었다.

차를 타기 전에 바닷가에서 일몰을 구경했다. 주로 일출 광경은 보지만, 바닷가에서 해넘이를 보는 기회는 많지 않다. 그러나 역시 아이들은 아이다. 그런 장관(?)을 언제 보랴만, 그저 웃고 떠들고, 장난치기에 바쁘다. 내일도 해는 다시 뜰 것이니, 아쉬움은 접어 두고 버스에 올라 숙소로 향했다.

아이들에게 저녁을 먹게 하고는 000호의 방문을 걸어 잠갔다. 낮에 아이들에게 불미스러운⑦ 일이 일어났기 때문이다. 해결은 하였지만, 찜찜한 기분이 아직까지 남아 있다. 견물생심이라고 했던가? 서로 믿고 생활해야 할 것을, 즐거운 시간에 티가 되니 못내 아쉬움을 떨칠 수가 없었다. 이런 이야기까지 했다. "잃어버린 사람의 잘못이다. 선생님이 초등학교 수학여행을 갈 때 어머니가 속옷 안쪽에 주머니를 만들어서 그 속에 500원 넣어 갔었다. 자기 것은 자기가 잘 간수를 해야 한다. 그리고……." 우리 반 남자 아이들을 다 모아놓고 이야기를 하다 보니, 이런저런 이야기가 다 나왔다. 아이들이 얼마나 가슴으로 느끼고 행동으로 옮길지…….

제주에서의 마지막 밤이 아쉬운지 잠을 자질 않는다. 숨바꼭질하듯 되풀이되는 밤이다. 사실 어른들도 마찬가지겠지만, 낯선 곳에서의 밤이란 묘한 기분을 자아낸다. 괜히 밖으로 나가고 싶다. 친구들과 이야기를 나누면서 밤을 꼬박 새고 싶다. 밤새워 텔레비전을 보고 싶고, 남자와 여자들이 둘러앉아 시시콜콜한 이야기를 나누면서 과자를 먹고 싶다. 덜 익은 라면을 호호 불며 먹고 싶고…….

마지막 날, 새벽에야 잠이 든 많은 아이들이 졸린 눈을 비비고 아침을 먹은 뒤 산굼부리를 향해 한라산 중턱을 넘나들었다. 초원의 소와 말이 보이는가 하면, 어느새 빽빽한 삼나무가 이어지고 저 멀리 보이는 한라산은 살짝 눈을 뿌려 놓은 듯하다. 아이들은 지난 밤의 모자란 잠을 보충하느라 좋은 풍경을 놓치고 있다. 곳곳의 목장과 승마 연습장을 지날 때 안내원의 자세한 설명이 있었다. 제주도의 조랑말은 원래 제주도의 토종말이 아니다. 몽고가 고려에 쳐들어와 삼별초를 굴복시키고, 제주도의 초원을 보고는 일본 정벌에 쓸 말을 가져와서 길렀다. 그 뒤 몽고가 물러난 뒤 제주도에 남게 된 것이라고 한다.

1276년 160마리의 몽고말이 들어왔다는데, 지금은 주로 승마용, 경마용 및 식용으로 이용된다고 한다. 역사의 아이러니한 한 장면이 아닐 수 없다.

누런 억새와 파란 나무가 너무나 잘 어울리는 곳 산굼부리와 제주 민속촌을 둘러보았다. 민속촌에서는 학생들의 교복에 관심을 가지는 분들이 많았다. 그리고 내가 교복을 입고 있으니, 자기들끼리 선생님도 교복을 입었다며 신기해 했다.

제주의 제 1경이라고 불리는 성산 일출봉에서 지난 9월에 실무실습을 나온 장봉철 교생 선생님을 만났다. 원래 제주도 서귀포시 남원이 고향이라 임용고사 시험(11월 24일)을 치러 제주도에 내려와서 부인, 동생과 함께 집에서 재배한 귤 3상자를 들고 오신 것이다. 대구가 아닌 제주도에서 이런 만남을 가지니 더 감회가 새로웠다. 아이들과 기념사진을 찍고, 버스에서 잠시 이야기도 하신 뒤 짧은 만남의 시간을 끝냈다.

기념품 몇 점을 샀다. 아이들도 많은 호기심을 가지고 있었다. 유채꽃을 넣은 열쇠 고리 등 제주의 특징이 잘 나타나는 것도 있었지만, 좀 더 특성화 된 상품이 있어야겠다는 생각이 들었다. 곧 국제 자유도시가 되면 지금보다 훨씬 많은 외국 관광객들이 몰려 올 텐데, 이렇게 해서야 어디 외국인들의 구매 욕구를 충족시킬 수 있겠는가?

기념품 가게를 돌아서니 올 때와 마찬가지로 중부 지방의 안개로 비행기가 늦어진다고 한다. 박물관을 가기로 하다가 교장 선생님이 아이들의 의견을 존중하여 김녕 해수욕장에서 예정에 없던 시간을 가지기로 했다. 겨울 바다라고 하면 을씨년스럽게만 느껴지겠지만, 어쩌면 2박 3일의 일정에서 가장 기억에 남는 장소가 된 것 같다. 쪽빛 바다, 눈부신 모래, 까만 돌(현무암), 더하여 100여 명의 아이들이 어울리니 그야말로 한 폭의 그림이요 예술이었다. 소라게를 찾는 아이들, 뒤는 생각하지 않고 바닷물에 발을 담그는 아이, 혼자 백사장을 거닐어 보는 아이, 멀리 수평선을 지긋이 응시하는 아이, 모래에 친구의 우정을 새기다가 감정에 겨워 끝내 흐느끼는 아이……. 제주도의 마지막은 너무나 아름다웠다.

2박 3일의 현장학습이 끝났다. 성용재 교장 선생님께서도 말씀하셨지만, 사전 준비가 철저해야 한다. 〈그 섬에 가고 싶다〉 학습지, 명찰, 교복 입기 등 사전 교육을 철저히 한 덕분에 제주도에서 보낸 박 3일이 알차고 보람 있는 시간이 되었다. 다시 현장학습 사후 학습으로 다양한 형식으로 글을 모아서 한 권의 책으로 묶게 되었다. 그리고 이번 학습에서 교복 덕을 톡톡히 보았다. 아무래도 제복을 입으니 단정해 보이고, 아이들의 행동도 더 나아진 것 같다.

여러 가지 좋은 점도 있었지만, 조금 아쉬움도 남는다. 그러나 그 아쉬움은 다음을 위한 몫으로 남겨 두자. 다음 기회에 찾을 제주도도 이런 느낌이면 좋겠다. 그리고 3일 내내 너무나도 좋았던 제주도의 날씨에 감사를 드린다.

우리 아이들이 제주도의 깨끗하고 넓고 푸른 바다를 닮았으면 좋겠다.

후배들은 야영 못 하게 하세요[6]

"교감 선생님."

"그래, 현우야 무슨 일이니?"

"5학년 후배들은 6학년이 되더라도 팔공산 야영 못하게 하세요."

"응? 후배들 야영을 하지 못하게 하자고? 무슨 이유라도 있니?"

"너무 재미있어서 샘이 날 것 같아요."

"허허, 그래. 이번 팔공산 야영이 그래 재미있나?"

"예, 아주 좋아요."

철영을 앞두고 마지막 점심 식사를 마친 후 설거지를 하면서 6학년 남학생과 나눈 이야기이다.

1학기에 1박 2일 야영이 확정되었다. 2015년 10월 12일부터 13일까지이다. 장소는 대구교육팔공산수련원이다. 사전에 철저한 준비를 했다. 학생들은 미리 학교에서 밥짓기 연습을 했다. 생각보다 짐이 많아서 음식물을 제외한 준비물을 미리 교실에 가져다 두었다. 안전지도도 철저하게 했다. 학생들은 떠나기 전부터 기대만발이었다.

선생님들께는 학생들과 밀착해서 생활하도록 당부를 드렸다. 식사와 관련한 모든 준비는 내가 하기로 했다. 당연히 1박 2일 동안의 밥짓기도 내가 한다고 약속을 드렸다. 선생님들은 학생들의 밥짓기를 도우면서 같이 조금씩 먹으면 되지 않겠느냐고도 하셨다. 하지만 그렇게 해서 1박 2일을 보낼 일이 아이었다.

"당신이 제일 신이 난 것 같은데요?"

---

6) 2015.10.12.(월)~10.13.(화) 1박 2일 동안 대구교육팔공산수련원에서 6학년 학생들과 야영을 한 뒤에 쓴 글임.

야영 준비를 하는 나를 보고 아내가 웃으면서 한 말이다. 오랜만에 침낭을 꺼내고 코펠도 열어 보았다. 6학년 연구실에서 밥짓기도 미리 해 보았다. 찌개거리와 밑반찬은 아내가 준비해 주었다. 참 오랜만에 하는 야영이다. 학생들보다 내가 더 신이 나 있는 것 같았다.

야영 첫날은 송승면 원장님의 환영사로 시작하였다. 사랑합니다. 환영합니다의 인사말이 인상 깊었다. 간단하게 수련원 소개를 하셨다. '저 높은 팔공산에 내 꿈과 끼를 펼쳐라'는 수련원의 캐치프레이즈를 소개하면서 가슴에 꿈을 심어가라는 말씀을 하셨다. 우리 학교와 지묘초, 산격초, 서도초 6학년이 함께 야영을 하게 되었다.

점심은 김밥으로 해결하고 오후 일정을 시작하였다. 산악안전트레킹을 했다. 나무가 울창한 산길을 걸으니 기분이 좋았다. 학생들은 앞서거니 뒤서거니 한다. 내리막길을 걷던 남학생이 발목을 삐끗했다. 보건실에서 간단하게 치료를 받았다. 활동하는 데 큰 지장을 없을 것 같았다. 강당에서 심폐소생술 교육과 숲 공예를 했다.

저녁 준비 시간이다. 이응택, 이종표, 김혜진, 박소영 선생님은 학생들의 저녁 식사 준비를 도왔다. 나는 따로 선생님들의 저녁 준비를 했다. 그 사이에 교장 선생님과 보건 선생님이 오셨다. 저녁 식단은 밥, 김치찌개, 야채샐러드, 밑반찬 몇 가지와 누룽지로 만든 숭늉이다.

원장님이 야영장 곳곳을 둘러보시면서 학생들을 격려해 주셨다. 교장 선생님도 학생들 저녁 식사 준비에 동참을 하셨다. 먼저 식사가 준비된 모둠에서는 식사가 한창이다. 원장님과 교장 선생님, 우리 선생님들이 학생들이 식사를 하는 모습을 보면서 잠깐 이야기를 나누었다. 1반의 이진기는 쌈을 싸서 직접 입에 넣어주었다. 원장님이 아까 먹었다고 하니, 처음 것은 소고기이고 이번에는 돼지고기라고 한다.

함께 어울리고 상대를 배려하는 흐뭇한 풍경이다. 그렇게 저녁식사가 끝났다.

갑자기 쌀쌀해진 날씨 때문에 팔공축제한마당은 강당에서 시작하였다. 학교별로 준비해온 꿈과 끼를 발산하는 시간이었다. 대부분 아이돌의 노래와 춤이다. 한 팀은 학교 운동회에서 한 깃발체조를 하였다. 연수원에 계신 분이 진행을 했는데 전문가 못지않은 실력이었다. 노래와 춤도 좋지만 좀 더 다양한 꿈과 끼의 발산이었으면 좋겠다는 생각이 들었다.

밤은 쌀쌀했다. 학생들은 쉬 잠들지 않았다. 학생들의 소근거림이 잠잠해지면서 기온은 더 떨어졌다. 본부로 사용하는 텐트 안의 온도가 8도까지 내려갔다. 밤하늘의 별은 더욱 초롱초동하다. 그렇다. 별은 밤이 활동무대라는 것을 잊고 있었다. 골바람도 제법 불었다. 체감온도는 거의 0도이거나 영하로 떨어진 것 같았다. 누군가는 잠을 자다가 깨다가를 반복하다가 아침을 맞았다.

다시 아침을 먹고 일반재난코스 체험을 했다. 학생들 하는 것을 보고만 있기에는 무료했다. 시범을 자청했다. 몇 가지 코스에서 제일 먼저 시범을 보였다. 우리 부초 학생들 모두가 즐겁게 체험활동을 했다.

점심을 먹고 뒷정리를 하고 철영을 했다. 퇴영식까지는 시간이 빠듯했다. 특히 수돗가의 음식물 찌꺼기를 처리하는 데 시간이 많이 걸렸다. 누군가의 주인인 물건이 몇 가지 보이기도 했다. 중천에 떤 시월의 가을해 덕분인지 뒷정리하느라 몸을 부지런히 움직인 때문인지 조금 덥기까지 했다.

퇴영식은 이교화 운영부장님이 마무리를 해주셨다. 지금까지 도와주신 부모님, 선생님, 수련원의 지도사님에게 감사하는 인사와 박수를 청하셨다. 그리고 야영을 무사히 마친 학생들 자신에게 감사하는 인사와 박수도 함께 청하셨다. 자신을 존중하고 남을 배려할 수 있는 좋은 말씀이셨다.

며칠 뒤에 학교에서 6학년 남학생과 이야기를 나누었다. 5학년 후배들 6학년 때 야영 못 가게 하라고 한 학생이다.

"현우야, 야영 한 번 더 갈까?"

"예, 교감 선생님"

"그래, 그건 그렇고 지금 5학년들 6학년이 되면 야영 못 가게 하라고 한 말 아직도 그렇게 생각하고 있나?"

"아니에요. 후배들도 야영 가야지요."

"그러면 그때는 왜 그렇게 이야기했지?"

"저희들도 재미있었지만, 내년에는 더 재미있을 것 같아서 그랬어요."

"그러면 지금은 생각이 바뀌었다는 말이네."

"예, 후배들도 가서 좋은 추억 만들어야지요."

7)

7) 2015.10.12.~10.13. 1박 2일 야영, 대구교육팔공산수련원.

네 번째 이야기

행복수업 하는 학교

대구태현초 행복수업 이야기입니다.
일 년 동안 선생님들과 공유한 내용입니다.

역사, 태현행복 수업 만들기
수업참관 어떻게 하면 좋을까?
세월이 약인가요?
기다려지는 수업
등입니다.

일 년으로 동행을 마감해서 못내 아쉽습니다.

역사, 태현행복 수업은 총 40회를 공유했습니다.
그 목록은 다음과 같습니다. 진한 글씨는 책에 공유하는 내용입니다.
처음 대구태현초등학교 교육가족과 공유한 내용을 그대로 싣습니다.
졸저 '수업? 너를 기다리는 동안'에 실린 것은 싣지 않았습니다.

1. **역사, 태현 행복수업 만들기** (2013.09.05.목.)

2. **사제동행** (2013.09.09.월.)

3. 교수·학습안 작성을 통한 좋은 수업 방안 (2013.09.24.목.)

4. **수업참관 어떻게 하면 좋을까?** (2013.10.02.수.)

5. 칠판과 분필, 학습문제 (2013.10.07.월.)

6. **취사선택** (2013.10.16.수.)

7. 동행 (2013.10.28.월.)

8. 자리 (2013.10.31.목.)

9. 모둠구성 (2013.11.04.월.)

10. 평가 (2013.11.08.금.)

11. 학습자료 및 매체 활용 (2013.11.14.목.)

12. 창의·인성 모델학교 방문기 1 (2013.11.20.수.)

13. 창의·인성 모델학교 방문기 2 (2013.11.22.금.)

14. 창의·인성 모델학교 방문기 3 (2013.11.28.목.)

15. 수업 바로보기 (내 눈으로 수업보기) 1 (2013.11.29. 금.)

16. 수업발표대회 (2013.12.04.수.)

역사,
태현 행복수업 만들기

-역사, 태현 행복수업 만들기 1, (2013.09.05.목.)-

대구태현초등학교 교감 김영호

〈 역사, 태현 행복수업 만들기 요약 〉

■ 기다려, 행복수업아. 수업, 선생님이 주인공이고, 수업, 네가 시작이고 끝이니. 시작해, 태현 행복수업을.

● 너를 기다리는 동안에 흔들리며 피는 꽃도 있어. 사제동행으

로 시작하는 건, 수업, 수업이구나. 그래 가지 않을 수 없는 길 함께 가는 거야.

- 너를 기다리는 동안 흔들리며 피는 꽃.
- 아이들의 이름을 불러주었을 때 자신만의 꽃이 됩니다.
- 시간은 약속이고, 앉으면 주인이지만, 수업 너를 만나보면, 그래 해답을 너인 것을, 좋은 수업, 진정 우리가 해야 할 수업은, 일주일에 단 한 번 만이라도……, 마침내 수업은 선생님의 □.
- 가지 않을 수 없는 길.

■ 수업, 선생님이 주인공이고
　◉ 흔들리며 피는 꽃도 있어

· 흔들리며 피는 꽃

　대구태현초등학교가 참 좋습니다. 교육청에 근무를 하면서도 늘 돌아갈 곳은 학교라고 생각을 했습니다. 정도의 차이는 있지만, 교육행정을 하는 모든 분들의 공통된 생각일 것입니다. 교육의 꽃은 바로 학교 현장입니다. 교육청은 좋은 꽃을 피우기 위해 지원을 해 주는 기관입니다. 학교에서 교육의 꽃은 바로 직접 학생들은 가르치시는 선생님들이십니다. 교장, 교감을 비롯해서 다른 모든 분들은 가르치시는 선생님들이 더 잘 가르치실 수 있도록 도와주고 격려해 주는 것입니다.

　선생님, 가르치시는 것은 참으로 보람 있는 일입니다. 긍지와 자부심을 가질 일입니다. 힘드실 때도 많으시지요. 속상할 때도 있을 것입니다. 물론 즐겁고 행복할 때도 있을 것입니다.

　학교를 떠난 지 5년 6개월 만에 돌아왔습니다. 변하지 않은 것도 많지만, 변한 것도 참 많습니다. 그 5년 6개월 동안 직접 수업을 10번 정도 해 보았습니다. 교육지원청에 근무하면서 장학지도(그 당시 명칭) 나가서 몇 학교에서 수업을 했습니다. 시교육청에 가서는 몇 학교에 수업컨설팅을 나가서 직접 수업도 하고, 선생님들과 수업에 대한 이런저런 이야기도 나누어 보았습니다. 최근에는 지난 8월 23일 대구매곡초등학교에서 4학년 학생들과 수업을 하고, 선생님들과 이야기를 나누었습니다. 학교로 나갈 것을 알고 있었던 때라 감회가 새로웠습니다.

선생님, 몇 가지 두서없이 적어봅니다. 제가 담임을 할 때 아쉽게 생각했던 부분과 교육청에서 근무하면서 느낀 것, 일본 국외연수에서 느낀 것 등등을 뒤섞어 보았습니다. 다음 시 음미해 보시고, 다음 쪽의 내용 편안하게 읽어 보시면 되겠습니다. 주로 수업과 기초와 기본에 대한 내용입니다. 행복교육의 시작도 수업이고, 끝도 수업이라는 확신을 가지고 있습니다.

흔들리며 피는 꽃 / 도종환

흔들리지 않고 피는 꽃이 어디 있으랴
이 세상 그 어떤 아름다운 꽃들도
다 흔들리며 피었나니
흔들리면서 줄기를 곧게 세웠나니
흔들리지 않고 가는 사랑이 어디 있으랴
젖지 않고 피는 꽃이 어디 있으랴
이 세상 그 어떤 빛나는 꽃들도
다 젖으며 젖으며 피었나니

바람과 비에 젖으며 꽃잎 따뜻하게 피웠나니

젖지 않고 가는 삶이 어디 있으랴

행복교육, 행복교육 합니다. 말로만 보면 행복이 넘쳐납니다. 하지만 실상은 꼭 그렇지만은 않습니다. 행복이란 개념도 사람마다 각각 다를 수 있고, 개인의 환경이나 바람에 따라 조금씩 달라지기도 하겠지요. 가장 근본이고 기본인 수업에서 행복을 찾아보시면 좋겠습니다.

■ 수업, 네가 시작이고 끝이니

   ● 사제동행으로 시작하는 건

• 아이들의 이름을 불러주었을 때

모임에 가면 얼굴을 맞대고 이야기하기 보다는 각자 휴대폰 들고 휴대폰과 대화 아닌 대화를 하는 모습을 종종 볼 수 있습니다. 아침에 교문에 서 있어보면, 휴대폰을 보면서 등교하는 학생도 많습니다.

컴퓨터, 참 편리하고 꼭 필요합니다. 공문도 만들어야 하고, 업무도 확인해야 하고, 수업준비(우리나라 초등학교 수업은 컴퓨터 의존도가 너무 높다고 생각합니다)도 해야 하고, 새로운 소식도 보아야 합니다. 다 필요합니다. 아침 시간 바쁩니다. 학생들 등교하면 아침 청소, 독서, 방송 등 짧은 시간에 할 일이 많습니다. 선생님, 아이들과 눈 한 번 더 마주치시고, 이름 한 번 더 불러주는 아침인사로 하루 시작하면 참 좋겠습니다. 사제동행의 시작은 선생님과 학생의 눈맞춤으로 시작하면 좋겠다는 생각을 합니다. 담임선생님들께서는 1교시 직전에 컴퓨터 작동하시면 좋겠습니다.

컴퓨터의 주 기능 못지않게 부가 기능인 쿨메신저도 참 유용합니다. 소리 소문 없이 동시다발적으로 보낼 수 있습니다. 업무가 많으신 선생님들은 공문 기안도 참 많으리라 생각합니다. 교무 부장님이 매일 아침에 안내드리는 내용은 하루 전, 4시 전후해서 안내하면 좋겠다는 생각이 듭니다. 학급 담임 선생님들은 공문 결재는 수업이 끝난 뒤에 올리시면 바로 처리하겠습니다. 수업시간에는 공문 상신, 쿨메신저 사용하지 않겠습니다.

• 자신만의 꽃이 됩니다

한 때, 살아가면서 알아야 할 것은 유치원에서 다 배웠다는 책이 유행했습니다. "세 살 버릇 여든까지 간다."고도 합니다. 초등학교에서 몸에 익힌 좋은 습관은 평생 살아가는 자산이 됩니다.

일본 소학교(우리의 초등학교) 졸업식에 5학년도 참석을 한다고 합니다. 학교별로 1시간 30분 정도 걸리는데, 6학년 뒤에 앉은 5학년들이 꼼짝도 하지 않는다고 합니다. 그런 연습을 일주일 정도 한다고도 합니다.

예를 들어, 실내화(운동화) 바로 넣기, 우측(좌측) 통행하기, 실내에서 조용히 걷기, 주변 정리정돈 및 청소 등입니다. 이런 것 모두 사제동행할 때 효과를 거둘 수 있습니다.

교과 전담 시간에는 담임 선생님이 반 아이들과 함께 교과 전담 수업장소에 함께 가시고, 또 마치고는 함께 오시면 좋겠습니다. 수업을 참관하는 것은 아닙니다.

하교 시간, 가끔은 교문까지 나와 보시면 좋겠습니다. 잘 아시다시피 우리 학교 교문에는 등하교 시간에 차들이 너무나 많습니다. 모두가 머리를 맞대고 풀어야 할 큰 숙제인 것 같습니다.

● 수업, 수업이구나

몇 쪽이고 책 피라[1]

몇 쪽이고, 책 피라 ☞ 1998* 대구삼영초등학교 4학년 2반 교실. 국어 시간

여느 때와 마찬가지로 학생들은 국어 책을 꺼낸다. 오늘 몇 쪽이야라고 묻는다. 학생들 대답에 따라 55쪽 피라(펴라). 내용 읽고, 책 끝에 있는 문제 공책에 쓰고 답도 달아라라고 한다. 한 학생이 내용을 잘 모르겠는데요라고 하자, 뭐가 어렵다고 난리야, 옛말에 어떤 글을 백 번 정도 읽으면 뜻이 저절로 통한다[2]고 했어. 잔소리 말고 이해될 때까지 읽어라고 핀잔을 준다. 무안해진 학생, 고개를 갸웃거리면서 책을 읽는다. 그렇게 또 국어 시간이 흘러간다. 그날도 김 교사는 책 피라(펴라), 몇 쪽이고 교수·학습 모형에 충실한 국어 수업을 하고 있었다.

※ 이런 수업을 아주 오랫동안 하였습니다. 학생 배움 중심이 아닌 교사의 일방적인 지식 전달식의 수업, 그런 수업이었습니다.

---

1) 대구광역시서부교육지청원(2010). 2010 장학자료. 수업 너를 만나면. p.202
2) 독서백편의자현(讀書百遍義自現)

- **시간은 약속이고**

수업 시작 시간은 선생님과 학생 간의 약속된 시간입니다. 선생님들과 학생들이 즐겁게 공부할 준비를 미리 해 주시면 좋겠습니다. 마침 시간도 마찬가지입니다. 블록 타임 운영으로 시정이 바뀔 수도 있겠지요. 시작이 반이라고 하지요. 시작하는 시간도 그 못지않게 중요할 것 같습니다. 다른 시작 시간도 마찬가지입니다.

- **앉으면 주인이지만**

가장 전통적인 방법은 칠판을 향해서 모든 학생들이 보는 일자형 배치입니다. 선생님의 수업 내용을 가장 확실하게 전달할 수 있는 방법이기도 합니다. 하지만 배움의 공동체에서 이야기하는 학생의 배움 입장에서 보면 그리 좋은 배치만은 아닙니다. 아이들을 담임할 때, 국회의사당 같은 배치도 하고, 마제형(ㄷ자) 배치도 해 보았습니다. 항상 일정한 배치일 수만은 없습니다. 교과의 내용이나 상황에 따라 다양하게 배치하는 것도 좋을 것 같습니다. 짝 활동이나 모둠 활동을 강조하는 배움에서는 교사가 중심이 아니라, 학생의 배움이 중심입니다. 다양한 자리 배치는 학생들도 지겹지 않고, 서로서로 배우면서 공부하는 즐거움도 더해 갈 것입니다. 집안의 가구 몇 개만 배치를 바꾸어도 분위기가 달라지듯이, 학생들의 자리 형태만 바뀌어도 많은 것이 변합니다.

- **수업, 너를 만나보면**

최근에 수업 개선에 열정적인 교사들과 연구자들을 중심으로 다양한 수업보기 운동이 생겨나고 있습니다. 수업비평, 아이의 눈으로 수업보기, 배움의 공동체, 수업 친구 만들기 등입니다. 학생들의 진정한 학습(배움)이 있는 수업, 그런 수업 협의가 이루어져야 한다는 바람도 함께 가져 봅니다.

한편으로 특정 이론이 최선의 방법일 수는 없습니다. 우리 학교에 우리 반에 알맞은 것을 취사선택하고 발전시키는 현장 교사의 노력이 필요하지 않을까요? 그런 것을 나누고 공유하면서 새로운 이론이 되고, 교사 개개인의 독특한 수업 방식이 되면 참 좋겠습니다.

배우는 즐거움과 가르치는 행복을 느낄 때 진정한 교학상장이 이루어 질 것입니다.

〈최근 수업보기 운동 개요〉: 생략

※ 희망하시는 책 구입해 보시면 좋겠습니다. 제 책상 위에도 책 다 있습니다. 관련 연수도 많이 있습니다.

수업을 개선하는 것과 유리창 깨지지 않게 된 것, 부등교 학생이 줄어든 것이 어떤 상관 관계가 있는 것일까요?

수업 연구를 통해 교사가 학생과 관계를 개선하고 수업을 개선하니 학생들이 수업을 즐거워합니다. 수업은 학생들의 하루 대부분의 시간입니다. 수업 시간이 즐거운 학생들은 불평, 불만이 없고 행복할 수 있습니다. 행복하면 옆의 친구가, 학교의 모든 것이 예쁘게 보일 것입니다. 주먹질 할 생각도 일도 생겨나지 않을 것입니다. 학교생활이, 친구가, 선생님이 좋은 사람은 자신도 소중히 여길 것입니다.

주변에서 안타까운 소식이 가끔 들려옵니다. 수업을 바꾸면 학교가, 부모가 슬퍼할 일도 생겨나지 않을 수 있습니다.

우리의 해답은 수업입니다. 우리가 할 수 있는 일은 한 명의 학생도 배움에서 소외되지 않고 함께 배울 수 있게 해 주는 것입니다. 배움에 희망을 갖게 해 주는 것입니다.

"배움에 희망을 가지는 아이는 망가지지 않는다."

사토 마나부 교수가 말합니다.

저글링을 하듯이 여러 가지 업무를 받아내느라 분주한 선생님들이 '소중한 공만 돌립시다.'라는 말을 실현할 수 있는 시스템이 되었으면 좋겠습니다. 하지만 시스템이, 교육 행정이 바뀔 때까지 기다리지 맙시다.

배움의 공동체는 방식이 아닌 비전, 철학입니다.

우리 아이들을 위해 교사로서 비전과 철학을 가지고 우리가 먼저 수업을 바꾸어 봅시다.

수업을 바꾸면 태현 아이들이 바뀌고, 태현 선생님들이 바뀌고, 태현초등학교가 바뀝니다!

선생님!

시작하셨습니까?

시작하기 위한 준비를 하고 계십니까?

아니면 내일 또 내일이라고 생각하고 계십니까?

선생님!

지금, 시작하시지요.

아이들과 눈 자주 맞추고, 이름 자주 불러주는 것이 시작입니다.

• 좋은 수업

유명한 작가들에게 글을 잘 쓸 수 있는 비결을 물으면 대부분 이렇게 대답한다고 합니다. "많이 읽고, 많이 생각하고, 많이 쓴다." 원론적인 것이지만 맞는 말이겠지요. 수업, 어떻게 하면 좋은 수업 할 수 있을까요. 글 쓰는 것과 다르지 않습니다. 많이 보고, 많이 생각하고, 많이 해 보는 것입니다.

2학기에는 연구학교 공개, 창의·인성 모델학교 정기형 컨설팅, 수업 우수교사 대내외 공개 등 다양한 수업공개가 있습니다. 정회원이 아니더라도 주저 마시고 참관하세요. 보시는 수업에서 내 수업에 적용할 것도 있고, 그렇지 않은 것도 있을 것입니다. 가능하면 협의회도 참석해 보시면 금상첨화가 될 것이라 생각합니다.

필요하신 것 말씀하세요. 교과별 전문가(멘토) 적극 지원해 드립니다. 옆반 선생님과 수업에 대한 이이기 나누어 보세요. 바로 수업친구입니다. 좋은 스승은 멀리도 있지만, 의외로 가까이 있을 수도 있습니다. 무엇보다도 먼저인 것은 그런 것을 시작하는 선생님, 바로 선생님의 마음입니다. 그 마음으로 시작만 하셔도 좋은 수업 시나브로 선생님께 올 것입니다. 물론 언제 어디서나 학생을 존중하는 마음은 기본입니다.

■ 시작해, 태현 행복수업을
◉ 그래, 가지 않을 수 없는 길 함께 가는 거야

• 가지 않을 수 없는 길

선생님, 좋은 수업, 함께 만들어 갑시다. 내 수업 많은 분들에게 활짝 열어 봅시다. 이런저런 수업 관련 워크숍이나 대회에도 나가 봅시다. 등급이 문제가 아니라 그런 과정에서 알게 모르게 수업력은 신장될 것입니다. 모두 함께 수업에서 행복을 찾았으면 참 좋겠습니다.

이왕 가는 길이라면 모두가 즐겁고 행복한 길이면 참 좋겠습니다.

우리는 혼자가 아닙니다. 모두가 함께 동행 합니다.

혼자 가면 길이 되고, 함께 가면 역사가 된다고 합니다.

역사,

태현 행복수업 만들기 !

태현교육가족 모두가 동행하시면 참 좋겠습니다.

사제동행(師弟同行)

-역사, 태현 행복수업 만들기 2, (2013.09.09.월.)-

대구태현초등학교 교감 김영호

2교시를 마치고 도서관에 들렀습니다. 책을 대출하고 반납하는 학생들의 발길이 이어졌습니다. 참 보기가 좋았습니다. 눈에 익은 남학생이 "오늘 멋지게 하고 오셨네요."라고 인사를 하였습니다. 칭찬은 고래도 춤추게 한다고 합니다. 기분이 좋았습니다. 악수를 하고 헤어졌습니다.

선생님! 학년 부장님 편으로 학년별로 책 3권 드렸습니다.

먼저, 청주교대 이혁규 교수의 최신판 「누구나 경험하지만 누구도 잘 모르는 수업」입니다. 수업비평입니다. 이혁규 교수의 교실 수업 이야기로 구체적인 현장 사례를 중심으로 수업 철학을 이야기하고 있습니다.

다음은, 사토 마나부 교수의 애제자인 손우정 교수의 「배움의 공동체」입니다. 단 한 명의 아이도 포기하지 않는다는 배움의 공동체의 정신이 담겨져 있습니다. 학교 현장의 생생한 사례도 많이 들어 있습니다.

마지막으로, 경기도 평촌 백영고 국어 교사인 김태현 선생님의 「교사, 수업에서 나를 만나다」입니다. 수업 속의 '나'를 만나 수업에 대한 작은 희망의 꽃을 피우자는 취지로 교사의 내면을 세우는 수업 성찰로 수업친구 만들기를 주창하고 있습니다.

선생님, 부장님께 드린 책 3권은 학년 선생님들끼리 돌려 읽기 하시면 됩니다. 학년에 소속된 교과 전담 선생님도 해당됩니다. 읽어 보시면 대부분 선생님들이 하시는 내용입니다. 간혹 생소한 내용도 있을 수 있습니다. 잘 하고 계시는 것 더 발전시키시면 됩니다. 처음 접하는 것은 우리 반 실정에 맞게 적용해 보는 것도 좋은 방법입니다. 잘 아시겠지만, 처음부터 정독하지 않으셔도 됩니다. 주마간산 하듯이 부담 없이 읽으시면 됩니다. 읽으시다가 필요한 곳 정독하시고, 그렇게 돌려 읽기 하시면 됩니다. 마지막에는 전체를 차분히 정독하시는 것도 좋습니다. 아침 독서 시간 사제동행 독서나 틈틈이 읽으시면 좋겠습니다.

선생님, 선생님들께서 교실에서 하는 수업이나 교육활동 모두가 교육이론이고 실천입니다. 각 책마다 주장하는 내용이 조금씩 다를 수도 있습니다. 하지만 공통적인 하나는 수업을 잘 해 보자는 것입니다. 수업을 잘 한다는 것은 시대에 따라 조금씩 달라질 수도 있습니다. 잘 아시다시피, 최근에는 학습자의 배움을 강조하고 있습니다. 그렇다고 선생님의 역할이 줄어드는 게 아닙니다. 수업을 계획하고, 진행하고, 되돌아보는 것은 선생님의 몫입니다. 수업은 방법이나 기술이 아닌, 선생님들의 생각, 즉 철학입니다.

책 3권 돌려읽기는 9.27.(금)까지 하겠습니다. 9.27.(금)에 책 다시 돌려받겠습니다. 그 이후에는 다른 책 보시도록 하겠습니다. 3권 이외에 수업에 관련된 책은 2학기 학교 도서구입 할 때 함께 구입하겠습니다. 선생님들께서도 수업에 관련된 책이나 다른 책 추천해 주세요. 도서관 담당 선생님께서 곧 안내하십니다.

9.5.(목)에 태전교육공동체 모든 분들께 안내 드린 내용 다신 한번 말씀드립니다. 모두가 기초, 기본에 해당되는 것입니다. 잘 알고 계신 내용이지만, 다신 한 번 돌아보시고 함께 동행해 주시기 바랍니다.

담임 선생님, 조금 불편하시더라도 컴퓨터 1교시 10분 전에 켜겠습니다. 그때까지 학생들과 대면교육 부탁드립니다. 함께 책을 읽으시거나, 다른 사제동행 하실 일 많으실 겁니다. 이름 한 번 더 불러주고, 눈 한 번 더 맞추어 보세요. 신발장 정리 하루에 한 번씩만 함께 해 보세요. 학생들과 5초만 함께 하면 됩니다. 가능한 모든 활동 사제동행입니다. 이런 모든 것들이 알게 모르게 수업에 녹아들면 참 좋겠습니다.

아이들 보고 한 번 더 웃어주세요.

아이들 이름 한 번 더 불러주세요.

아이들 칭찬 한 번 더 해보십시오.

농작물은 농부의 발자국 소리를 듣고 자란다고 합니다.

선생님, 아이들은 선생님의 눈길 한 번에 달라집니다.

두 가지 안내 드립니다.

먼저, 신발 정리입니다.

이 글 보시면 바로 반 아이들과 함께 신발장으로 가 보세요.

신발장의 신발로 수학 공부 하실 수도 있습니다.

신발장으로 국어 공부도 할 수 있습니다.

아이들끼리 이야기 나누게 해 보세요.

아침 공부 시작 전에, 마치고 돌아갈 때 선생님과 함께 신발장 한 번씩 보세요. 그리고 함께 가지런히 정리해 보세요.

실내와, 실외화 같은 이치입니다.

어느 학년인가 국어책에 '발'이라는 시 나오지요?

묵묵히 고생하는 발을 보호하는 신발입니다.

소중하게 잘 다룰 수 있도록 해 주세요.

2013.9.5.(목)에 드린, 〈역사, 태현 행복수업 만들기〉 6쪽에 나오는 '깨진 유리창의 법칙'신발장에 그대로 적용됩니다. 생활지도 거창하지 않습니다. 작은 것부터 차근차근하시면 됩니다. 그리고 될 때까지 끈질기게 하시면 됩니다.

학교 교육은 모두가 사제동행입니다.

수업참관
어떻게 하면 좋을까?

-역사, 태현 행복수업 만들기 4, (2013.10.02.수.)-

대구태현초등학교 교감 김영호

시월의 멋진 첫날입니다. 결실의 계절입니다. 아침바람도 한낮의 햇볕도 저녁의 밤공기도 가을입니다. 오늘은 우리학교 개교기념일이자 국군의 날입니다. 아침에 교문에서 정보화역기능예방캠페인이 있었습니다. 정보부장님과 4학년 1반 학생들 노고가 많으셨습니다. 또한, 전교생이 문화예술경연대회가 있었습니다. 5학년은 오후에 외부강사 초정 진로체험수업이 있었습니다.

구월의 마지막인 어제 직원 협의회를 마치고 관남초와 태전초에 들렀습니다. 차를 타고 갈까 하다가 학구도 확인하고 가을도 느끼려고 걸어서 갔습니다. 대학이 밀접해서 그런지 사람들의 옷차림에서는 가을을 쉽게 느낄 수가 없었습니다.

관남초에 도착하니 5시 30분쯤 되었습니다. 몇 분은 교무실에서 저녁 식사를 하고, 남자 선생님 몇 분은 1층에서 탁구로 체력단련을 하고 있었습니다. 창의·인성 모델학교인 관남초는 10월 2일 수요일 2학기 정기형 컨설팅(수업공개)을 합니다. 학년별로 수업공개(공유)를 합니다. 1학년은 국어, 2학년은 슬기로운 생활, 6학년은 사회 수업 공개합니다. 14:00~14:40까지입니다. 협의회나 보고회는 하지 않습니다. 강정일 연구부장님께 지난 주말에 있었던 있었던 동남권 창의·인성 수업 연구회 워크숍 자료를 받고 바로 발길을 돌렸습니다. 저는 6학년 주제 탐구 체험학습일과 일정이 겹쳐서 참석하지 못했었습니다. 괜히 저녁 식사를 방해한 것은 아닌지 모르겠습니다.

같은 태자를 쓰는 태전초에 들렀습니다. 약국에 들러 박카스 투 박스를 샀습니다. 관남초에 가는 길에 태전초를 지나가면서 보니 공사가 한창인 것 같았습니다. 한 손에는 600쪽 넘는 책을 들고, 다른 손에는 박카스 두 통을 들고 걷는 게 쉬운 일만은 아니었습니다. 5시 50분에 학교지킴이로부터 출입증을 받아서 들어갔습니다. 수요일 공개수업을 하는 2학년 2반에 들어가니 아무도 없었습니다. 전화를 하니 선생님 몇 분과 함께 학교 부근에 저녁식사를 하러 가셨다고 합니다. 전시 준비를 위해 여기저기 실적물이 늘려 있는 교실에 박카스 두 박스를 두고 나왔습니다.

10월 2일 수요일 14:20~15:00까지 공개수업 합니다. 협의회도 있습니다. 국어과 수업우수교사 대외 공개 수업입니다. 올해부터 수업발표대회 1등급에 입상한 교사에게 바로 수업연구교사로 임명하는 것이 아니라, 1년 동안의 실적을 보고 그 다음해에 연구교사로 임명합니다. 개인적으로는 옥상옥이라는 생각도 듭니다. 연구교사의 질적인 향상을 꾀하자는 목적이지만 글쎄요 하는 생각도 듭니다. 2011년에 제가 심사를 맡았던 분입니다. 그때는 국어과 2등급에 입상을 했습니다. 우리학교에도 그 해 국어과 2등급을 받으신 분이 있습니다. 당시 참 열심히 한다는 느낌을 받았습니다. 지난해에는 다른 분이 심사를 해서 어떻게 발전했는지는 잘 알지 못합니다. 노력한 만큼 얻으셨겠지요. 열심히 하셨으리라는 생각을 합니다. 대구태전초등학교 2학년 2반을 담임하시는 배태수 선생님이십니다.

다시 학교로 돌아왔습니다. 몇 교실의 불이 반딧불이처럼 느껴졌습니다. 유도관에 들렀습니다. 우리학교에서 가장 늦게 불이 꺼지는 곳이란 생각이 들었습니다. 선수 4명이 2명씩 짝을 지어서 업어치기 연습을 하고 있었습니다. 감독 선생님, 코치님도 함께 자리를 지키고 계셨습니다. 벽에 걸린 사진을 보았습니다. 처음부터 지금까지 사진입니다. 선수, 감독, 교감, 교장은 사진마다 새 얼굴이 많습니다. 하지만 코치님은 모든 사진에 똑같은 분이었습니다. 사진을 보면서 역사를 생각했습니다. 코치님 말씀으로는 선수 구하기가 참 어렵다고 합니다. 지금 선수 중에서 우리학교 출신은 1명이고, 나머지 학생들은 전부 스카우트한 학생들이라고 합니다. 업어치기 연습을 마치고 튜브와 줄다리기를 하는 학생들과 눈인사를 하고 유도관을 나왔습니다. 길 건너편 고등학교 교실은 불이 꺼지지 않습니다. 오늘 아침에도 타이어를 끄는 유도부를 보았습니다. 역사는 그저 이루어지는 게 아닌가 봅니다.

2013.10.2.(수)에는 우리학교 두 분 선생님 임상장학 있습니다. 오후에는 인근 학교뿐만 아니라 시내 여러 학교에서 수업공개가 있습니다. 자세한 것은 4쪽을 참조하시면 됩니다. 정회원은 출장비 받으시는 출장 다시고 나가시면 됩니다. 비회원은 '여비 지급하지 않음' 출장 달고 가시면 됩니다. 특별한 일정이 없으신 분들은 모두 수업 참관하러 출장가시기 바랍니다.

수업참관이나 협의회 참석하실 때 미리 생각해 두면 좋겠다고 생각하는 것 몇 가지 안내드립니다. 제 주관적인 판단이니 취사선택 하시면 됩니다.

40분 동안 참관하실 한 반을 정합니다. 수업우수교사나 수석교사 수업은 공개하는 학반이 한 반뿐이니 문제가 없습니다. 연구학교 참관하러 가시면 여러 반이 공개를 합니다. 관남초, 복명초, 남동초와 같은 창의·인성 모델학교 공개는 전체 학급의 반 정도가 공개를 합니다. 아마 동학년, 동교과, 동차시를 할 것입니다. 미리 특정 학반을 염두에 두고 참관하시면 좋으리란 생각을 합니다. 전체 공개 학반을 다 둘러보는 것도 좋지만, 그렇게 해서는 수업의 흐름을 파악하기 어렵다는 생각이 듭니다. 관심 있는 교과나 학년을 선택하시면 좋겠습니다. 그러시자면 시작 시간보다 조금 일찍 도착하면 여유 있게 준비하실 수 있을 것입니다.

수업 시작 5분 전에는 교실에 들어갑니다. 가능하면 10분 전에 들어가시면 수업 참관하시기 좋은 곳 차지합니다. 여러 곳 다녀보셔서 잘 아시겠지만, 시작 직전이나 시작 후에 참관 교실에 가면 교실 안으로 들어가기도 어렵습니다. 복도에서 까치발을 하거나 사람들 틈새로 보아서는 수업의 생생한 장면을 다 보기가 어렵습니다. 수업 시작하기 전에 이루어지는 상호작용도 매우 의미 있는 일입니다. 반에 따라서 긴장을 풀기 위한 여러 가지 활동을 하는 반도 있고, 조용히 수업을 기다리는 반도 있을 것입니다. 담임 선생님들의 생각이겠지요. 어느 것이 더 적절한지는 수업과정을 보시면 판단하실 수 있을 것입니다.

40분 동안 교수·학습 활동에 집중하시면 좋습니다. 교수·학습안을 앞뒤로 넘긴다거나 기록을 하는 것은 하지 않는 게 좋을 것 같습니다. 교수·학습안은 수업 시작 전에 죽 훑어보시면 됩니다. 기록은 별도로 하지 않으시기 바랍니다. 기록하는 동안 중요한 활동을 놓치실 수도 있습니다. 공개 수업하신 경험에 비추어 보면, 참관인들이 기록을 하면 수업자가 몹시 궁금해집니다. 내가 무엇을 잘못하고 있는 것은 아닐까? 뭘 저렇게 많이 적지 등등입니다. 그리고 참관하시는 분들이 학생들에게 질문 하거나 책, 학습장 등을 보는 것 학습을 도와주는 게 아니라 방해하는 것이 될 것입니다. 특정 장면은 휴대폰으로 사진을 찍으시면 좋겠습니다. 전체를 녹음(녹화가 아님)하는 것도 좋은 방법일 것입니다. 본인의 수업도 가끔 휴대폰으로 녹음해서 들어보는 것도 좋겠지요.

참관의 관점을 분명하게 정해서 보시면 좋겠습니다. 관점은 여러 가지가 있습니다.

일반적인 수업 참관 관점 몇 가지를 생각해 봅니다.

목표 지향적인 수업인가? 교수·학습안에는 주제, 학습목표, 동기유발, 학습문제, 학습활동, 평가 등의 내용이 있습니다. 이것은 모두가 목표와 관련되어 있습니다. 수업의 일관성입니다. 일관성 있게 가고 있는지, 유기적으로 흘러가는지 생각해 보세요. 결국 좋은 수업은 목표에 도달하느냐 그렇지 않느냐의 문제입니다. 물론 어떤 과정과 방법을 활용하느냐도 중요하겠지요. 내 평소 수업은 목표 지향적인가?

교사 활동만 관찰해 봅니다. 교사가 부드럽게 말하는가? 아이들의 말을 잘 들어주는가? 학생 수준에 맞는 어휘를 사용하고 말의 빠르기와 강약은 어떠한가? 적절한 몸짓을 활용하는가? 아이들 한명 한명과 눈을 맞추는가? 교사와 학생의 눈높이는 어떠한가? 적절한 발문과 대답을 위한 시간을 충분히 주는가? 교실 전체의 공간을 적절하게 활용하는가? 평소 나는 어떻게 활동하는가?

학생들 활동만 관찰해 봅니다. 학생들이 학습에 흥미를 가지는가? 학생들의 눈이 반짝거리고 몰입하고 탐구하는가? 짝 활동이나 모둠 활동은 잘 이루어지는가? 학생들 상호간에 협동적인 배움이 일어나는가? 수업에 방관자와 무임승차자는 없는가? 스스로 학습이 일어나는가? 배움의 공동체에서는 학생의 배움을 중요하게 생각합니다. 아이 눈으로 수업보기는 벼리아이라는 특정 학생을 대상으로 정하고 집중 관찰합니다. 하지만 이 모든 것은 이끌어가는 것은 선생님이라는 사실은 변함이 없습니다. 수업을 참관하는 학급의 아이 눈으로 수업을 보십시오. 다른 관점으로 보일 것입니다. 평소 우리 반 아이들은 어떤가?

교사와 학생의 상호작용을 봅니다. 아이들과의 관계는 어떠한가? 그로 인한 교실의 분위기는 어떠한가? 교사와 학생의 신뢰 관계가 가장 잘 나타나는 장면입니다. 평소 수업에서 학생들이 선생님을 얼마나 신뢰하고 있으며, 교사는 학생들에게 어떤 믿음을 주었는지 알 수 있습니다. 교사 일방의 전달식 수업이고 학생들은 그저 받아들이기만 하는가? 질의응답에서 배움이 일어나고, 엉뚱한 생각도 가감 없이 전달이 되는가? 교실은 허용적인 분위기인가? 등입니다.

자료의 활용을 봅니다. 보통의 공개 수업은 평소 수업보다 자료가 많습니다. 그 자료들은 다 필요한 것인가? 적재적소에 활용되는가? 보다 더 좋은 자료는 없는가? 컴퓨터에 너무 의존하는 수업은 아닌가? 자료 없는 수업은 좋은 수업이 아닌가? 나는 평소에 어떤 자료를 얼마나 사용하는가? 혹 우리 반 학생들은 아이스크림에 익숙해 있지는 않은가?

자리의 배치를 봅니다. 전통적인 일자형 배치를 한 시간 동안 계속 유지하는가? 짝 활동이나 모둠 활동을 통한 자리 배치 변화가 있는가? 마제형(ㄷ)이나 회의형(국회의사당배치형)인가? 학습의 내용에 따라서 자리의 배치는 융통성 있게 변화를 주는 게 좋습니다. 교사와 학생의 상호작용, 학생 간의 상호작용을 원활하게 하는 게 목적입니다. 당연히 학습목표 도달과도 관련이 있습니다. 지금 우리 반 자리 배치는 어떻습니까?

교사의 복장을 봅니다. 여기서 말하는 복장은 정장이나 치마를 입으라는 것은 아닙니다. 학생들의 활동을 얼마나 잘 도와줄 수 있는 복장인가의 문제입니다. 개인적으로 치마를 입고 수업하는 것은 교사와 학생의 상호작용에 불편이 많다는 생각도 합니다. 가장 좋은 학습 자료는 교사 자신입니다. 교사의 복장도 좋은 학습 자료입니다.

교실의 전체적인 분위기입니다. 선생님들은 처음 사람을 만날 때 어디를 제일 먼저 보십니까? 첫인상이 참 중요합니다. 교실에 들어섰을 때의 느낌이 있을 것입니다. 흔히 말하는 이심전심이라고나 할까요. 이것은 선생님과 학생의 믿음에 가장 큰 영향을 받을 것 같습니다. 교실환경 구성도 분위기에 영향을 주기는 하겠지만, 수업공개와는 별 관련이 없겠지요. 낯선 곳에 들어섰을 때 익숙함을 느끼는 것과 익숙한 곳에 들어섰을 때 낯섦을 느낄 수도 있습니다. 우리 반은 어떻다고 생각하십니까?

이 외에도 여러 가지가 있을 수 있습니다. 한 시간에 다 보실 수도 있고, 특정한 것 하나나 두세 개를 함께 보실 수도 있습니다. 평소 내 수업과 비교해 보시면 좋겠지요. 수석교사나 수업우수교사의 수업이 다 좋은 수업이라고는 할 수 없습니다. 하지만 좋은 수업을 위해 국화꽃을 피우는 심정으로 노력한 것은 분명한 사실입니다. 간혹 연구교사(수업우수교사)의 수업을 보고 실망하실 수도 있습니다. 그건 수업자의 자만이나 게으름을 탓해야겠지요. 좋은 수업에서 내가 미처 보지 못한 것을 얻고, 그렇지 못한 수업은 내 수업의 반면교사입니다. 좋은 수업은 화려하거나 일사분란하게 진행되는 수업이 아닙니다. 가르치는 이와 배우는 이의 따뜻한 상호작용으로 가르침과 배움이 일어나는 그런 수업입니다.

마지막으로 수업 협의회입니다. 수업우수교사 협의회는 정회원과 수업자, 패널, 사회자, 장학사 등이 참석합니다. 물론 비회원이라도 당연히 참석하실 수 있습니다. 사회자나 패널의 성향에 따라서 협의회 방법은 조금씩 다르겠지요. 한 시간 수업뿐만 아니라 주제 연구, 그 교과의 수업에 대한 광범위한 협의가 이루어질 수도 있습니다. 협의회는 그저 사회자나, 패널, 수업자, 장학사의 의견을 그대로 받아들이는 시간이 아닙니다. 모두가 의견을 나누고 공유하는 시간입니다. 부족한 것을 탓하기 보다는 더 나은 방향으로 개선하고, 좋은 것을 내 것으로 받아들이는 기회입니다. 수업에 대한 새로운 시각을 얻을 수도 있는 소중한 시간입니다. 많은 것을 받아들이는 게 중요한 게 아니라, 진정 내가 필요로 하는 것 하나둘씩 받아들이면 됩니다. 그런 과정이 쌓이고 쌓여서 시나브로 내 수업력은 향상될 것입니다.

내일(2013.10.2.수) 공개 수업 몇 곳 안내 드립니다.

수업우수교사 태전초 배태수 국어 / 14:20~15:00 이후 협의회

수업우수교사 북동초 박경연 수학 / 14:20~15:00 이후 협의회

수업우수교사 학산초 손화은 실과 / 14:20~15:00 이후 협의회

수석교사 아양초 김영주 음악 / 14:20~15:00 이후 협의회

창의·인성 모델학교 관남초 1학년, 2학년, 6학년 / 14:00~14:40

창의·인성 모델학교 복명초 1학년, 2학년, 3학년 / 14:00~14:40

창의·인성 모델학교 남동초 1학년, 3학년. 6학년 / 14:00~14:40

시월도 늘 좋은 날이시길 기원합니다.

2013.10.1.(화) 교감 김영호 드림

뱀발

　2013.9.11.(水)에 대구학생문화센터에서 열린 장애인식 콘서트에 갔었습니다. 지적·신체적 장애를 극복하고 훌륭한 작품을 선보인 날입니다. 일반인들 몇 배의 노력이 있었으리라 생각했습니다. 프로그램 중 하나가 '10월의 어느 멋진 날에'라는 곡으로 수화와 춤을 선보인 게 있었습니다. 남녀 고등학생인데 모두 장애인이었습니다. 손짓 하나 몸짓 한 번, 애절한 눈길을 보면서 이 노래 배워야겠다는 생각을 했습니다. 텔레비전에서 몇 번 들은 곡이라 그리 낯설지는 않았습니다. 우리 모두가 너 같은 존재라면 항상 멋진 날이라 생각합니다.

동행(同行)

-역사, 태현 행복수업 만들기 7, (2013.10.28.월.)-

대구태현초등학교 교감 김영호

인디언의 속담에 이런 말이 있다고 합니다.

멀리 가려거든 함께 가라.

빨리 가려거든 혼자 가라. 멀리 가려거든 함께 가라.

빨리 가려거든 직선으로 가라. 멀리 가려거든 곡선으로 가라.

외나무가 되려거든 혼자 서라. 푸른 숲이 되려거든 함께 서라

대중가수 이용이 늘 노래하던 시월의 마지막 밤도 얼마 남지 않은 햇살 좋은 월요일입니다. 모든 분들의 노고 덕분에 시나브로 많은 것들이 좋은 방향으로 변하고 있는 것 같습니다.

선생님들의 노고에 감사를 드리며, 다섯 가지 안내 겸 당부 드립니다. 학생과 학부모에 해당되는 내용은 학반에서 철저하게 안내해 주시기 바랍니다. 저도 오늘 학부모님들 해당되는 내용은 문자 안내를 드리겠습니다.

하나, 내일은 학생·학부모·교직원이 함께 하는 축제 한마당입니다.

순천의 적성초등학교 전교생과 교직원들도 함께 합니다. 잘 준비를 하셨기 때문에 모든 분들이 행복한 날이 될 것으로 확신합니다. 이런 내용들을 생각해 보았습니다.

○ 손님 맞이하는 교실 환경입니다. 혹 게시판에 학생 작품이 붙어 있으면 전 학생 것이 다 있는지 확인하시면 좋겠습니다. 다른 것도 마찬가지입니다.

○ 학반별 프로그램입니다. 부모들은 자기 아이가 제일 먼저 눈에 들어옵니다. 아마도 전 학생이 골고루 출연하는 것으로 알고 있습니다.

○ 학부모 및 교직원 작품 전시는 4층 미술실입니다. 내일부터 시월 말까지입니다. 오늘 중으로 마무리가 될 것입니다. 함께 참여해주신 분들께 감사의 말씀을 드립니다.

○ 참관하시는 학부모님들 자리는 어떻게 하면 좋겠습니까? 일괄 통일은 하지 않겠습니다. 학년 협의를 하시거나 학반에서 자율적으로 결정하시기 바랍니다.

○ 내일 오전에 운동장을 주차장으로 개방합니다. 후문 쪽으로 들고나도록 하겠습니다.

둘, 수요일은 창의경영학교 평가일입니다. 정인애 부장님과 모든 분들의 노고에 거의 준비가 끝난 것 같습니다. 우리가 한 것 잘 정리해서 준비하고 있습니다. 평가 자료는 도서관에 준비했습니다. 오전 10시부터 12시까지입니다.

○ 당일 1교시 마치는 시간부터 점심시간 시작 전까지 학생들 도서관 출입을 하지 않도록 해 주시기 바랍니다. 학생들에게 취지를 잘 설명해 주시기 바랍니다.

○ 평가 시간에 수업하시는 선생님들을 별도로 모시는 일은 없도록 하겠습니다. 제출 자료와 담당자 및 교장, 교감이 알아서 처리하겠습니다.

○ 평가위원 주차를 위해서 유도관 앞 주차장 3면은 비우도록 하겠습니다.

셋, 교문 앞 주정차 금지 및 걸어서 등하교하기가 잘 이루어지고 있습니다. 선생님들께서 학급에서 잘 지도해 주신 덕분입니다. 지킴이 아저씨들도 노고가 많으십니다. 처음 시작할 때가 0% 이었다면 오늘은 85~90% 정도로 좋아졌습니다. 괄목상대라는 말이 생각납니다.

○ 학반에서는 매일 아침 시간과 하교 시간에 지속적으로 안내 및 지도해 주시기 바랍니다. 걸을 수 있는 거리면 걸어 다니는 게 참 좋을 것 같습니다.

○ 담당 선생님께서는 이런 내용을 담아서 가정통신문을 발송해 주시기 바랍니다. 다음 그림을 활용하시면 좋겠습니다. 가정통신문 발송되면 같은 내용을 500장 정도 별도로 인쇄해서 지킴이실에 두고 지속적으로 활용하겠습니다.

강북고

주·정차 금지

교문

건설회사

대구태현초등학교

문구사

넷, 내일부터 명찰 꼭 다시기 바랍니다. 선생님들의 의견을 수렴해서 목걸이형으로 만들었습니다. 최윤재 교무부장님이 많은 생각 하셔서 줄에는 학교 이름을 넣었습니다. 양면 다 사용하도록 하였습니다.

○ 학교에 근무하실 때는 항상 명찰 다시기 바랍니다. 이름표를 달 때와 그렇지 않을 때 뭔가 조금 다른 느낌이 들 것이란 생각입니다. 요즘은 과일 박스에도 생산자의 이름과 전화번호가 찍혀서 과일의 품질을 보장하는 시대입니다.
○ 창의적체험활동으로 교외에 나가실 때도 마찬가지입니다.

다섯, 10.30.㈜ 와룡초 국어과 수업우수교사 수업 참관입니다. 참관하신다고 연락 주신 선생님들은 제가 출장 일괄로 신청하겠습니다. '여비부지급' 출장입니다. 유명한 작가에게 좋은 글 쓰려면 어떻게 하냐고 물으니 이런 대답을 하더랍니다. "많이 읽고, 많이 생각하고, 많이 쓴다." 좋은 수업도 마찬가지라는 생각입니다. "많이 보고, 많이 생각하고 많이 해 본다."

○ 교수·학습안 최종 파일은 내일 오후에 드리겠습니다. 어젯밤에 파일을 받기는 했는데, 아직 수정할 내용이 있다고 합니다.

○ 추가로 수업 참관 하실 선생님들은 내일 오후까지 제게 연락 주시기 바랍니다. 함께 신청하겠습니다. 해당 학교에는 사전에 협조를 구했습니다.

수업이, 학교 생활이 오늘 하루로 끝나는 게 아닙니다. 학교 생활의 시작도 수업이고 끝도 수업이라는 생각을 합니다. 수업 컨설팅으로 유명한 동국대 석좌교수 조벽은 학생들이 일 주일에 한 번 만이라도 수업에 즐거움을 느낄 수 있다면 공교육은 살아난다고 합니다. 그런데 그 몫은 전적으로 선생님에게 달려 있다고 합니다.

수업은, 학교 생활은 혼자 가는 길이 아닙니다. 조금 더디더라도 모두가 함께 멀리 가는 길입니다. 너무 조급해 할 필요 없습니다. 모르는 사이에 조금씩 조금씩(시나브로) 동행하는 즐거움과 행복을 맛보시기 바랍니다.

다시 한 번 모든 분들의 노고에 감사를 드립니다.

평가

-역사, 태현 행복수업 만들기 10, (2013.11.08.금.)-

대구태현초등학교 교감 김영호

과학

1. 곤충을 세 부분으로 나누면?

( ) ( ) ( )

학생들은 대부분 (머리) (가슴) (배) 라는 정답을 씁니다. 만일
(죽) (는) (다)라고 답을 한다면 어떻게 처리를 하시겠습니까?
실제 있었던 일입니다.
'나누면'의 으뜸꼴은 '나누다'입니다.

나누다[나누어(나눠), 나누니]

「동사」

[1] 【…을 …으로】

「1」 하나를 둘 이상으로 가르다.

「2」 여러 가지가 섞인 것을 구분하여 분류하다.

「3」 『수학』나눗셈을 하다.

[2] 【…을 …에/에게】

몫을 분배하다.

[3] 【(…과)…을】(('…과'가 나타나지 않을 때는 여럿임을 뜻하는 말이 주어로 온다))

「1」 음식 따위를 함께 먹거나 갈라 먹다.

출처: 국립국어원 표준국어대사전

평가를 받지 않는 것이 없습니다. 학교도, 교원도, 학생들도 어떤 식으로든지 평가를 받고 있습니다. 어쩌면 인생 자체가 평가인지도 모르겠습니다.

학생들을 잘 가르치는 것 못지않게 잘 평가하는 것도 중요합니다. 어떻게 하면 잘 평가할 수 있겠습니까? 여기서는 학업성취도평가, 흔히 말하는 시험에 한정해서 함께 생각해 보겠습니다.

시험 문제를 어떻게 내면 좋겠습니다. 여러 가지 이론이 있습니다. 여기서는 명확한 문제, 부분 채점이 가능한 문제, 읽을거리가 있는 문제, 교과서 밖의 문제(국어 지문)로 한정해서 예를 들어 보겠습니다. 나머지 자세한 것은 붙임1의 「2010 직무연수 자료 대구-초등-2010-018 2010 교과별 특성에 따른 평가문항 제작연수 '평가력! 교사 전문성의 마침표입니다'」와 붙임 2의 평가문제를 참조하시기 바랍니다.

첫째, 명확한 문제입니다. 1쪽의 과학 문제가 좋은 보기입니다. 묻는 것이 명확하지 않습니다. 채점한 시험지를 학부모들에게 공개하고 있습니다. 시시비비에 휘말리는 문제보다는 명확한 문제가 좋습니다.

둘째, 부분 채점이 가능한 문제입니다. 5점이나 6점의 문제에서 5점이나 6점이 아니면 0점인 문제보다 부분 점수를 줄 수 있는 문제가 좋습니다. 부분 채점이 가능한 문제는 많은 생각을 하게 하는 문제입니다. 물론 채점하기는 어렵겠지요.

다음은 2010 직무연수 자료 대구-초등-2010-018 2010 교과별 특성에 따른 평가문항 제작연수 '평가력! 교사 전문성의 마침표입니다' 65쪽의 내용입니다.

13. 다음 시를 읽고, 우리 가족과 나의 닮은 점을 생각하여 시를 바꾸어 써 보시오.[5점]

| 우리는 닮은꼴

　　　　정두리

곱슬머리
아빠 닮았다.

검지 발가락 긴 건
엄마 닮았다.

늦잠꾸러기인 건
아빠 닮았다.
나는 잠꾸러기

책 읽기 좋아하는 건
누구 닮았나.
누굴 닮았나? | 우리는 닮은꼴

　　　　　　(　　　　)

(　　　　)
아빠 닮았다.

(　　　　)
엄마 닮았다.

(　　　　)
아빠 닮았다.
나는

(　　　　)
누구 닮았나.
누굴 닮았나? |

점수	채점 기준
5점	• 나와 관련된 내용으로 5군데 다 바꾸어 쓰며, 창의적이고 재미있게 표현한다.
3점	• 나와 관련된 내용으로 3~4군데 바꾸어 쓴다.
1점	• 나와 관련된 내용으로 1~2군데 바꾸어 쓴다.

셋째, 읽을거리가 있는 문제입니다. 특히 국어 시험문제는 더욱 더 그렇습니다. 짧은 지문에 서너 문제로 10분 이내에 시험을 마칠 수 있는 그런 시험은 지양합니다.

다음은 2007.4.24. 대구함지초등학교 6학년 국어 시험문제의 일부입니다.

※ 다음 글을 읽고, 물음에 답하시오.(13-14)

중생대의 트라이아스기에 나타나 쥐라기와 백악기에 크게 번성하다가, 백악기 말에 지구에서 사라진 파충류의 한 무리, 이것이 과학자들이 지금까지의 연구를 바탕으로 내린 공룡의 정의이다. 공룡이라는 이름은 영국의 고생물학자인 오언이 1842년에 처음 사용하였다. 공룡은 '공포의 도마뱀'이라는 뜻으로, 뱀이나 거북, 도마뱀처럼 비늘 모양이나 가죽 모양의 피부를 가졌고, 폐를 가졌으며, 딱딱한 알에서 태어난다.

공룡의 종류는 우리가 상상하는 것보다 훨씬 많다. 현재까지 전 세계에서 발견된 공룡의 화석은 600여 종이나 된다. 공룡의 화석은 현재에도 계속 발견되고 있기 때문에 그 종류는 더욱 많아질 것이다.

공룡에는 초식 공룡과 육식 공룡이 있었는데, 육식 공룡들은 초식 공룡까지 공격하여 먹이로 삼았다. 초식 공룡들은 목숨을 보존하기 위하여 무리를 지어 생활하기로 하였다. 육식 공룡이 나타나면 재빨리 줄행랑을 놓았다. 잡히면 살아남을 수 없기 때문이었다. 거대하고 사나운 육식 공룡은 중생대의 제왕이었다. 육식 공룡과 맞설 수 있는 것은 같은 육식 공룡뿐이었다.

공룡은 작게는 몸 길이가 1미터가 넘지 않고 몸무게가 3킬로그램 정도인 것에서부터 길이가 수십 미터이고 몸무게가 100톤이 넘는 것까지 무척 다양하다. 최근에 발견된 공룡 중에서 가장 인상적인 공룡은 세이스모사우루스이다. 1986년 미국 뉴멕시코 주에서 발견된 이 공룡은 길이가 50미터, 몸무게가 100톤이 넘었을 것으로 추정되는데, 지금까지 발견된 공룡 중에서 가장 거대한 공룡이다. '지진을 일으키는 용'이라는 별명이 붙었는데, 실제로 이 공룡이 지나다닐 때에는 땅이 크게 울렸을 것이다. 앞으로 얼마나 더 거대한 공룡이 발견될지 두고 볼 일이다.

그러면 공룡들은 어떻게 해서 화석이 되었을까? 공룡이 화석이 되는 과정을 구체적인 예를 들어 살펴보자. 급작스러운 육식 공룡의 공격을 받아 먹이가 되어 버린 초식 공룡, 그는 인제 뼈만 남은 가엾은 공룡이다. 비가 내리면 공룡의 시체는 빗물에 휩쓸려 웅덩이 속으로 밀려간다. 비는 계속 내린다. 웅덩이 옆의 흙이 씻겨 들어가서 뼈만 남은 공룡을 덮는다. 그 상태에서 수백만 년의 시간이 흐르면서 공룡의 뼈는 화석이 된다.

　공룡이 죽었다고 해서 모두 이처럼 화석이 되는 것은 아니다. 땅 속에 묻히면 대부분은 흙 속의 산이나 세균 때문에 썩어서 흔적도 없이 사라져 버린다. 가끔 화석으로 발견되는 것은, 죽은 다음에 바로 물이나 흙 속에 밀봉되어 산과 세균으로부터 차단된 것들이다. 시간이 흐르면 껍질이나 뼈는 썩게 되는데, 이때 뼛속의 작은 구멍으로 광물 성분이 함유된 물이 스며들어 뼈를 단단하게 굳히는 것이다.

13. 위의 글 내용을 바르게 설명한 것은 무엇인가?

① 공룡은 중생대에 나타나 사라진 파충류로서, 공룡이라는 이름은 영국의 오언이 처음 사용하였으며, 공룡은 '공포의 구렁이'라는 뜻이다.

② 공룡의 종류는 우리가 상상하는 것보다 훨씬 많은데, 전세계에서 발견된 공룡의 화석은 60여종이나 되며, 현재에는 발견되지 않고 있다.

③ 공룡은 초식 공룡과 육식 공룡이 있었는데, 초식 공룡이 육식 공룡을 공격하여 먹이로 삼았으며, 육식 공룡은 초식 공룡이 공격하면 줄행랑을 치기도 하였다.

④ 공룡의 몸길이는 다양하며 몸무게도 마찬가지이다. 최근에 발견된 공룡 중에서 가장 인상적인 것은 세인트루이스로서 길이가 500미터, 몸무게가 1000톤이 넘었을 것이 확실하다.

⑤ 공룡이 죽었다고 해서 모두가 화석이 되는 것은 아니며, 땅

속에 묻히면 대부분은 흙 속의 산이나 세균 때문에 흔적도 없이 사라진다. 여러 가지 조건에서 화석이 된 것은 수백만 년의 시간이 흐른 것이다.

14. 위의 글을 다음과 같이 요약할 때 괄호 안에 들어갈 낱말이 바르게 연결된 것은 무엇인가?

공룡은 (㉮)에 생존했던 파충류의 한 무리로서, 종류는 600여 종이나 있었다. 공룡은 (㉯)에 따라서 초식 공룡과 육식 공룡으로 나눌 수 있으며, (㉰)는 몸 길이가 1미터도 안 되는 것에서부터 수십 미터에 이르는 것까지 다양하다. 공룡의 (㉱)은 시체가 땅 속에 묻혀 오랜 시간이 흘러 만들어지는데, 시체가 산이나 세균으로부터 차단되고 뼛속에 (㉲) 성분이 스며들어야 한다.

---

① 중생대 - 먹이 - 크기 - 화석 - 물

② 중생대 - 먹이 - 크기 - 화석 - 광물

③ 중생대 - 먹이 - 길이 - 화석 - 물

④ 중생대 - 먹이 - 길이 - 화산 - 광물

⑤ 중생대 - 먹이 - 크기 - 화산 - 광물

넷째, 국어의 경우 지문은 교과서 밖의 것을 적극 활용합니다. 시험은 교과서를 치는 것이 아니라 교육과정을 치는 것입니다. 가르치는 것도 마찬가지겠지요. 직접 지문을 만들거나 다른 곳에서 가져와도 좋습니다. 특히, 듣기 문제는 교과서에서 다룬 것은 피하셔야 합니다.

다음은 2007.4.24. 대구함지초등학교 6학년 국어 시험 문제의 일부입니다.

※ 다음 글을 읽고, 물음에 답하시오.(15-16)

　　나신라와 너백제 그리고 고구려 이 셋은 아주 친한 친구입니다. 모두 대구함지초등학교 6학년에 다니는 ① 학생들입니다. 셋은 같은 아파트에 살고, 같은 학년에다가 같은 반이기 때문에 항상 붙어 다닙니다. 그래서 선생님들이나 친구들이 삼총사라는 별칭을 붙여 주었습니다.

　　오늘은 화요일입니다. 초등학교 6학년이 되어 첫 시험을 친 날입니다. 모두들 열심히 공부를 했기 때문에 시험을 마치자 기분이 좋았습니다. 학원에 갈 시간도 많이 남아 있었습니다. 오늘따라 날씨도 포근했습니다. 함지도서관에 들러서 책을 한 권씩 대출을 받고, 유치원 놀이터로 가서 부근에 있는 의자에 앉았습니다.

　　"또 삼총사 모였구나. 시험 잘 쳤나?"

　　라고 하면서 같은 반 친구들이 지나갔습니다.

　　"시험 잘 쳤나?"

　　나신라가 너백제와 고구려를 보고 물었습니다.

　　"그래, 잘 하면 거의 다 맞을 것 같다."

　　너백제가 말했습니다.

　　"그래, 나는 어렵던데, 특히 국어 시험의 우리 학교 3행과 3무를 쓴다고 애를 먹었어. 아마 틀린 것 같아"

　　고구려가 힘이 빠진 ② 목소리로 대답했습니다.

　　"그랬구나. 그러면 우리 3행과 3무를 함께 생각해 보자."

　　나신라가 말하면서 공책을 꺼냈습니다. 셋은 머리를 맞대고 3행과 3무의 핵심을 적었습니다.

　　3행 : 인사 잘 하기, 책 많이 읽기, 물자 절약하기

　　3무 : 휴지 버리지 않기, 큰 소리 내지 않기, 뛰지 않기

　　"아 이거였구나. 3무를 모두 틀렸네."

　　고구려가 아쉬운 듯 말했습니다.

　　"그러면 우리 셋의 행동이나 성격을 3행과 3무로 한번 생각해 보는 게

어떨까?"

나백제의 말에 동의한 셋은 자신의 특징을 3행과 3무에 견주어서 말하였습니다.

"나(나신라)는 인사를 잘 한다고 생각해. 학교 선생님이나 아파트의 이웃 어른들을 보면 인사말을 넣어서 인사를 잘 하지. 그렇지만 휴지나 내가 가진 쓰레기를 함부로 버리는 좋지 못한 버릇이 있어. 초등학교를 졸업하기 전에 고쳐야 하겠어."

나신라의 말이 끝나자 셋은 박수를 친 다음, 너백제가 말을 이어갔습니다.

"나(너백제)는 책을 아주 많이 읽어. 우리 학교 도서관에 있는 책의 절반은 보았을 거야. 그리고 우리 집에도 책이 많아. 아침 독서 시간에도 항상 책을 읽는 ③ 습관이 되어 있어. 하지만 나도 큰 소리를 지르는 좋지 못한 버릇이 있어. 작은 소리로 해도 될 것을 큰 소리를 지르는 바람에 친구들에게 피해를 준 적이 많아. 나도 중학교에 들어가기 전에 잘못하고 있는 것을 고쳐야겠어."

너백제의 말이 끝나자 바람이 휙 불어와 신문지 한 장이 삼총사 앞에 떨어졌습니다. 나신라가 얼른 신문을 주워 쓰레기통에 넣었습니다.

"나(고구려)는 물자를 절약하는 것을 잘 해. 공책이나 연필도 끝까지 사용하고 새 것을 사. 그리고 ④ 학교에 있는 치약도 마찬가지야. 그런데 나도 고쳐야 할 것이 있어. 운동을 좋아해서 그런지 몰라도 복도나 계단을 여유 있게 걷지 못하고, 막 달리는 버릇이 있어. 지난 주에 복도에서 달리다가 저부여와 부딪혀서 한참 동안 일어나지 못했어. 운동은 꼭 해야겠지만, 내 몸에 맞는 운동을 때와 장소를 가려서 하는 게 좋겠어."

이야기를 마친 삼총사는 가방을 메고 교문으로 향했습니다.

"야, 삼총사 우리 하고 축구 하지 않을래?"

라고 옆 반의 이조선, 왕고려, 김가야가 부르는 것이었습니다. 그 셋은 옆 반의 또 다른 삼총사라고 불리는 이이들이었습니다.

나신라, 너백제, 고구려의 삼총사와 옆 반의 이조선, 왕고려, 김가야의 3대 3 간이 축구 시합이 시작되었습니다. 학교 운동장에 축구 골대가 없었기 때문에 나무와 나무 사이를 골대로 해서 몸이 흠뻑 젖을 정도로 ⑤ 축구를 하였습니다. 결국 3대 3으로 사이좋게 비기면서 시합을 마쳤습니다. 주머니에 있는 돈을 틀어서 간식을 먹기로 했습니다. 교문을 나서는 3총사 사이로 팔거천을 넘어 온 시원한 봄바람이 소리 없이 지나갔습니다.

15. 위 글에서 삼총사의 잘 하는 것(3행)과 고쳐야 할 점(3무)을 찾아서 쓰시오.

3행3무 이름	잘 하는 점(3행)	고쳐야 할 점(3무)
나신라	인사 잘 하는 것	휴지 버리는 것
너백제	책을 많이 읽는 것	15-①
고구려	15-②	실내에서 달리는 것

16. 위 글의 ① - ⑤에서 소리 나는 대로 적지 <u>않은</u> 것은 무엇인가?

① 학생 → 학쌩

② 목소리 → 목쏘리

③ 습관 → 습

④ 학교 → 학꾜

⑤ 축구 → 축꾸

다음에는 ⑪ 학습 자료 및 매체 활용 ⑫ 협동학습 ⑬ 국어사전 및 도서관 활용 수업 ⑭교수·학습안 형태 등의 순으로 안내 드리겠습니다.

학교공개일

-역사, 태현 행복수업 만들기 26, (2014.03.24.월.)**-**

대구태현초등학교 교감 김영호

2014년 3월 28일은 학교 공개의 날입니다. 당일 학부모 총회도 있습니다. 학반별로 수업도 공개합니다. 준비하고 계시리라 생각됩니다. 학교 공개의 날과 관련해서 몇 가지 안내 드립니다.

수업, 어떻게 할까요. 다음의 내용은 학부모 공개일을 중심으로 쓴 것이지만, 일반적인 내용이기도 합니다.

개학하고 거의 한 달이 다 되어갑니다. 학부모들께서는 담임 선생님이 어떻게 수업을 하고 있는지는 파악을 하셨을 것입니다. 직접 수업을 보지는 않았지만, 학생들 통하거나 학부모 서로 간의 정보 교환이 있었을 것입니다. 당일 학부모들 최대 관심사는 무엇이겠습니까? 바로 자기 자식(아들이거나 딸이거나)의 공부 모습이고 발표하는 장면입니다.

어느 과목이나 학생들 발표를 많이 시키는 게 좋을 것 같습니다. 전체 발표가 아니더라도 학생들 상호간에 이야기를 주고받으면서 배움을 찾아가는 그런 장면입니다. 사토 마나부 교수가 배움의 공동체 바람을 일으키고 있지만, 우리 교실에서도 그런 장면은 얼마든지 있어 왔습니다.

자리 배치의 문제입니다. 딱히 어느 것으로 고정은 하지 않겠습니다. 학생들 간의 배움, 선생님과 학생간의 상호작용이 활발한 그런 수업이 가능한 자리 배치라면 금상첨화겠지요. 선생님도 한 시간 내내 서서 수업하실 필요 없습니다. 의자에서 앉아서 학생들과 눈높이 맞추는 것도 좋은 방법입니다.

학부모들도 수업에 참여할 수 있습니다. 학부모는 수업 참관자인 동시에 훌륭한 학습 자료이기도 합니다. 물론 담임 선생님이 가장 좋은 학습 자료이겠지요. 수업 구상을 하면서 학부모의 생각도 들어보는 기회를 가지도록 해 보시기 바랍니다. 교실의 모든 것은 배움을 위해 존재합니다.

동학년, 동교과 동차시, 동일한 교수·학습안의 수업은 지양합니다. 선생님들이 제일 자신 있는 과목을 수업하시기 바랍니다. 같은 과목이라도 의논은 하실 수 있습니다. 교내 공개 수업을 할 때 동교과 동차시를 하는 것과는 다르다는 것을 생각하시면 되겠습니다. 즉, 자신만의 색깔이 드러나는 수업이면 좋겠습니다.

대화, 칠판, 분필만 있는 수업도 참 좋은 수업입니다. 노래를 부른다거나 동영상을 보는 활동 등이 있는 수업은 예외가 될 수도 있습니다. 그렇지 않다면 대화와 이야기가 넘쳐나는 수업, 칠판에 분필로 간단하게 학습문제와 정리하는 내용을 적는 정도의 수업이면 좋겠다는 생각도 합니다.

기타 네 가지 안내 드립니다.

학반별 복도에 화분 정리는 학교 공개일 마치고 정리합니다. 화분에 넣을 흙도 일괄 만들어서 다음 주 중에 안내하겠습니다.

적절한 계기교육 부탁드립니다. 해당 선생님께서는 필요한 것은 현수막 또는 입간판도 준비해 주시기 바랍니다.

모든 분들의 협조로 아침 시간 교문앞 주정차 금지는 아주 잘 되고 있습니다. 담배꽁초를 버리는 어른들이 많네요.

공문이 참 많다는 생각을 합니다. 담당 선생님께서는 업무관리시스템이나 자료집계 등의 기한 전에 올려 주시면 좋겠습니다. 교감에게 기한이 지났다는 전화가 심심찮게 옵니다.

협력학습

—

역사, 태현 행복수업 만들기 28, (2014.04.14.월.)

대구태현초등학교 교감 김영호

다른 학교 선생님께 메일을 받았습니다.

> 교감 선생님
>
> 며칠 동안 아껴가며 읽었습니다. 제 맘이 후련하지가 않고 더 멍해집니다. 누군가의 일기를 엿보는 재미도 있고, 내가 닮고 싶은 이의 모습을 볼 수 있어 가슴이 두근거리기도 하고, 내개 해야만, 가야만 하는 길이 분명 있다는 것에 뭔가 방향이 잡힌 것 같기도 하고, 내가 하지 못하고 있다는 것을 다시금 자각하며 부끄러워지기도 하고 맘이 참 복잡합니다. 교생으로, 후배교사, 제자로 교감 선생님께 먼저 배우고 함께 고민하셨던 분들이 부럽기도 하구요. 좋은 생각과 경험을 이렇게 책으로 공유해 주셔서 고맙습니다. 저도 늦었지만 오늘부터 교단일기를 써 보려고 합니다.
>
> 삼덕초 교사 정○○ 드림

붙임으로 자료 2가지 드립니다.

하나는 '5대 역량 기반 인성교육중심수업 강화를 위한 초등교사 수업발표대회 지도안 작성법'입니다. 2014.4.15.㈁ 대구북비산초등학교에서 연수가 있습니다. 이미 희망하신 분들도 있습니다. 희망하지 않으신 분들도 가시면 됩니다. 강사는 교대부초 교사 최수정 선생님입니다. 본시안은 예시 자료가 되어 있는데, 1쪽의 내용은 작성 방법만 제시하고, 실제 예를 들어 놓지를 않았네요. 수업발표대회나 그렇지 않은 분들이나 많은 도움이 될 것 같습니다.

다른 하나는 2014.4.16.(수) 대구교육대학교대구부설초등학교 공개수업안입니다. 과학과 이종표 선생님이 공개합니다. 참석하실 분들은 여비부지급 출장 처리하시기 바랍니다.

그리고 2014.4.16.(수) 경북대학교사범대학교부설초등학교에서 수학과 공개수업 있습니다. 역시 많은 참관을 부탁드립니다.

또, 2014 협력학습지원단(국어과/팀장 김영호/팀원 12명)에서는 수업발표대회 1, 2, 3차 관련 참고 자료를 만들고 있습니다. 국어과로 한정합니다. 하지만 다른 교과도 이 안에 준용하면 될 것이란 생각입니다. 이미 10여명으로부터 1차 심사 관련 자료(수업자 의도 및 역량강화, 본시 교수·학습안)를 받았습니다. 제가 오늘 정리를 하고, 내일은 다른 분들께 검토 의견을 받아서 수요일에는 공유를 할 예정입니다. 2차 및 3차 자료로 곧 자료를 정리해서 공유할 예정입니다. 우리 선생님들께도 바로 공유하겠습니다. 대구시내 초등학교 교감 선생님들과 초등전문직 모든 분들께도 공유합니다. 두 가지 예시 자료로 공유할 예정입니다. 국어과 협력학습지원단이 컨설팅을 할 때도 이 자료를 활용합니다. 이 자료는 절대적인 것이 아닙니다. 하나의 예시 자료입니다. 잘 아시다시피 교수·학습안에는 절대적인 것이 없습니다.

다른 붙임 파일도 잘 보시기 바랍니다.

5대 역량 10대 가치 다시 안내 드립니다.

2014 대구교육의 방향 및 주요 업무 추진 계획(대구광역시교육총 발간등록번호 2013-정책기획관-2-73)에 4대 전략 중에서 1번이 '학생의 5대 역량을 기르겠습니다.'입니다.

5개 역량에 각각 2개의 가치를 두어서 총 10개의 가치입니다. 유치원, 초등학교, 중학교, 고등학교의 학교급별로 단계가 설정되어 있습니다. 별도로 전체 파일 드리겠습니다.

먼저

역사, 태현 행복수업 만들기 29, (2014.04.17.목.)

대구태현초등학교 교감 김영호

"교감 선생님, 양복 입고 빗자루 들고 있으니 안 어울려요."

어제는 양복을 교문 주변을 쓸었습니다. 담배꽁초와 쓰레기를 먼저 쓰레받기에 담아 놓고, 대나무빗자루로 인도를 쓸었습니다. 그 모습을 본 여학생 두 명이 가까이 다가와서 한 말입니다.

그 여학생들을 양수진 선생님 수업을 보고 나오다가 복도에서 다시 만났습니다. 또, 말을 걸어왔습니다.

"손에 책 들고 있으니까 어울려요."

이렇게 말하고는 이갈이를 하느라 듬성한 이를 들어내 보이며 웃었습니다.

요즘 학교는 참 바쁩니다. 그래도 결국은 수업 잘 하는 것으로 귀결됩니다. 그전에 몇 가지 생각해 볼 것이 있을 것 같습니다.

너무 이른 시간에 등교하는 학생들입니다. 오늘 아침에는 7시 10분경에 6학년 여학생 3명이 등교를 했습니다. 또, 너무 늦게 오는 학생들도 있습니다. 대부분 차를 타고 오는 학생들입니다. 차는 교문 주변에 주차합니다. 차를 멀리 대시라 하면 이런 핑계를 댑니다. "늦어서요." "비가 와서요." 그러면서 학생 보고는 빨리 뛰어 들어가라고 합니다. 너무 이른 등교도 그렇다고 너무 늦은 등교도 생각해 볼 문제입니다.

그리고 어제 '세월호' 문제만 보더라도 안전이 가장 큰 문제입니다. 우리가 하는 창의적체험활동을 위해 학교 밖으로 나갈 일이 많습니다. 하나하나 잘 생각하고 검점할 필요가 있습니다. 학교 안에서도 마찬가지입니다. 99가지 잘 하다가도 1가지 일 생기면 참 어려워집니다. 예방이 최선입니다.

아침 등교하는 학생들 얼굴맞이(눈맞춤), 따뜻한 말 한 마디가 필요합니다. 어떤 큰 일도 작은 것에서 시작합니다. 요즘 협력수업이다, 인성 중심이다라고 하지만 그 시작도 우리가 늘 하던 것입니다. 거창한 이론 필요하지 않습니다. 선생님이나 친구들과 눈 맞추고 이야기 나누는(들어주고 말하고, 말하고 들어주고) 것에서 시작합니다. 선생님들의 그런 실천이 바로 이론이고 실제인 것입니다.

역사, 태현행복 수업 만들기 28에서 안내한 내용입니다. 붙임 1 보시고 2,3,4 보십시오.

스승의 날

역사, 태현 행복수업 만들기 34, (2014.05.15.목.)

대구태현초등학교 교감 김영호

스승의 날입니다.

축하를 드립니다.

노고에 감사를 드립니다.

저는 김천 아포읍 대신초등학교(당시는 금릉군 아포면 대신초등학교)를 졸업했습니다. 초등학교 담임 선생님 성함은 지금도 기억을 하고 있습니다.

1학년 때는 김〇〇 선생님이셨습니다. 성정이 매우 괄괄하셨던 것으로 기억합니다. 말썽을 부리거나 숙제를 하지 않으면 가차없이 매를 들기도 했습니다. 1미터짜리 대나무자를 애용(?) 하셨습니다. 같은 동네 친구 하나는 매일 맞는 것이 무서워 한 달 정도 다니다가 그만두고 다음해 다시 입학을 했습니다. 특히, 남학생들은 어김없이 교단에 세우고 칠판에 손을 짚게 하고는 바지와 속옷을 다 내리게 한 다음 엉덩이에 사랑을 듬뿍 주셨습니다. 지금으로서는 상상을 할 수 없는 일이겠지요.

2학년 때는 고영희 선생님이셨습니다. 천사 같으신 분이었습니다. 학생들을 한 번도 때린 것을 본 적이 없었습니다. 방과후에 주산을 가르쳐 주셨습니다. 그 덕분에 초등학교 다니면서 4급인지 5급을 따기도 했습니다. 공부도 참 재미있게 가르쳐 주셨습니다. 김천고등학교 다니면서 들으니 김천고등학교 수학 선생님이 고영희 선생님의 부군이셨습니다. 선생님은 대구에서 명예퇴직을 하셨습니다. 부군은 대륜고등학교 교장 선생님으로 정년퇴직을 하셨습니다. 그 때 아이들을 때리지 않아도 말을 듣는다는 것을 알았습니다.

3~4학년 때는 최○○ 선생님이셨습니다. 잘해 주실 때도 많았지만, 학생들이 말을 듣지 않으면 매우 엄하게 혼을 내셨습니다. 그때는 모두가 2인용 책상이었습니다. 그 책상을 들게 하거나, 운동장을 20바퀴 이상씩 돌게 했습니다. 이 역시 지금으로서는 상상할 수 없는 일입니다. 4학년 때는 쪽지시험이나 정기시험을 칠 때면 최고점수가 있는 성(남자, 여자)의 반대 성이 교실과 담당구역 청소를 하는 제도를 즐겨 사용했습니다. 저는 그때 국어보다는 사회를 아주 좋아했습니다. 사회를 치는 날은 제 덕분에(?) 무조건 여자들이 청소를 해야 했습니다.

5학년 때는 이○○ 선생님이셨습니다. 몸집이 매우 우람(?)했던 것으로 기억됩니다. 교실 청소를 아주 강조하셨습니다. 초칠을 하고 걸레로 수도 없이 문지르는 것이 일과였습니다. 장학지도라도 오는 날이면 일주일 전부터 그 작업은 강도를 더해 갔습니다. 공부시간이 특별하게 기억에 남는 것은 없습니다.

6학년 때는 김명진 선생님이셨습니다. 드디어 남자 선생님이 담임을 하시게 된 것입니다. 굉장히 엄하시면서도 자상하신 분이셨습니다. 중학교로 진학하는 시기라서 그런 것도 있지만, 기억에 남는 일이 가장 많습니다. 대구에서 정년 퇴직하셨습니다. 초임인 대구매천초등학교에서 육상부를 맡아서 대회에 출전하니, 선생님께서도 학생들을 데리고 오셨습니다. 오랜만의 해후였습니다.

나는 경북 김천시 아포읍의 대신초등학교를 졸업했다. 70년대만 해도 전교생이 600여 명이 되는 학교였다. 지금은 유치원 원생까지 포함해서 50여 명이 되는 소규모 학교이다. 분교 또는 폐교의 위기에서 간신히 버티고 있다고 한다. 시골에 가면 가끔 학교에 가본다. 당시 다니던 학교 건물은 그대로이다. 느티나무는 수세가 약해지기는 했지만 익숙한 풍경이다. 뒤편에는 재래식 화장실이 그대로 있다. 종종 남자친구들은 오줌 높이 올리기 시합을 하기도 했던 화장실이다. 지금은 사용하지는 않는 것 같았다.

학원 걱정, 공부 걱정 없었던 초등학교 생활은 참으로 즐거웠다. 초등학교 6년 중에서 가장 기억에 남는 것은 6학년이다. 여자선생님이 그렇게 많지 않았지만, 1학년부터 5학년까지 줄곧 여자 선생님이 담임을 하셨다. 6학년 담임선생님은 당시 30대 초반이셨던 남자 선생님 이셨다. 김명진 선생님은 체육시간이면 학생들과 핸드볼이며 축구를 함께 하셨다. 그리고 누구도 편애하지 않고 공평하게 대해 주셨다. 지금 생각하면 사제동행의 전형이다.[3]

우리 선생님들은 학생들에게 어떤 선생님으로 기억되고 싶으십니까?

---

3) 김영호(2014). 수업? 너를 기다리는 동안. 서울: 북랩. pp.17~18.

학교 탐방기

역사, 태현 행복수업 만들기 40, (2014.07.07.월.)

대구태현초등학교 교감 김영호

2014. 창의·인성 모델학교 탐방기(컨설팅)

구분	원호초등학교	이산초등학교	약목초등학교	포항원동초등학교
주소	경북 구미시 고아읍 문장로 22길 58	경북 영주시 이산면 이산로 487	경북 칠곡군 약목면 복성3길 30	경북 포항시 남구 오천읍 냉천로 340길 64
구분	공립	공립	공립	공립
교원수	57	11	26	53
학생수	995	66	353	1,451
홈페이지	http://www.wonho.es.kr	http://isan.school.gyo6.net	http://yakmokes.school.gyo6.net	http://www.ph-one.es.kr/
주제	참! 사랑! 꿈!을 갖춘 원호+(플러스)人 교육	ISAN 알짬교육으로 360° 소통하는 창의 인재 육성	약이·목이 어울림 교육과정 운영을 통한 창의·인성 함양	새로운 생각과 참된 마음을 지닌 참신동이 육성
특화 프로그램	1.창의적 체험활동의 날, 전일제 운영 2.내 꿈을 펼쳐요, 학생동아리활동	1.소나무와 함께하는 바른 삶 프로젝트 2.새로운 생각을 나누는 창의& 소통 프로젝트	1.주제 중심 통합 교육과정 운영을 통한 창의·인성 함양 2.어울림 창의적 체험활동을 통한 창의·인성 함양	1.참신동이 맞춤형 교육과정 운영 2.테마중심 창의·인성 체험활동
지역 사회	도시형 농어촌학교, 대규모아파트단지	학교 아래는 영주댐 수몰지역	맞벌이72.8% 결손가정18.8 92년 전통	철강공단의 신 배후도시 아파트 밀집 지역
학생	생활지도 어려움,문제해결, 체험위주수업 선호	전원버스통학	착하고온순함 자기 주도적 학습력 부족	문화체험기회부족,운동(육상)을 자발적으로 하려고 함
교원	석사이상 42%,연수 및 연구에 열정	평균연령 37세 전문성 및 열의 높음	학생 사랑과 교육에 대한 열정이 뛰어남	평균연령젊음. 열정 및 결속력 강함
학부모	맞벌이가정44%,학력위주의 자녀관	조손가정 35% 가정학습기반열악	저소득층 비율 22.5%,연구학교 추진으로 신뢰구축	시험성적과 인성교육 동시에 추구 요구
방문일	2014.6.18.(수)	2014.6.18.(수)	2014.6.23.(월)	2014.7.1.(화)

원호초등학교

구미에서 교원들이 매우 선호하는 학교입니다. 읍지역이라 가산점도 있고, 연구학교도 오래 했습니다. 선생님들의 열정이 대단한 학교입니다. 지역사회의 인적자원이나 교원들의 자원도 매우 좋습니다.

이산초등학교

학교 울타리가 100여 그루의 소나무입니다. 개교 때 학생들이 심은 것이라 합니다. 100대 교육과정에 선정되는 등 교육 관련 상을 아주 많이 받은 학교이기도 합니다. 소규모 학교에기에 한계점도 있지만 장점도 많은 학교입니다.

약목초등학교

현 교장 선생님의 모교이기도 합니다. 지역주민들이 학교를 신뢰하고 많은 도움을 준다고 합니다. 프로그램도 안착이 되어가는 느낌을 받았습니다.

포항원동초등학교

철강공단 배후도시입니다. 특이하게도 학생이나 학부모가 스스로 운동부 시켜달라고 한답니다. 2012년에 처음 갔을 때와 비교해서 학교가 자리를 잡았다는 느낌이 들었습니다.

창의·인성 모델학교는 2011.5.1.일부터 연구학교로 지정이 되어서 운영을 하고 있습니다. 2014학년도에는 165개교입니다. 대구에는 3개교입니다.(대구의 3개교는 연구학교는 아닙니다.) 대구남동초등학교, 북동중학교, 청구고등학교입니다.

이 사업은 2015.2.28.에 종료가 됩니다. 일반적인 연구학교에 비해 참 힘들기도 한 연구학교이지만 바람직한 형태라는 생각을 합니다. 다음에는 어떤 식으로 연구학교를 운영하면 좋을까 한은 고민이 많을 것이라는 생각을 합니다.

저는 컨설팅을 가면 공통적으로 하는 질문이 있습니다. 지금 하고 있는 프로그램에서 5년이나 10년 뒤에도 계속 운영이 될 수 있는 것은 어떤 것이 있느냐? 그런 프로그램을 만들고 운영하는 것이 창의·인성 모델학교가 아니겠느냐 하는 것입니다.

예를 들어, 지난 해에 소개해 드린 전라남도 완도군 노화초등학교의 '우리 고장 알기'입니다. 이 프로그램은 10년, 20년 후에도 지속될 내용입니다. 교장 선생님이 누가 되시더라도 하지 않을 수 없는 프로그램입니다.

일본의 이나소학교는 통지표, 종소리, 시간표가 없다고 합니다. 수십 년 된 전통입니다.

이나소학교는 일본 연수를 추진하면서 다른 곳을 가지 못하더라도 반드시 가야 할 곳이었다. 성영미 선생님의 능숙한 통역 덕분에 의사소통이 원활했다. 점심시간을 넘겨가며 예정된 시간보다 1시간 넘게 친절한 안내를 해 주신 교장, 교감 선생님과 연구주임의 열정은 대단했다. 우리교육청에서 인성교육으로 추진 중인 동물 기르기는 오래 전부터 실시하고 있는 정책이다(일본에는 인성교육이란 용어가 없다).

이나소학교는 통지표, 종소리, 시간표가 없다고 한다. 참 편할 것 같지만,

학생 개인별로 수백 쪽의 상세한 기록물이 있다고 한다. 학생들의 평소 대화를 녹음해서 기록으로 옮기는 수고로움도 마다 않는다고 한다. 선생님들은 모두가 운동화에 바지와 티를 입고, 호루라기를 목에 걸고 수업을 한다고 한다. 학생에게 무슨 일이 일어나면 신속한 조치를 위한 것이라고 한다. 이런 것들이 위에서부터 시도된 것이 아니고, 수십 년 전부터 학교 구성원이 합의해서 이어지고 있는 전통이라고 한다. 연구학교 점수를 따기 위해서나 승진을 위해서 이나소학교에 전입하는 교사는 없다고 한다. 단 하나 교사의 전문성인 수업력을 신장시키기 위해서라고 한다. 우리 선생님들이 반면교사로 삼으면 참 좋겠다는 생각이 들었다.[4]

우리학교에는 10년 뒤에도 지속 발전 가능한 것이 무엇일지 궁금합니다.

---

4)김영호(2014). 수업? 너를 기다리는 동안. 서울: 북랩. 124쪽.

다섯 번째
이야기

절차탁마 하는 학교

대구교육대학교대구부설초등학교 절차탁마 이야기입니다.
2014.9.1.부터 지금까지 교대부초 선생님들과 공유한 내용입니다.

교대부초
수업참관 어떻게 하면 좋을까?
세월이 약인가요?
기다려지는 수업
등입니다.

대구교대부초 절차탁마 이야기는 현재 진행형입니다.

우리 학교는 참 좋은 학교입니다. 2014년 9월 1일자로 대구태현초등학교 교감에서 대구교육대학교대구부설초등학교 교감으로 자리를 옮겼습니다. 우리 학교는 대구교육대학교에 소속된 국립 초등학교입니다. 개인적으로는 1999년 3월 1일부터 2005년 2월 28일까지 교사로 근무한 학교이기도 합니다.

우리 학교는 학생들이 오고 싶은 학교, 선생님들이 근무하고 싶은 학교이기도 합니다. 1학년 신입생 경쟁률은 두 손이 필요합니다. 점점 경쟁률이 높아지고 있습니다. 선생님들은 수업력 향상이라는 교사 본연의 업무에 집중할 수 있는 학교입니다. 물론 어렵고 힘들 때도 있습니다.

제가 교대부초에 교사로 근무하던 시절은 힘들었지만 행복했었습니다. 졸저 '수업? 너를 기다리는 동안'의 여는 글에도 소개하였지만, 교사로서 수업에 대해 눈을 뜬 시기였습니다. 많은 사람들과 수업에 대해 나눌 수 있었습니다. 가끔은 다시 그 시절로 되돌아가고 싶을 때도 있습니다. 그렇게 된다면 좀 더 잘 할 수 있을 거란 생각이 들기도 합니다.

교감의 자리는 참 애매모호한 자리이기도 합니다. 교원의 직급으로 보면 교장, 교감, 교사이니 딱 중간의 자리입니다. 굳이 중용이라는 표현을 하지 않더라도, 위아래로 불편부당하지 않게 하는 것은 그리 쉬운 일이 아닙니다.

우리 교대부초의 선생님들은 매우 좋은 분들입니다. 우리 선생님들에게나 다른 학교에 가서도 늘 이렇게 자랑 아닌 자랑을 합니다. 우리 교대부초 선생님들은 수업을 가장 잘 하는 분들이다. 대부분 이의를 달지 않습니다. 사실 교무실 제 자리 뒤에는 '대한민국에서 가장 수업을 잘 하는 학교'라는 비전이 걸려 있습니다. 그 아래에는 우리 학교의 수업철학인 '수업에서 행복을 만나다'라는 문구가 있습니다. 그리고 우리 선생님 성함이 모두 쓰여 있습니다. 모두가 대한민국에서 가장 수업을 잘 하는 학교가 되기 위해서 절차탁마 하고 있습니다.

대구태현초등학교 교감으로 근무를 할 때는 '역사, 태현 행복 수업 만들기'라는 연재물로 선생님들과 소통을 했습니다. 총 40번 태현교육가족과 공유했었습니다. 교대부초에 전입해서는 어떻게 선생님들과 소통을 할까 고민을 했습니다. 2주일 정도 고민한 끝에 '절차탁마' 연재물로 선생님들과 만나기로 했습니다. 절차탁마는 옥을 만드는 네 가지 과정입니다.

절차탁마의 내용은 주로 수업과 관련된 것입니다. '역사, 태현 행복 수업'과 비슷한 점도 많습니다. 하지만 많이 다른 부분도 있습니다. 교대부초 절차탁마를 공유하는 데는 일정한 시기가 없습니다. 일 주일에 두 번이 될 수 도 있고, 한 달에 한 번이 될 수도 있습니다. 주로 온라인으로 전달합니다. 간혹 직원협의회에서 강조를 하기도 하고, 별도의 시간에 생각을 나누기도 합니다.

지금까지 '교대부초, 절차탁마'의 목록은 다음과 같습니다. 진한 글씨는 공유하는 내용입니다. 처음 교대부초 교육가족과 공유한 각각의 절차탁마의 내용을 그대로 싣습니다. 교대부초 절차탁마 끝부분에 # 표시가 된 글은, 이 자료를 정리하면서 최근에 덧붙인 내용입니다.

교대부초

—

2014.09.15.(월) 교감 김영호

"자넨(선배님, 형님, 교감 선생님 등) 좋겠다."

"왜"

"좋은 학교 교감이라서"

"왜 좋은 학교데"

"선생님들 수업도 잘 하고 다 열심히 하잖아."

"그래 맞다. 교대부초 좀 많이 도와 줘."

"무슨 소릴? 교대부초에서 우릴 많이 도와 줘야지."

"어떻게 도와야 되는데."

"거 잘 알고 있잖아. 수업도 많이 공개하고 선생님들의 노하우도 많이 전달해 주고."

교대부초에 전입해서 동기나 선후배 교장, 교감 선생님들과 통화하면서 공통적으로 나눈 이야기입니다.

우리 선생님들이 자랑스럽고 고맙습니다.

크게 두 가지 말씀 드립니다.

■ 교감이 하는 일에 신경 쓰지 마라.
  ● 아침 청소, 오후에 작업 등등
  ● 필요하면 개별이나 학년별 또는 전체 협조 요청한다.

◦ 선생님들은 수업에 전념하고 학생들과 긴밀한 상호작용을 하자

▣ 학교의 시작도 수업이고 끝도 수업이다.
  ◦ 교사의 수업 철학 갖기
  ◦ 학생 개개인을 존중하고 사랑하기
  ◦ 자신만의 수업 브랜드 갖기
  ◦ 교감 수업 참관 및 사진 찍기 수시로 함
    - 교사나 학생 인사하지 않기
    - 평소 수업 그대로 하기
    - 사진 찍고 5분 이상 참관할 수도 있다.
    - 대외강의에서 교대부초 홍보에 적극 활용함
  ◦ 공개 수업을 평소 수업 같이하기. 평소 수업을 공개 수업같이
    하기.
    - 대구에서 이렇게 할 학교는 교대부초 밖에 없다.
    - 가능하면 공개라는 말보다 공유라는 말로 바꾸어 보자
  ◦ 온오프라인 수업 컨설팅, 대외 강의 성심성의껏 하고 피드백
    하기
    - 수업컨설팅 적극적으로 응하기
    - 정식 공문으로 오는 것, 개인적인 방문이나 이메일 전화 등을
      통한 컨설팅 등
    - 모든 내용을 간단하게 기록해 두기
    - 상대방을 배려하는 컨설팅
    - 가르치려고 하지 말고 함께 생각을 나눈다는 생각으로 접근
      하기

- 겸손한 만큼 실력은 돋보이는 법
- 교수·학습안에 각주 달기
● 수업을 선도하는 교대부초
- 교대부초에서 수업을 선도하자
- 그러자면 시대가 요구하는 학습법, 교수법, 교수·학습법을 찾아야 한다.
- 책을 많이 읽어야 한다.
- 자신의 수업에 대한 발전적인 기록이 필요하다.(수업일기, 교단일기)
- 궁극적으로 교대부초의 집단지성을 발휘하자
- 결과물은 출판을 해서 세상과 공유하자.

(추후 자세한 내용은 파일로 선생님들께 제공합니다.)

교대부초에 전입하고 3주째 월요일 직원협의회에서 안내를 드린 내용입니다. 교대부초에 교사로 6년을 근무하고, 공립학교 교사, 교육전문직 및 공립학교 교감을 하다가 9년 6개월 만에 다시 전입했습니다. 수업과 관련해서 처음 언급한 내용입니다.

명불허전(名不虛傳)

2014.11.24.(월) 교감 김영호

어떤 교대생은 '부초애들은 너무 기계 같다. 잘 배운 로봇 같아서 아이다움이 없다.'라고 하였지만, 제 눈에는 학습이 잘 되고 바른 선생님들 밑에서 수업하면 당연히 저절로 이루어지는 모습으로 보였습니다. 오히려 이렇지 않은 학교는 선생님들이 조금 게으른 게 아닌가 생각되었습니다. '참'을 실천하고 계시는 많은 선생님들과 학생들로부터 3년간 배운 지식보다 더 많이 배우고 갑니다. "수업은 교사의 생명이다."라는 말 고이 간직하고 가겠습니다. (수업실습(I), (대구교대 컴퓨터교육 박진주)

선생님들의 노고에 감사를 드립니다.

다시 명불허전(名不虛傳)을 생각합니다.

또한, 의금상경(衣錦尙絅)을 생각합니다. 의금상경이란 '비단옷을 입고 그 위에 홑옷을 걸친다.'는 뜻입니다. 한 마디로 겸손하라는 것입니다.

■ 참관실습, 수업실습 : 철저마침(鐵杵磨針)

　◉ 교생들의 말이나 소감을 빌리지 않더라고 철저마침하시는 우리 선생님들의 모습이 눈에 선합니다. 국립초등학교의 상설연

구학교 업무와 더불어 실습지도는 핵심적인 내용입니다. 철저마침의 원뜻은 '쇠공이를 갈라 침(바늘)을 만든다.'는 것입니다.

- **꽃사슴 종합 예술제 : 불성무물(不誠無物)**
  - 협력하는 모습이 참 보기 좋았습니다. 모두가 하나 되는 장이란 생각이 들었습니다. 그 바탕에는 우리 선생님들의 성실함이 바탕이었습니다. 무불성물은 '성실함이 없다면 존재도 없다.'는 뜻입니다.

- **학기말 평가 : 금상첨화(錦上添花)**
  - 문제 유형이 서술형이냐 선택형이냐의 문제보다는 문제 자체의 질입니다. 우리 선생님들이 수업하시는 수준에 어울리는 금상첨화의 평가문항을 기대합니다.

교대부초 절차탁마 1을 공유하고 2개월이 지난 시간입니다. 어느 곳이나 그렇듯이 새로운 곳에서는 낯섦을 익숙함으로 바꾸는 데 제법 시간이 필요합니다. 11월까지는 그런 시간들이었습니다. 교대부초에서 교사로 6년 동안 근무할 때와는 많은 것(주로 문화)이 달라져 있었습니다.

익숙한 것은 더욱 익숙하게 하기도 합니다. 낯선 것을 익숙하게 만들고, 그 낯선 것을 새로운 문화로 바꿀 수도 있습니다. 전자보다는 후자를 택했습니다.

~답다

2014.12.18.(목) 교감 김영호

※ 다음 낱말의 뜻을 잘 생각하면서 문제에 대한 자신의 생각을 쓰시오.

〈낱말과 그 뜻〉

- 진(眞) / ~답다 / ~스럽다, 덕분에 / 때문에[1]
  - 진(眞) : 「접사」(일부 명사 앞에 붙어) '참된' 또는 '진짜'의 뜻을 더하는 접두사. ¶진심/진면모/진면목/진범인/진분수.
  - ~ 답다 : 「접사」(일부 명사 뒤에 붙어) '성질이나 특성이 있음'의 뜻을 더하고 형용사를 만드는 접미사. ¶꽃답다/남자답다/사람답다/정답다/참답다/선생님답다.
  - ~ 스럽다 : 「접사」(일부 명사 뒤에 붙어) '그러한 성질이 있음'의 뜻을 더하고 형용사를 만드는 접미사. ¶복스럽다/걱정스럽다/자랑스럽다.
  - 덕분 : 「명사」베풀어 준 은혜나 도움. ¶선생님 덕분에 대학 생활을 무사히 마칠 수 있었습니다./덕분에 좋은 구경 했습니다./제가 잘된 것은 모두 형님 덕분입니다./그동안 걱정해 준 덕분에 잘 지냈습니다.
  - 때문 : 「의존명사」, (명사나 대명사, 어미 '-기', '-은', '-는', '-던' 뒤에 쓰여) 어떤 일의 원인이나 까닭. ¶그는 빚 때문에 고생을 했다./너 때

---

[1] 국립국어원 표준국어대사전, http://stdweb2.korean.go.kr/main.jsp, 절차탁마 6(2014.12.17.)에 제시된 내용.

문에 내가 얼마나 힘들었는지 아니?/일이 많기 때문에 시간을 낼 수가 없다./만일 어떤 사태에 직면한다면 자기 처신이 참으로 어려워지리라는 것을 아는 때문에 마을 공기에 예민해지는 것은 어쩔 수 없고…≪박경리, 토지≫

〈유의점〉

- 자신의 생각을 솔직하게 나타냅니다.
- 다섯 개 낱말의 뜻을 잘 생각하면서 씁니다.
- 옆 반 또는 그 누구와 문제 해결을 위한 의논을 하지 않습니다.
- 누군가(?) 앞장서서 "이 문제는 이렇게 답을 하자"라고 하지 않습니다.
- 구체적인 사례를 들면서 자신의 생각으로만 정리합니다.
- 이 내용은 실명으로 공개하지 않습니다.
- 분량은 제한이 없습니다.
- 다음과 같이 제출합니다.
  - 제출일 : 2014.12.22.(월),24:00
  - 파일명 : 본인 이름
  - 제출처 : 이메일 kyh15785@korea.kr (숫자 일오칠팔오)

1. '교대부초답다'라는 말을 생각하면서, 다음 문제에 대한 생각을 쓰시오.

① 우리 '교대부초다운 바람직한 수업과 수업협의(회)'란 무엇이라고 생각하는가?

② 지금, 우리 교대부초의 수업과 수업협의(회)는 어떻다고 생각하는가?

2. '연차(年次) 문화'라는 말을 생각하면서, 다음 문제에 대한 생각을 쓰시오.

① 우리 교대부초다운 바람직한 '연차(年次) 문화'란 무엇이라고 생각하는가?

② 지금 우리 교대부초의 '연차(年次) 문화'는 어떻다고 생각하는가?

다음은 '절차탁마 7. 답다' 문제 (1. '교대부초답다'라는 말을 생각하면서 다음 문제에 대한 생각을 쓰시오. ① 우리 '교대부초다운 바람직한 수업과 수업협의(회)'란 무엇이라고 생각하는가?)에 대한 우리 교대부초 선생님들의 생각이다. 실명은 소개하지 않는다.

교대부초다운 수업 이전에 ○○○선생님다운 수업. 수업이 ' 대부초답다'를 말하기 전에 '○○○답다'라고 말해질 수있어야 한다고 생각합니다. 교대부초 교사가 각기 ○○○답다, ○○○답다, ○○○답다 등처럼 수업에 브랜드를 달 수 있을 때 수업에 있어 "교대부초답다"는 말을 들을 수 있을 것입니다. 하여 결론은 각자 자기의 고유한 수업을 만들어나가는 노력이 우선되어야 할 것입니다. 그리고 교대부초다운 수업이란 말을 듣고 싶다면, 그것은 수업 스타일이 아니라 '열정, 사랑, 연구'등과 같은 수업 철학이나 노력에 대한 '답다'여야 할 것입니다.

교대부초는 교생실습학교이기 때문에 그러한 전통적 가치를 기본으로 전수하는 것도 가치가 있다고 생각하며 그러한 역할을 하는 것도 중요하다고 생각합니다. 그러하기에 지금 우리의 수업과 협의회는 기존에 교육공학 및 교육철학에서 제시된 잣대를 사용하여 수업자가 보여준 수업을 측정하고 반추해보는 경향이 짙습니다. 하지만, 세상은 너무도 빠르게 변화하며 다양한 가치와 개념이 존재하는 시대에 이전에 학습된 교육적 가치에 집착하는 경향이 강한면을 보여주고 있습니다. 교대부초는 모든 초등학교 보다 앞서 나아가며 교육의 리더가 되어야 함을 생각할 때 지금의 모습은 보수성이 강한 한 이익집단으로 외부에 비쳐지는 것이 안타깝습니다. 전통과 혁신, 어느 쪽이든 학교차원에서 부초의 색을 정하고 정진할 필요를 느낍니다.

물론 모두들 전 교과에 대해서 상당한 조예를 가지고 있겠지만, 그 교과를 더 심도 있게 연구하고 집중하는 당사자가 가지고 있는 식견을 많이 들을 수 있는 분위기가 조성되어, 때로는 우리가 학생이 되어 새로운 지식을 배우거나 수정·다듬는 경우도 되어보고, 우리가 교사로서 이제까지 쌓아온 일반적인 경험치에 비추어 궁금했던 점, 알고자 하는 점, 교육현실과 달라 힘든 점, 개선해야할 점 등을 수업자를 중심으로 많이 묻고 의견을 주고받으면서 깊이를 더해갔으면 좋겠습니다.

언젠가 교생 실습 소감록에서 "이 곳 교대부초는, 교사는 교사답고, 학생은 학생다운 곳이었다."라는 글을 접한 적이 있다. 그 때, 그 짧은 한 문장이 얼마나 내 가슴을 시원하게 해 주던지… 그 어떤 수식어보다 내게 와 닿는 최고의 찬사였다. 그 교생은 분명, '교사'가 지녀야 할 지극히 상식적이고 보편적인 특성을 우리 교대부초 교사들에게서 본 것이다. 이는, '교사'에 대해 부정적인 측면을 말하고자 하는 이들에겐 분명 반론의 여지가 있다. 하지만 여기서 사용된 '교사답다'라는 말은 교사가 지닌 고유의 긍정적인(모범이 되는, 전문성이 있는, 사랑이 있는 등)이미지를 부각시킨 말이라 생각된다.

교대부초다운 바람직한 수업의 방향은 언제나 누구에게나 보여줄 수 있는 자연스러운 수업, 그러면서도 학생들끼리 자유로운 의견을 주고받으며 서로의 궁금증을 해결해나가는 수업이라고 생각합니다. 하지만 많은 선생님들이 아직까지 공유가 아닌 공개 수업에 너무 습관이 박혀있어 그런 수업을 자신 있게 보이지 못하고 있는 것도 어느 정도 현실인 듯 보입니다. 꾸준한 자기반성과 좋은 수업을 진행해보고자 하는 교사들의 노력이 더해진다면 머지 않은 시간에 반드시 일상적인 수업이 교대부초 다운 바람직한 수업이 될 것이라고 생각합니다.

현상이 이론이 되고 이론이 다시 현실화시키는 것이 학문입니다. 다만 교대부초는 다소 어려운 결정을 매번 해야만 했던 것 같습니다. 성급한 현상을 이론화하기 전에 적용하게 되어 잘되면 앞선 교육이 되는 것이고 그렇지 않으면 오사례를 남기게 되는 것입니다. 또한, 뒤이어 상아탑에서의 이론을 다시 현실화시키는 시범학교가 되는 것도 교대부초이기 때문입니다. 앞선 교육과 시범적용의 딜레마에서 항상 고민해오던 것이 교대부초이고 그 결과를 항상 지켜보는 시선을 앞두고 있었습니다. 그래서 신중하고 변화에 주저하는 것 같아 보일 수 있습니다. 하지만 제가 봐온 6년이라는 수업과 수업장학은 항상 변화를 추구해 왔습니다. 협의회도 마찬가지입니다. 그래서 지금까지 해온 것에 대한 어떠한 새로운 방향으로의 전환은 자칫 지금까지의 부정으로 접근해서는 안 될 것 같다는 생각이 듭니다.

처음 공개 수업을 할 때부터 많은 벽에 부딪힌 것이 사실입니다. 자신의 수업을 보여주고 여러 선생님들의 조언을 들었으면 좋을 것 같았는데 자신의 수업을 할 수 없는 여러 가지 제약이 있었습니다. 각 과별로 자신의 과에 얼굴이라는 이름으로 수업에 대한 많은 코멘트가 있었고 다른 사람의 말을 따라 하다 보니 이건 내 수업도 아니고 남수업도 아닌 이상한 형태의 수업이 되었습니다.

수업 협의회는 수업을 피드백하여 발전된 수업을 만드는 과정으로 보았을 때 수업자는 자신의 수업을 통해 발전하려는 의지가 필요하며 참관자는 수업을 공개한 교사에게 감사의 마음으로 협의회를 참가해야 한다. 서로에 대한 신뢰를 바탕으로 협의회를 한다면 형식적인 시간이 아닌 자기 발전의 시간이 될 수 있을 것이다. 수업자만이 아닌 참가하는 모든 사람의 전문성 신장을 위한 수업협의회가 이루어져야 한다.

각 교과의 전문성을 살려 같은 교과의 교사들이 함께 모여서 새로운 교수법이나 각 교과의 교육기조 등을 반영하여 지도안을 함께 작성하고 함께 수업준비를 하여 이를 한 교사가 수업으로 공개하는 것이 바람직하다고 생각됩니다. 수업협의 시에는 교사의 역량을 분석하기보다는 해당 수업의 학생반응을 분석하고 이 수업에 반영된 교수법이나 교육기조에 대해 함께 고민하여 그 교과에 대한 효과적인 교수법을 공유하는 논의가 이루어져야 한다고 생각합니다.

저는 부초에 들어와서 수업협의회를 보고 '나도 저격수가 되고 싶다.' 소망했습니다. '저격수'는 .. 논리적으로 탄탄한 총알을 준비하여, 거침없이 정확하게 목표물을 명중시키는 것입니다. 그것이 참 멋져보였습니다. 첫해에는 저또한 저격수의 목표물이 되었지만, 그것이 싫지는 않았습니다. 그리고 수업을 볼 때 나 혼자만의 총알을 모았습니다. 수업 협의회 때, 누구나가 다 알아봄직한 총알을 쏘아 댈 때는 고개만 끄덕이고, 수업 협의회가 무르익었을 때

미세한 부분에서 하나씩 찾은 총알에 대한 희열도 있었습니다.

나는 참된 즉 진(眞)이라는 낱말에서 영화 역린에 나온 명대사가 생각났다. 중용 23장 구절 내용은 다음과 같다. "작은 일도 무시하지 않고 최선을 다해야 한다. 작은 일에도 최선을 다하면 정성스럽게 된다. 정성스럽게 되면 겉에 배어 나오고 겉에 배어 나오면 겉으로 드러나고 겉으로 드러나면 이내 밝아지고 밝아지면 남을 감동시키고 남을 감동시키면 이내 변하게 되고 변하면 생육된다. 그러니 오직 세상에서 지극히 정성을 다하는 사람만이 나와 세상을 변하게 할 수 있는 것이다." 진실 되면 통한다고 한다. 간혹 진실하지 않으면서 진실 된 척 가짜 진실이 떠돌기도 한다. 하지만 진실은 드러나는 법이다. 주머니에 든 송곳이 주머니를 뚫고 나오듯이. 참된 교육도 이런 것이 아닐까? 여러 기법이 난무하는 수업이 아니라 진실로 정성을 다하는 수업.

그렇다면 교대부초다운 바람직한 수업과 협의회의 모습은 무엇일까? 우리 학교 구성원들은 아마도 전부 자신의 수업에 대한 자부심 가지고 자존심을 지키려고 노력하는 사람들일 것이다. 교육과 수업에 대해 정말 열심히 연구하고 노력한 열정적인 사람들이 열정적인 수업과 협의회를 보여주는 것이 교대부초다운 것이 아닐까한다. 즉, 수업에 대한 새로운 것을 먼저 받아들여 연구하고, 서로 협의하며, 또 다른 새로움을 창조하는 열정이 교대부초다운 수업과 수업 협의회가 아닐까라고 정리해본다.

교대부초를 지원하게 된 이유도 바로 제 자신의 수업력 향상이었습니다. 그동안 선후배님들에게 참 많은 것을 배웠고 교대부초에 오길 잘했다는 생각을 가지고 있습니다. 좀 더 바라는 것이 있다면 다른 교과 전공 선생님들의 수업 노하우를 공유할 수 있는 기회가 좀 더 많았으면 하는 바람입니다.

수업 협의회뿐만 아니라 교사 전공과목 연수를 통해 좀 더 많은 것을 배우고 싶습니다. 한 교과의 전문가가 아니라 초등교육의 전문가가 될 때 "교대부초 선생님답다." 라는 말을 들을 수 있을 것 같습니다.

교대부초다운 바람직한 수업이란 선생님도 아이들 속에 들어가 함께 하는 수업이라 생각합니다. 학생들끼리 협력하여 진행이 되어야 하며 그 속에는 교사도 포함되어야 하지 않을까 생각합니다. 수업협의란 수업자의 의도를 잘 받아드리고 그 속에서 뭔가를 얻어갈 수 있는 협의회가 되어야 한다고 생각합니다. 또한 다른 선생님들의 생각과 나의 생각을 비교할 수 있는 장이 되어야 하지 않을까 합니다. 좋은 선생님들이 많으니 우리 학교에 있을 때 모든 교과에 대한 노하우를 키울 수 있는 기회가 되지 않을까 생각합니다.

'교대부초다운'에 대한 정의를 정확히 알지 못하지만, '잘 해야 한다', '선도적 역할을 수행해야 한다'라는 것으로 이해합니다. 이러한 관점에서 바람직한 수업이란, 학습자 중심의 토대로 교육부 및 교육청에서 추구하는 수업 방법에 충실하고, 각 교과에 대한 전문적 해석이 묻어나는 수업이어야 한다고 생각합니다. 이러한 분위기에서 수업협의란, 교대부초다운 수업을 할 수 있는 방법에 대한 지도와 상호협의가 이루어지는 장이라고 생각합니다.

수업을 좋은 수업과 좋지 않은 수업으로 단정 지을 수는 없다고 생각한다. 아무리 많은 시간과 노력을 투자하여 수업을 준비하고 계획한다할지라도 수업자의 의도와 계획대로 이루어지지 않을 수 있는 것이 수업이기 때문이다. 중요한 것은 '수업'에 대해 임하는 수업자의 자세와 태도라고 본다. 어느 누가 와서 내 수업을 보든 내가 준비한 수업에 자신 있고, 당당하게 이끌어나갈 수 있는 마음자세가 좋은 수업을 만드는 시작이라고 생각한다. 그러한 측면에서 교대부초다운 바람직한 수업은 어느 누가 뭐라고 하든 수업자의 주관과 의지가 담겨있는.. 자신감 있는 수업이라고 생각한다.

선생님들의 생각입니다. 어느 집단이나 구성원 모두에게 익숙하다고 해서 다 바람직한 것은 아닙니다. 제 3자의 입장에서는 집단 이기주의로 볼 수도 있습니다. 로마에 가면 로마의 법에 맞게 하라는 말을 많이 합니다. 특정 집단의 문화를 모두가 볼 때 바람직하다면 이 말대로 하면 좋겠습니다. 하지만 그렇지 못하다면 그 익숙함을 깨고, 낯섦을 익숙함으로 바꾸어야 하겠습니다. 그런 것들이 진정 올바른 문화이고 전통이라 할 수 있을 것입니다.

적자생존(適者生存)[2]

2015.03.01.(일) 교감 김영호

■ 수업일기: 권장 및 자율 선택

  ● 수업중심 기록, 상담 또는 중요한 일 중심 기록 등 다양하게

  ● 워크숍, 책 발간, 강의 원고, 교생지도, 학습자료 등으로 적극 활용

  ● 쓰는 것은 습관이다 : 하루에 한 줄, 한 글자만이라도 쓰는 수업일기

  ● 참조 : 2~8쪽

■ 수업

  ● 수업브랜드 적극 활용

  - 학교 현관, 학교 요람, 학급 안내, 학급 환경, 주안 등

  - 2015.4.1.전국워크숍 및 2016년 수업관련 책 출판 내용에도 전 교원 수업브랜드 넣기

  ● 평소수업 = 공유수업, 평소수업 ≒ 공유수업

  ● 수업권, 학습권 보장

---

2) 여기서는 적는 자만이 살아남는다(생존한다)는 뜻으로 사용함.

- 평일 07:00~15:00: 쿨메신저 주고받기 및 공문 결재 상신 금지, 교무통신은 전날 4시 전후해서 발송
- 수업시간 학생 심부름: 절대 금지, 평상시에도 가급적 교사가 직접 해결
- 컴퓨터 사용 수업: 꼭 필요한 때만 활용
- 협력수업
- 협력수업의 진정한 의미 탐색
- 교수·학습안
- 세안 2가지, 약안 2가지를 중심으로 개인별 창의성 발휘
- 2015.3.2.자로 대구시 전체 공유함
- 수업의 기초·기본 확립
- 결국 수업은 교사의 마음먹기에 달려 있다.

※ 수업일기 참조 자료: 교감 김영호(교대부초 및 태현초)

전입 인사

2014.09.05.(금)

대구광역시남부교육지원청 관내 초등학교 교감 선생님들께

교감 선생님들

노고 많으시지요.

가을햇살에 여름매미 소리 들리는 여름가을 또는 가을여름인가 봅니다.

2014.9.1.자 교대부초 교감으로 전입한 김영호입니다.

부초 많이 도와주십시오.

또, 교대부초에서 관내 학교나 선생님들께 도울 일 있으면 적극 돕겠습니다.

교대부초 선생님들은 언제든지 온·오프라인으로 선생님들 돕겠습니다.

수업에 대해 함께 나누고 생각할 기회가 있으면 연락주십시오. 교대부초 선생님들께 성심성의껏 함께 하시도록 안내하겠습니다.

추석 잘 보내시고, 늘 좋은 날이시길 기원드립니다.

고맙습니다.

김영호 배

칠월의 마지막

2014.07.31.(목)

한 시간 동안 운동장 작업을 했다. 땀범벅이다. 유도관에서 샤워를 했다.

집사람이 눈 수술을 한다. 아침에 구미역에 내려주었다. 곧 병원으로 가야 한다. 광섭이와 유정이가 동행중이다. 11시 30분부터 반일 연가를 냈다.

7.28.(월)에 경상북도교육연수원에서 초등교감 자격연수 대상자들과 함께 '교실수업개선을 위한 교감의 역할'이라는 주제로 강의를 했다. 진지했다. 피드백 자료를 정리해서 메일로 드렸다. 교감 카페에도 탑재를 했다.

다음은 그 내용이다.

교감 선생님들께

내고장 청포도가 익어간다는 칠월

곧

팔월에 자리물림하려 합니다.

연수 받으시느라 노고 많으시지요.

부족한 연수 잘 경청해 주시고

상호작용도 잘 해 주셔서 고맙습니다.

교감 선생님들이 상호작용 해 주신 내용 가감 없이 정리했습니다.

지금은

내 생각도 중요하지만

다른 사람의 의견도 참 중요한 시대입니다.

같이 나누어 보시기 바랍니다.

수업에 대한 이야기 함께 나눌 것이 있으면 이 메일이나 아래의 전화로 연락 주시면 함께 생각해 보겠습니다.

늘

건강하시고 좋은 날이시길 빕니다.

2014.7.30. 아침에

대구태현초등학교 교감 김영호 드림

뱀발)

혹

제가 이메일을 잘못 기록해서 바로 들어가지 않을 수도 있을 것 같습니다.

그리고 이 내용은 이메일을 주신 분들께만 드립니다.

주변에 계신 분들과 공유하시기 바랍니다.

와우~~ 정말 감동이네요!!

좋은 강의를 함께 한 것만도 감사한데 이렇게 피드백까지 해 주시니 무한 감동입니다~!!

학교는 아이들이 가장 중요하고 그러기에 아이들과 밀착해 있는 교사가 가장 중요하다고 늘 생각해 왔습니다

이제 그 중요한 교사에서 그들을 조력하는 교감의 자리에 가려니 아쉽기도 하고 두렵기도 합니다.

교감의 자리에 가면 수업을 떠난다고 생각해 왔었는데 직접 수업 시연을 하시는 교감 선생님의 모습을 뵈니 한편으론 부끄럽기도 했어요.

'교감의 자리로 간다 해서 수업을 놓는 것은 아니구나, 필요하면 직접 수업도 할 수 있는 준비를 하고 있어야겠구나'라고 느꼈습니다.

더운 날씨에 건강 잘 챙기시고 행복하세요~^^

왜관중앙초 석말숙 올림

낯선 이름이 보여서 조금 놀랬습니다.

눈 쓸기와 눈 놀이

밤새 눈이 살짝 내렸다. 어느 시인은 눈 오는 소리를 여인의 옷 벗는 소리라고 표현하기도 했다. 밤새 그렇게 내렸나 보다. 출근하는 데는 별 문제가 없었다. 조금 늦게 출발한데다가 조금 밀려서 평소보다는 늦게 출근을 했다.

교문과 교문 위아래의 인도의 낙엽과 눈을 쓸었다. 운동도 되고 좋다. 간혹 살짝 얼어붙은 곳도 있다. 담배꽁초도 제법 보인다. 학생 교육상 좋은 일은 아니다. 제복을 입은 과학대학생들이 먼저 인사를 하기도 한다. 반가운 일이다. 아이들과 인사를 주거니 받거니 한다.

등교 시간이 끝나도 운동장 놀이기구터에서 눈 놀이를 하는 아이들은 들어갈 줄을 모른다. 쿠션이 있는 곳이라 눈이 녹지를 않았다. 아이들에게 다가가서 큰 소리로 말했다.

"자 지금부토 다 같이 하나, 둘—열까지 외치고 교실로 들어갑니다, 다 같이 시작."

"하나, 둘, 셋……."

"자 다시 한 번 더 합니다. 하나, 둘, 시작"

"하나, 둘, 셋, 넷, 다섯, 여섯, 일곱, 여덟, 아홉, 열."

오십 여명의 아이들이 함께 외치고 제법 소리가 크다.

"자 이제 교실로 들어갑니다."

아이들은 아쉬움을 남기고 교실로 뛰어 들어갔다.

새 컴퓨터가 왔다. 그 전 것은 자주 먹통이 되었었다. 새로운 환경이다. 오전에 과학실에서 학모님들은 천연 샴푸 만들기를 했다. 마치고 매우 좋아라 하셨단다. 오후에는 모델학교 컨설팅 비용 정산서를 작성하고 우체국에서 등기로 보냈다. 오는 길에 국화빵 6,000원어치를 샀다. 천 원에 다섯 개다. 오면서 두 개를 먹었다. 교무실에서 교장 선생님, 교무실 식구들과 우엉차와 함께 먹었다. 요기가 되었다.

오늘 아침에는 박준우를 만나지 못했다.

수업 준비

2013.11.01.(금)

유도부가 소년체전 평가전에 출정을 했다. 4, 5학년 3명이 선발이 되었다고 한다. 6학년은 아쉽게 기회를 얻지 못했다고 한다. 내년에 중학교에 진학하면 기회가 더 있다. 모두들 장하다. 1학년 2반 수업 보결 때문에 출장을 가지 못했다. 교장 선생님이 급하게 출장을 다녀오셨다.

1학년 2반에 2시간 보결 수업을 들어갔다. 아이들이 잘 따라 주었다. 선생님께서는 국어 시험지를 준비해 두셨다. 보결 수업을 하는 사람에 대한 배려이다. 시험지 대신에 아이들하고 함께 활동을 했다. 지난 번 1학년 3반과 비슷한 활동을 했다.

그리고 받아쓰기도 해 보았다. 10문제이다. 【 ① 오늘 ② 아침에는 ③ 기분이 ④ 매우매우 ⑤ 좋았습니다. ⑥ 창문이 ⑦ 딱딱 ⑧ 소리를 ⑨ 냈습니다. ⑩ 간난아이 】공책에 쓰지 않고 손가락으로 책상에 쓰도록 했다. 아이들은 쉽다고 난리다. 한 명씩 나와서 한 문제씩 칠판에 썼다. ⑨의 '냈습니다'를 '냅습니다'로 쓴다. 네 글자는 맞았고, 한 글자도 반 이상이 맞았으니 90점이라고 하면서 다시 나와서 고쳐 쓰게 했다.

　마지막으로 낱말 만들기를 했다. 먼저 '이'자로 시작하는 말이다. 이발, 이웃 등등 해서 마지막에 이마가 나왔다. 총 26개를 만들었다. 다음에는 '사'로 시작하는 낱말을 만들었다. 먼저 '이'자로 시작한 26개 보다 더 많이 하지 않으면 점심 먹으러 가지 않는다고 했다. 30개 낱말을 만들고 나왔다. 점심 시간에 급식실에서 만나니 반갑다고 난리다.

　용계초 조영주 선생님이 카톡을 보내왔다.

　"교감 선생님 편히 계시지요? 저희 교감 선생님 편으로 교감 선생님 글묶음 전해 읽었습니다. 태현학교 샘들 많이 성장하겠는걸요. 10월 31일에는 자리배치에 대해 글 주신다고 하셨던데 시리즈 수업연수물이 기대됩니다. 태현교사가 아니어서 아쉽지만요. 1997년 9월 개교멤버로 태현 근무했었는데, 학교가 어떻게 바뀌었나 궁금하기도 합니다. 많이 배우러 함께 찾아뵐게요. 건강하시구요."

　＃ 교대부초에 교사로 근무하면서 일기를 쓰기 시작했습니다. 교육전문직 생활을 하는 동안에는 일기를 쓰지 못했습니다. 태현초 교감으로 옮기면서 다시 일기를 쓰고 있습니다. 가능하면 하루의 일을 간단하더라도 다 기록하고 있습니다. 메신저나 메일 등도 주고받은 내용을 그대로 복사해서 기록하는 중입니다.

가족

2015.04.22.㈜ 교감 김영호

조던 스피스의 마스터스 우승, 자폐 여동생과 함께 이룬 승리 드라마[3]

스물 한 살 조던 스피스가 당대의 고수들도 중압감을 이기지 못하고 무너져 내리곤 하는 마스터스 최종 라운드에서 굳건히 버틸 수 있었던 정신적 힘은 자폐증을 앓고 있는 일곱 살 아래 여동생 엘리에 대한 사랑이었다. (이하 생략)

우리는 흔히 '부초가족'이라고 합니다.
혹, 말로만 가족, 가족, 가족 하는 것은 아닌지 생각해 봅니다.
진심으로 상대방을 배려하고 존중하고 있는지요?
내 것 양보해서 상대방에게 하나 줄 수 있는지요?
아니면 내 것만으로는 부족해서 상대방 것도 내가 더 가져와야 되는지요?
배구 연습할 때 제일 먼저 나가서 준비해 보셨습니까?
상대 칭찬하기보다는 약점 잡고 뒷말 하지는 않는지요?

---

3) http://news.chosun.com/site/data/html_dir/2015/04/13/2015041302366.html

정말 '부초가족'이라면 진심으로 모든 것을 대하세요.

그 대상이

수업이건,

학생이건,

학부모이건,

동료이건,

아니면 오며가며 만나는 사람이건⋯⋯.

수업실습Ⅱ 소감[4]

2015.06.29.(월) 교감 김영호

마지막 옷자락을 잡고 있을 때

4학년 3반 교생 남규리

어떤 일의 마무리가 되어갈 쯤, 그 시간의 마지막 옷자락을 잡고 있을 때에는 늘 지나간 시간에 대한 미련과 아쉬움이 남는다. 누군가와의 만남과 이별이 있다면 특히나 더욱 그 아쉬움의 농도는 짙어진다.

1학년 때부터 늘 실습을 나가면 스무 명 남짓한 많은 아이들을 만나지만 특히, 한 달이라는 시간은 가장 누군가를 애타게 하는 듯하다. 한 달이라고는 하지만 아직 많은 대화를 나누어보지 못한 아이들도 있고, 조금 더 알고 싶은 아이들도 있다. 수업에 바빠 너무 '나'의 입장만 생각하지 않았나 하는 생각도 든다.

사실 4학년 되어서도 선생님이 되기위한 시험에만 급급했지 내가 정말 현장에 나가서 어떤 선생님이 되어야겠다고 생각을 해본 적은 없었다. 시험에 붙고 선생님이 되면 자연스럽게 선생님이 되겠지하고 다소 안일한 생각으로 하루하루를 보냈다.

하지만 유월 한 달 동안 아이들에 대한 애정을 가지고 열정적으로

---

4) 2015. 수업실습Ⅱ 교생 54명 중 종료식에 소감을 발표한 6명 중 2명의 내용임

수업을 하시던 선생님들의 모습과 나의 수업을 준비하면서 과거에 내가 가지고 있었던 생각과 앞으로 내가 걸어 나갈 스승의 길에 대해 어렴풋이나마 청사진을 그리게 되었다.

무엇보다 4학년의 한 달 실습에서 내가 가장 크게 느낀 바는 내 자신을 되돌아본 것이었다. 비단 수업에만 국한된 것이 아닌 내가 어떤 사람인지, 타인을 어떻게 대해야 하는지에 대해서도 생각하게 되었다. 9시간의 수업을 통해 나는 아주 더딘 사람이라는 것을 깨달았다. 수업에 아주 능숙한 다른 교생 선생님들을 보면서 가끔 부족한 내 자신에 위축되기도 했지만, 고여 있지 않고 앞으로 나아가자는 결심을 하게 되었다. 아주 느리게 발전하지만 그 자리에 머무르지 않고 앞으로 나아가는 '내'가 될 수 있도록, 좀 더 성장하고 싶다는 생각을 하게 된 4주간의 긴 여정이었다.

나의 수업철학을 가지고

5학년 2반 교생 김하란

실습이 하루 남은 오늘, 오전에 문화관에서 영상을 보면서도 오후에 아이들과 마지막 인사를 나누면서도 계속 눈물이 났다. 왜 이렇게 눈물이 날까 생각했을 때 실습이 마지막이라는 아쉬움이나 헤어짐의 아쉬움도 있었겠지만 무엇보다 내 스스로를 반성하는 반성의 눈물이라는 생각이 들었다.

4학년 TO가 너무 적게 나서 속상한 마음에 실습을 시작할 때 그저 잘 버티고 오자는 마음이었다. 그래서 아이들을 보았을 때도 만남의 기쁨을 누리기보다는 그저 그런 마음이 들었다.

학교에서의 생활은 직장생활이 아니라 삶이었다. 짧은 시간이었지만 그 삶을 살아가는 것이 너무 행복했다. 버스를 타고 출퇴근을 하면서도 TV를 보면서도 어떤 수업이 좋을까, 어떤 것을 수업에 가져오면 좋을까 생각했다. 내가 왜 이러나 생각하면서도 이런 내 모습이 싫지 않았다. 앞으로 이 길을 걸어갈 수 있는 것에 참 행복했다.

다시금 내가 교대에 내가 온 이유와 가졌던 비전들을 떠올려 볼 수 있는 의미 있는 시간이었다. 당장 눈앞에 닥친 임용이라는 현실에 더 중요한 것들을 잊고 살았던 내 보습을 반성할 수 있었다.

아직은 모르는 것이 너무 많고 해야 할 일이 너무 많지만 나의 수업 철학을 가지고 그 철학에 부끄럽지 않은 삶을 살아가기 위해 노력해야겠다.

교대부초에는 대구교육대학교 학생이 연 8주 교생실습을 합니다. 1학년 참관실습 1주, 2학년 참관실습 1주, 3학년 수업실습 2주, 4학년 수업 및 실무실습 4주입니다. 실습을 마칠 무렵에 설문과 소감을 받습니다. 실습 마침식에서 교생 선생님들의 소감을 공유하는 게 많은 호응을 얻고 있습니다. 무엇이나 그렇듯이 당사자의 마음가짐이 참 중요합니다.

어린이 보호 구역(스쿨존)

2015.09.14.(월) 교감 김영호

사례 1. 대구태현초등학교 교문 앞에서 있었던 일입니다.

교감 수난사

2014.3.14.(금)

　오늘은 쿨 메신저로 보내고 받은 내용으로 일기를 대신한다.해 나오셨습니다. 좋은 아침입니다.선생님들 다시 한 번 안내드립니다. 수업 시작 전, 수업 후 반드시 학생들에게 안내하세요. 그리고 알림장 1번에도 반드시 적어주세요. 근거가 있어야 합니다. 될 때까지.

　앞으로는 교문 앞 주정차 금지, 학부모 동행 교문 안으로 들어오는 것도 금지(특수반 학생이나 부상 학생 예외) 후문으로 차 가지고 들어오는 것 금지

　오늘 아침에 2학년 학부모(남자)가 낚시 하는 거냐며 싸울 태세로 달려드네요. 역시 좋은 말 듣는 게 좋지, 아침부터 욕 먹으니 기분이 좋지는 않네요. 왜 자기 아이한테만 이야기 하느냐면서, 나이도 나보다는 20살은 어려보였습니다. 교문 바로 밑에 차 세워서 학생 내리고 떠난 후에, 학생에게 월요일부터 차 멀리 세워라고 하니 학교 안으로 따

라 들어가서 물었나 봅니다. 왜 자기한테 이야기하지 않고 아무것도 모르는 어린 아이에게 이야기 하느냐면서. 선생님들 될 때 까지 합니다. 스쿨존은 원칙적으로 주정차 금지입니다.

교감 김영호 드림

사례 2. 우리 학교 교문 앞에서 있었던 일입니다.

3월초입니다. 근사하게 차려 입은 아버지가 아이와 커피가게 앞에서 내립니다. 신호무시, 횡단보도 무시하고 바로 교문 쪽으로 가로질러 옵니다. 아버지는 온 길을 다시 되돌아갔습니다. 저는 그때 후문 부근에서 빗자루질을 하고 있었습니다. 다음 날도 그렇게 하려는 것을 호루라기를 불면서 제지했습니다. 아버지는 달갑잖다는 표정을 지었습니다. 그 뒤로는 차에서 내려 신호가 바뀔 때 횡단보도를 함께 건너왔다가 다시 되돌아갔습니다. 최근에는 아이만 내려주고 바로 출발합니다.

어린이 보호 구역(스쿨존)은 원칙적으로 주정차 금지 구역입니다. 아침에는 아주 많이 좋아졌습니다. 오후에는 주변 주민이나 버스기사로부터 민원이 들어올 만큼 문제가 많습니다. 궁리(학원에 공문보내기, 학생교육 철저, 학부모교육 철저, 상인지구대 협조 요청-지난 주 교문에서 이야기 나눔, 달서구청에 협조-오늘 오후에 전화해서 자주 나와 보기로 함, 등등)를 해서 좋은 방안을 찾아보겠습니다.

선생님들께서 도와주실 일입니다.

- 학생 등하교 관련해서 알림장에 매일 기록하기: 특히 하교 시 안내(학년성 맞게 통일)
- 수업 시간 중에 관련 내용 있으면 우리 학교 실정을 수업으로 녹여내기
- 교통봉사도우미(학부모) 해당 학반은 하루에 한 번 수고하시는 분 격려하기(08:00~08:30)
  ※ 직전 금요일(또는 목요일)에 해당 학무모에게 안내하기(문자 또는 전화)
- 교통봉사학반은 교사, 학생 사제동행하기(08:00~08:20)
  ※ 학생, 교사 반드시 실외화 착용
- 일주일이 한 번 정도(가능하면 수요일) 교문 앞까지 사제동행 하교 하기

덧붙임 1. 우리 학교 주변의 어린이 보호 구역(스쿨존) 관련 표지판2015.9.14.09:40 분 현재
　　　 2. 스쿨존 관련 신문보도
　　　 3. 어린이·노인 및 장애인 보호구역의 지정 및 관리에 관한 규칙

교대부초는 학구가 대구시내 전체(대한민국 어디서나 지원이 가능함)라서 승용차나 학원 차로 등하교를 하는 학생이 많습니다. 등하교길이 혼잡할 때가 많다. 달서구청 이나 상인지구대 등과 연계하여 지도하고 있지만, 안전한 등하교를 위해서는 학 부모님들의 협조가 꼭 필요합니다.

행복한 수업, 행복한 인생

2015.10.23.(금) 교감 김영호

우리 교대부초 선생님.

지난 수요일과 목요일에 선생님들과 함께 인문학과 인문교육에 대해서 좋은 의견을 나누었습니다. 어제는 '속옷 없는 행복'이라는 글을 수업에 적용하는 여러 가지 방법을 공유하였습니다. 교실에서 함께 저녁 식사를 하고 늦은 시각까지 진지하게 함께 생각을 나누신 우리 선생님, 역시 우리 교대부초 선생님이라는 생각이 들었습니다. 더하여 각자가 생각하는 행복을 생활 속의 구체적인 예를 들어서 공유해 주셨습니다. 이런 생각이 들었습니다. 선생님들이 공유해 주신 행복의 개념과 예(자신만의 척도로 수치화도 해 보았습니다)는 그 어떤 유명 강사 못지않은 울림이었습니다. 인문학(인문교육)이 행복한 수업을 통한 행복한 인생을 설계하고 살아가는 것이겠지요. 어제 시간이 바로 그런 시간이었습니다. 부초 선생님 모든 분들께 감사를 드립니다.

어제 우리 학교를 다녀가신 대구광역시교육연수원 한원경 원장님께서 좋은 말씀을 카톡으로 주셨습니다.

김영호 교감 선생님, 바쁘고, 어려운 학교 여건에도 과제를 맡아 주셔서 감사합니다. 즐겁게 운영하시고, 더불어 좋은 결과가 있으시길 바랍니다. 어제 교장, 교감 선생님은 물론 교대부초 선생님들의 긍정성에 우리교육의 희망을 보았습니다. 교장, 교감 선생님께 다시 한번 감사를 드리며, 선생님께 많은 격려 부탁드립니다. 감사드립니다.

정은순 기획부장님도 고맙다는 말씀을 주셨습니다. 우리 선생님들의 능력, 긍정성, 학교 문화 등 많은 것에 공감하시고 칭찬을 주셨습니다.
수요일, 목요일 제 강의에 사용한 것 하나 공유합니다.

이 책의 제목을 인문학은 밥이다로 정한 까닭은 그것이 앞서 말한 웅숭깊은 효용과 가치를 지닌다는 의미이지만, 인문학은 그저 잠깐의 열풍과 관심으로 적당한 지식을 얻는 게 아니라 우리가 매일 밥을 먹어야 살 듯 언제나 꾸준히 공부하고 자신의 삶으로 내재화하는 과정을 지속해야 한다는 의미이기도 하다. 그런 의미에서 인문학은 평생의 공부이고 삶이다. 밥 먹지 않고 살 수 없는 것처럼 말이다.[5]

오늘 대구교육대학교 2학년의 참관실습 2를 마치는 날입니다. 선생님들 노고에 감사를 드립니다. 교생 선생님들의 소감 몇 가지 가져왔습니다. 교생 자신에 대한 성찰, 동료 교생을 보는 눈, 우리 부초의 수업과 선생님들에 대한 생각이 어우러져 있습니다. 인문학에서 말하는 나-너-우리가 그대로 녹아 있습니다. 별도로 파일 드립니다.

---

5) 김경집(2013). 인문학은 밥이다. 서울: ㈜알에이치코리아. p.9.

교대부초에서는 대구광역시교육연수원에서 공모한 인문학 연수에 선정이 되었습니다. 삶의 무늬를 찾아가는 인문중심수업 직무연수 30시간을 자체 운영하였습니다. 박동규 서울대 명예교수님의 인문학 특강, 대구교대 장윤수 교수님의 고전특강, 자체연수, 수업공유 및 협의, 안동 및 대구골목투어 등으로 알찬 연수를 하였습니다.

수업 공유 현황

2015.11.03.(화) 교감 김영호

비 전   대한민국에서 수업을 가장 잘 하는 학교

철학(브랜드)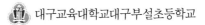

대구교육대학교대구부설초등학교

■ 2015학년도 수업 관련 공유 현황

* 인성교육중심수업 협력학습 전국 워크숍

- 일시 및 인원: 2015.4.1.(수), 전국 전문직 및 교원 1,400여명 참석

- 내용: 개회식, 수업 공유 및 수업 협의 18반

* 수업 공유(공개): 연중

대상	횟수	연인원	비고
학부모	50여회	1,000여명	1,2학기 각 1주
교원, 교수, 외국인	50여회	2,500여명	연중
교대생	50여회	2,660여명	실습기간
계	150여회	6,160여명	연중

＊ 수업 관련 강의: 컨설팅, 강의 포함(대구,경북,서울,대전,울산 등)

대상	횟수	연인원	비고
학부모	2회	500여명	1,2학기 각 1회
교원, 교수, 외국인	370여회	11,000여명	연중
교대생	90여회	3,300여명	실습기간
계	462여회	14,800여명	연중

※ 수업 공유의 횟수는 학반 기준, 인원은 연인원. 수업 관련 강의는 개인 기준,

인원은 연인원. 실제 횟수 및 연인원은 표보다 더 많은 것으로 생각하며, 선생

님들의 노고에 감사를 드립니다.

※ 다음쪽의 2015.4.1. 협력학습 전국워크숍의 우리 학교 수업 이야기인 '수업에서

행복을 만나다'를 참조하세요.

수업에서 행복을 만나다[6]

대구교대대구부초 협력학습 이야기

---

6) 대구광역시교육청 발간등록번호 2015-초등교육과-3-89. 수업에서 행복을 만나다.
P8~13. 2015.4.1. 대구광역시교육청이 주최하고, 대구교육대학교대구부설초등학교가
주관한 2015 인성교육중심수업 「협력학습」 전국 워크숍 자료집이다. 워크숍은 개회식,
전학반 수업공유(공개), 수업공유 교실에서 수업협의회 순으로 진행되었다. 전국에서
1,400여명이 참석하여 협력학습에 대한 생각을 공유하였다. 본 자료집의 내용과 본교의
교수·학습안 양식은 대구교육대학교대구부설초등학교 홈페이지(http://www.gyodae.
es.kr)/절차탁마수업공유/수업공유자료집/에서 로그인 없이 자유롭게 활용할 수 있다.

협력학습의 길을 놓다

21세기는 소통과 협업 시대이며 2009 개정 교육과정은 나눔과 배려의 창의적 인재 육성을 추구하고 있다. 이에 교육 현장은 '진취적이고 개방적이며 따뜻한 사람 육성'을 꿈꾼다. 그리고 이 꿈을 수업에서 실현하고자 한다. 그 길이 바로 '협력학습'이다. 교사-교사, 교사-학생, 학생-학생이 상호작용을 통하여 집단지성(Collective Intelligence)을 발휘하는 수업협력체를 이루며 교학상장(敎學相長)하는 수업이다. 한편 교육의 궁극적 목적인 '행복' 달성은 협력적 배움의 과정에서 동반된다.

이를 위해 대구광역시교육청에서는 삶과 배움이 하나 되는 교육과정으로 재구성하고 학생 중심의 수업 문화 활성화를 통해 수업 내용·방법 및 평가 방식이 전환되기를 바라고 있다.

대구광역시교육청에서 제시한 협력학습의 수업 과정 모델은 다음과 같다.

〈 협력학습 수업 과정 모델[7] 〉

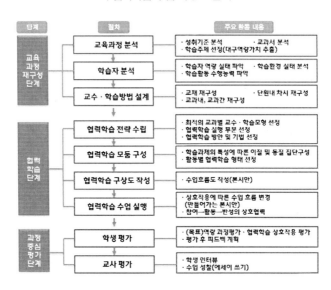

그리고 위와 같은 협력학습 수업 모델을 기본으로 본교에서는 인성
교육중심수업 및 협력학습을 다음과 같이 운영 중이다.

〈 협력학습 운영 체계도 〉

---

7) 대구광역시교육청, 2014 협력학습 단위학교 컨설팅 연수 자료 '협력학습으로 행복역량
꽃피우다, p.31.

협력학습을 디자인하다 - 교육과정 재구성

인문주의 수업 철학(브랜드) 가지기

수업 창조의 바탕은 수업 철학이다. 이제껏 우리는 '수업을 어떻게 하지?'라는 물음에 치중해 왔다. 수업 방법과 교재만 고민하는 동안 잊고 있었던 수업 상대(subject)[8]를 바라보며 '수업을 왜 하지?'라는 보다 근원적인 물음을 하고자 한다. 수업 철학을 바탕에 둔 수업은 '어떻게, 무엇을'에 대한 해답이 뒤따를 것이며, 모두가 행복한 수업이 될 것이다.

다음은 본교의 교사별, 학급별 수업 철학(수업 브랜드)이다.

대구교육대학교대구부설초등학교　　수업에서 행복을 만나다

오혜영　　애지중지(愛之重之) (사랑하고 소중한 434명 꽃사슴)

김영호　　절차탁마(切磋琢磨)

윤은섭　　학이불염 회인불권(學而不厭 誨人不倦)

박경연　　교학상장(敎學相長)

전성길　　소나기(소통·나눔·기쁨이 있는) 수업

최수정　　줄탁동시(啐啄同時)

양현욱　　동주공제(同舟共濟)

홍중훈　　나 보다 우리가 똑똑한 수업

---

8) 학생들을 교사가 정한 목표를 향하여 변화시켜야 하는 대상(object)로서가 아닌 내 이해의 상대(subject)로 바라보면 아이들의 소리를 듣고 몸짓을 읽으며 관계를 지향할 수 있다.

조재식   Adopt it, Adapt it

이혜영   감동으로 꿈 키우기

장동석   마음나눔

이상우   아름다움에 사랑 더하기

김수미   사랑과 온화-애어화안(愛語花顔) 수업

김원구   엉성한 선생님, 영리한 아이들-우문현답(愚問賢答) 수업

김수영   아우토반(아름다운 우리의 토론에 반하라!)수업

배한무   변화의 씨앗을 심는 수업

위창준   사제동행(문제를 사고하고 제고하여 함께 풀어가는 행복한)수업

이응택   동고동락(同苦同樂)

이종표   함께하는 수업

김혜진   아이들에게 맡기는 수업

김영선   자유롭게 talking, 다양하게 Finding

김철완   다정다감(多情多感)

박소영   순리, 합리 그리고 똘래랑스

김호민   이심전심(以心傳心)

권숙희   야호~~ 건강이 자라나요

서인순   즐거운 점심시간

역량교육, 인성교육과 융합하는 재구성

본교 4대 주제중심 교육과정 재구성	역량 및 인성을 융합한 수업 재구성
○ 실천 중심의 인성교육 ○ 꿈과 끼를 찾아주는 진로교육 ○ 창의·융합(STEAM)교육 ○ 예술·문화 교육	○ 수업별 인성교육중심 키워드 설정 ○ 수업별 핵심 인성 요소 및 역량 추출 ○ 역량과 인성 기반 수업 및 평가의 재구성 ○ 협력학습 기반 내용 및 활동 재구성
⇨ 학년별 연 4종 프로젝트 수립, 실행 　 교과 간, 교과-창체 간, 교과-범교과 간 재구성 　 예) 4학년 프로젝트명: 결 바른 어린이, 미래의 멋진 나, 꼬마 식물학자, 예술? 행복!	⇨ 수업안(수업 디자인)에 인성 요소 및 역량 반영 　 예) 수업안 항목: 인성교육중심수업 키워드, 협력 역량 실태, 단원 전개의 차시별 인성 요소 및 역량, 수업디자인의 인성교육 반영, 삶속 적용, 협력 배움 과정 평가

인성교육중심 수업 디자인

수업은 과학인가? 예술인가?

교사의 전문적 지식이 수업의 과학성이라면, 교사의 열정과 상상이 넘치는 실천이 예술이 아닐까? 인문주의 수업 철학을 바탕으로 인성교육중심으로 교육과정을 재구성하는 등 수업을 디자인하고 그것을 수업 상황에 따라 아이들과 교사가 함께 창의적으로 만들어내는 수업은 바로 예술 작품이 된다. 교사는 예술가이며 수업 디자이너이다.

이런 관점으로 과학적, 공학적, 형식적 수업 설계를 넘어서 수업 철학과 인문주의(humanism)적 관계를 반영한 교수·학습안을 개발·적용하고 있으며 교사-학생, 학생-학생의 수업협력체가 구성해가는 수업을 하고자 노력 중이다. 국정과제, 대구광역시교육청의 인성교육중심수업 및 협력학습에서 추구하는 정신에 수업 주체인 학생 및 교사의 내

면을 수업의 본질로 더욱 강조하였다고 볼 수 있다.[9]

협력학습을 실천하다 - 배움중심 협력학습

즐겁게 몰입하며 배움을 만들어가는 수업

가르침은 있는데 배움이 없다면?

사회적 구성주의, 학생중심수업, 배움의 공동체, 협력학습은 학생들 한 명 한 명의 '배움'을 통해 실현될 수 있다. 이 때 배움을 일으키는 중요한 도구는 '대화'이다. 지식은 교과서에 존재하는 것이 아니라 아이들의 경험에서 구성되고 교사나 친구와 관계에서 재구성되기 때문이다. 따라서 교사중심 설명식 수업, 교과서 진도 맞춤 수업은 학생의 즐거움과 몰입을 담보할 수 없다. 배움의 주체를 배제한 수업 진행이기 때문이다.

"수업이 정말 재미있다. 시간 가는 줄 모를 정도다. 아! 수업이란 이런 거구나. 수업은 따분하지 않고 재미있고 협력할 수 있는 배움의 시간이구나."

협력수업을 하고 아이가 이런 소감을 쓴다. 이렇게 실로 신명나는 배움이 있는 협력학습의 연구 및 실천은 우리 교실에서 학생들의 대화를 어떻게 살려낼까에 대한 고민에서 시작된다.

---

9) 인성교육중심수업의 협력학습을 위한 다양한 교수·학습안은 본 자료집의 교수·학습안 참조

학생중심 협력 전략 활용

위와 같은 '대화'에 대한 고민에 의해 본교 교사들은 토의 등의 협력 전략을 탐색하여 적용하고 새롭게 개발 및 보완해 가고 있으며, 교내 연수를 통하여 다양한 수업 방법을 서로 공유하고 있다.

월드카페, 하브루타, 이야기식 토의, 회전목마토의, 어울림토의, 모둠 시뮬레이션, 직소 퍼즐, 패들릿, QR코드 활용 수업, 셋 가고 하나 남기, 거꾸로 학습 등 수업 상황에 알맞은 다양한 토의 및 협력 전략[10]을 활용하며 학생중심 수업을 전개하고 있다.

인문 정신을 반영한 언어로 소통하는 수업

행복한 수업을 만드는 교수 언어 사용[11]	인문 정신을 담은 수업 및 생활 언어 사용
○ 학생에 대한 배려와 공감의 태도 ○ 비유, 인용, 간접화법 사용	○ 인문학 도서 읽고 수업 대화에 인용 ○ 인문학 프로그램 및 자료를 활용한 토의 수업
예) 형설지공(螢雪之功)하여 힘들게 공부했다는데 새 책상에서는 더욱 열심히 공부해 보자.	예) 학생별 배움 브랜드를 사자성어로 각자 정하여 수업 및 생활 속 실천과 내면화 수적천석 우○○, 칠전팔기 김○○ 등

---

10) 본 책자 교사별 수업 사례 참조.
11) 대구광역시교육청(2015), 행복한 수업을 만드는 교수 언어를 참고하여 활용함.

협력학습을 나누다 - 수업 성찰·공유

아이 눈으로 수업 보기

수업을 어디에서 참관하시나요?

참관 시 대부분 교실 뒤편에 자리 한다. 하지만 그곳에서는 교사만 정면으로 잘 보인다. 교사중심 관찰이 이루어진다. 하지만 수업은 학생들이 하는 것이다. 학생 한 명 한 명의 배움을 주시하고 그 배움에 대한 관찰, 탐색, 인식, 깨달음이 바로 참다운 수업 비평을 하게 한다. 아이의 시선에서 수업 상황을 추론하고 수업을 성찰할 수 있어야 한다.[12] 그래야 수업을 하는 교사나 참관하는 교사나 과정중심, 학생중심 수업 및 평가를 할 수 있다.

따라서 교수·학습안에 참관자들에게 제공하는 수업 나눔 주안점, 관찰 학생 기록을 위한 학생 좌석 배치도, 수업에 대해 궁금한 점, 적용하고 싶은 점, 교학상장 수업 비평 등의 항목을 넣어 아이들의 수업에 선생님들을 초대하고 있다.

교사의 수업 성찰 쓰기

학생의 과정중심 평가를 배움 및 삶과 연계하여 형성평가, 수행평가, 서술형평가 등의 형태로 실시하고 있다. 한편 수업 성찰은 대구광역시교육청에서 강조하는 과정중심 평가의 일환이며 학생과 교사에

---

12) 서근원(2012). 수업을 왜 하지?. 서울: 우리교육.

대한 과정중심 평가라고 할 수 있다.

수업에서 아이를 보고 수업을 보고 교사 자신의 내면을 본다. 역량과 인성, 삶과 연계하는 태도 등의 정의적인 영역을 관찰하고 기록하는 것이 수업 성찰이며 곧 학생의 참평가를 통해 참성장을 돕는 길이 된다. 교사의 수업 성찰을 통해 아이들에 대한 사랑과 이해를 깊게 하고 수업을 개선하고 혁신할 수 있게 하기 때문이다. 바로 교학상장을 가져오는 수업 성찰인 것이다.

본교는 '수업에서 행복을 만나다'라는 제목의 현장교육연구 제25집을 지난 2월 말에 발간하였다.[13] 앞으로도 꾸준히 수업 성찰을 기록하고 모음집을 남길 예정이다.

교내외 수업 공유 문화 선도 및 확산

수업 공유와 나눔은 학생들에게 행복 수업을 제공하고 싶은 교사들의 열망과 협력의 노력이다. 본교는 수업 공유 문화를 선도하고 확산하려는 의지를 가지고 몇 가지 공유를 마련하였다. 공유하는 대상은 학부모, 현직교원, 교육실습생 등 다양하다. 그리고 공유하는 수업은 보여주기를 위한 공개수업이 아니라 일상의 수업을 있는 그대로를 보여주려고 한다.

---

13) 대구교육대학교대구부설초등학교 홈페이지(http://www.gyodae.es.kr)/절차탁마 수업공유 게시판에 원고가 탑재.

학부모 공유 수업 주간은 일주일간 수업 참관 희망 시간에 언제든 수업을 공유할 수 있다. 협력학습 워크숍, 4월과 9월의 교외 공유는 그 달 수요일 오후에 2-3명의 교사가 돌아가며 수업을 공유한다. 관내 어느 교사든 공유가 가능하다. 교내 동료 공유는 교과별 전문성과 학급의 수업 철학을 공유하고자 5월에 진행된다.

수업에서 행복을 만나다

중용(中庸)에 '성자물지종시(誠者物之終始) 불성무물(不誠無物)'이란 말이 있다. '성실하다는 것은 모든 만물의 끝과 시작이다. 그러나 성실하지 않다면 존재도 없다.'는 뜻이다.

논어 제1편 학이에 '학이시습지(學而時習之) 불역열호(不亦說乎)'가 있다. 그대로 풀이하며 '배우고 때때로 익히면 또한 기쁘지 아니한가?'라는 뜻이다.

'성자물지종시 불성무물'과 '학이시습지 불역열호'는 교사에게 도전 과제를 던진다. 학생들이 배워서 익히며 기쁠 수 있게 함이 교사가 수업에서 가져야 할 목표이며 또한 이를 위해 성실하게 연구하고 나눌 것을……

대구광역시교육청과 본교의 행복 수업을 위한 노력을 공유해 주시는 모든 선생님들의 아이들이 행복하고 교실이, 학교가 행복하시길 기원합니다.

대구교육대학교대구부설초등학교 홈페이지(http://www.gyodae.es.kr)의 /절차탁마 수업공유/방에서 워크숍 관련 자료, 교수·학습안 관련 자료를 로그인 없이 보실 수 있습니다.

교대부초 수업

2015.11.13.(금) 교감 김영호

수업실습 1 마치는 날입니다. 교생 선생님들의 수업철학과 교생 선생님들이 본 우리 학교의 수업입니다. 일부만 공유합니다.

○ 참교육이 있는 수업/자양분이다. 나를 성장하게 한다.

○ 두 개의 귀가 열리고 하나의 입이 열리는 수업/교대부초의 수업 은 '신세계'다!

○ 삶 앎에서 사람으로/교대부초의 수업은 행복이다

○ 빈칸 수업/개성이다. 어느 하나 비슷한 수업이 없음

○ Happy Together/교대부초의 수업은 사랑이다

○ 아이들과 내가 모두가 주인이 될 수 있는 수업/교대부초의 수업 은 신토불이 수업이다

○ 마음에서 마음으로/교대부초의 수업은 발전을 위한 강력한 자극 이다(눈물 필수)

○ 내 안의 우주를 확장하는 수업/교대부초의 수업은 생각대로 되 지 않은 일을 생각지도 못한 일로 만드는 것이다

○ 가나다라 수업: 배움의 가치를 나누며 다함께 나아가는 수업/교 대부초의 수업은 나를 우물 밖으로 꺼내준다

○ 하고 싶은 수업/ 즐거운 수업/교대부초의 수업은 교사보다 학생이 바쁜 수업이다

○ 아이들이 주체가 되는 아주 좋은 수업/교대부초의 수업은 아이들이 한다.

○ '나다움'을 키우는 수업/교대부초의 수업은 배움이다

○ 교화만사성/교대부초의 수업은 학업의 동기유발이다

○ 조금씩, 천천히, 꾸준히, 함께/교대부초의 수업은 성장이다

○ 만들어가는 수업/교대부초의 수업은 성실이다

○ 호모루덴스(놀이하는 즐거운 학생들)/교대부초의 수업은 24색 볼펜이다

○ 행복수업/교대부초의 수업은 긴장감 속의 웃음이다

○ '지지자불여호지자 호지자불여락지자' 교사와 학생이 모두 즐기는 수업/교대부초의 수업은 나침반이다

○ 삼각형으로 이루는 수업/교대부초의 수업은 수업이다. 선생님이 학생들에게 수업을 하지만 참관하면서 나에게도 많은 가르침을 주시기 때문에 참관이 아닌 참여가 되었다.

○ 수업은 교사와 학생 간의 대화 속에서 꽃 피어난다./교대부초의 수업은 아이들에 대한 사랑이다. 아이들을 생각하며 아이들의 학습효과를 끌어올리기 위해 열심히 노력하신 선생님들의 아이들에 대한 사랑이 가득한 수업이었습니다.

○ 너사시 수업(너를 사랑하는 시간)/아이들의 눈높이에 맞춘 아이들을 위한 수업이다

○ 귀 기울이는 수업/교대부초의 수업은 애정이다

○ 스스로 수업(학생들이 수업의 원동력, 중심이 되는 수업)/교대부초의 수업은 셀프이다

○ 대화가 있는 수업/교대부초의 수업은 학생중심수업이다

○ 한아름 수업('한'발짝 뒤에 서서 '아이들의 말에 귀 기울여주며 따라가는 사랑과 행복이 있는 아름'다운 수업. 학생들을 모두 한아름 품고가는 수업)/교대부초의 수업은 시행착오이다

○ 아이들이 스스로 만들어가는 수업/교대부초의 수업은 대구교육 이상의 현재를 보여준다.

○ 성공보다 가치/교대부초의 수업은 나를 키워주는 영양분이다

○ 모두가 함께하는 수업/교대부초의 수업은 미침이다. 아이들이 목표에 미치도록 선생님이 노력하는 모습 때문에

○ 모두가 선생님이 되는 수업/교대부초의 수업은 동기유발이다

○ 아낌없이 주는 수업/교대부초의 수업은 스스로&협력&탐구이다

○ BC카드(Believe the Children + 다양한 '카드'를 제시해주는 선생님/교대부초의 수업은 삶은 달걀이다. 겉은 뜨겁고 딱딱해도 열심히 껍질을 까면 영양 가득한 알찬 경험이 될 수 있다

○ 따뜻한 라떼(LATTE). 그 말만 들어도 따뜻한 미소가 번진다. Learning 즉 배움이란 서로 묻고(Ask) 생각하고(Think) 가르쳐주는(Teach) 감정(Emotion)이 교류하는 교실이다. 배움 안에서 너와 나 그리고 우리의 따뜻한 관계를 만들어가는 수업/교대부초의 수업은 '용기'이다

○ 나눔, 협력, 소통하는 교실,/교대부초의 수업은 끊임없는 자기 수정이다

○ 비빔밥 수업(여러 야채들이 모여야 하나의 완성된 영양가 있는 한 그릇 음식이 되듯이 각자 다른 개성과 의견들을 지닌 아이들이 있을 때 진정한 수업이 이루어진다) /교구는 적게 교사의 말도 적게, 아이들이 주가 되는 교대부

초 수업!

○ 보고 듣고 느끼는 수업/교대부초의 수업은 절차탁마이다

○ 기다리는 수업/교대부초의 수업은 아이들에 대한 정성이 느껴지는 수업이다

○ 가온드림(꿈의 중심)/교대부초의 수업은 학생들이 빛나는 시간이다

○ 마음의 고향-고향 같은 교실/교대부초의 수업은 남다르다

○ 호.시.탐.탐/교대부초의 수업은 나의 이정표다

○ 담박영정: 무릇 배우려면 마음이 평안해야 한다/교대부초의 수업은 '나, 너, 우리'이다

(설문지)

교생 선생님 노고 많으셨습니다.

교생 선생님의 수업철학은 무엇입니까?

이번에 수업 서너하시면서 수업철학을 다 적으셨지요. 이번의 수업철학이 평생의 수업철학이 되기도 하고, 조금씩 달라지기도 하겠지요. 여하튼 내 수업철학이 있다는 것은 좋은 일입니다.

선생님의 수업철학만 적으시면 됩니다.

예) 애지중지(愛之重之), 절차탁마(切磋琢磨), 아이들에게 맡기는 수업 등

대구교육대학교대구부설초등학교의 수업을 한 문장으로 정의하면?

이번 수업실습 기간에 수업참관도 많이 하셨지요? 우리 교대부초의 수업을 보시고 한 문장으로 정의해 보세요.

예) 교대부초의 수업은 치열한 자기연마이다. 교대부초의 수업은 인생이다 등

이 두 가지 내용은 정리해서 피드백 해드리겠습니다.
고맙습니다.

2015.11.12.

대구교육대학교대구부설초등학교 교감 김영호 드림

2015학년도부터 교생실습 기간에 교생들이 작성하는 교수·학습안도 본교의 교사들이 작성하는 교수·학습안과 동일한 것입니다. 기존의 교수·학습안은 긍정적인 점도 많았지만, 기능적인 측면이 강했습니다. 2015학년도에 새롭게 수정·보완한 교수·학습안은 수업자의 철학과 교육과정 재구성에 중점을 두었습니다. 어떻게 가르칠까라는 생각을 하기 전에 왜 가르칠까를 먼저 생각해 보는 것입니다. 교생 선생님들이 반응도 굉장히 좋았습니다.

교실수업개선 연수

2015.11.26.(목) 교감 김영호

2015.11.23.(월)~11.24.(화) 1박 2일 동안 경주 더 케이 호텔에서 2015 교실수업개선을 위한 초·중·고·특수학교 교감 직무연수가 있었습니다. 11.25.(수)~11.26.(목)은 같은 장소에서 교장 선생님들의 직무연수가 있 었습니다. 과정 및 강사는 동일했습니다. 교감 직무연수에서 강의한 분들의 내용을 간단하게 안내드립니다.

첫날 첫 강의는 한국교원대학교 정광순 교수님의 강의 내용입니다. '교 사와 교육과정, 수업 그리고 평가'라는 제목으로 강의를 해 주셨습니 다. 한국교원대학교 초등교육과 출신으로 초등학교에 10여 년 근무를 하셨다고 합니다.

교사에게 교육과정을 재구성하라는 목소리가 높다. 언제까지 이런 요구들 을 강제할까? 학생들이 '배우고 싶어 하는 것'을 그들이 '배우고 싶어 하는 방식'으로 가르치는 것과 국가교육과정을 준수하는 것이 다르지 않는 그날까 지일 것이다. 예측컨대, 교과서에서 만들어주는 수업보다 교육과정을 가지 고 수업을 직접 만들어서 할 수 있을 때까지 교사에게 하는 모종의 요구는 끊이지 않을 것이다. 학교의 수업이 '교육과정-교과서-수업 → 교육과정-교

사-수업'으로 그 경로가 바뀌어 정착할 때 까지가 아닐까 싶다.[14]

　작은 제목으로는 1. 교사, 교육과정을 직접 사용 하는 시대 2. 학자의 교육과정과 교사의 교육과정은 같지 않다. 3. 교사의 교육과정 개발과 교사의 교육과정 문해력이 있습니다. 강의의 핵심 내용은 교사 중심이라는 것입니다.

　참고 문헌으로는 정광순(2010). 교육과정에 기초한 초등통합교과 지도. 서울: 양서원. 정광순(2012). 교상의 교육과정에 대한 문해력. 통합교육과정연구 6(2), 109-132. 정광순, 김세영 역(2013). 교사, 교육과정을 만나다. 강현 출판사. 이윤미, 정남주, 이길화, 하늘빛 박미영, 원혜진, 서정아, 박현순, 정광순(2015). 교과서 너머 교육과정 마주하기. 살림터. 등이 있습니다.

　경기대학교 장경원 교수님은 '학교실정에 적합한 수업방법 개선을 위한 교장·교감의 역할 제고 방안'으로 강의를 하셨습니다. 전통적 교육과 학습자 중심 교육 비교, 학습자들을 참여시키는 다양한 교수학습방법들(토의법, 토론법, 사례연구/사례분석, 목표중심 시나리오, 팀기반학습, 문제중심학습, 프로젝트 중심학습, 액션러닝, 일기반학습)과 문제중심학습(PBL)을 언급하셨습니다.

　참고 문헌으로는 장경원(2011). 학습자 중심 교육에서 '블랭크 차트'의 활용 전략에 대한 연구. 교육방법연구, 23(2), 299-321. 장경원, 고수일(2014). 액션러닝으로 수업하기(2판). 서울: 학지사. 최정원, 장경원(2015).

---

14)　대구광역시교육연수원, 2015 교실수업방법 개선을 위한 초·중·고·특수학교 교장·교감 직무연수 교재, 정광순, p.7.

PBL로 수업하기(2판). 서울: 학지사. 등이 있습니다.

　그 다음은 초등학교, 중학교, 고등학교로 나누어서 연수가 진행되었습니다. 초등은 대구광역시교육청 이해연 장학사님이 진행하셨습니다. 분임별로 액션러닝으로 과제를 해결하고 몇 분임이 발표를 했습니다. 초등학교의 과제는 다음과 같습니다.

　현재 초등학교는 교실수업방법 개선을 위해 학생참여, 활동중심 협력학습을 실천하고 있으며, 많은 교사들의 자발적인 수업 성찰과 연구문화가 형성되어 가고 있습니다. 교실의 수업변화는 교사가 수업에서 긍지와 보람을 느끼고 몰입할 수 있도록 하는 학교문화가 중요합니다.
　교사들의 수업개선 노력이 지속 및 발전되기 위해서는 수업 중심 학교 문화를 조성해야 하며, 더불어 이러한 학교 문화가 실제 수업의 변화로 연결되어야 합니다. 교장, 교감 선생님께서는 어떻게 지원하시겠습니까?

　분임별로 나온 생각을 순서 없이 나열하면 다음과 같습니다.

- 교사 개개인의 수업철학 공유, 교육과정 중심의 학교행사 지향, 학생 중심 수업에 대한 연수 강화, 수업중심 장학활동 지원, 수업 중심 학교문화 조성교사 인센티브 제공
- 교사 성장·수업력 향상. 계획-실행-평가 효율화, 수업 협의회 관점의 변화, 획일적 교수·학습안 지양(맞춤형), 정책제언: 수업발표대회 심사관점 변화

- 수업과 친해지기- 참관 관점 변화, 대외수업공개 참관 장려, 함께 다같이(공동지도안), 수업중심형 행사추진, 학생이 기다려지는 수업 만들기, 수다의 날 운영 등
- 수업에 집중할 수 있는 여건 조성 - 실질적인 업무경감, 연수 및 출장 축소, 교사의 자율적 교육활동 장려, 학교 자율성 강화 등
- 교사의 자발적 실천 의지 장려 - 교사의 자존감, 행복감 회복, 인성교육에 대한 담론 나-너-우리, 느린 성과 인정해 주기, 교사 역량(인성, 자존감, 창의력, 상담능력) 강화
- 우수수업 참관 기회 확대, 지상수업 강화로 사전수업연구 활성화, 5분 수업공개 및 자기수업 적용, 동학년 동교과 동차시 수업연구, 학생으로 다가가는 수업 참관 관점
- 교사의 자발적 변화 의지 제고 - 교육자의 소명의식 함양, 수업 잘하는 교사 우대, 경력교사의 멘토 역할, 우수 교사와의 멘토링제 운영, 칭찬, 격려, 나눔의 수업 협의회 등

첫날 마지막 강의는 우동기 대구광역시교육감님이 특강을 하셨습니다. 교육감 취임부터 지금까지의 일을 소상하게 말씀하셨습니다. 즉, 취임부터 지금까지 대구광역시교육청의 정책에 대한 소개였습니다. 몇 번의 위기 상황, 정책 추진 등을 파워포인트를 활용하여 소개하셨습니다. 청렴도 향상, 교육청 평가, 학력 향상, 학교 폭력 문제, 공모 교장의 장점, 대한민국교육수도 대구의 특허 출원 및 선포식, 인문학 등도 상세하게 설명을 해 주셨습니다. 결론으로 지금까지 쌓은 신뢰 바탕 위에 두 가지를 강조하셨습니다. 하나는 교실수업개선의 체계적인 지원입니다. 또, 하나는 학부모의 변화를 지속적으로 이끌어 내는 노

력을 계속하겠다는 것이었습니다. 이런 모든 성과는 대구교육가족 모두의 협조와 노력 덕분이라는 말씀도 있었습니다.

마치는 날 첫 강의는 부산대학교 김대현 교수님이 '2015 개정 교육과정에 대한 이해 및 백워드 수업설계'를 강의하셨습니다. 2015 개정 교육과정에 참여하신 소회도 자세하게 말씀해 주셨습니다. 새 교육과정의 특징은 교육과정 구성의 중점, 핵심 사항, 역량 중심, 성취기준 중심으로 이해하기 쉽게 설명을 하셨습니다. '벼는 익을수록 고개를 숙인다.'는 속담을 생각하게 할 만큼 아주 겸손하셨습니다.

참고 문헌은 강현석, 이원희, 허영식, 이자현, 유제순, 최윤경 공저(2008). 거꾸로 생각하는 교육과정 개발 - 교과에 대한 진정한 이해를 목적으로-. 서울:학지사. 김대현(2011). 교육과정의 이해. 서울: 학지사. 김대현(2013). 한국의 수업과 평가에서의 교과서 활용과 전망. 한국교과서 연구재단 국제세미나 발표자료. 등이 있습니다.

마지막 강의는 '생각의 시대, 실용적 공부 방법'이라는 주제로 철학자이자 「생각의 시대」저자인 김용규 님이 해 주셨습니다. 첫 문장인 '왜 생각의 시대인가'라는 물음이 인상적이었습니다. 참고 문헌은 각주로 대신했습니다. 각주 마지막이 72번이었습니다. 마지막 문단을 인용하면 다음과 같습니다.

생각의 도구라는 차원에서 보면 인간의 모든 이야기는 같다. 2,500년 전의 이야기와 현재의 이야기, 미개인의 이야기와 문명인의 이야기, 어린 아이들의 이야기와 어른들의 이야기, 신참자의 이야기와 전문가들의 이야기, 신화에서 수학까지, 잡담에서 이데올로기까지, 언어에서 과학까지, 한마디로 인류가 탄생시킨 모든 문명이 유사성에 근거한 은유, 원리, 문장, 수, 수사에 의해 만들어졌다. 그리고 앞으로도 그럴 수밖에 없다. 바로 이것이 우리가 은유, 원리, 문장, 수, 수사라는 5가지 생각의 도구들을 교육현장에 도입하는 구체적이고 현실적인 방안을 고안해야 하는 이유이다.[15]

초중고 교감 전원이 모여서 수업에 관한 연수를 한 것은 처음이라고 생각합니다. 수업을 직접 하시는 것은 선생님입니다. 교장이나 교감은 선생님들이 수업을 잘 할 수 있도록 도와주어야 합니다. 이론적인 배경이 든든하면 더 좋겠지요. 1박 2일의 연수는 여러 가지로 의미심장한 시간이었습니다.

---

15) 대구광역시교육연수원, 2015 교실수업방법 개선을 위한 초·중·고·특수학교 교장·교감 직무연수 교재, 김용규. p.196.

평가를 평가하면

2015.12.10.(목) 교감 김영호

우리 교대부초 선생님들 좋은 학업성취도 평가 문항 출제하시느라 노고 많으셨습니다.

우리 선생님들의 수업력에 걸맞는 평가 문항이었습니다. 〈 교육과정 - 수업 - 평가 〉가 일맥상통한다는 생각을 했습니다.

학업성취도 평가 문항 인쇄하시기 전에 다음 내용 한 번 더 확인하시기 바랍니다.

- 1번 문항은 대부분의 학생들이 쉽게 해결할 수 있는가? (통과율 95% 이상)첫 문제부터 해결하기 어려우면 학생들이 실력을 발휘하기 어려울 수도 있습니다.
- 예시글(읽을 글)에서 문단을 시작할 때는 한 글자를 띄웠는가?
- 교과서 이외의 글과 자료는 출처를 밝혔는가?
- 그림이나 사진은 흑백으로 인쇄를 했을 때 선명하게 볼 수 있는가? (밝기와 대비 조정)
- 오탈자, 들여쓰기, 등

학업성취도 평가일에는 다음 내용을 잘 생각하시기 바랍니다.
- 학생들이 편안하게 자기 실력을 발휘할 수 있는 교실 분위기를

만드시면 좋겠습니다.
- 시작과 마침은 학년별로 통일이 되어야 합니다.
- 학생 책상 간격(앞뒤, 좌우)은 학년별로 일정하게 하세요. 등

채점 및 결과 처리입니다.
- 학년별로 채점 기준이 명확하고 통일되어야 합니다.
- 가정에 확인하고 받는 기간은 통일되어 있지요?
- 통과율이 저조한 문항은 피드백을 해 주세요.

다음에는 이런 것도 미리 생각을 하면 좋겠습니다.
- 이원목표분류표의 평가내용요소에 '성취기준' 추가
- 교과별 예상 시험 시간 및 예상 평균 점수 등

2015년 12월 16일 수요일 본교 위클래스에서 학부모 상담자원봉사자 연수를 했습니다. 시작하면서 자유롭게 질문을 주고받는 시간이 있었습니다. "교감 선생님, 시험에 대해서 어떻게 생각하시는지요?"이렇게 답변을 드렸습니다. "시험을 너무 어려워도 너무 쉬워도 곤란합니다. 학생들이 배운 것을 어떻게 평가하느냐가 중요합니다. 각 문항마다 상중하의 난이도가 있습니다. 대부분 국어 시험을 제일 먼저 봅니다. 그래서 국어 1번은 99% 이상 정답이 나오도록 문제를 출제하시라고 당부를 드렸습니다. 1번이 아주 어렵거나 알쏭달쏭한 문제라면 그날 시험 전체에 영향을 미칠 수도 있기 때문입니다." (이하 생략)

역량 전성 시대

2015.12.21.(월) 교감 김영호

2015년 12월 15일 화요일에 대구학생문화센터에서 2016년 대구교육의 방향 및 주요업무 추진 계획 발표가 있었습니다.

계획 발표를 하기 전에 제29회 대구교육상 시상이 있었습니다. 대구교육을 위해 헌신하시는 네 분이 수상하셨습니다. 유아·특수 부문에는 고 최귀희 아시아복지재단 전 이사장님, 초등교육 부문에는 양해윤 대구동도초등학교 양해윤 선생님, 중등교육 부문에는 경북여자고등학교 도규태 선생님, 교육행정·평생교육 부문에는 대구광역시립남부도서관 전 관장 서원기 님이 수상하셨습니다.

또한, 2015. 교육활동 우수 기관 및 학교에 대한 시상도 있었습니다. 2015년을 마무리하고, 2016년을 설계하는 자리였습니다.

2016 대구교육의 방향 및 주요업무는 2015년과 비교해서 많이 달라지지는 않았습니다. 붙임 파일을 참조하시기 바랍니다.

행복역량과 가치의 학교급별 목표에 대해서 안내드립니다. 2015에는 5대 가치 및 10대 역량이라고 해서 5와 10의 숫자를 넣었지만, 2016에서는 5와 10의 숫자가 빠졌습니다. 초등학교의 행복역량과 가치는 다음과 같습니다.

■ 신체적 역량

　건강: 안전하고 규칙적인 생활습관을 실천한다.

　체력: 신체활동의 즐거움을 알고 운동하는 습관을 기른다.

■ 정서적 역량

　긍정: 자신을 가치있게 생각하고 감정을 긍정적으로 표현한다.

　도전: 흥미있는 일에 자신있는 태도로 끈기를 가지고 노력한다.

■ 사회적 역량

　소통: 다른 사람의 말을 경청하고, 자신의 경험과 생각을 다양하게 표현한다.

　배려: 나와 함께 살아가는 사람에게 관심을 가지고 도와준다.

■ 도덕적 역량

　정직: 자신과 남을 속이지 않는 말과 행동을 일상생활에서 실천한다.

　자율: 자신의 일을 스스로 하는 바른 생활습관을 기른다.

■ 지적 역량

　통합: 학습 및 일상생활에서 일어나는 여러 문제를 서로 관련지어 해결한다.

　창조: 자신의 느낌과 생각을 자유롭게 표현하고 이를 즐긴다.

역량에 대한 내용을 더 소개드립니다.

다음은 교육부 고시 제2015-74호〔별책 1〕, 〔별책 2〕에 소개된 초·중등학교 교육과정 총론과 각 교과의 역량 관련 내용입니다.

이 교육과정이 추구하는 인간상을 구현하기 위해 교과 교육을 포함한 학교 교육 전 과정을 통해 중점적으로 기르고자 하는 핵심역량은 다음과 같다.

가. 자아정체성과 자신감을 가지고 자신의 삶과 진로에 필요한 기초 능력과 자질을 갖추어 자기주도적으로 살아갈 수 있는 자기관리 능력

나. 문제를 합리적으로 해결하기 위하여 다양한 영역의 지식과 정보를 처리하고 활용할 수 있는 지식정보처리 역량

다. 폭넓은 기초 지식을 바탕으로 다양한 전문 분야의 지식, 기술, 경험을 융합적으로 활용하여 새로운 것을 창출하는 창의적 사고 역량

라. 인간에 대한 공감적 이해와 문화적 감수성을 바탕으로 삶의 의미와 가치를 발견하고 향유하는 심미적 감성 역량

마. 다양한 상황에서 자신의 생각과 감정을 효과적으로 표현하고 다른 사람의 의견을 경청하며 존중하는 의사소통 역량

바. 지역·국가·세계 공동체의 구성원들에게 요구되는 가치와 태도를 가지고 공동체 발전에 적극적으로 참여하는 공동체 역량[16]

그리고 각 교과별로 역량을 안내하고 있습니다. 대구의 역량과 비교해 보는 것도 좋겠습니다. 교과별로 역량이 다르며, 기술 방법도 조금씩 차이가 있습니다.

---

16) 교육부 고시 제2015-74호〔별책 1〕초·중등학교 교육과정 총론 p2,〔별책 2〕초등학교 교육과정, pp.2~3.

초·중·고 공통 과목인 '국어'는 국어를 정확하고 효과적으로 사용하는 데 필요한 능력과 태도를 기르고, 비판적이고 창의적인 국어 사용을 바탕으로 하여 국어 발전과 국어문화 창달에 이바지하려는 뜻을 세우며, 가치 있는 국어 활동을 통해 바람직한 인성과 공동체 의식을 함양하는 과목이다. 학습자는 '국어'의 학습을 통해 '국어'가 추구하는 역량인 비판적·창의적 사고 역량, 자료·정보 활용 역량, 의사소통 역량, 공동체·대인 관계 역량, 문화 향유 역량, 자기 성찰·계발 역량을 기를 수 있다.

'국어'에서 추구하는 비판적·창의적 사고 역량은 다양한 상황이나 자료, 담화, 글을 주체적인 관점에서 해석하고 평가하여 새롭고 독창적인 의미를 부여하거나 만드는 능력이고, 자료·정보 활용 역량은 필요한 자료나 정보를 수집, 분석, 평가하고 이를 효과적으로 활용하여 의사를 결정하거나 문제를 해결하는 능력이다. 의사소통 역량은 음성 언어, 문자 언어, 기호와 매체 등을 활용하여 생각과 느낌, 경험을 표현하거나 이해하면서 의미를 구성하고 자아와 타인, 세계의 관계를 점검·조정하는 능력이며, 공동체·대인 관계 역량은 공동체의 가치와 공동체 구성원의 다양성을 존중하고 상호 협력하며 관계를 맺고 갈등을 조정하는 능력이다. 그리고 문화 향유 역량은 국어로 형성·계승되는 다양한 문화를 이해하고 그 아름다움과 가치를 내면화하여 수준 높은 문화를 향유·생산하는 능력이며, 자기 성찰·계발 역량은 삶의 가치와 의미를 끊임없이 반성하고 탐색하며 변화하는 사회에서 필요한 재능과 자질을 계발하고 관리하는 능력이다. 이들 역량은 미래 사회에서 필요한 핵심적인 능력 요소로서, '국어'는 이를 신장하기 위해 의미 있는 목표를 설정하고 적정한 성취기준 및 효과적인 교수·학습과 평가의 방향을 체계적으로 제시하였다.[17]

---

17) 교육부 고시 제2015-74호[별책 2]초등학교 교육과정. pp.72~73.

사회과는 민주 시민으로서 갖추어야 할 자질을 함양하는 데 필요한 창의적 사고력, 비판적 사고력, 문제 해결력 및 의사 결정력, 의사소통 및 협업 능력, 정보 활용 능력 등의 교과 역량을 육성하는 데 중점을 둔다. 창의적 사고력은 새롭고 가치 있는 아이디어를 생성하는 능력을 의미하며, 비판적 사고력은 사태를 분석적으로 평가하는 능력을 의미한다.

문제 해결력 및 의사 결정력은 다양한 사회적 문제를 해결하기 위해 합리적으로 결정하는 능력을 의미하며, 의사소통 및 협업 능력은 자신의 견해를 분명하게 표현하고 타인과 효과적으로 상호작용하는 능력을 의미한다. 또한 정보 활용 능력은 다양한 자료와 테크놀로지를 활용하여 정보를 수집, 해석, 활용, 창조할 수 있는 능력을 의미한다.[18]

교과 역량으로서의 문제 해결은 해결 방법을 알고 있지 않은 문제 상황에서 수학의 지식과 기능을 활용하여 해결 전략을 탐색하고 최적의 해결 방안을 선택하여 주어진 문제를 해결하는 능력이고, 추론은 수학적 사실을 추측하고 논리적으로 분석하고 정당화하며 그 과정을 반성하는 능력이다. 창의·융합은 수학의 지식과 기능을 토대로 새롭고 의미 있는 아이디어를 다양하고 풍부하게 산출하고 정교화하며, 여러 수학적 지식, 기능, 경험을 연결하거나 타 교과나 실생활의 지식, 기능, 경험을 수학과 연결·융합하여 새로운 지식, 기능, 경험을 생성하고 문제를 해결하는 능력이다. 의사소통은 수학 지식이나 아이디어, 수학적 활동의 결과, 문제 해결 과정, 신념과 태도 등을 말

---

18) 교육부 고시 제2015-74호[별책 2]초등학교 교육과정. p.115.

이나 글, 그림, 기호로 표현하고 다른 사람의 아이디어를 이해하는 능력이고, 정보 처리는 다양한 자료와 정보를 수집, 정리, 분석, 활용하고 적절한 공학적 도구나 교구를 선택, 이용하여 자료와 정보를 효과적으로 처리하는 능력이다. 끝으로, 태도 및 실천은 수학의 가치를 인식하고 자주적 수학 학습 태도와 민주 시민 의식을 갖추어 실천하는 능력이다.[19]

2016 대구교육의 역량, 2015 개정 교육과정 총론 및 각 교과별 역량을 안내 드렸습니다. 다른 교과의 역량은 붙임 파일을 참조하시기 바랍니다.

이상의 내용을 잘 살피어, 2016 대구부초교육계획을 설계하시기 바랍니다. 혼자 하시지 말고, 절차탁마 53에 안내드린 팀별로 초안을 잡으세요.

그리고 연구실습부, 교육과정연구부, 상설연구부는 관련 내용을 공유하세요.

덧붙임 1. 2016 대구교육의 방향 및 주요업무계획(한글판 및 PDF)
　　　 2. 2016 대구교육의 방향 및 주요업무계획 발표용(PPT)
　　　 3. 2015 대구교육의 방향 및 주요업무계획(한글판 및 PDF)
　　　 4. 교육부 고시 제2015-74호[별책 1]초·중등학교 교육과정 총론(PDF)
　　　 5. 교육부 고시 제2015-74호[별책 1]초등학교 교육과정(PDF)

축구 경기에서는 시작한 후 5분과 종료 전 5분을 조심하라는 말이 있습니다. 시작과 마무리의 중요성을 잘 말해주고 있습니다. 학교도 마찬가지입니다. 새

---

19) 교육부 고시 제2015-74호[별책 2]초등학교 교육과정. pp.191~192.

학년도나 새 학기를 시작하는 3월과 9월이 참 중요합니다. 또한, 방학 전이나 마무리를 하는 7월, 12월, 2월도 시작 못지않게 중요합니다. 유비무환입니다.

누구나 자신의 역량을 파악하는 것이 먼저입니다.
파악하는 것 자체가 역량입니다.
그리고 부족한 역량을 채울 수 있는 것도 역량이겠지요.
교장, 교감이나 선생님도 마찬가지입니다.

역량 전성 시대라고나 할까요.

갑자기 소크라테스가 생각납니다.
"너 자신을 알라."

손자병법도 생각이 납니다.
지피지기(知彼知己) 백전불퇴(百戰不退)

또,
이런 말을 생각해 봅니다.

"힘을 길러라."
"수업에서 행복을 만날 수 있는 힘을 길러라."

그래서
"수업, 너를 만나 행복해."